ro
ro
ro

Tatjana Ustinowa, geboren 1968, studierte Aerodynamik am renommierten Moskauer Physikalisch-Technischen Institut. Bevor sie zu schreiben begann, arbeitete sie beim Fernsehen. Inzwischen hat Tatjana Ustinowa in Russland 14 Kriminalromane veröffentlicht – mit Millionenauflagen. Bei rororo sind bereits von ihr erschienen «Dass du nicht mehr lebst» (rororo 23794) und «Wenn die Stunde schlägt» (rororo 23795).

Tatjana Ustinowa

# BLIND IST DIE NACHT

Roman

Deutsch von
Ganna-Maria Braungardt

Rowohlt Taschenbuch Verlag

Veröffentlicht im Rowohlt Taschenbuch Verlag,
Reinbek bei Hamburg, August 2006

Die Originalausgabe erschien 2002
unter dem Titel «Raswod i dewitschja familija»
bei Eksmo, Moskau

Umschlaggestaltung any.way Hamburg
nach einem Entwurf von PEPPERZAK BRAND
(Foto: Hubertus Hagen/PEPPERZAK BRAND)
Druck und Bindung Clausen & Bosse, Leck
Printed in Germany
ISBN 13: 978 3 499 23791 1
ISBN 10: 3 499 23791 1

# 1

ER WAR GERADE IM BAD, als seine Exfrau anrief.

«Sergej», rief Inga und klopfte energisch an die Tür. «Eine Kira fragt nach dir. Kira Satt oder so.»

«Nicht Satt», murmelte Sergej und spülte sich hastig den Seifenschaum aus dem Haar, «Jatt.»

«Was? Sergej, ich verstehe kein Wort. Kommst du nun?»

Er stieß die Tür auf und streckte die Hand aus. Ein Telefon glitt hinein.

«Ja?»

«Sergej, willst du Tee oder Kaffee?», rief Inga schon aus dem Flur, und er zog die Badtür zu.

«Hallo», sagte Kiras Stimme aus dem Hörer, «bist du schon beim Frühstück oder noch beim Haarewaschen?»

«Hallo», erwiderte Sergej.

Sie machte mal wieder früh am Morgen Scherze, und er war dann den ganzen Tag durcheinander.

«Wer war denn das eben am Telefon?», fuhr Kira munter fort, doch er hörte die kleine Verstellung in ihrer Stimme heraus. «Deine neue Herzensdame?»

«Kira, warum rufst du an?»

Schweigen am anderen Ende der Leitung, dann seufzte sie. Sergej warf das Handtuch beiseite und starrte blicklos in den Spiegel. Das war typisch für ihn – etwas anzusehen, ohne es wahrzunehmen. Er würde es vermutlich nicht einmal bemerken, wenn im Spiegel plötzlich das Bild eines anderen auftauchte.

«Sergej, Tims Klasse fährt am Freitag nach Kostroma. Fürs ganze Wochenende.»

«Ja, und?»

«Na, und ich will nicht, dass er mitfährt.»

«Warum?», fragte Sergej erstaunt.

«Weil wir keine Ahnung haben, was sie dort treiben!», sagte Kira so gereizt, als setzten sie einen alten, sinnlosen Streit fort.

Und genau so war es im Grunde auch. Der Streit trug die Überschrift «Früchte der falschen Erziehung oder Der unmögliche Vater» und hatte im Wesentlichen folgenden Inhalt: Dein eigener Sohn ist dir völlig egal. Von dir bekommt man nicht die geringste Unterstützung. Was hast du als Vater ihm bitte schön beigebracht? Witze erzählen etwa? Schneebälle werfen? Auf der Datscha über die Zäune klettern? Ist dir eigentlich klar, dass du einen schlechten Einfluss auf ihn hast?

Sergej seufzte.

«Und was willst du jetzt von mir?»

«Ich will, dass du es ihm verbietest.»

«Na toll!», sagte er ärgerlich. «Warum muss ausgerechnet ich das tun?»

«Ich weiß, ich weiß, du musst überhaupt nichts», erwiderte Kira scharf, «du bist niemandem etwas schuldig, schon gar nicht uns. Aber ich will nicht, dass er mitfährt. Ich bin nicht sicher, ob sie dort vernünftig beaufsichtigt werden. Ich möchte hinterher keine Scherereien.»

«Was für Scherereien, Kira? Sie sind dreizehn!»

«Eben.»

«Wenn du Sex meinst, dann bringe ich ihm eben bei, wie

man ein Präservativ benutzt. Eigens für diese Klassenfahrt.»

«Du bist wirklich ein Spinner», sagte Kira leise, «wie konnte ich das nur vergessen!»

«Was?», fragte er. «Dass ich ein Spinner bin?»

Aber sie hatte schon aufgelegt. Ihr war alles klar.

Ihr war schon lange alles klar.

Merkwürdig – anfangs war sie so verliebt in ihn gewesen! Er hatte das Gefühl gehabt, selbst wenn die Sonne plötzlich andersherum wandern sollte – selbst dann würde sie ihn noch immer lieben. Ja, das hatte er gedacht, in genau diesen Worten. Er war wirklich ein Spinner.

Damals war sie zwanzig gewesen und er vierundzwanzig – ein gewaltiger Altersunterschied. Er ein erwachsener Mann, Ingenieur, sie Studentin, noch ein halbes Kind.

Seitdem waren fünfzehn Jahre vergangen, und endlich war ihr alles klar. Und ihm auch.

«Sergej», rief Inga vor der Tür, «was machst du denn da so lange? Komm raus, der Kaffee ist fertig!»

«Ich komme.»

Gegen Ende ihrer Ehe hätte er sie umbringen können. Er hatte sich nicht mehr retten können vor ihrem Hass – er war überall. Selbst die Hemden, die sie aus seiner Hälfte des Kleiderschranks herausgeschleudert hatte, rochen noch lange nach ihrem Hass.

Eines Tages sagte sie: «Ich kann nicht mehr. Ich hasse dich.»

Also ließen sie sich scheiden.

Na und? Alle ließen sich scheiden.

Er riss die Tür auf und stürmte hinaus. Mit ihm drang ein Schwall Dampf aus dem Bad in den Flur, der Spiegel beschlug sofort.

«Wer ist diese Kira?»

«Meine Exfrau.»

«Sieh an!», platzte Inga heraus. «Und warum hat sie gesagt, dass sie Satt heißt?»

«Nicht Satt! Jatt heißt sie. Kira Jatt. Ihr Vater stammt aus einer englischen Familie.»

«Ach was!» Inga war jetzt begeistert. Wahrscheinlich stellte sie sich so etwas wie die Queen vor. «Wahnsinn! Hat sie aus England angerufen?»

«Aus Moskau», knurrte Sergej.

«Wieso? Ich denke, sie stammt aus einer englischen Familie?»

Sergej atmete geräuschvoll aus.

Der Sex mit Inga war toll. Einfach außerordentlich. Aber selbst für den besten Sex der Welt mochte er keinen so hohen Preis zahlen. Miteinander schlafen war in Ordnung. Miteinander reden nicht. Vollkommen unmöglich! Es war, als spräche er eine Sprache und Inga – Katja, Mascha, Toma, Tanja, Vika, Ira, Lenka, Olja – eine andere, die er beim besten Willen nicht erlernen konnte, obwohl er es wirklich versuchte.

Vielleicht geriet er immer an die falschen Frauen?

Seit der Scheidung von Kira suchte er auch gar nicht mehr nach der «Richtigen». Er wollte unkomplizierte, einfache Freuden; die bekam er auch im Überfluss und fühlte sich unwiderstehlich und großartig – bis, ja bis er mit ihnen reden musste.

«Und?», rief Inga aus dem Bad.

«Was?», fragte er zurück.

«Warum hat sie angerufen, deine Engländerin?»

«Ach, es ging um unseren Sohn.»

«Du hast einen Sohn?» Inga war erstaunt.

Er lachte spöttisch, während er seine Krawatte band. Das konnte er am Hals noch immer nicht richtig. Er band sie also auf dem Knie, wie früher im Studentenwohnheim. Das war ziemlich unbequem, er bekam nie die richtige Länge hin, und Kira hatte ihn damit immer aufgezogen. «Ja, ich habe einen Sohn», sagte er. «Er ist dreizehn. Warum wundert dich das?»

«Was wollen sie denn?» Inga ließ nicht locker. «Geld?»

«Ingalein», sagte er und betrachtete stirnrunzelnd seine Krawatte im Spiegel. Irgendwas stimmte nicht, aber er wusste nicht, was. «Was kümmert's dich, was sie wollen? Auf jeden Fall nichts von dir!»

«Ach, ist mir auch egal», verkündete Inga von weitem. Sergej vernahm ein kurzes Zischen, und kurz darauf drang ihm schwerer, gar nicht morgendlicher Parfümduft in die Nase. «Ist bloß komisch. Sonst hat sie dich ja auch nie angerufen.»

Sie rief ihn sogar häufig an – bei der Arbeit. Seit sie geschieden waren, hielten sie aber nur streng dosiert Kontakt – immer nur ein paar Minuten, am besten von der Arbeit aus, wenn er anderes um die Ohren hatte und sie auch. So war es einfacher und sicherer.

Er trank seinen Kaffee aus und dachte bereits an etwas anderes – wer im April zur Ausstellung in Paris fahren und wer den Vortrag auf der Konferenz in Texas halten sollte –, als das Telefon erneut klingelte.

«Papa», sagte eine komische Stimme, ein Mittelding zwischen hohem Falsett und Iwan-Rebroff-Bass, «ich bin's. Hallo.»

«Hallo», sagte Sergej. «Wie geht's?»

«Alles okay. Und bei dir?»

«Bei mir auch», bestätigte Sergej fröhlich. «Rufst du wegen Kostroma an?»

«Mama will nicht, dass ich mitfahre», brummte der Bass besorgt, das Falsett krähte: «Papa, was soll das? Ich bin doch kein Baby mehr! Alle fahren mit, nur ich nicht.»

«Tim, Mama und ich haben das noch nicht endgültig besprochen. Sie ruft mich bestimmt nochmal an, und dann versuche ich, sie zu überreden. Übrigens, warum will sie eigentlich nicht, dass du mitfährst?»

Timofej schlug Haken wie ein Hase, und Sergej, der sich durch die immer wieder eingestreuten «na klaro» und «voll ätzend» kämpfte, begriff sofort, dass da etwas faul war. Kira war nie ohne Grund sauer auf ihren Sohn.

«Also», fragte er mit seiner väterlichsten Stimme, «was ist los? Sag bloß, du hast angefangen zu rauchen?»

Es war noch viel schlimmer. Letzte Woche hatte der stellvertretende Direktor sie erwischt. Beim Biertrinken.

«Alles klar», sagte Sergej kalt, «an Mamas Stelle würde ich dir nicht nur Kostroma verbieten, ich würde dich an die Kette legen!»

«Papa!»

«Tim, das musst du doch begreifen! Du bist doch kein ... kein Pavian! Diese ganze Werbung, das ist doch was für hirnlose Paviane!»

«Was hat denn das mit der Werbung zu tun!»

«Jetzt sag bloß, ihr habt das Bier nicht wegen der coolen Werbung getrunken! Welches ist denn das coolste?»

«Papa!»

«Tim, ich glaub dir nie im Leben, dass du so unbändige Lust auf Bier hattest! Das kann einfach nicht sein. Da kenne ich mich aus!»

«Du kennst dich aus!», äffte Tim ihn nach. «Wann hast du selber denn angefangen mit dem Biertrinken? Mit dreißig oder was?»

Dreißig klang aus dem Mund seines Sohnes wie mindestens zweihundert. Sergej musste lachen.

«Ich weiß nicht mehr genau. Wahrscheinlich so mit achtzehn. Ich hatte anderes zu tun, mir war die Zeit zu schade zum Biertrinken!»

«Na klaro!»

«Gar nicht klaro», sagte Sergej ärgerlich, «jetzt geht dir Kostroma flöten, bloß wegen Bier. Schluss jetzt, Tim. Ich rufe Mama an und komme heute Abend vorbei, wenn ich ... Wenn ich kann. Dann bereden wir alles.»

«Nein», sagte Tim auf einmal traurig, «du kommst heute Abend nicht vorbei.»

«Warum nicht?», fragte Sergej erstaunt. Er hatte den Hörer mit der Schulter festgeklemmt, wusch seine Tasse ab und stellte sie aufs Regal. Ingas Tasse ließ er auf dem Tisch stehen.

«Darum», schnaubte sein Sohn. «Kapierst du nicht? Der Schnösel übernachtet heut bei uns.»

«Welcher Schnösel?» Doch dann verstand er.

«Der von Mama!», schimpfte Tim. «Kommt her und hockt die ganze Zeit in Socken vorm Fernseher! Er nennt mich Timoscha! So ein Idiot!»

«Tim, hör auf damit.»

«Wieso?» Das Falsett wechselte zum verstimmten Bass.

«Ich hasse ihn! Wenn er im Bad war, ist hinterher immer eine Pfütze auf dem Boden, als ob er auf den Fußboden pinkelt!»

«Tim!»

«Und er frisst hier immer, als hätte er extra vorher drei Tage gehungert! Und Mama nennt er Kircha, das findet er witzig, der Penner! Er hat schon seinen Bademantel hergebracht!» Tim machte ein Geräusch, als müsse er sich übergeben. «Seinen Bademantel, stell dir das mal vor! Heute früh stolziert er hier im Bademantel rum und sagt zu mir, ihn hätte früher auch keiner in die Schule gebracht, der Penner, aber meine Mama, die macht mir Frühstück und fährt mich auch noch zur Schule! Ich bringe ihn um, Papa!»

«Tim! Beruhige dich.»

Sergej schaute aus dem Fenster, vor dem es rasch hell wurde, und wusste nicht, was er sagen sollte.

«Warum habt ihr euch bloß scheiden lassen?», brummte sein Sohn plötzlich in den Hörer und schluchzte auf, laut und heftig, wie als kleines Kind, und Sergej sah wieder sein kleines verheultes Gesichtchen vor sich, den goldblonden Wirbel auf seinem Kopf, die vor Kummer verzogenen Lippen und die kleinen rosa Fäuste, die sich in Papas Pullover festkrallten. «Hat euch ja auch keiner gebeten zu heiraten, ihr verdammten Spinner! Was soll ich denn jetzt machen? Papa!»

Sergej brauchte eine Weile, bis er ruhig antworten konnte.

«Tim, ich rufe Mama an. Wir verabreden uns, und ich komme bei euch vorbei. Dann entscheiden wir.»

«Ihr habt doch sowieso schon alles entschieden, ihr könnt mich alle mal!», schrie der Sohn. «Ihr habt immer alles entschieden, und ich soll nur gehorchen! Ich kann's gar nicht abwarten, bis ich endlich erwachsen bin und ...»

«Sergej», sagte Inga verärgert, «du sitzt auf meiner Hose. Soll ich die jetzt etwa bügeln oder was?»

Das Tuut-tuut-tuut bohrte sich in Sergejs Trommelfell und von da aus direkt in sein Gehirn.

«Welche Hose?»

«Meine Hose! Ich hab sie hier hingelegt, und du ...»

Er stellte das Telefon auf die Ladestation und ging rasch an Inga vorbei, die nach ihrer Hose griff und sie in die Arme nahm wie einen Säugling.

Das Schloss klackte, kurz darauf fiel die Tür zu.

Inga lauschte, dann ging sie dem Geräusch nach.

«Sergej? Wo bist du? Sergej? Und ich?»

Sie rannte auf den Balkon, doch der Jeep fuhr bereits ab, in seinem blank polierten Dach spiegelte sich der Himmel

«Sergej!»

Die Bremslichter leuchteten rot auf, die Räder quietschten böse, das Auto sprang buchstäblich um die Ecke und verschwand.

## 2

KIRA WAR MISERABLER STIMMUNG. Gespräche mit ihrem Exmann verdarben ihr immer die Laune. Jedes Mal brauchte sie anschließend eine Weile, um sich zu beruhigen. Auch Tim war gereizt – als sie begriff, warum, wurde sie noch wütender.

Natürlich, sein Vater, verdammt! Immer, wenn ihr Sohn mit ihm gesprochen hatte, war er nervös und beschimpfte Kira. Heute hatte er sogar geweint – große Kindertränen. Sie hatte ihn kaum dazu bewegen können, zur Schule zu gehen, und nun sah sie ihn vom Fenster aus davonschlurfen, mit seinem zerschrammten modischen Rucksack, in den überweiten Hosen, die ihm fast von den Hüften rutschten, den klobigen Schuhen und mit der grünen Mütze, die angeblich irgendwie total cool war.

Kira war eine kluge, moderne Frau, sie legte ihrem Exmann keine Hindernisse in den Weg. Er durfte sich jederzeit mit seinem Sohn treffen, sooft und wo er wollte; sie hatte auch die Großeltern von der «anderen Seite» nicht aus Tims Leben verbannt – es war also alles mit den «geringstmöglichen Verlusten» abgelaufen, aber das Gesicht ihres Sohnes, wenn Sergej ihn wieder nach Hause brachte, ihn bis zur Tür begleitete, sich höflich von Kira verabschiedete und fortging, war jedes Mal schwer zu ertragen.

Vielleicht war es doch ein Fehler, sich so klug und modern zu verhalten? Vielleicht sollte sie sich lieber benehmen wie ein zänkisches, rückständiges Weib und die Treffen mit dem Vater einfach verbieten? Vielleicht würde ihr Sohn dann alles schneller vergessen und das Leben so akzeptieren, wie es war.

Warum hatte sie ihn überhaupt angerufen? Sie wusste doch, dass ihr Exmann keine Hilfe bei der Erziehung war, dass er stur wie ein Esel auf seiner Meinung beharren und sagen würde, sie mache einen Fehler, wenn sie den Jungen vor unvorhersehbaren Ereignissen und dem Einfluss der Gesellschaft schützen wollte. Ihn hätte man auch nicht vor der Gesellschaft geschützt, und mit ihm sei schließlich alles in Ordnung.

Alles in Ordnung, verdammt nochmal!

Wie hatte sie ihn nur so lieben können?

Und sie hatte ihn geliebt, ihn sogar bewundert und vergöttert. Sie war mit ihm nach Riga gefahren, zu seiner Großmutter; sie hatten abwechselnd das Bettchen geschaukelt, in dem der neugeborene Tim schrie – er schrie die ganze Zeit, und Sergej war jeden Morgen früh um fünf mit ihm hinaus auf den Hof gegangen, damit er nicht sämtliche Nachbarn in dem hellhörigen Plattenbau aufweckte, in dem sie damals hausten.

Kira rieb sich die Augen und lauschte.

Im Nebenzimmer stritt sich der Chef schon wieder mit seinem Stellvertreter. Vermutlich hörte schon die ganze Redaktion mit, wie heftig sich die beiden in der Wolle hatten.

«... wenn du das nicht kapierst!», tobte der Chefredakteur Konstantin Stanislawow. «Ich lehne es ab, weiterhin den Schwachsinn zu drucken, den du mir unterschiebst! Wie viel kassierst du für jede Spalte? Wie? Na los, sag schon!»

«Das kann ich dir sagen», brüllte sein Stellvertreter Grigori Baturin zurück. «Ich sage dir, ohne meine Jungs wäre die Zeitschrift längst eingegangen, du machst bloß Wind und …»

«Ich mache keinen Wind! Das nächste Mal polier ich dir für so was die Fresse! Das ist doch keine Art! Du wechselst im letzten Moment eine ganze Spalte aus, und ich …»

Kira stand entschlossen auf und öffnete die Tür, hinter der die Schlacht tobte. Seit einiger Zeit saßen die drei Chefs – Konstantin Stanislawow, Grigori Baturin und sie – in benachbarten Zimmern.

Die wütenden Männer blickten wie auf Kommando zu ihr.

«Stopp!», sagte Kira kaltblütig. «Eins zu eins. Ich zähle bis zehn. Wer als Erster verschwunden ist, hat gewonnen.»

«Kira», setzte Konstantin an, ohne seinen Widersacher aus den Augen zu lassen, «ich bitte dich, geh raus! Ich führe hier ein wichtiges Gespräch.»

«Die ganze Redaktion ist schon im Bilde über eure wichtigen Gespräche», bemerkte Kira, ging zum Sessel, setzte sich, schlug die Beine übereinander und zündete sich eine Zigarette an. «Gib mir bitte mal den Aschenbecher, Kostik.»

Konstantin sah sie erstaunt an – sie nahm ungerührt ein paar Züge –, zwinkerte mit den blutunterlaufenen Augen, tastete nach dem Aschenbecher auf dem Tisch vor sich und versetzte ihm einen Stoß. Er kreiselte, kam von der Bahn ab und fiel schließlich auf den Teppich.

«Ach», schnaubte Konstantin, als sei dies der Tropfen gewesen, der das Fass zum Überlaufen brachte, «ihr könnt mich alle mal!»

Er griff nach einer Mineralwasserflasche, umklammerte sie wie eine Handgranate und rammte den Kronkorken wütend auf die Kante des hellen Holztisches. Erst nach mehreren vergeblichen Versuchen, die hässliche weiße Spuren im Holz hinterließen, war die Flasche endlich offen, und er leerte sie zur Hälfte, ohne abzusetzen.

«Hör zu, Grigori», sagte er schwer atmend und wischte sich den Mund ab, «ich sage es dir vor Zeugen: Ich werde dich entlassen. Hast du verstanden?»

Baturin bewegte eine Weile lautlos die Lippen, als müsse er mit aller Kraft die saftigen Flüche in seiner Kehle zurückhalten.

«Und wen setzt du an meinen Platz?», fragte er dann. «Sie?»

Kira betrachtete interessiert ihre Zigarette.

«Warum nicht», spie Konstantin ihm ins Gesicht, «bei ihr kann ich mir jedenfalls sicher sein, dass nichts direkt vor meiner Nase verschwindet.»

«Kostik», sagte Baturin langsam und deutlich, «ich habe noch nie etwas vor deiner Nase verschwinden lassen. Das ist kompletter Blödsinn. Ich verstehe nicht, wie du darauf kommst.»

«Meine Sache», sagte Konstantin müde. «Schluss jetzt, Grischa. Geh. Ich kann nicht mehr.»

Baturin blieb noch eine Weile stehen, nahm einen Kugelschreiber vom Tisch, zerbrach ihn fast in der Faust, dann schleuderte er ihn auf den Teppich und verließ das Büro.

Stille breitete sich aus.

«Und?», fragte Kira, als sie die Stille zu langweilen begann, «genug getan für die Unterhaltung der Kollegen?

Schade, dass du nicht gleich im Flur rumgebrüllt hast. Da hätten alle noch mehr davon gehabt.»

«Ist mir scheißegal!», setzte Konstantin erneut an, griff nach der Flasche und schüttete den Rest Wasser in sich hinein. Er ging um den Tisch herum und setzte sich auf seinen Platz. «So geht das nicht weiter. Überhaupt – wir müssen das alles nochmal besprechen!»

«Wer – wir?»

«Ich», knurrte er, «mit dir. Du bist immerhin mein zweiter Stellvertreter.»

«Kostik, wenn du vorhast, mich auf diese Weise zum ersten zu befördern – da mache ich nicht mit, das schlag dir aus dem Kopf.»

«Warum?»

«Darum! Das weißt du ganz genau! Angenommen, du entlässt Baturin, ernennst mich zum ersten Stellvertreter, ich mache den Job zwei Jahre, dann passiert irgendwas, und ich muss gehen. Wo soll ich dann hin? Jeder wird denken, ich hätte Baturin ans Messer geliefert, um seinen Posten zu kriegen. Und Baturin wird ja auch nicht Schuster! Der geht in den nächsten Verlag und ...»

«Kira», brüllte Konstantin, «ich bin dein Chef! Was ich entscheide, das wird gemacht!»

«Keineswegs», widersprach sie kühl, «wenn du so entscheidest, werde ich ebenfalls entscheiden! Ich verstehe nicht, warum du so einen Hass auf ihn hast! Er ist ein fähiger Redakteur, und dass ihr unterschiedlicher Ansicht seid, das ist doch sogar gut. Ich hab mir erst gestern die Verkaufszahlen angesehen, wir liegen wieder ganz vorn. Wir sind das meistgelesene Magazin, Kostik, und Baturin, das ist Fakt, wacht Tag und Nacht über die Lage.»

«Er sollte seine Nächte lieber zu Hause verbringen, verdammt, die Lage habe ich auch ohne ihn unter Kontrolle! Ich … erklär dir das später.»

«Was?», fragte Kira misstrauisch.

«Ich komme heute Abend zu dir», sagte er, «gegen neun. Dann reden wir.»

«Na toll!», sagte Kira. Sie klang schon wie ihr Exmann. «Du kommst zu mir! Ich kann aber nicht. Komm lieber morgen.»

«Nein», beharrte Konstantin, «heute. Ich muss dringend mit dir reden. Ich weiß wirklich nicht weiter. Ich erkläre dir alles, und dann denken wir zusammen über eine Lösung nach.»

Kira sah ihn an. Er sah gut aus, wie immer, und wirkte äußerst beunruhigt – das war sehr ungewöhnlich.

«Na gut», sie gab sich achselzuckend geschlagen. «Dann komm vorbei.»

«Wunderbar. Hör zu, sieh für mich schon mal die erste Seite durch, die Kolumne des Chefredakteurs, ja?»

«Wieso», fragte Kira erstaunt, «hast du sie etwa nicht selbst geschrieben?»

«Nein», brummte Konstantin. «Verotschka, diese Vera. Ich bin nicht dazu gekommen.»

«Verotschka?» Kira war überrascht. «Deine Kolumne? Mein Gott, warum hast du sie nicht mich schreiben lassen? Oder Baturin? Auch wenn du dich mit ihm fetzt – schreiben kann er auf jeden Fall besser als Verotschka!»

«Kira!», brüllte Kostik und schüttelte dabei den Kopf wie ein Epileptiker. «Ich bitte dich, sieh dir jetzt die Kolumne an! Wenn nötig, schreib sie um! Und jetzt verschwinde, ja? Ich hab um zwei eine Besprechung im Presseministerium, und gleich kommt noch dieses Dummchen aus dem Nachrichtenressort!»

«Welches Dummchen aus dem Nachrichtenressort?»

«Keine Ahnung!» Der Chef war nun völlig verwirrt. «So eine ganz Junge. Sie hat den Präsidenten neulich Wassili Wassiljewitsch genannt! Aber ich kann sie nicht entlassen, sie hat einen mächtigen Papa.»

«Allotschka wahrscheinlich?», vermutete Kira.

«Weiß der Himmel! Diese Redaktion ist ja das reinste Freudenhaus: Verotschka, Allotschka, Rostoschka ...»

Natürlich war es für eine Journalistin des hauptstädtischen Politmagazins «Der Moskauer» unverzeihlich, nicht zu wissen, dass der Präsident keineswegs Wassili Wassiljewitsch hieß, aber für Kiras Geschmack tobte Kostik doch ein bisschen übertrieben. Jetzt blickte er auch noch viel sagend zur Decke, als wollte er andeuten, dass in der Lampe eine Wanze stecke. Ein billiges Filmklischee.

Was sollte das? Was war los mit ihm? Und was hatte das alles mit Baturin zu tun?

«Kira», bat Kostik sie noch, «sag Raïssa, ich erwarte das Dummchen von den Nachrichten eine halbe Stunde eher! Sie soll sie jetzt schon herschicken.»

«Wenn sie sie findet», murmelte Kira.

Sie wussten beide, dass es so gut wie unmöglich war, einen Mitarbeiter außerhalb des Redaktionsgebäudes ausfindig zu machen. Wenn die Journalisten auf Recherche gingen, lösten sie sich in Luft auf. Wenn sie nach einer Weile wieder auftauchten, fragte niemand, wo sie gewesen waren und was genau sie getrieben hatten. Hauptsache, sie lieferten ihr Material rechtzeitig.

Kira öffnete die Tür zum winzigen Vorzimmer und

hätte sie beinahe Verotschka vor die Nase geschlagen. Kira war sicher, dass sie gelauscht hatte.

«Hallo», sagte Verotschka rasch und erstrahlte in einem Hochglanzlächeln. «Ich warte auf dich. Oder auf Kostik.»

Obwohl der Chefredakteur schon fast vierzig war, nannten ihn alle nur Kostik.

«Du willst ihm den Artikel zeigen?»

«Ja», bekannte Verotschka verlegen.

«Hallo, Verotschka!», rief Kostik aus seinem Büro. «Fertig?»

«Fertig», bestätigte Verotschka und wurde rot. Das wurde sie immer, wenn der Chef sie ansprach, aus purer Befangenheit. «Ich hab mich bemüht, Ihren Stil zu treffen, aber ich weiß nicht genau ...»

«Kira wird sich's ansehen.» Kostik kam hinterm Schreibtisch hervor und blieb in der Tür stehen, beide Hände gegen den Türrahmen gestemmt.

Breite Schultern, Hugo-Boss-Jackett, die Hosen perfekt gebügelt, das Haar frisch geschnitten, gebräunter Teint – und zwar nicht aus dem Sonnenstudio, sondern vom Skilaufen in Österreich.

Kira wandte sich ab, Verotschka aber sah den Chef wie gebannt an.

«Raïssa», sagte Kira zur Sekretärin, «der Besuch des Fräuleins aus dem Nachrichtenressort ist auf eine halbe Stunde vorverlegt.» Kostik nickte zustimmend. Kira musste lächeln – er hätte das nun wirklich auch selber sagen können, da er nun ohnehin aus dem Zimmer gekommen war.

«Wo soll ich die denn finden, wenn sie nicht an ihrem Platz ist?», fragte die Sekretärin missmutig. «Wisst ihr, ob sie zu Hause Telefon hat, Mädels?»

Die Mädels – Kira und Verotschka – schüttelten den Kopf.

«Vera, komm bitte mit in mein Zimmer, ich seh mir dein Material an.»

«Tee?», fragte Raïssa und sah Kira über die Brillengläser hinweg an. Einen Finger hatte sie auf die Mitarbeiterliste gelegt, vermutlich an die Stelle, wo das «Dummchen aus dem Nachrichtenressort» stand. «Kaffee? Oder machst du selber?»

«Klar, ich mach selber.»

«Ich komme heute Abend vorbei», sagte Kostik, als Kira ging.

«Aber ruf vorher an», erinnerte sie ihn.

«Na klaro.»

Kira verdrehte die Augen. Dieses «klaro» war eine echte Zumutung für Journalistenohren. Tim gebrauchte es laufend, genau wie sein bester Freund Ilja, und auch in der Redaktion wanderte es von einem zum anderen, wie eine Grippeepidemie.

«Kostik», hörte sie Raïssa sagen, «wenn sie nicht an ihrem Platz ist, weiß ich nicht …»

«Okay, okay», brummte der Chef und schloss die Tür hinter sich.

Warum nannten ihn eigentlich alle Kostik?

Niemand würde auf die Idee kommen, ihren Exmann Serjoschik zu nennen, dabei waren er und Kostik gleichaltrig, und Sergej war in seiner Firma ebenso Chef. Doch zu ihm sagten alle voller Achtung Sergej Konstantinowitsch, obwohl das lang und umständlich war.

«Für dich Tee oder Kaffee?» Kira war jetzt wieder schlecht gelaunt und sprach daher lauter als sonst.

Ihr Exmann war allzu plötzlich wieder in ihre Gedanken gedrungen, und sie hatte wie immer Mühe, ihn daraus zu verscheuchen.

Verotschka wusste natürlich nichts vom Exmann, der in Kiras Gedanken herumgeisterte, sie spürte nur den Stimmungsumschwung und sah Kira scheu und übertrieben ergeben an.

«Achte einfach nicht auf mich», sagte Kira, «ich bin bloß mit meinen Gedanken woanders. Also – Tee oder Kaffee?»

«Kaffee», entschied Verotschka. «Kira, warum hat er mich gebeten, den Artikel für ihn zu schreiben? Mag er, wie ich schreibe?»

Vermutlich ist sie ihm als Erste über den Weg gelaufen, überlegte Kira. Das war typisch Kostik. Zum Schreiben war er zu faul, selbst seine Stellvertreter zu suchen war ihm zu anstrengend. Ach, soll die da doch den Artikel schreiben, die Hübsche da drüben! Schlimmstenfalls kann man es ja hinterher umschreiben.

«Ich weiß nicht», antwortete Kira, weil ihr nichts Diplomatisches einfiel. «Komm, wir sehen es uns mal an.»

Es war gar nicht so schlecht. Der Ton stimmte, er hatte sogar eine gewisse Ähnlichkeit mit Kostiks Schreibe – wahrscheinlich hatte Verotschka vorher zahllose alte Kolumnen von ihm studiert.

«Ganz ordentlich», sagte Kira erfreut und sah Verotschka anerkennend an. Die errötete umgehend und verkroch sich hinter ihrer Tasse. «Nur hier muss was geändert werden. Ein paar Fakten rein, du weißt schon.»

Kira schloss die Datei und nahm einen Schluck Kaffee.

«Danke», murmelte Verotschka. «Kann ich es dir dann

noch mal zeigen?» Ihr Lächeln war nun kein Hochglanzlächeln mehr, sondern wirkte fast aufrichtig.

«Kira, warum hat er sich mit Baturin gestritten? Wenn er mich so angebrüllt hätte, wäre ich bestimmt gestorben.»

«Wärst du nicht», widersprach Kira, «in unserem Job darf man nicht gleich sterben, wenn einen der Chef anbrüllt. Er brüllt schon immer, solange ich ihn kenne.»

«Arbeitest du schon lange mit ihm zusammen?»

«Fünf Jahre. Seit das Magazin existiert. Er war Redakteur, ich Korrespondentin. Dann wurde ich Redakteurin und er Ressortleiter. Jetzt ist er Chef und ich seine Stellvertreterin.»

«Und Baturin? Hat der auch mit euch zusammen angefangen?»

«Baturin ist erst vor zwei Jahren gekommen. Er war Kriegsberichterstatter beim Fernsehen. Bei irgendeiner Geschichte, was das war, weiß ich auch nicht» – Kira wusste es genau, hatte aber nicht vor, es Verotschka zu erzählen –, «wurde er verwundet, seitdem humpelt er. Nun kann er nicht mehr mit der Kamera durch Bergschluchten und zerstörte Städte rennen, deshalb arbeitet er jetzt bei uns.»

«Grigori?», fragte Verotschka erstaunt. «Mit der Kamera durch Bergschluchten? Bist du sicher, dass du ihn nicht verwechselst?»

«Natürlich verwechsle ich ihn nicht», sagte Kira schroff. Verotschka begriff, dass sie etwas Falsches gesagt hatte, und verstummte ängstlich.

«Noch Kaffee?»

Verotschka lehnte rasch und unterwürfig ab und lief aus dem Büro ins Vorzimmer.

«Seid ihr fertig?», fragte die Sekretärin freundlich. «Das

Wasser ist bestimmt noch heiß, oder? Vielleicht sollte ich mir einen Tee aufbrühen, solange der Chef beschäftigt ist …»

«Ist jemand bei ihm?», fragte Verotschka ehrfürchtig.

«Vom Nachrichtenressort.» Raïssa zog nacheinander mehrere Schreibtischschubladen auf, bis sie endlich eine Tasse gefunden hatte, betrachtete sie skeptisch –, und fragte sich, ob sie sie abwaschen sollte. Sie entschied sich dagegen, stand auf und klopfte bei Kira an. «Kann ich mir bei dir einen Tee aufbrühen, Kira?»

Der Chef tobte inzwischen erneut – nicht ganz so laut wie vor einer halben Stunde, aber dennoch hörte man ihn im Vorzimmer und sogar im Flur. Verotschka lauschte erstarrt.

«Ich schmeiße Sie raus, verdammt nochmal!», brüllte er hinter der dünnen Wand. «Ich pfeife drauf, dass Ihr Papa Sie hier untergebracht hat. Dann soll doch Ihr Papa herkommen und schreiben!»

Verotschka hörte noch eine Weile seinem Gebrüll zu. Es war Musik in ihren Ohren, denn sie war sehr stolz auf sich. Sie, Verotschka, hatte einen Artikel abgeliefert, über den Kira höchstpersönlich gesagt hatte, dass er «ganz ordentlich sei». Das war zwar noch nicht der Pulitzerpreis, aber schon nahe dran – so empfand sie es jedenfalls.

Verotschka verließ das Vorzimmer und schloss leise die Tür. Sie war bereits am Ende des Flurs, als ein hoch gewachsenes langhaariges Mädchen sie überholte, das aussah wie ein aufgeschrecktes Wildpferd. Ihre Augen waren voller Tränen, und die Mappe, die sie krampfhaft an die Brust gepresst hielt, wirkte wie ein Schild in der Schlacht, der letzte Schutz des sterbenden Kriegers.

«Hallo», sagte Verotschka neugierig.

«Hallo», brachte das Mädchen mühsam heraus. «Ich hab's sehr eilig, entschuldige.»

Das sieht man, dachte Verotschka gehässig. Bestimmt musst du jetzt schnell Papa anrufen und petzen. Kostik ist als Chef natürlich kein reiner Segen, aber er sieht gut aus, ist klug, ein glänzender Journalist und ein echter Mann – mit dem wirst du nicht fertig, meine Liebe! Nicht mal, wenn du deinen Papa zu Hilfe holst!

Das Mädchen galoppierte mit seinen langen Beinen den Flur entlang Richtung Nachrichtenressort, als Grigori Baturin ihr über den Weg lief. So überraschend, dass sie zusammenstießen.

«Entschuldigen Sie, Grigori Alexejewitsch», sagte sie heiser. «Ich habe es eilig.»

«Halb so schlimm», antwortete Baturin, als er sich gefasst hatte. «Alles in Ordnung.»

Offenbar war nicht alles in Ordnung, denn er umfasste seinen Stock und griff kurz nach der Wand.

Das Wildpferdchen machte eine Bewegung, als wollte es ihn stützen.

«Danke, nicht nötig», sagte er schroff, «ich sage doch, es ist alles in Ordnung.»

Mitten im Flur stehen zu bleiben und die beiden anzustarren war ungehörig, aber Verotschka wollte zu gern sehen, wie es weiterging. Dieser ehemalige Kriegsberichterstatter – mein Gott, wie romantisch! – interessierte Verotschka.

Sie überlegte kurz, dann holte sie aus ihrer Jacketttasche eine Metrokarte vom Vorjahr und schlüpfte unter den Metallpanzer des Wandtelefons.

Was war schon dabei? Vielleicht musste sie ja dringend jemanden anrufen! Alle Journalisten telefonierten hier, das hatte sie selbst gesehen. Sie schob die Karte in den Schlitz und nahm den Hörer ab. Das laute Rauschen darin störte sie beim Lauschen, also wählte sie aufs Geratewohl eine Zwei.

«Sie sind aus dem Nachrichtenressort?», hörte sie Baturin fragen. Es klang irgendwie unsicher, so als fiele ihm der Name des Ressorts nicht gleich ein. «Der Chef hat Sie zu sich bestellt, stimmt's?»

«Stimmt», bestätigte das Mädchen, wandte sich ab und schniefte geräuschvoll. «Entschuldigen Sie, ich muss gehen.»

«Was denn?», fragte der Stellvertreter ungläubig. «Sagen Sie bloß, Sie heulen?»

Verotschka streckte kurz den Kopf aus ihrem Panzer, schaute hin, verkroch sich wieder und wählte eine Drei.

«Ich ... Ich ... heule ... nicht», stammelte das Mädchen, und es war klar, dass es genau das tat, «ich habe Unannehmlichkeiten.»

«Verstehe», sagte der Stellvertreter düster. «Hören Sie auf zu heulen. Kostik macht oft Lärm um nichts.»

Das Mädchen riss sich plötzlich die Brille mit dem schicken winzigen Rahmen herunter und kramte krampfhaft in seinen Taschen. Es hatte sich von Baturin abgewandt.

«Ich ... Ich verstehe das nicht, wirklich, ich verstehe nicht ... Warum er mich so ...»

«Wieso verstehen Sie das nicht? Hat er Ihnen etwa nicht erklärt, warum? Ich kann mir nicht vorstellen, dass er Ihnen das nicht erklärt hat!»

«Nein, nein, ich weiß ja, weshalb!», unterbrach ihn das Mädchen, zerrte ein Taschentuch hervor und putzte hastig ihre Brille. Ihre Lippen zuckten wie im Todeskampf. «Das ist es ja – ich weiß es!»

«Wieso heulen Sie dann?»

«Ich heule, weil … Das … das bin ich nicht!»

«Was – Sie sind nicht Sie?» Baturin war ehrlich erstaunt und wechselte das Standbein. Sein Stock knarrte.

«Nein» – sie lächelte plötzlich –, «ich bin ich. Aber das, wofür er mich … Das habe ich nicht getan. Ich hätte niemals … Das war ich alles nicht!»

«Ich verstehe kein Wort», sagte Baturin leise. «Was bedeutet das?»

«Ich kann das nicht erklären», sagte das Mädchen niedergeschlagen, «Sie würden mir sowieso nicht glauben! Also – ich habe nicht geschrieben, dass Hongkong in Europa liegt! Und ich habe den Präsidenten auch nicht Wassili Wassiljewitsch genannt!»

«Hongkong?», fragte Baturin ungläubig. «Wassili Wassiljewitsch?»

«Na sehen Sie!» Das Mädchen schrie fast. «Natürlich, ich bin eben saublöd, und dauernd reibt man mir meinen Papa unter die Nase! Was soll ich denn machen – mir einen anderen Vater suchen? Das mit Hongkong habe ich nicht geschrieben! Ich habe keine Ahnung, wie das in den Text gekommen ist! Und ich weiß auch genau, wie der Präsident heißt und der Premierminister und alle anderen! Ich bin doch nicht verrückt!»

«Und wie kommt dann der Chef darauf?»

«Aus meinem Material!»

«Na sehen Sie.»

«Aber ich sage Ihnen doch, ich habe nichts davon geschrieben!»

«Wer dann?», fragte Baturin kalt. «Ihre Feinde?»

Das Mädchen setzte sich die Brille wieder auf und sah Baturin aus riesigen, feuchten Augen hochmütig an. Sie war fast genauso groß wie er.

«Entschuldigen Sie, Grigori Alexejewitsch, ich muss jetzt gehen. Mein Vater ruft gleich an. Vielleicht sollte ich meine Eltern verklagen? Dann wird ihnen das Erziehungsrecht aberkannt, und ich bin keinem mehr ein Dorn im Auge!»

Baturin lachte spöttisch.

«Überprüfen Sie mal lieber Ihren Computer auf Viren», riet er. Das Mädchen starrte ihn überrascht an. «Der Sohn von Kira Jatt hat uns neulich einen beschert. Man schreibt etwas, und alle zehn Worte kommt ein Schimpfwort. Auf dem Monitor erscheint es nicht, aber auf dem Ausdruck steht es dann in voller Pracht. Überprüfen Sie das mal.»

«Gut», murmelte sie verwirrt.

«Auf Wiedersehen.»

«Auf Wiedersehen, Grigori Alexejewitsch.»

«Ach ja – und heulen Sie nicht mehr auf dem Flur!», rief er ihr leise hinterher. Sie drehte sich um wie von der Tarantel gestochen. «Wer bei uns öffentlich heult, der ist geliefert.»

Er drehte sich um und ging, schwer auf seinen Stock gestützt, auf Verotschka zu. Das Mädchen blickte ihm noch ein paar Sekunden nach, dann verschwand es hinter der Flurbiegung.

Verotschka legte den Hörer auf und nahm die Karte aus

dem Schlitz. Baturin wollte schon vorbeihumpeln, blieb dann aber plötzlich stehen.

«Der Apparat ist kostenfrei», sagte er sachlich. «Die Mühe hätten Sie sich sparen können.»

«Ich habe nicht ...», stammelte sie, «ich habe telefoniert ...»

«Ja, natürlich», sagte Baturin trocken und ging weiter.

Er war Verotschka augenblicklich unsympathisch.

Ach nein, wie scharfsichtig! Und sein Humpeln war nun wirklich nicht romantisch! Er humpelte schwer, angestrengt und unschön. Und er sah aus wie ein Mehlsack! Wie konnte so einer bloß erster Stellvertreter werden!

Baturin kann mir gestohlen bleiben, dachte Verotschka entschlossen.

# 3

AM NÄCHSTEN MORGEN verbreitete sich in der Redaktion die Nachricht wie ein Lauffeuer, dass Kostik am Abend zuvor ermordet worden war, und zwar im Treppenhaus von Kira Jatt, mit der er zu einem romantischen Rendezvous verabredet gewesen war.

Gefunden hatte ihn die alte Concierge, die aus irgendeinem Grund in die oberste Etage gelaufen war – angeblich, um die Türen zu überprüfen, obwohl es dort eigentlich keine Türen zu überprüfen gab.

Es war fast elf, als Marja Semjonownas Schrei wie die Posaune von Jericho das Treppenhaus erschütterte.

Die Miliz kam sofort.

Den müden, desinteressierten Männern mit den Gesichtern wie aus Gusseisen war alles gleichgültig: Marja Semjonowna, die in Tränen zerfloss, Kira, die vollkommen schockiert war und deshalb ununterbrochen rauchte, Tim, dessen blasses, aufgeregtes Gesicht in der Tür erschien, und Kostik, der mit unnatürlich verdrehtem Arm dalag, als wollte er nach seiner Aktentasche greifen, die einen Meter von ihm entfernt auf dem Boden lag.

Von den Nachbarn kam fast niemand heraus, nur die, die auf Kiras Etage wohnten und die Marja Semjonownas markerschütternder Schrei aufgeschreckt hatte. Die Übrigen taten, als wäre nichts geschehen – das eigene Privatleben war weiß Gott wichtiger als eine Leiche im Treppenhaus!

Fremde Menschen liefen um Kostik herum, hockten sich vor ihn, fotografierten, legten Lineale an – als sei der Tote ein seltener Käfer, der in eine entomologische Sammlung aufgenommen werden sollte.

«Und?», fragte einer der Käfersammler, der den Anfang verpasst hatte, vom Treppenabsatz aus.

«Schusswaffe», erwiderte der Hockende. Beide schwiegen tiefsinnig und steckten sich eine Zigarette an.

Etwa bei der Hälfte der Zigarette – das beobachtete die aufmerksame Journalistin Kira genau – kamen sie zu dem Schluss, dass sie wissen musste, warum Kostik getötet worden war, ja, es war sogar anzunehmen, dass sie die Sache selbst inszeniert hatte. Sie sahen einander noch eine Weile übertrieben nachdenklich an, dann drehte einer der beiden – der, der neben Kostik hockte – sich um und schaute Kira an, als lege er auch bei ihr ein Lineal an und vermesse sie von Kopf bis Fuß.

Während er die Treppe hinaufstieg, zog er seinen Dienstausweis aus der Innentasche seiner billigen Lederjacke.

«Hauptmann Galzew», stellte er sich vor und hielt Kira den Ausweis unter die Nase. Er hing an einer dicken vernickelten Kette, die in seiner Tasche verschwand. Sie dachte: Hauptmann Galzew ist auf Lebenszeit an seinen Dienstausweis festgekettet.

Die Frau war blass und hielt sich aufrecht, übertrieben würdevoll, wie er fand. Angst oder Trauer, dachte er.

«Gehen wir hinein», lud sie ihn ein. Ihre Stimme klang angespannt und bestimmt. Der Hauptmann drehte sich zum Treppenabsatz um und begriff, warum.

Männer in schmutzigen weißen Kitteln luden den Leichnam auf eine Trage – die toten Arme hingen schlaff herab, ein schicker Lackschuh war vom Fuß gerutscht und hatte einen schmalen Fuß in einer schwarzen Socke entblößt. Schwarze Blutstropfen fielen auf den Fliesenboden – nicht, weil der Tote noch immer blutete, sondern weil seine Kleider blutgetränkt waren.

«Kostik», murmelte die Frau, und Hauptmann Galzew beobachtete sie aufmerksam, «mein Gott, das kann einfach nicht wahr sein!»

«Was kann nicht wahr sein?»

Sie sah ihn nicht an und ignorierte seine Frage.

Im vierten Stock lagen zwei Wohnungen. In der einen Wohnungstür stand ein magerer Halbwüchsiger, barfuß und in extrem weiten Hosen, über denen ein unförmiges T-Shirt hing. Er wirkte zugleich neugierig und erschrocken.

«Mama, was passiert da jetzt?»

«Die Miliz ist da», erwiderte sie ruhig, «das siehst du doch. Kostik wird gerade weggebracht.»

Dem Hauptmann nötigte ihr Verhalten Respekt ab, weil sie nicht schrie: «Gar nichts passiert da, das geht dich überhaupt nichts an, wie oft muss ich dir noch sagen, dass du schlafen gehen sollst!» Schließlich war sonnenklar, dass der Junge sich um nichts in der Welt ins Bett schicken lassen würde, denn er hatte sowieso alles gesehen; das «wahre Leben» jetzt noch vor ihm verbergen zu wollen wäre dumm gewesen.

«Kommen Sie herein.» Sie ließ dem Hauptmann den Vortritt. «Ich lasse die Tür offen, damit Ihre Kollegen auch hereinkönnen.»

«Gut», murmelte der Hauptmann.

Als er an ihr vorbeiging, nahm er ihren Duft wahr – teuer und frisch –, bewunderte ihren langen Hals, die festen Beine in den Jeans und die ziemlich üppige Brust unter dem weiten Hauspulli. Sie trug eine seltsame Frisur. So etwas kannte der Hauptmann nur aus Werbeclips: hinten sehr kurz, vorn ein langer, fransiger Schopf, der ihr ins Gesicht fiel. Als sie ihn hinters Ohr schob, klapperten an ihrem rechten Handgelenk zwei Armreife. Der einzige Schmuck, den sie trug.

Eine hochinteressante Frau. Keine Heulsuse, nicht blöd und nicht feige.

«Kannten Sie den Toten?», fragte der Hauptmann.

«Gehen wir in die Küche?», fragte sie statt einer Antwort.

«Wie Sie wollen», erwiderte er.

«Kaffee? Tee?»

«Einen Eimer Wodka», murmelte der Hauptmann vor sich hin. Das war nicht für ihre Ohren bestimmt gewesen, aber sie hatte es gehört.

«Einen ganzen Eimer habe ich nicht», sagte sie resolut, «aber ein bisschen schon. Möchten Sie?»

«Ich bin im Dienst!», protestierte er übertrieben eifrig. Sie machte ihn verlegen.

«Tim, du trinkst doch auch einen Tee, ja?»

«Ja», rief der Junge aus einem anderen Raum, und wieder sagte sie nicht, es sei längst Schlafenszeit. Wirklich eine kluge Frau.

«Das ist Kostik», sagte sie plötzlich. «Konstantin Sergejewitsch Stanislawow, mein Chef. Der Chefredakteur des Wochenmagazins ‹Der Moskauer›.»

Galzew stieß einen langen Pfiff aus. Ein Chefredakteur hatte ihm gerade noch gefehlt! In einer halben Stunde wären garantiert alle führenden Fernsehsender am Tatort. Morgen würde in alle Zeitungen stehen, was für ein glühender Kämpfer für die Gerechtigkeit der Tote gewesen sei, ein echter Journalist, ehrlich und unbestechlich. Irgendwer würde verkünden, es handle sich um einen politischen Auftragsmord und einen Angriff auf die Pressefreiheit. Die Sendung «Unabhängige Ermittlung» würde unabhängig ermitteln und irgendeinen Blödsinn auftischen, und am Ende würden die Milizionäre als Hauptschuldige dastehen – entweder weil sie ihn angeblich selbst erschossen hatten oder weil sie nicht engagiert genug ermittelten. Und wenn der Fall – Gott bewahre! – gar nicht aufgeklärt wurde, dann ade Quartalsprämie und Lob im Rapport!

Der Kerl, der ihn erledigt hatte, musste rasch gefunden werden, damit der Medienmeute sofort ein Schuldiger präsentiert werden konnte.

Warum eigentlich nicht diese Frau?

«Setzen Sie sich», forderte sie Galzew auf, «der Kaffee ist gleich fertig. Für Sie Milch und Zucker?»

Er zuckte die Achseln und setzte sich auf einen breiten Holzhocker.

«Wollte er zu Ihnen?»

«Ja, natürlich», bestätigte Kira, «er wollte mit mir reden.»

«Worüber?»

«Das weiß ich nicht.» Sie nahm die Zuckerdose aus dem Schrank und füllte Milch in ein kleines silbernes Kännchen. «Das hat er mir in der Redaktion nicht gesagt. Nur, dass er heute Abend vorbeikommt, um mit mir zu reden. Mehr nicht.»

«Wann wollte er denn hier sein?», fragte der Hauptmann und blickte in sein Notizbuch.

«Ich weiß nicht», erwiderte sie ein wenig ungeduldig, «ich glaube, nach neun.»

In seinem Notizbuch lag ihr Ausweis, den er sich gleich angesehen hatte, als er eingetroffen war.

Kira Michailowna Jatt – was für ein Name! – fünfunddreißig, geschieden, ein Sohn – Timofej Litwinow, dreizehn Jahre alt. Geboren – der Hauptmann seufzte – in London.

Schon mal von dieser Stadt gehört, Hauptmann Galzew? Soll kein schlechter Ort sein zum Leben!

Warum war sie eigentlich dort geboren, noch dazu vor fünfunddreißig Jahren? Wann war das genau? 1967? 1968? Erster Weltraumspaziergang, alle Felder voller Mais, Ungarn war längst zur Räson gebracht, in der Tschechoslowakei hatten sie gerade am Eisernen Vorhang gezerrt und überprüft, ob er wirklich so undurchlässig war; lange vor Afghanistan, aber kurz vor Solschenizyn im Selbstverlag. Wie konnte sie in dieser Zeit in London geboren sein?

«Sie nennen ihn Kostik; ist er Ihr – Freund?»

«Er ist mein Chef», erklärte sie, ohne mit der Wimper zu zucken. Geschickt goss sie aus dem türkischen Kaffeekocher den Kaffee erst in ein winziges Tässchen, ohne auch nur einen Tropfen zu verschütten, dann in ein zweites. Der Hauptmann beäugte sein Tässchen misstrauisch. Er trank seinen Kaffee am liebsten aus großen, dickwandigen Bechern. Randvoll und mit viel Zucker. So etwas Zierliches wie dies hier war ihm nicht geheuer.

«Ihr Chef und Ihr Freund», beharrte der Hauptmann, «oder Ihr Liebhaber?»

Sie stellte den Kaffeetopf auf den Herdrand und warf einen besorgten Blick zur Tür. Irgendwo dort hinten war ihr Sohn, aber sie ließ die Tür offen.

«Er war nie mein Liebhaber», sagte sie entschieden, die Stimme ein wenig gedämpft, «wir arbeiten zusammen, seit die East-West-Holding beschlossen hat, die Zeitschrift herauszugeben.»

«Wann war das?»

«Vor fünf Jahren. Chefredakteur war damals Wolodja Nikolajew, er lebt jetzt in Amerika. Er war mit Kostik befreundet, hat ihn eingestellt und gefördert, dann ging er weg, und Kostik übernahm seinen Posten.»

«Und wer hat Sie gefördert?»

Sie zuckte die Achseln. Ihr weiter Hauspulli aus bunter Wolle hatte einen großen Ausschnitt, der viel von ihrer matt schimmernden zarten Haut freigab, und das lenkte den Hauptmann ab.

«Mich hat niemand gefördert. Ich bin selber vorangekommen. Das heißt, ich bin im Grunde gar nicht sonderlich aufgestiegen. Ich bin zweiter Stellvertreter des Chefredakteurs. Ein eher mittelmäßiger Posten.»

«Was für ein Posten?»

«Mittelmäßig», wiederholte sie trocken, «jedenfalls für mein Alter. Heutzutage ist ja alles anders. Heute kommen die Jungen und Mädchen frisch von der Uni und kriegen mit zweiundzwanzig, dreiundzwanzig sofort eine Stelle – gekauft natürlich. Eine Stelle wie meine. Oder noch attraktivere, zum Beispiel stellvertretender Geschäftsführer oder stellvertretender Werbechef. Da braucht man faktisch nichts zu tun, die Arbeit macht der Direktor. Also sieh zu und lerne, wenn du genug Verstand hast. Wenn nicht, kassierst du eben so dein Geld.»

«Ist Ihr Kostik auch so einer?»

«Nein.» Sie lächelte. Ihre Zähne waren ebenso makellos wie ihre Schultern. «Wie kommen Sie darauf? Ich sage doch – Wolodja hat ihn gefördert. Er und Wolodja haben vor hundert Jahren zusammen bei der Nachrichtenagentur TASS angefangen. Die beiden sind Profis, keine grünen Jungs.»

«Gibt es bei Ihnen denn grüne Jungs, die den Posten des Chefs gern kaufen würden?»

«Den Posten des Chefredakteurs zu kaufen wäre ziemlich dumm. Einer muss schließlich die Zeitschrift leiten! Das ist nicht so einfach, wie es auf den ersten Blick scheint. Kostik ist ein sehr guter Journalist», sagte sie entschieden, als weigere sie sich absichtlich, ein «gewesen» hinzuzufügen, «er schreibt ausgezeichnet, versteht etwas von Politik und hat überall Beziehungen.»

«Was heißt Beziehungen?»

Kira zündete sich eine Zigarette an und blieb dicht vor dem Hauptmann stehen, der noch immer leidend vor seiner fingerhutgroßen Tasse saß. Wieder nahm er ihr Parfüm wahr – die reinste Strafe! Zusammen mit ihrer schimmernden Haut beeinträchtigte es sein Denkvermögen.

«Lieber Hauptmann! Um eine Zeitschrift zu machen, braucht man Zugang zu Informationen. Was über die Agenturen hereinkommt, taugt nichts, das ist Schnee von gestern, das kann keiner gebrauchen. Man muss als Erster erkennen, was eine Sensation oder wenigstens ein Ereignis werden kann. Und dann dafür sorgen, dass dieses Ereignis von kompetenten Leuten kommentiert wird. Haben Sie eine Ahnung, welche Hürden man überwinden muss, um beispielsweise ein Interview mit dem Chef des Präsidentenbüros zu bekommen?»

«Nein», gestand Hauptmann Galzew, der noch nie versucht hatte, den Bürochef des Präsidenten zu interviewen. Und eigentlich war er überzeugt, dass dieser Chef niemanden interessierte und es nicht lohnte, um ein Interview mit ihm zu kämpfen.

«Kostik kannte überall die richtigen Leute – in der Duma, in der Verwaltung, in der Regierung und beim Innenministerium. Er erhielt fast nie Absagen, dadurch hatten wir immer die Möglichkeit, alle Informationen auf ihre Richtigkeit zu prüfen. Oder Zugang zu inoffiziellen Materialien zu bekommen. Bei uns gibt es kein verbrieftes Recht auf uneingeschränkte Pressefreiheit. Niemand ist verpflichtet, die Presse umfassend zu informieren.»

«Verstehe, verstehe», murmelte der Hauptmann und schaute in sein Notizbuch. Es enthielt nur Linien und die Buchstaben «Mo», «Di», «Mi». Nichts, was das Bild ergänzt hätte.

Trotzdem – bestimmt war er ihr Liebhaber gewesen. Sie hatte ihn auf dem Treppenabsatz zwischen dem dritten und vierten Stock erschossen, als er zu ihr kommen wollte, um mit ihr über ihre Affäre zu reden. Vielleicht hatte er ein Verhältnis mit einer anderen anfangen wollen, und sie, die tolle Kira, war ihm dabei im Wege gewesen. War eifersüchtig gewesen, hatte ihm Szenen gemacht oder so.

Der Hauptmann gähnte mit geschlossenem Mund. Schön, wenn's so gewesen wäre. Trotz des teuren, frischen

Dufts, der klappernden Armreife und der matt schimmernden Haut.

«Und Sie wissen nicht, warum er Sie heute besuchen wollte?», fragte er und setzte eher seine Gedanken fort als das Gespräch mit ihr.

«Nein. Er hat sich heute heftig mit seinem ersten Stellvertreter gestritten, mit Grigori Baturin. Ich kam dazu, als sie sich anschrien. Dann ist Baturin gegangen, das heißt, ich hab sie auseinander gejagt ...»

«Wie – auseinander gejagt?», fragte der Hauptmann, plötzlich wachsam wie ein Schießhund.

«Ganz einfach», erwiderte sie ein wenig ungeduldig, «ich hab gesagt, sie sollen aufhören. Die ganze Redaktion hatte schon mitgekriegt, dass sie sich wieder in der Wolle hatten! Sie streiten immer sehr laut. Grigori ist gegangen ...»

«Moment», unterbrach sie der Hauptmann, «wie heißt er?»

«Wer?»

«Der, mit dem sich Ihr Chefredakteur gestritten hat.»

«Grigori Baturin. Der erste Stellvertreter des Chefredakteurs», diktierte sie silbenweise, als hätte sie einen Zweitklässler vor sich.

«Hat er seinen Posten auch gekauft?»

«Nein, er ist vor zwei Jahren zu uns gekommen ...»

Kira seufzte. Er war irgendwie eigenartig direkt, dieser Hauptmann Galzew, obwohl er keineswegs wirkte wie ein Idiot.

Irgendwas an mir nervt ihn, dachte sie und überprüfte unauffällig, ob an ihrem Äußeren alles in Ordnung war. Es war alles in Ordnung, fand sie

Sie hoffte, dass er möglichst bald verschwand. Sie

musste Tim ein Schlafmittel geben, einen Tee und zwei Käsebrote, ihn ins Bett schicken und dann nachdenken.

Nachdenken und um den armen Kostik weinen.

Verdammt, wie hatte das passieren können, ausgerechnet in ihrem Haus, das angeblich überwacht wurde, wie damals in der Wohnungsanzeige gestanden hatte. Gar nicht so spät in der Nacht, mitten im ruhigen alten Moskauer Zentrum! Wer konnte nur auf dem Treppenabsatz zwischen dem dritten und vierten Stock gestanden, auf den Lift gewartet und Kostik ins Herz geschossen haben, sodass er ungelenk mit den Armen ruderte, mit verrenktem Bein und Arm hinfiel und die Aktentasche beiseite geschleudert wurde?

Seine Rechte war unnatürlich verrenkt, dachte Kira. Mit der Rechten hatte er geschrieben. Nein, geschrieben hatte er am Computer. Sie selbst konnte sich immer noch nicht recht daran gewöhnen und schrieb per Hand. Er hatte alles in den Computer getippt.

Er hatte liebe alte Eltern irgendwo in der Nähe von Moskau gehabt und eine Schwester, fünfzehn Jahre jünger als er, der er laufend Geld gegeben hatte, außerdem hatte er ein teures Auto besessen und einen ungebrochenen Jagdeifer in Bezug auf «Mädchen».

«Entschuldigen Sie mich», brachte sie hervor und griff sich an die Kehle, «nur einen Augenblick, entschuldigen Sie bitte.»

Sie rannte aus der Küche.

Jetzt ist es angekommen, dachte der Hauptmann. Gleich wird sie hysterisch, und dann kriegt man nichts mehr aus ihr raus. So ist das immer.

Er roch an dem inzwischen kalten Kaffeesatz, der die

Hälfte der Tasse einnahm. Kira Jatts Kaffee hatte nicht einmal für einen Schluck gereicht.

Der Hauptmann hörte ein leises Geräusch im Flur und rief leise: «Komm rein, Junge!»

Es blieb einen Moment still, dann tauchte der Junge an der Tür auf.

«Meinen Sie mich?», fragte er höflich.

«Hör mal», sagte der Hauptmann freundlich, «deine Mutter hat mir einen Kaffee gekocht, aber der schmeckt mir nicht. Habt ihr keinen normalen, aus der Büchse?»

«Doch», sagte der Junge nach kurzem Überlegen. «Moment.»

Mit wiegendem Gang – seine Hosen waren unglaublich weit und schlackerten derart um seine Beine, als müsse er für jeden Schritt vorwärts einen weiteren in den Hosenbeinen machen – kam er in die Küche, schaltete den Wasserkocher ein und holte einen riesigen weißen Kaffeebecher aus dem Schrank. Der Hauptmann war hocherfreut.

«Sag mal, Junge, hast du vielleicht irgendwas gehört – Lärm vielleicht, einen Schrei oder einen Schuss?»

«Nee», sagte der Junge. «Wie viel Kaffee?»

«Zwei Löffel. War deine Mutter den ganzen Abend zu Hause?»

Augenblicklich ging der Junge in Abwehrstellung. Der Hauptmann konnte fast sehen, wie er nach allen Seiten Stacheln aufstellte.

«Natürlich war sie zu Hause! Sind Sie verrückt? Denken Sie etwa, dass sie …»

«Ich denke gar nichts», unterbrach ihn der Hauptmann ärgerlich, «ich stelle vorerst nur Fragen. Sie ist also nicht hinausgegangen?»

«Nein!» Der Junge schrie fast. «Wohin denn? Sie ist nach der Arbeit immer zu Hause!»

«Hat sie vielleicht telefoniert?»

«Das weiß ich nicht! Ich lausche doch nicht, was sie macht! Ich hab Englisch gelernt!»

«Du hast ein eigenes Zimmer?»

«Ja, was denn sonst?»

«Und du hast es nicht verlassen?»

«Nein, hab ich nicht! Ich komme nie raus, wenn der Schnösel da ist!»

«Moment mal», fragte der Hauptmann, «welcher Schnösel? Mamas Chef?»

«Was ist hier denn los?», fragte Kira von der Schwelle aus. «Tim, warum schreist du so?»

«Nichts weiter», versicherte der Hauptmann schnell, «der Junge hat mir einen Kaffee gemacht. Entschuldigen Sie» – er lächelte charmant –, «aber Ihren kann ich nicht trinken.»

«Mama, ich rufe jetzt Papa an», sagte der Junge mürrisch. «Vielleicht kommt er her?»

«Das fehlte noch!», rief die Mutter leise, aber entschieden. «Weißt du eigentlich, wie spät es ist?»

«Ich hab doch eine Uhr und Augen im Kopf!»

«Dann red nicht solchen Unsinn. Wir sind gleich fertig, dann trinken wir Tee. Und danach gehst du schlafen.»

«Mama, bitte, er ist in drei Minuten hier!»

«Nein.»

Soso, dachte der Hauptmann.

«Dann eben nicht!», sagte der Junge wütend, machte eine Kehrtwendung in seiner Hose und rannte aus der Küche. Die Hose folgte ihm mit einiger Verzögerung.

«Komische Mode», murmelte der Hauptmann und sah dem Jungen nach.

«Sie waren also die ganze Zeit zu Hause, haben nichts gesehen und nichts gehört», fragte er dann. «Wann sind Sie denn gekommen?»

«Wahrscheinlich so gegen sieben. Oder kurz danach. Wenn mich in der Redaktion nichts Außergewöhnliches aufhält, komme ich immer um diese Zeit nach Hause.»

«Kam Ihr Chef Sie oft besuchen?»

«Nicht sehr oft. Nur, wenn es Probleme gab, die wir in Ruhe besprechen mussten, dann kam er her. Es gab keine», – sie suchte nach einem passenden Wort –, «keine bestimmte Regelmäßigkeit.»

«Warum besprach er die Probleme denn nicht mit seinem ersten Stellvertreter?»

«Das weiß ich nicht», erwiderte Kira abweisend. «Vielleicht hat er das ja getan, aber ohne mich. Zu mir kam Kostik immer allein.»

«Kommen Sie mit ihm nicht aus?»

«Mit wem?»

«Mit dem ersten Stellvertreter?»

«Warum sollte ich mit ihm nicht auskommen?»

«Das sollten Sie natürlich», erklärte der Hauptmann gereizt, «aber es könnte ja sein. Wollten Sie nicht erste Stellvertreterin werden? Sie sind klug und tüchtig, das sieht man auf Anhieb, aber nur zweite Stellvertreterin. Dabei arbeiten Sie schon länger in der Redaktion als der erste Stellvertreter.»

Kira schüttelte den Kaffeetopf, in dem noch ein Schluck Kaffee war.

«Wenn Sie damit sagen wollen», begann sie, «dass ich

Kostik erschossen habe, um die Karriereleiter raufzuklettern, dann nur raus damit.»

«Sie nehmen mir ja das Wort aus dem Mund», murmelte der Hauptmann.

«Baturin ist ein exzellenter Journalist», stellte Kira klar. «Er hat Stilgefühl, er ist knallhart und ein fähiger Organisator. An Kostiks Stelle hätte ich ihn gefürchtet.»

«Inwiefern?»

«Er war ihm dicht auf den Fersen. Ich denke, in einem Jahr hätte er Kostik durchaus ablösen können.»

Baturin, notierte der Hauptmann, Anwärter auf den Posten.

«Das sage ich deshalb», fuhr Kira fort, als hätte der Hauptmann das nicht in sein Notizbuch geschrieben, sondern in großen Lettern auf seine Stirn, «weil vielleicht Kostik einen Grund gehabt hätte, Baturin umzubringen, aber nicht umgekehrt. Alles wäre ohnehin von selbst so gekommen wie jetzt – Grigori wird Chefredakteur, er übernimmt die Zeitschrift.»

«Vielleicht wollte er nicht so lange warten? Also hat er ihn einfach erschossen, und die Sache ist geritzt?»

Kira zuckte die Achseln. Ihr Pulli rutschte herunter und entblößte noch mehr matt schimmernde Haut.

Der Hauptmann erschrak und wandte sich ab.

«Mein Gott», sagte sie auf einmal gequält, «ist das furchtbar! Kostik ist tot, und wir reden so ungeheuerliche Dinge, als wäre nichts weiter dabei!»

«Wenn wir nicht darüber reden, wird niemand je erfahren, wer Ihren Kostik erschossen hat.»

«Und wenn wir es wissen, was dann?», fragte sie. «Wird er davon etwa wieder lebendig?»

Sie schwiegen.

«Nein», sagte Kira, «Baturin kann ihn nicht getötet haben.»

«Warum nicht?»

«Finden Sie das selbst heraus», antwortete sie wütend, «Sie sind schließlich bei der Miliz, das aufzuklären ist Ihr Job.»

«Ich bin ja dabei. Kann irgendjemand außer Ihrem Sohn, der, wenn ich richtig verstanden habe, Hausaufgaben gemacht und nichts gesehen oder gehört hat, Ihr Alibi bezeugen?»

Sie zwinkerte überrascht, wich ein Stück zurück und stieß mit dem Rücken gegen die polierte Arbeitsplatte. Der Hauptmann sah sie undurchdringlich an.

Sehr gut. Weiter so. Verlier den Boden unter den Füßen. Mach dir bewusst, dass ich dich auf der Stelle in U-Haft nehmen kann.

Vor der Tür regte sich etwas, nackte Füße tappten über den Boden, und ein baumlanger Schönling im Bademantel betrat die Küche. Sein Haar war zerwühlt, auf der Wange konnte man noch den Abdruck vom Kopfkissen erkennen.

«Guten Abend», sagte der Schönling und riss gähnend den Schlund auf, «Kircha, was geht hier bei uns vor?»

Zwinkernd vertrieb der Hauptmann die Starre aus seinen Augen.

«Er zum Beispiel», erklärte Kira ungerührt. «Er kann mein Alibi bestätigen. Stimmt's, Sergunja? Das kannst du doch?»

«Ich kann alles», bestätigte der Mann und erkundigte sich, während er sich an den Tisch setzte: «Hast du jemanden umgebracht?»

«Wer sind Sie?», fragte der Hauptmann, der langsam wütend wurde.

«Und wer sind Sie?»

Erneut der Griff in die Innentasche, zum Dienstausweis an der Hundekette.

«Ahh», machte der Mann respektvoll, griff sich einen Zwiebackkringel aus dem Brotkorb und knabberte geräuschvoll daran herum, «ich bin Sergej Schljach, Kira und ich sind ... Ich bin ihr enger Freund. Na ja, Sie verstehen.»

«Verstehe», bestätigte der Hauptmann.

«Was ist denn passiert?»

«Auf der Treppe, vor dem Lift, ist mein Chef erschossen worden», teilte Kira ihm sachlich mit.

Der Mann stieß einen Pfiff aus. «Der, auf den du gewartet hast?»

Kira sah ihn nur wortlos an.

Der Hauptmann stöhnte innerlich. Der Liebhaber ist also der hier, nicht der andere. Den hier bezeichnet der Junge als «Schnösel». Kluger Junge – der Kerl ist wirklich ein Schnösel. Der hier wusste also, dass der andere kommen sollte.

Und wenn er ihn ermordet hat? Aus Eifersucht?

Ach was, nichts mit Eifersucht, das sieht man doch! So seelenruhig und ungerührt, wie der mit seinen widerlich perfekten Zähnen, die er garantiert dreimal täglich gründlich mit einer elektrischen Zahnbürste putzt, an seinem Kringel knabbert! Der Tote ist diesem Schnösel scheißegal, er heuchelt nicht einmal Mitgefühl, ist wohl zu faul dazu. Aber vielleicht ist er bloß ein guter Schauspieler? Nein, sieht nicht so aus, nein.

«Haben Sie einen Ausweis bei sich?», knurrte der Hauptmann.

«Aber ja», rief der Schnösel aus, «wieso? Wollen Sie ihn sehen?»

Der Hauptmann zog die Augenbrauen hoch und schwieg. Der Schnösel stand achselzuckend auf, tätschelte Kira mit Besitzergeste die Schulter – diese matt schimmernde glatte Haut gehörte offenkundig schon länger ihm – und ging hinaus.

Kira füllte den Wasserkocher.

«War er die ganze Zeit hier?», fragte der Hauptmann.

«Er ist zwanzig Minuten nach mir gekommen», antwortete Kira rasch und ohne ihn anzusehen, so als sei es ihr peinlich. «Wir haben gegessen, anschließend hat Sergunja gearbeitet. Er bringt oft Papiere aus dem Büro mit. Dann hat Marja Semjonowna geschrien.»

«Sie beide leben zusammen?»

«Nein. Er kommt her, wenn wir verabredet sind.»

«Und für heute waren Sie verabredet?»

«Hier», tönte der Schnösel und warf seinen Ausweis auf den Tisch.

«Wo arbeiten Sie?», fragte der Hauptmann, während er den Ausweis studierte.

«Wieso?», erkundigte sich der Schnösel misstrauisch.

«Nur so. Ich brauche alle Angaben.»

«Meine Arbeit», erklärte Sergunja gewichtig, «ist für Ihre Ermittlungen ohne jeden Belang.»

«Beantworten Sie meine Frage», verlangte der Hauptmann streng, «ich entscheide, was von Belang ist und was nicht.»

Wie er sie alle satt hatte – diese Kira mit ihrem Duft und

ihrer matt schimmernden Haut, den Schnösel mit den perfekten Zähnen und den Jungen in dieser Hose, die so breit war wie die Twerskaja-Straße!

«Ich bin Verkaufsleiter bei ‹Unico Best›», verkündete Sergunja, setzte sich, schlug die Beine übereinander und wippte mit dem Fuß. «Das ist eine große westliche Firma, und ich möchte nicht, dass auf meiner Arbeitsstelle Fragen gestellt werden im Zusammenhang mit ... mit einer Leiche.»

«Wir stellen unsere Fragen, wo wir es für nötig halten», unterrichtete ihn der Hauptmann kalt.

Sergej Schljach, siebenunddreißig, geschieden, noch einmal geschieden, zwei Töchter – Diana Schljach und Shanna Schljach, fünfzehn und sieben Jahre alt.

«Wann waren Sie hier?»

«So gegen halb acht. Wieso?»

«War Ihr Besuch hier heute abgesprochen?»

«Ja. Wieso?»

«Verabreden Sie das immer vorher?»

«Ja. Wieso?»

«Wie oft sind Sie hier?»

«Das hängt davon ab, wie viel ich zu tun habe. Aber ich verstehe nicht – warum interessiert Sie das? Er wurde nicht bei uns in der Wohnung getötet, sondern irgendwo draußen auf der Treppe, und da waren wir nicht. Fragen Sie lieber die Concierge, wer ins Haus gekommen ist!»

«Das werden wir», stimmte ihm der Hauptmann zu, «natürlich werden wir das. Wussten Sie, dass Ihre – Freundin heute Besuch bekommen sollte von ihrem Chef?»

Sergunja zuckte mit den athletischen Schultern.

«Kircha, hab ich das gewusst?»

«Ja», erwiderte Kira, «ich hab dich angerufen.»

«Genau», erinnerte sich Sergunja und lächelte den Hauptmann strahlend an. Das hatte er bestimmt in seiner Firma gelernt. «Kira hat mich angerufen und mir gesagt, dass sie heute Abend ein dienstliches Gespräch hat und dass dieser – wie hieß er doch gleich –, dieser Kostik nach der Arbeit vorbeikommen würde und es länger dauern könnte.»

«Warum haben Sie ihn davon informiert?»

Kira zündete sich eine Zigarette an und blies den Rauch aus.

«Weil ich möglicherweise den ganzen Abend beschäftigt gewesen wäre. Ich habe Sergunja vorgeschlagen, seinen Besuch zu verschieben.»

«Aber ich hatte mich schon darauf eingestellt», fiel Sergunja ein, «ich wollte meinen Plan für heute Abend nicht umstoßen. Ich hatte mir Papiere aus dem Büro mitgenommen, die ich durchsehen wollte, solange Kira beschäftigt war.»

«Und Sie haben ebenfalls nichts Verdächtiges gehört?»

«Absolut nichts», antwortete Sergunja, «ich höre gern Musik, Jazz. Ich hatte bei der Arbeit Kopfhörer auf. Das mache ich immer so.»

Womöglich war das in großen westlichen Firmen so üblich.

Alle drei schwiegen.

«Nein, wirklich», sagte Sergunja herzlich, «bei uns sind Sie an der falschen Adresse. Wir haben niemanden umgebracht, stimmt's, Kircha? Wir sind friedliche Bürger, hören Musik, wühlen in Papieren – nichts Aufregendes.»

«Trotzdem wurde er in Ihrem Hausflur erschossen,

nicht in seinem eigenen», brummte der Hauptmann, «obwohl man hier nicht so ohne weiteres reinkommt, mit dem Türcode und der Concierge! Wir werden sie natürlich befragen, aber sie hat wohl kaum einen Verdächtigen hereinkommen und dann wieder hinausgehen lassen! Auch den Schuss hat niemand gehört! Warum?»

«Weil die Pistole einen Schalldämpfer hatte?», vermutete Sergunja und nahm sich noch einen Kringel.

Mist! Was sollte er nur der Obrigkeit melden? Ausgerechnet ein Journalist, verdammt!

«Ich hoffe», sagte Sergunja sanft, «Sie haben jetzt auf alle Fragen eine Antwort bekommen. Ich hoffe außerdem, dass in meiner Firma nichts von diesem Missverständnis bekannt wird. Wissen Sie, die Amerikaner sind in solchen Dingen sehr empfindlich, und ich soll eigentlich demnächst befördert werden.»

Der Gedanke an seine bevorstehende Beförderung beunruhigte ihn am meisten an dieser Sache, das hätte sich der Hauptmann denken können. Vermutlich bedauerte er jetzt, an diesem unglückseligen Tag überhaupt hergekommen zu sein. Dabei hatte seine Geliebte ihm doch gesagt, dass sie ihren Chef erwartete. Aber er musste ja unbedingt anrücken, und das hatte er nun davon!

Sergunja schlug die Beine erneut übereinander und wippte mit dem anderen Fuß. Kira zündete sich eine weitere Zigarette an.

Draußen klopfte jemand an die Wohnungstür und rief: «Andrej!»

«Ja», erwiderte der Hauptmann.

«Andrej, hier ist Besuch für Wohnung zwölf.»

«Besuch?», murmelte Kira und zerdrückte die Zigarette

im Aschenbecher. Sie wirkte nervös. «Was denn für Besuch?»

«Erwarten Sie noch jemanden?», fragte Galzew rasch.

Männerstimmen, hallend im Treppenhaus und gedämpft in der Wohnung, Telefonklingeln, Schritte – Kira stöhnte mit zusammengebissenen Zähnen, als sie die Schritte vernahm, und der Hauptmann sah sie interessiert an.

«Papa!», schrie der Junge im Flur. «Papa, gut, dass du kommst! Mamas Chef wurde bei uns im Treppenhaus umgebracht, und Mama wird schon seit zwei Stunden verhört!»

«Warte, Tim, ich verstehe kein Wort», sagte eine tiefe Stimme, und in die Küche schaute ein strubbelhaariger Mann in Jeans und T-Shirt, über das er lediglich eine Jacke gezogen hatte, obwohl noch lange nicht Sommer war.

«Guten Abend», sagte er und ließ seinen Blick durch die Küche schweifen. «Was ist passiert, Kira?»

«Und wer sind Sie?», bellte der Hauptmann, obwohl das eigentlich klar war.

«Sergej Litwinow», antwortete der Mann. «Mein Sohn hat mich angerufen und gesagt, hier habe es einen Mord gegeben und meine Frau werde verdächtigt. Stimmt das?»

# 4

KIRA SCHLOSS DIE TÜR hinter Hauptmann Galzew und lehnte einen Augenblick die Stirn dagegen. Sie war heiß, die Tür kalt.

Mein Gott, was sollte jetzt werden? Wer musste Kostik ausgerechnet in ihrem Hausflur töten? Dieser Milizionär – das sah sie genau! – glaubte ihr nicht, dass sie es nicht getan hatte.

Und nun hatte Tim auch noch Sergej angerufen. Dabei hatte sie ihm das ganz klar verboten!

Sie riss sich von der kühlen Tür los, weil sie Schritte hörte und nicht in dieser filmreifen Verzweiflungspose ertappt werden wollte. Aus dem hinteren Zimmer kam Sergunja, im Anzug, mit Krawatte und Aktentasche. Er lächelte sie an.

Von Vater und Sohn Litwinow war nichts zu sehen und zu hören.

«Ich gehe jetzt, Kira!», verkündete Sergunja heiter, als teile er ihr etwas Hocherfreuliches mit. «Ich sehe doch, dir steht der Sinn jetzt nicht nach mir! Zumal nun auch noch dein Ex gekommen ist. Ich gehe also besser. Es ist ja noch nicht so spät.»

Moment mal, dachte Kira, und wer soll mich trösten? Mein Chef wurde erschossen, als er auf dem Weg zu mir war, und die Miliz scheint überzeugt zu sein, dass ich es getan habe!

«Ich bekomme noch genug Schlaf», erklärte Sergunja

beruhigend, als mache sie sich darum die größten Sorgen, «ich hab's ja nicht weit. Hat Timoscha ihn angerufen?»

Kira schwieg.

«Hör mal», fuhr Sergunja unbeirrt fort, während er sich die Schuhe anzog, «vielleicht hat Kostik sich ja selber erschossen? Weißt du, ob er vielleicht finanzielle Probleme hatte?»

«Er kann sich nicht selbst erschossen haben», erwiderte Kira, den Blick auf Sergunjas langen, kräftigen Rücken gerichtet, «es lag keine Pistole neben ihm.»

«Vielleicht hat die jemand gestohlen!»

«Zum Beispiel der Mörder?», schlug Kira ironisch vor.

«Ja, genau», stimmte Sergunja ihr freudig zu, «siehst du, das ist doch eine gute Hypothese!»

«Ganz toll», zischte Kira ärgerlich.

Sie musste unbedingt Baturin anrufen. Und Nikolajew in New York. Sie musste Kostiks Eltern anrufen und morgen zu ihnen fahren.

Kostik war ermordet worden. Ein Albtraum.

«Kira, ich ruf dich an, wenn ich zu Hause bin, damit du dir keine Sorgen machst», sagte Sergunja, «und ruf mich morgen an, damit ich weiß, ob wir uns am Freitag sehen oder nicht.»

«Wenn sie mich nicht einsperren, melde ich mich», versprach Kira trocken.

«Na, na», sagte Sergunja beschwichtigend. So etwas wollte er jetzt gar nicht hören. «Mach dir mal keine Sorgen, alles wird gut, Kircha! Du warst doch gar nicht draußen, das weiß ich genau!»

«Ich fürchte, das reicht nicht.»

«Es muss reichen. Kopf hoch!»

Wie sie diese abgegriffenen Formeln hasste!

Sergunja war inzwischen in seine Schuhe geschlüpft und trat mehrmals fest auf, um zu testen, ob sie richtig saßen. Er tat ruhig und freundlich und schien nichts anderes im Sinn zu haben als den verständlichen Wunsch, Kira mit ihren Problemen und ihrem Ex allein zu lassen – und dennoch spürte sie seine Angst.

Er war zutiefst erschrocken, nur deshalb ging er jetzt, nicht aus Rücksicht.

«Tschüs, Liebes. Versprich mir, dass du dir keine Sorgen machst!»

Kira versprach es und schloss ein zweites Mal in dieser Nacht die Tür.

Morgen würden alle Nachbarn im Haus wissen, dass man in ihrem Treppenhaus ihren Chef ermordet hatte, der sie hatte besuchen wollen. Nein, nicht morgen – heute.

Warum? Wem war Kostik in ihrem Treppenhaus im Wege gewesen? Wem war er überhaupt im Wege gewesen – Charmeur, Playboy und Bonvivant, der er war?

Und nun hatte Tim auch noch Sergej hergerufen!

Sie rüttelte an der Tür, um zu überprüfen, ob sie verschlossen war – früher hatte sie immer geglaubt, in einem ruhigen, sicheren Haus zu leben –, und ging ihren Sohn suchen, um ihm gehörig die Leviten zu lesen. Darauf zumindest würde sie auf keinen Fall verzichten!

Der Sohn saß in der Küche, zusammen mit seinem Vater.

Auf dem runden Tisch standen drei blaue englische Porzellanteller. Die hatte Kiras Schwiegermutter ihr dieses Jahr zum Geburtstag geschenkt, um zu signalisieren, dass ihr Verhältnis zu Kira trotz der Scheidung von Sergej unverändert sei. Außerdem standen auf dem Tisch Weingläser, eine Flasche Wein und eine Tüte Saft. Ihr Exmann briet gerade Fleisch. Tim kaute melancholisch an einer Mohrrübe aus einer Vakuumverpackung.

«Hast du sie gewaschen?», fragte Kira, obwohl es ganz offensichtlich war, dass er es nicht getan hatte.

«Setz dich», sagte Sergej, ohne sich umzudrehen, «und iss was.»

Er wusste alles über sie – immerhin hatte er fünfzehn Jahre mit ihr zusammengelebt. Er wusste, wie man sie am besten beruhigte.

Er kannte alle ihre Schwächen, ihre Ängste, alle Steine, über die sie stolperte. Er kannte sie und pfiff darauf.

«Mama!»

Tim fürchtete offenbar, sie würde gleich toben und seinen geliebten Papa rausschmeißen. Eigentlich hatte sie das auch vorgehabt, aber sie hatte einfach keine Kraft mehr dafür.

Stattdessen setzte sie sich auf einen Hocker und zündete sich eine Zigarette an. Der Tabak kratzte auf der Zunge und im Hals. Wie viel hatte sie diesen Abend geraucht? Eine Schachtel? Zwei?

«Schluss damit», befahl Sergej, «hör auf. Iss lieber was.»

Aber er riss ihr nicht die Zigarette aus der Hand und warf sie nicht in den Mülleimer wie früher, sondern legte ihr ein Stück Fleisch auf den Teller, drückte eine halbe Zitrone darüber aus und goss ihr aus der bauchigen Flasche Wein ins Glas – randvoll.

«Wodka hab ich keinen gefunden», murmelte er, «und ich hab auch nicht dran gedacht, welchen mitzubringen.»

«Egal», sagte Kira und leerte das halbe Glas auf einen

Zug. Der Wein schmeckte gut, er war trocken und wärmte augenblicklich ihren leeren Magen.

«Tim», befahl Sergej, «iss, und dann ab ins Bett! Es ist schon nach eins.»

«Papa!»

Dass sie hier zu dritt in der Küche saßen und zusammen aßen wie früher, wie ein Leben lang, war ungewohnt und seltsam. Beinahe peinlich.

«Tim, ich habe dir dreimal deutlich gesagt, du sollst deinen Vater nicht anrufen!», setzte Kira an. «Du bist doch kein kleines Kind, warum kann ich mich nicht auf dich verlassen?»

«Du kannst dich auf mich verlassen», erklärte Tim, starrsinnig wie sein Vater, «aber ich hatte Angst, sie nehmen dich mit und sperren dich ein! Du hast ja keine Ahnung! In der Glotze zeigen sie andauernd, wie die Bullen den Erstbesten einsperren, bloß um einen Fall abzuschließen! Und dieser Kostik wollte schließlich zu dir!»

Beide – Vater und Mutter – hörten auf zu kauen und schauten ihren Sprössling an, als hätten sie ihn noch nie gesehen.

«Was habt ihr denn?», fragte Tim und hörte ebenfalls auf zu kauen.

Natürlich hatte er einen geheimen Plan. Einen raffinierten Plan, wie er sie dazu bringen konnte, wieder zusammenzuleben. Damit die Mutter den Vater wieder liebte, musste er sie vor irgendetwas retten. Das wusste schließlich jedes Kind: Wer gerettet wird, der verliebt sich todsicher in den Retter!

Also – der Vater rettet sie, sie ist nicht mehr wütend auf ihn, er versteckt sich nicht mehr hinter seiner Arbeit, und sie leben wieder alle drei zusammen, wie früher! Lange Zeit hatte Mama keinen Retter gebraucht, und Tim war schon ganz entmutigt vom Warten auf eine günstige Gelegenheit, und nun so ein Glücksfall – eine Leiche! Natürlich hatte er den Vater angerufen, das musste er einfach!

«Glauben sie wirklich, dass du …?», fragte Sergej schließlich, den Blick auf seinen Teller gerichtet.

«Ich weiß es nicht», antwortete Kira gereizt, «aber sie haben mich gefragt, wo ich war, ob ich hinausgegangen bin und warum ich den Schuss nicht gehört habe.»

«Und warum hast du ihn nicht gehört?»

«Weil bei uns im fünften Stock renoviert wird, Papa», mischte Tim sich ein.

«Und? Was hat die Renovierung damit zu tun?»

«Na, sie reißen Wände ein, da ist von früh bis spät Krach! Sag doch selbst, Mama! Da würde man nicht mal einen Kanonenschuss hören!»

«Stimmt», bestätigte Kira erstaunt – wie hatte sie die Renovierung vergessen können, den ständigen Krach, der ihnen so auf die Nerven ging? «Da ist wirklich dauernd Krach.»

«Bei den Bassows?», fragte Sergej ungläubig.

«Die Bassows sind längst ausgezogen», erklärte Kira, «sie haben die Wohnung letzten Sommer verkauft. Da wohnen jetzt Neue drin. Ich hab bisher nur die Frau gesehen, sie heißt Marina und ist sehr nett.»

«Renovierung ist Renovierung», bemerkte Sergej philosophisch.

«Ist noch Fleisch da?», fragte Kira beiläufig.

«Natürlich», antwortete ihr Ex, ohne sie anzusehen,

stand auf, legte ihr ein weiteres Stück auf den Teller und drückte wieder eine halbe Zitrone darüber aus.

Verdammt. Er wusste wirklich alles über sie. Selbst das mit der Zitrone, die für sie unbedingt zum gebratenen Fleisch gehörte. Er schenkte ihr Wein nach. Den musste er auch mitgebracht haben.

«Derjenige, der geschossen hat, wusste also, dass bei den Bassows, also, dass bei den Neuen renoviert wird», überlegte Sergej.

«Warum?»

«Na», erwiderte er ungeduldig, «weil er offenbar keine Angst hatte, dass bei dem Schuss alle Leute aus den Wohnungen gerannt kommen. Richtig? Niemand hat den Schuss gehört, weil es sowieso von morgens bis abends dröhnt und kracht. Daran haben sich alle gewöhnt. Das muss der Mörder gewusst haben. Übrigens – der Lift ist kaputt. Schon lange?»

«Was?», fragte Kira erstaunt. «Als ich kam, fuhr er noch.»

«Jetzt nicht mehr», erklärte Sergej, «ich bin gelaufen. Hat die Miliz dich nach dem Lift gefragt?»

«Nein», erwiderte Kira nach kurzem Überlegen, «nein, hat sie nicht. Wieso? Meinst du, das hat etwas zu bedeuten?»

«Ich weiß es nicht.»

«Papa, was sollen wir denn jetzt machen? Wenn Mama … Wenn sie denken, dass Mama …»

«Tim», sagte Sergej entschieden, «dass sie Mama Fragen gestellt haben, das bedeutet noch überhaupt nichts. Jedenfalls nichts Schlimmes. Sie mussten Mama ihre Fragen stellen, schließlich wollte Kostik ja zu ihr. Richtig?»

«Ich weiß nicht», wandte Tim ein, «aber ich hab alles gehört, und die Fragen klangen … irgendwie verkehrt.»

«Was heißt verkehrt?»

«So, als ob sie glauben, dass Mama ihn …»

«Red keinen Unsinn, Tim!», fuhr Kira ihn unsicher an. «Du gehörst längst ins Bett, du bist einfach übermüdet.»

«Bin ich gar nicht», brummte der Sohn.

«Und überhaupt sollst du nicht lauschen!»

«Ach nein? Aber er ist dir so auf den Pelz gerückt, und du wolltest nicht einmal Papa anrufen!»

«Tim», sagte Kira entschlossen, ohne Sergej anzusehen, «Papa hat damit überhaupt nichts zu tun. Das ist … nicht sein Problem. Und du ziehst ihn da mit rein …»

Sergej erhob sich von seinem Hocker. Kira sah ihn kurz an – er wirkte missmutig, auf seinem vor Müdigkeit blassen Gesicht traten schwarze Bartstoppeln hervor.

«Tim zieht mich in nichts rein.» Er klappte geräuschvoll den Geschirrspüler auf. «Er hat alles richtig gemacht. Er hatte Angst und hat mich angerufen. Dafür musst du nicht mit ihm schimpfen, Kira. Er kann nichts dafür, dass du … dass du mich nicht sehen kannst.»

«Ich kann dich sehen, aber ich will nicht, dass er …»

«Das bereden wir alles später. Los, Tim. Du musst wenigstens ein bisschen schlafen.»

«Ich will nicht schlafen.»

«Ich geb ihm ein Beruhigungsmittel», mischte Kira sich ein. «Natürlich kann er nach dieser Aufregung nicht einschlafen!»

«Er braucht kein Beruhigungsmittel», widersprach Sergej störrisch, «er ist keine herzkranke Oma. Er wird sich jetzt hinlegen und einschlafen.»

«Sergej, er hat zwei Stunden im Treppenhaus gestanden und sich eine Leiche angesehen! Er braucht Neopassit!»

«Nimm dein Neopassit selber, er braucht eine Dusche und sonst nichts. Tim, wie oft muss man dir das noch sagen?»

«Ich geh ja schon», murmelte der Sohn erschrocken, «streitet euch bloß nicht!»

Kira und Sergej sahen sich an und wandten sich wie auf Kommando ab – er zum Geschirrspüler, sie zu ihrem Teller mit dem erkaltenden Fleisch.

Im letzten Jahr vor ihrer Scheidung hatten sie sich unablässig gestritten. Wegen der schmutzigen Schuhe, mit denen er auf den sauberen Teppich latschte, wegen Geld, das ewig nicht reichte, wegen eines T-Shirts, das neben dem Wäschekorb lag statt darin, darüber, was man zum Frühstück trinken sollte: Tee oder Kaffee?, wegen einer Fußballsendung im Fernsehen. Und vor allem wegen ihrer Arbeit – Sergej hatte gemeint, das Verfassen von Artikelchen zu diversen Themen könne man nicht als Arbeit bezeichnen, sie war wütend geworden und hatte ständig versucht, ihn vom Gegenteil zu überzeugen, doch er hatte gar nicht hingehört, nur abgewinkt und war schließlich ebenfalls wütend geworden.

Tim war damals nicht mehr so klein gewesen, dass er davon nichts mitbekam. Er hatte Angst, saß in seinem Zimmer oder lief verwirrt und erschrocken zwischen Mama und Papa hin und her und versuchte, sie zu versöhnen. Er bemühte sich ständig, Katastrophen abzuwenden, und manchmal gelang ihm das sogar, indem er sich den ganzen Tag benahm wie ein mustergültiges Kind aus der Werbung, nur um den fragilen Frieden nicht zu gefährden, um ja keinen neuen Streit herbeizuführen.

Und dann hatten sie sich scheiden lassen. Kira war überzeugt gewesen, dass ihr Leben nach der Scheidung hundertmal einfacher und leichter sein würde.

Das Leben wurde tatsächlich hundertmal einfacher. Leichter wurde es kein bisschen. Es wurde nur noch schwerer und tat weh. Sie hatte ihn schließlich geliebt. Viele Jahre.

# 5

SIE WAR SOGAR SICHER GEWESEN, dass sie ihn immer lieben würde. Er war kompliziert, sicher, aber simple Menschen hatten Kira noch nie gefallen. Seit sie ihn kannte, war er immer sehr beschäftigt gewesen – erst mit seiner Wissenschaft, dann mit seiner Karriere, als schließlich feststand, dass es mit der Wissenschaft endgültig vorbei war und ihr Gespenst nie wieder aus dem Grab auferstehen würde, nicht einmal, um in Europa umzugehen. Er hatte eine Arbeit gefunden, die sehr nah an dem war, was er liebte und konnte, war aufgestiegen, hatte begonnen, gut zu verdienen, teure Anzüge zu tragen, Kaffee zu trinken, obwohl er ihn gar nicht mochte, und Smalltalks zu führen. Kira war stolz auf ihn gewesen und hatte ihn geliebt.

Bei seiner Habilitationsverteidigung hatte sich ein Greis zu Kira umgedreht und gesagt, Sergej würde «bestimmt, ganz bestimmt einmal den Nobelpreis bekommen, wenn er es nur schaffte, bei der Wissenschaft zu bleiben», und Kira war ebenso entsetzt wie begeistert gewesen. Vom Vortrag ihres Mannes hatte sie kein einziges Wort verstanden. Aber er hatte gesprochen, als sei ihm ein großes, göttliches Wissen offenbart worden, und er hatte entsprechend ausgesehen – wie erleuchtet von diesem Wissen. Niemand hatte geflüstert, gehustet, gegähnt, war unruhig hin und her gerutscht oder hatte Kringel gemalt – alle hatten ihn angesehen und ihm zugehört und waren gebannt seiner

Hand mit dem funkelnden Ehering gefolgt, den sie damals nach dreistündigem Anstehen beim Hochzeitsausstatter gekauft hatten. Dann hatte es viel Beifall gegeben, alle hatten gratuliert, ihm die Hand gedrückt, auf seine Schulter geklopft, und er hatte ständig Ausschau nach Kira gehalten, um sicher zu sein, dass sie seinen Triumph sah, dass sie verstand und erkannte, dass er ein kluger Kopf war, ein Genie, weiß der Himmel was noch!

Doch dann hatte sie aufgehört, ihn zu lieben. Ja, sie hatte ihn zu hassen begonnen.

Er verlegte laufend Wohnungs- oder Autoschlüssel und bekam beinahe hysterische Anfälle, wenn er sie nicht binnen vierzig Sekunden wiederfand. Er vergaß alles – dass er Brot kaufen sollte oder Sachen aus der Reinigung abholen oder der Großmutter Bescheid sagen, wann Tims letzte Unterrichtsstunde zu Ende war. Er las nichts außer seiner Fachliteratur, nicht einmal Kiras Zeitschrift, die sie ihm immer wieder unterschob in der Hoffnung, er würde zur Kenntnis nehmen, wie gut sie sich inzwischen mit allem auskannte, wie weit sie hinausgewachsen war über das naive Mädchen, das er geheiratet hatte, aber er legte sich nur das Magazin auf den Bauch und schlief unweigerlich ein wie ein Baby. Er spottete darüber, dass sie Tim Tennis spielen schickte: «Na klar, alle Aristokraten spielen Tennis, also muss unser Kind das auch, was denn sonst! Schick ihn noch zum Reiten, das ist auch sehr in!» Er fand, Tim sollte lieber einen demokratischen Sport treiben wie Leichtathletik oder allenfalls Skilaufen. Auf Kiras Frage, wo er bitte in Moskau Ski laufen solle, wenn es in zwei von drei Wintermonaten goss wie aus Eimern, hatte er störrisch behauptet, für einen echten Skiläufer sei Wasser kein Hindernis, woraus sie wohl folgern sollte, dass ein «echter Skiläufer» auch ganz ohne Schnee auskam. Er schimpfte mit seinem Sohn wegen dessen Zweien in Mathematik, aber wenn er versuchte, ihm etwas zu erklären, geriet ihm das jedes Mal wie seine Habilitationsverteidigung – man verstand kein Wort. Tim verhedderte sich dann endgültig, war entsetzt über seine eigene Blödheit und fing an zu heulen.

Für alles im Leben hatte Sergej Theorien parat – total unbrauchbar, aber dafür unerschütterlich wie die Sowjetmacht in den sechziger Jahren. Er hatte noch lange einen Lada gefahren, weil nach seiner Theorie einheimische Autos an jeder Ecke repariert werden konnten und man dafür überall Ersatzteile bekam. Dass ausländische Wagen mit wesentlich weniger Reparaturen auskamen, glaubte er nicht. Erst auf Druck seines Chefs hatte er sich einen Toyota gekauft, aber da galt es bereits als untragbar, einen Lada zu fahren. Zum Thema «tragbar – untragbar» hatte er natürlich seine eigene Theorie, der zufolge ein Jackett von Hugo Boss sich kein bisschen von einem Jackett aus der Textilfabrik Nr. 4 in Balaschicha unterscheide, weshalb es völlig unsinnig sei, ein Heidengeld für Markennamen und Image auszugeben. Eine Sonnenbrille sei eine Sonnenbrille, egal, ob sie von Christian Dior stammte oder aus der Werkstatt einer chinesischen Genossenschaft. Dennoch kaufte er seine Jacketts in Boutiquen und seine Brillen in Salons, und diese demonstrative Heuchelei brachte Kira jedes Mal auf die Palme.

Es hatte sich allerhand angesammelt.

Trotzdem – trotzdem hatte sie ihn sehr geliebt. Sie wusste nicht einmal mehr, wann und warum sie damit aufgehört hatte. Er war nie anders gewesen, und genau so hatte sie ihn immer geliebt.

Was hatte sich nur verändert? War die kritische Masse eines Tages einfach überschritten gewesen?

«Entschuldige, Kira», sagte er plötzlich dicht neben ihr, «ich wusste nicht, dass du ihm nicht erlaubt hast, mich anzurufen. Ich wäre natürlich nicht gekommen, wenn ich gewusst hätte, dass du es ihm verboten hast. Ist dein – Freund meinetwegen gegangen?»

Sie kannte ihren Mann und begriff sofort, worauf er hinauswollte.

«Nein, Serjoscha», antwortete sie auf seine eigentliche Frage, «nichts Ernstes. Wir haben uns vor drei Monaten kennen gelernt, bei Julias Geburtstag. Seitdem kommt er mich besuchen.»

«Tim hasst ihn», stellte Sergej in bemüht gleichmütigem Ton fest. «Sehr. Er hat heute Morgen am Telefon zu mir gesagt, er bringt ihn um. Vielleicht solltest du ihn lieber nicht mehr zu uns, ich meine, hierher einladen?»

«Wohin denn sonst?», fragte Kira kalt. «Auf eine Parkbank? Oder findest du, ich sollte den Rest meines Lebens lieber dir nachtrauern?»

Nein, das musste sie natürlich nicht – aber er hätte es schon ganz gern gehabt, wenn sie es täte.

Ihr Liebhaber – im Bademantel, in ihrer Küche, wo so vieles geschehen war, Gutes und Böses, Komisches und Beschämendes, Rührendes und Amüsantes, wo sie sich einmal sogar geliebt hatten, außerstande, erst noch ins Schlafzimmer zu gehen und die Tür zu schließen –, ihr Liebhaber, dieser gut aussehende athletische Siegertyp, kränkte ihn maßlos.

Er ging ihm nicht aus dem Sinn, und die Eifersucht kam so heftig, dass Sergej das Gefühl hatte, sie brenne ihm ein Loch in den Magen. Warum gerade dort, wusste er nicht, aber der Schmerz saß genau im Magen und auch ein bisschen im Kopf.

Verdammt nochmal, niemand außer ihm hatte ein Recht auf sie! Sie gehörte ihm, seit ihrer ersten Begegnung. Damals hatte er als Doktorand eine Vorlesung vor Studenten des zweiten Studienjahrs gehalten, und sie hatte in der ersten Reihe gesessen und so herzhaft gegähnt, dass ihr die Tränen kamen. Da hatte er zum ersten Mal an seinen pädagogischen Fähigkeiten gezweifelt.

Sergej begriff, dass er sie trotz der Scheidung noch immer als seine Frau betrachtete. Ohne Tims Geheul heute Morgen am Telefon wäre er nie auf die Idee gekommen, dass sie einen Liebhaber haben könnte. Die Existenz von Inga – Tanja, Olja, Katja, Mascha, Xjuscha – in seinem Leben hatte ihn in keiner Weise darauf vorbereitet, dass auch Kira einen Sascha, Wadik, Kolja, Wassja, Dima, Borja oder Sergunja haben könnte.

«Ich hab geduscht!», trompetete ihr Sohn aus seinem Zimmer. «Mama, gib mir dein blödes Neopissit, dann geh ich schlafen.»

«Neopassit», korrigierte Kira müde. «Du sollst nicht immer solche Ausdrücke gebrauchen.»

Tim kam in die Küche, in Bademantel und alberner Schlafanzughose, schluckte einen Löffel einer dunklen, zähen Flüssigkeit, verzog das Gesicht, trank abgekochtes Wasser nach und wischte sich mit dem Ärmel den Mund ab.

«Papa», sagte er nach kurzem Nachdenken, «vielleicht bleibst du lieber hier? Es ist doch schon spät!»

«Tim!», riefen beide Eltern wie aus einem Mund, und das liebe Kind begriff, dass es gut daran tat, sich schnell zu verkrümeln. Na, wenigstens brüllten sie sich nicht an, sondern saßen friedlich da, wie ganz normale Eltern.

Sie dachten, er erinnere sich nicht, aber er erinnerte sich sehr wohl, wie es früher gewesen war, vor langer Zeit, als er noch klein gewesen war. Diese Erinnerungen, die besten, wichtigsten in seinem Leben, hütete er sorgsam und eifrig, er liebte sie und prüfte ab und zu, ob sie noch da waren.

Zum Beispiel ein Sonnabend, ein stinknormaler Sonnabend, einer von vielen – damals hatte er noch nicht gewusst, was für ein Glück das war, so ein Sonnabend. Am Morgen war der Vater mit ihnen rodeln gefahren und Ski laufen. Sie hatten eine Thermosflasche mitgenommen, einen Schlitten, Filzstiefel zum Wechseln und waren bis zur totalen Erschöpfung den Berg hinuntergefahren, dann hatten sie Tee getrunken und Schneeballschlachten veranstaltet, und immer und bei allem war Vater der Sieger gewesen. Er war stark, geschickt und schnell, im ehrlichen Wettstreit nicht zu besiegen. Also hatten Tim und die Mutter sich Ablenkungsmanöver ausgedacht, Vater hatte getan, als ließe er sich ablenken, und dann hatten sie sich zu zweit auf ihn gestürzt, ihn überwältigt, niedergeworfen, waren auf ihn gesprungen, und er hatte sich mit ihnen im Schnee gewälzt, sie hatten gequietscht und gestrampelt, aber er hatte trotzdem gesiegt – immer.

«Bleib hier, Papa!», rief Tim aus sicherem Abstand, schlüpfte aus der Tür und schloss sie rasch.

«Achte nicht auf ihn», murmelte Kira, «er ist in letzter Zeit irgendwie komisch.»

«Tu ich nicht», antwortete Sergej kühl. «Erzähl mir lieber, was los ist, Kira.»

«Was meinst du?», fragte sie misstrauisch.

«Ich meine, was heute Abend hier passiert ist. Ich habe kein Wort verstanden. Also – erzähl.»

«Da gibt's nichts zu verstehen», sagte sie nachdrücklich. «Kostik wurde ermordet. Die Miliz ist gekommen, hat den Leichnam abgeholt und mich verhört. Das ist alles.»

«Sei nicht gleich so gereizt.»

«Ich bin nicht gereizt. Glaubst du etwa auch, ich hätte ihn erschossen?»

Er sah sie mit herablassendem Mitgefühl an – wie ein Arzt einen unzurechnungsfähigen Patienten.

«Du solltest auch einen Löffel Neopissit nehmen und dich hinlegen.»

«Sergej! Immer quatschst du Tim jeden Blödsinn nach, und ich muss ihm hinterher klar machen, dass …»

«Warum denkt die Miliz, dass du ihn erschossen hast?»

«Das weiß ich nicht! Aber dieser Milizionär hat mit mir geredet, als glaube er wirklich, dass ich es war. Obwohl er sich bemüht hat, nett und höflich zu sein.»

«Er hat sich bemüht, dir nicht in den Ausschnitt zu starren», korrigierte Sergej sie finster.

«Was?» Kira war verwirrt. Sie sah an sich herab und zog den Pullover höher.

«Erzähl», wiederholte Sergej, «erzähl mir alles der Reihe nach.»

«Aber ich weiß nicht, was ich dir erzählen soll! Heute Vormittag hat Kostik sich mit Baturin gestritten. Sie haben sich angebrüllt, aber als ich reinkam, waren sie sofort still. Grigori ist gleich gegangen, und Kostik hat gesagt, er müsse heute Abend mit mir reden, na ja, wie üblich, du weißt ja, wie das ist, wenn er seinen Rappel kriegt.»

«Ich weiß», bestätigte Sergej.

«Mir war das gar nicht recht, weil Sergunja vorbeikommen wollte, ich musste ihn anrufen und ihm Bescheid sagen, aber er ist trotzdem ...»

«Sergunja?», knurrte Sergej, und Kira war plötzlich verlegen – selbst die matt schimmernde Haut unter ihrem Pulli verfärbte sich rosa.

Wie er es verstand, sie verlegen zu machen, ihr Ex – erstaunlich! Er starrte sie an wie der sagenhafte Vogel Greif.

Kira vergaß glatt, wovon sie gerade gesprochen hatte.

«Kostik wollte vorbeikommen, und du musstest Sergunja Bescheid sagen, dass eure romantische Zweisamkeit ausfällt», soufflierte er in betont neutralem Ton.

«Ich kam nach Hause – ich weiß nicht mehr genau, wann. Sergunja kam kurz nach mir. Wir haben gegessen. Tim habe ich das Essen in sein Zimmer gebracht, weil er Theater machte und sich stur weigerte, mit Sergunja zusammen zu essen. Dann habe ich auf Kostik gewartet, und Sergunja hat irgendwelche Papiere durchgesehen. Kostik kam und kam nicht, schließlich schrie draußen auf der Treppe Marja Semjonowna, ich rannte raus, sie war fast ohnmächtig, und Kostik – lag da. Tot. Überall war Blut, ein Meer von Blut.»

Sie zitterte so heftig, dass die Reife an ihrem Arm klapperten und sie sie mit der anderen Hand festhalten musste. Sergej stand auf, holte ein Fläschchen Valocordin aus dem Kühlschrank und träufelte etwas davon auf einen Löffel. Scharfer Äthergeruch breitete sich in der Küche aus.

«Hier, nimm das.»

«Gib mir was zum Nachtrinken», bat sie, und er hielt ihr sein Glas hin, in dem noch Wein war.

«Wer hat die Miliz gerufen?»

«Die Nachbarn. Michail Petrowitsch kam rausgerannt, und ich habe ihn gebeten …»

«Bist du zu Kostik gegangen? Hast du ihn angefasst?»

«Du spinnst wohl!»

«Hast du gleich gewusst, dass er tot ist?»

«Ja!», schrie Kira. «Ja, das hab ich gleich gewusst! Seine ganze Kleidung war voller Blut, und sein Arm war total verrenkt! Lebende verrenken ihre Arme nicht so!»

«Hast du ihn angefasst, Kira?»

«Was soll das, hör auf mich zu nerven!»

«Ich nerve dich nicht, Kira. Ich verstehe nichts von Mord, aber selbst ich habe schon mal was von Fingerabdrücken gehört!»

«Was für Fingerabdrücke?»

«Fingerabdrücke! Können irgendwo deine Fingerabdrücke drauf sein? Auf seiner Aktentasche, seiner Brille, irgendwo?»

«Natürlich», murmelte Kira, «aber nicht, weil ich ihn angefasst habe, sondern weil wir zusammengearbeitet haben; ich hab seine Sachen hundertmal angefasst – seine Aktentasche, seine Mappen, seine Papiere, seine Kugelschreiber!»

Sergej schwieg.

«Tja», sagte er schließlich, «sieht nicht gut aus.»

«Was sieht nicht gut aus?»

«Alles.»

Kira platzte sofort der Kragen.

«Hör auf zu reden wie Hercule Poirot», zischte sie, «das macht mich rasend.»

«Wenn ich wie Sergej Litwinow rede, macht dich das auch rasend. Kira, wir müssen diese Sache selbst klären, verstehst du? Niemand wird herauszufinden versuchen, was wirklich passiert ist! Wenn sie Fingerabdrücke finden oder irgendwelche anderen Spuren, weiß der Himmel was, irgendwelche Indizien dafür, dass du es getan haben kannst, dann werden sie unverzüglich daraus schließen, dass du es getan hast!»

«Warum?», fragte sie entsetzt.

Er seufzte.

«Weil man so etwas einen heißen Fall nennt! Weil dein Kostik kein Penner vom Kasaner Bahnhof war, sondern Chefredakteur eines politischen Magazins! Weil morgen in allen Zeitungen stehen wird, dass er in deinem Haus ermordet wurde, und weil niemand glauben wird, dass du nichts damit zu tun hast! Das glaubt schon jetzt niemand mehr.»

«Warum soll ihn hier auf der Treppe nicht ein Killer erwartet haben? Alle mächtigen Geschäftsleute und unbestechlichen Journalisten in unserem Land treffen früher oder später auf der Treppe ihren Killer!»

«Schön, dass du deinen Humor noch nicht verloren hast», bemerkte Sergej trocken. «Für einen Killer wäre es logischer, sein Opfer in dessen Treppenhaus zu erwarten. Unseres, pardon, deins», korrigierte er sich rasch, «ist für einen Killer ziemlich unpraktisch, mit dem Türcode und der Concierge.»

Kira schenkte sich Wein nach und leerte das Glas in einem Zug.

«Du willst sagen», begann sie schwer atmend, «wir müssen den Mörder finden und ihn der Miliz präsentieren, sonst denken die im Ernst, ich sei die Mörderin. Habe ich das richtig verstanden?»

«Ja, natürlich», bestätigte er.

«Dann gehe ich mal lieber gleich meine Sachen packen», erklärte Kira und schenkte sich erneut Wein nach, «was sind wir schon für Detektive! Besonders du!»

Er ignorierte ihre letzte Bemerkung, dabei hatte sie gehofft, ihn damit zu treffen. Er sollte wütend werden, sie anschreien, dann wäre klar, dass er sich das alles bloß ausdachte, dass er nur als edler Held dastehen wollte, dass sie sich in Gefahr fühlen und bei ihm Schutz suchen sollte.

«Ich verstehe immer noch nicht», hakte sie für alle Fälle noch einmal nach, «du glaubst im Ernst, irgendjemand könnte denken ...»

«Ja», unterbrach er sie, «das glaube ich im Ernst. Außerdem glaube ich, du solltest dir alles in Erinnerung rufen, jedes Detail, jede Kleinigkeit ...»

«Was denn für Kleinigkeiten, Sergej?»

«Wie er gesagt hat, dass er vorbeikommen will, ob dabei sein Telefon geklingelt hat oder ob jemand reingekommen ist, worüber er mit dir sprechen wollte, warum es so dringend war, warum er sich mit Baturin gekracht hat, wer ihn so sehr hasste, dass er ihn getötet haben kann.»

«Schöne Kleinigkeiten», murmelte Kira.

Urplötzlich war ihr sehr kalt, und sie griff nach der Decke auf dem alten Sofa in der Ecke. Damit deckte Tim sich immer zu, wenn er in der Küche Tee trank und las, und Sergej hatte sie sich früher häufig zusammengerollt unter den Kopf geschoben. Kira hatte das Abendessen gemacht, und er hatte, wenn er sehr erschöpft war, auf dem Sofa gesessen, die Deckenrolle unterm Kopf, und ihr etwas erzählt. Er war immer gern in ihrer Nähe gewesen. Selbst als ihre Wohnung groß genug war, dass sie nicht dauernd übereinander stolpern mussten, saß er immer noch gern auf dem Sofa, die langen Beine ausgestreckt, und störte sie.

Nur im letzten Jahr nicht mehr.

Im letzten Jahr hatte sie ihn nicht mehr ertragen.

«Kira», rief er leise, «nicht einschlafen! Wollen wir Kaffee kochen?»

«Wir kochen Kaffee» – das hieß in der Sprache ihres Exmannes, dass sie ihn kochen sollte.

«Ich brauche keinen Kaffee.»

«Dann schlaf nicht ein, erinnere dich.»

«Jetzt sofort?»

Sergej seufzte. Es war halb drei.

«Na schön. Nicht jetzt. Es ist wirklich schon spät, und das war für dich ein ziemlicher Stress.»

«Ich kenne keinen Stress», murmelte Kira.

Ob nun vom Wein oder vom Stress, den sie nicht kannte – jedenfalls hatte sie plötzlich das Gefühl, gleich in Ohnmacht zu fallen, eine peinliche damenhafte Ohnmacht wie in Romanen, sodass Sergej den Notarzt rufen und sich den Rest der Nacht um sie würde kümmern müssen.

«Ich … Ich muss mich hinlegen», sagte sie langsam, damit er nichts von ihrem wackligen Zustand merkte. «Ich … Ich geh mich hinlegen.»

Sie stand auf und ging los, und auf halbem Weg spürte sie, dass er sie führte. Er hielt ihren Arm so fest, dass es ihr wehtat.

«Lass mich», befahl sie, «ich kann selber gehen.»

Ihre Hände und Füße waren eiskalt, als hätte sie ewig im

Schnee gesessen, das Atmen fiel ihr schwer, denn der verdammte Schnee verklebte ihr Hals und Lungen, und in ihr war es kalt, eiskalt, auch ihre Gedanken waren kalt, widerlich zäh und träge, und dann waren sie auf einmal weg, ganz weg.

# 6

KEIN SCHNEE MEHR. Es ist Ende März, der Schnee ist längst weggetaut.

Nicht nur draußen ist er weggetaut, sondern auch an Kiras Händen und Füßen, auch die erfrorene Kehle ist wieder aufgetaut, ihr ist warm und leicht, und sie lacht im Traum, weil endlich wieder alles in Ordnung ist, und wenngleich sie nicht recht versteht, was geschehen ist, weiß sie: Es ist alles gut.

Alles gut ... Alles gut ...

«Mama!»

Plötzlich taucht in ihrem Traum ihr Sohn auf. Wie ist er da nur hineingeraten – sie hat ihn doch schlafen geschickt!

«Mama! Wo bist du?»

Da erwachte sie.

Es ist Morgen, begriff sie. Später Morgen.

Aha, alles klar. Ich habe verschlafen. Katastrophe. Weltuntergang.

Doch dies war noch nicht der Weltuntergang. Der stand ihr erst bevor.

Sie lag auf der Seite, mit dem Rücken an jemanden geschmiegt, der sie mit beiden Armen umfasst hielt und lautlos atmete. Voller Panik tastete sie die Arme ab, wie beim Blindekuhspiel, und begriff sofort, zu wem sie gehörten.

Darum war der Schnee so schnell getaut! Kein Schnee auf der Welt, nicht einmal der Eispanzer der Arktis, hätte die Temperatur überdauert, die entstand, wenn ihr Mann sie umarmte.

Nein, ihr Exmann.

Er atmete warm und kitzelnd gegen ihren Hals, wie er es viele Jahre getan hatte, und hielt sie ganz fest, seine schweren braun gebrannten Arme ruhten sicher auf ihr. Darum hatte sie den Rest der Nacht ohne Albträume geschlafen und sich so glücklich gefühlt!

Mein Gott, was sollte das? Das war nicht richtig!

Warum war er hier? Warum schlief er bei ihr?

«Mama!», rief Tim im Flur. «Mama, bist du schon weg?»

«Ich bin nicht weg», quiekte Kira, «ich bin nur noch nicht aufgestanden! Moment, gleich!»

Das war ein großer Fehler. Ihr Sohn kam freudig zur Tür gerannt und riss sie auf.

«Hallo, Mama! Hör mal, wir haben die Schule verschlafen ...» Er verstummte mit offenem Mund mitten im Wort, seine Augen wurden rund und blank, und dann lächelte er das idiotische Lächeln eines Menschen, der unversehens die Formel des Glücks entdeckt hat.

Kira stöhnte auf und wollte mit einer energischen Handbewegung die schweren Arme von sich werfen – vergebens. Ihr Exmann seufzte schwach, wühlte seine Nase in ihr Haar und drückte sie noch fester an sich. Kira spürte an ihren nackten Beinen rauen Jeansstoff – Gott sei Dank, wenigstens hatte er seine Hose anbehalten! –, und unter den Jeans war alles hart und angeschwollen, wie immer am Morgen. Kira wurde es siedend heiß. So heiß, dass ihr Hals schweißnass wurde.

«Tim, mach sofort die Tür zu. Ich stehe gleich auf. Wie spät ist es?»

«Halb zehn. Mama, ist Papa …»

«Ich will nicht darüber reden!»

Was jetzt?

Mit aller Kraft presste sie Sergej ihren Ellbogen zwischen die Rippen. Er grunzte beleidigt.

«Tim, setz schnell Wasser auf! Verdammt, ich muss zur Arbeit! Mach die Tür zu und geh dich waschen!»

«Ich hab mich längst gewaschen», erwiderte er und grinste wie ein Welpe. «Mama, ist Papa …»

«Tim!»

«Ja, ja. Wasser aufsetzen. Sofort, werd bloß nicht wütend!»

Er schloss die Tür und blieb eine Weile davor stehen; Kira hörte ihn schnaufen. Dann schrie er plötzlich: «Ju-hu!», und galoppierte in die Küche.

Ihr dreizehnjähriger Sohn war ein Baby und ein kleiner Narr. Er dachte, dass … Natürlich dachte er das.

Ihr neununddreißigjähriger Mann war ein Mistkerl und ein großer Narr. Er hatte mit ihr in einem Bett geschlafen und sie mit seinen Armen und Beinen umschlungen. Er dachte wohl, er könne sich alles erlauben, bloß weil sie Stress hatte!

Aber nicht mit ihr. Von wegen Stress!

Es gab in der Wohnung gar kein anderes Bett, abgesehen von dem, in dem Tim schlief. Es gab zwar noch zwei hypermoderne ausklappbare Sofas, doch um die zum Schlafen herzurichten, brauchte man eine Anleitung und zwei geschulte Personen mit Spezialwerkzeug.

«Lass mich los», zischte Kira und stieß endlich seine Beine von sich, «lass mich sofort los!»

«M-m», sagte ihr Mann, «ja.»

Ex, verdammt, ihr Exmann!

Die schweren Beine spannten und lockerten sich, er rückte ein Stück ab, um sie freizugeben, doch als sie sich schon losreißen wollte, packte er sie noch einmal, drehte sie zu sich um und küsste sie.

Sie strampelte abwehrend, gab es aber bald auf. Sie hatte ihm nie widerstehen können, weil niemand sich im Bett so lieben konnte wie sie beide und weil sie plötzlich der schreckliche Gedanke überwältigte, dass sie sich unerträglich, beschämend, unsagbar nach ihm gesehnt hatte, nach seinen Armen, seinen morgendlichen Küssen, seinen stürmischen Umarmungen, wenn er nicht zu bremsen war; nach allem, was nur mit ihm so war und was sie so lange entbehrt hatte.

Sie streichelte seine Brust, seinen Bauch, seinen Rücken – direkt über dem Jeansgürtel. Sie wusste, das war eine ganz besondere Stelle, und er reagierte mit unterdrücktem Stöhnen und riss die Augen auf.

Ein paar Sekunden sahen sie sich wortlos an.

«Wehe, du entschuldigst dich!», sagte Kira leise.

«Das hatte ich nicht vor», murmelte er und schaute auf ihre Lippen.

«Nein», sagte Kira. «Das dürfen wir nicht. Das geht nicht.»

«Das geht nicht», stimmte er ihr zu und rührte sich nicht von der Stelle. Sie spürte sein Verlangen und wusste, er würde es beherrschen.

Er beherrschte sich stets meisterhaft, ihr Exmann.

Ja, genau, ihr Exmann.

«Es war schon zu spät zum Nachhausefahren», erklärte er.

«Ich verstehe. Ich muss aufstehen, Sergej. Tim – war schon hier.»

«Verdammt», sagte er.

«Eben. Wahrscheinlich denkt er, dass wir nach dem Frühstück wieder heiraten.»

In seinem Gesicht zuckte etwas, aber sie redete schnell weiter: «Ich muss so schnell wie möglich zur Arbeit! Dort herrscht wahrscheinlich Sodom und Gomorrha! Wenn nicht die Miliz schon längst da ist ...»

«Das ist sie bestimmt.»

«Ich muss Baturin anrufen. Mein Gott, was soll jetzt werden! Dreh dich um, Sergej!»

«Warum?», fragte er verständnislos.

«Ich will aufstehen», erklärte Kira. Ihr Hals wurde erneut heiß. «Und mein Bademantel ist weit weg.»

«Du spinnst ja», murmelte er leise, «total.»

Er drehte sich auf den Bauch und legte sich ein Kissen auf den Kopf.

«Recht so?», fragte er unter dem Kissen hervor.

Zu ihrer eigenen Überraschung riss Kira das Kissen herunter und schlug es ihm auf den Kopf.

«Sag mal», erkundigte er sich gedehnt und stützte das Kinn auf die Faust, «willst du mich anmachen, oder was?»

«Nein», log Kira entschieden. Wie ein U-Boot im Kampfeinsatz glitt sie zum Sessel, in dem ihr Bademantel lag, zog ihn hastig an und schlang den Gürtel darum.

Na also. Schon besser.

Dass er sie ausgezogen, sie vielleicht sogar angefasst, auf jeden Fall aber angesehen hatte, daran durfte sie jetzt nicht denken. Der Frotteepanzer des Bademantels gab ihr die nötige Kraft dazu.

«Steh auf», befahl sie, «ich mache schnell Frühstück, und dann muss ich los. Du bestimmt auch.»

«Ich gehe vorerst nicht zur Arbeit», erklärte er nachdenklich.

«Warum?»

«Ich muss … mich um die Geschichte kümmern.»

«Um welche Geschichte musst du dich kümmern?»

«Um die Geschichte mit der Leiche deines Chefs.»

«Sergej, das ist kaum …»

«Das ist meine Sache», fiel er ihr ins Wort, warf die Decke ab und stand auf, «ich pfeif drauf, wie du darüber denkst. Ich bleibe hier und rede mit den Leuten.»

«Mit welchen Leuten denn?»

«Mit Marja Semjonowna, mit den Nachbarn, mit Michail Petrowitsch. Er hat doch die Miliz geholt, nicht?»

«Untersteh dich!», schrie Kira und stampfte mit dem Fuß auf. Ihr Bademantel schlug auseinander, und sie raffte ihn hektisch zusammen. «Hast du nichts anderes zu tun? Willst du unbedingt Privatdetektiv spielen? Ich hab auch so schon genug Probleme!»

«Du wirst noch einen ganzen Haufen mehr Probleme bekommen, wenn wir die Geschichte nicht selber klären», sagte er starrsinnig.

Mein Gott, er war stur wie ein Maulesel, ihr Mann! Ja, ja – ihr Exmann. Er war so stur wie eine ganze Herde Maulesel!

«Nein, du gehst zur Arbeit!»

«Genug, Schluss jetzt. Geh dich lieber waschen, du siehst ganz zerknittert aus.»

«Du bist … Du bist einfach …»

«Ein Schwein, ich weiß», sagte er und gähnte. «Hast du

mein T-Shirt irgendwo gesehen?» Er wusste genau, wie er sie auf die Palme bringen konnte.

«Hau ab», befahl Kira und war sich bewusst, dass sie genau so reagierte, wie er es beabsichtigte, «verschwinde sofort aus meiner Wohnung!»

«Ah», sagte er zufrieden, «da ist es ja!»

Er angelte nach seinem T-Shirt. Es lag auf dem Fußboden hinter dem kleinen Sessel, auf dem Kira immer saß, wenn sie sich schön machte.

«Sergej, wehe, du versuchst irgendwas aufzuklären! Du gehst wieder weg, aber ich bleibe hier, ich muss den Rest meines Lebens mit den Nachbarn auskommen, und ich will nicht ...»

«Es spielt keine Rolle, was du willst oder nicht willst!», fuhr er verärgert auf und streifte sich das T-Shirt über. Kira sah, dass er es linksherum anhatte. «Es ist alles schon passiert! Kostik wurde praktisch vor deiner Tür erschossen! Meinst du etwa, mir macht es Spaß, in dem ganzen Sumpf mit deinen Chefs und deinen Liebhabern rumzuwühlen? Die können mir alle gestohlen bleiben!»

Kira atmete schwer, und es war ihr nun egal, dass ihr Bademantel über der Brust weit auseinander klaffte.

«Verschwinde sofort aus dieser Wohnung», sagte sie leise und beherrscht, «oder ich rufe die Miliz und sage, du hast Kostik erschossen, weil du ein Psychopath bist.»

«Bitte», ermunterte er sie, «nur zu.»

«Mama! Soll ich Spiegeleier für uns machen?»

«Sergej, ich meine es völlig ernst.»

«Ich auch.» Sergej, der die Naht auf der Schulter ertastet hatte, riss sich das T-Shirt wieder über den Kopf und zog es noch einmal an, wieder linksherum. «Ich werde tun, was ich muss, und es ist mir ehrlich gesagt scheißegal, was Michail Petrowitsch dazu sagt!»

«Papa, willst du ein Spiegelei?»

«Ja, Tim», antwortete er übertrieben laut und riss sich erneut das T-Shirt vom Leib.

«Mit Würstchen?»

«Ja, mit Würstchen. Wenn du nicht verstehst, dass du die Sache selber aufklären musst, dann bist du einfach dumm.»

«Gut, vielleicht bin ich dumm, aber ich habe dich schon hundertmal gebeten, dich nicht in mein Leben einzumischen!»

«Ich mische mich nicht ein. Dein Leben ist mir egal. Aber wir haben ein Kind, und das lebt bei dir. Ich möchte nicht, dass seine Mutter vor seinen Augen ins Gefängnis gesperrt wird! Er hat es ohnehin schon ...»

«Ohnehin schon – was?»

«Er hat es ohnehin schon schwer», knurrte Sergej.

«Und wer ist daran schuld?»

«Du», platzte er heraus, «du und dein Schnösel, den er hasst!»

Kira, die eine Weile überlegt hatte, ob sie nicht einen schweren Gegenstand nach ihrem Exgatten werfen sollte, sah ihn jetzt im Spiegel interessiert an. Er ahnte nicht, dass sie ihn musterte.

Er sah total unglücklich aus, wie ein geprügelter Hund. Nicht nur sein Blick, selbst seine lange Nase schien Verzweiflung auszudrücken.

Was war mit ihm los? Noch vor fünf Minuten war er froh und glücklich gewesen und hatte sich sogar lasziv erkundigt, ob sie ihn anmachen wolle!

«Sergej», fragte sie in möglichst neutralem Ton, wobei sie sich zu ihm umwandte, «bist du etwa eifersüchtig?»

Ihr Mann log nie. Das war eine seiner Eigenheiten. Sie belog er nie, nicht einmal, um in ihren Augen besser dazustehen oder um sich einen Krach mit ihr zu ersparen.

«Ja!», platzte er jäh heraus, als spucke er sie an. «Und sag jetzt bloß nicht, dass das albern ist und dass dein Privatleben mich nichts angeht!»

Kira hätte nie gedacht, dass sie sich über die Eifersucht ihres Mannes – Exmannes! – so freuen würde. Früher war er nie eifersüchtig gewesen, selbst wenn er Grund dazu gehabt hätte. Sie hatte das immer für Gleichgültigkeit gehalten.

Oder war er doch eifersüchtig gewesen, und sie hatte es nur nicht bemerkt?

«Ich habe Angst», gestand Kira ihm plötzlich, «ich habe furchtbare Angst, dass sie denken, ich hätte ...»

Er warf sein T-Shirt beiseite, das er gerade zum dritten Mal hatte anziehen wollen – es landete wieder hinter dem Sessel –, ging zu Kira und umarmte sie, wie er sie immer umarmt hatte – beide Arme legte er um ihren Kopf, sodass ihre Wange an seiner Schulter ruhte und die ganze Welt zusammenschrumpfte auf seine Schulter und seine Arme, die ihren Kopf umschlossen.

«Wir klären das auf», sagte er leise, «auch wenn das Ganze ziemlich übel aussieht. Aber wir klären es auf.»

Dies war der merkwürdigste Morgen seit Jahren. Sie zankten sich nicht einmal, als Tim erklärte, er würde heute nicht mehr in die Schule gehen, es sei sowieso schon zu spät.

Kira stand an der Tür, als Valentina eintraf.

Sie hörte den Schlüssel im Schloss, zuckte zusammen und ließ die Tasche fallen, in der sie gerade gekramt hatte.

«Guten Morgen!», trompetete Valentina mit verschnupfter Stimme, in der unsägliche theatralische Trauer lag. Valentina hatte mal in einer Laienspielgruppe Theater gespielt. «Was für ein Unglück, was für ein furchtbares, entsetzliches Unglück! Ein so netter, anständiger junger Mann und ein so grässlicher, grauenhafter Tod! Ja, so ist diese Zeit! Schrecklich!»

Bei den letzten Worten bebte sie heftig, rollte mit den Augen und schloss für einen Moment die violetten Lider. Kira wünschte, sie möge rasch die Tür schließen und ihre unermessliche Trauer nicht gleich allen Nachbarn demonstrieren.

«Guten Morgen, Valentina.» Kira hob ihre Tasche auf und kramte erneut darin. Wo war nur das verdammte Handy!

«Ein solcher Morgen kann nicht gut sein!», korrigierte Valentina sie streng. «Mein Gott! Der arme Junge! Wie ungerecht und achtlos das Leben mit den Besten umgeht!»

«Ja. Tim, weißt du vielleicht, wo mein Handy ist?»

«Ich weiß es», sagte Sergej. «Du hast es gestern in die Kaffeebüchse gesteckt. Hier. Tag, Valentina.»

Sie fuhr auf und presste die Hand auf den Mund, als erblicke sie am helllichten Tag ein Gespenst.

«Sergej Konstantinowitsch», rief sie halb flüsternd, «Sie?»

«Und Sie – sind Sie es, Valentina?», erkundigte sich Sergej im selben Flüsterton. «Ich ruf dich an», sagte er zu Kira, «wenn die Miliz kommt und die Situation – außer Kontrolle gerät, dann ruf mich auf dem Handy an. Unbedingt. Verstanden?»

«Verstanden», nickte Kira. Der außergewöhnliche Morgen war vorbei, und sie hatte keine Ahnung, wie es weitergehen würde.

Es war doch gut, dass Tim ihn angerufen hatte und dass er über Nacht geblieben war. Hätte sie in dieser Nacht allein sein müssen, hätte man sie am Morgen wahrscheinlich getrost in die Psychiatrie bringen können.

«Sergej Konstantinowitsch, sind Sie gekommen, um uns in dieser schweren Minute beizustehen?», fragte Valentina pathetisch. «Ach, wie hilflos sind wir doch alle angesichts des Todes! Er überfällt uns in der Blüte unseres Lebens und ...»

«Hören Sie auf», befahl Kira, «hören Sie bitte sofort auf!»

Valentina verstummte erschrocken.

Valentina war ihre Haushälterin. Sie arbeitete bereits seit vielen Jahren bei Kira, und solange Kira sie kannte, sah sie immer gleich aus: lila Baskenmütze, lila Augenlider und Lippen und der ewig gleiche karierte Mantel. Sie war eine «romantische Natur»: Am ersten Frühlingstag brachte sie unweigerlich einen Strauß «Frühlingsboten» mit – ein paar kümmerliche Stängel, die unverschämte Verkäufer für Frühlingsblumen ausgaben und gegen die Valentina eigentlich allergisch war – und hielt sie allen unter die Nase, damit sie den «Duft des nahenden Frühlings einsogen». Alle sogen brav. Später folgte ein blühender Apfelzweig, dann ein Fliederstrauß. Als Kira und Sergej sich scheiden ließen, war Valentina «furchtbar erschüttert», hatte Tränen vergossen und sich erst beruhigt, als sie Sergej als Schurken und Tyrannen definiert hatte, weshalb der «armen kleinen Kira» gar nichts anderes übrig geblieben sei, als ihn zu verlassen und «noch einmal neu anzufangen».

Wie sie sich nun verhalten sollte, da sie den «Schurken und Tyrannen» schon früh am Morgen in der Wohnung der «armen Kleinen» antraf, wusste sie nicht genau, deshalb erschrak sie vorsichtshalber.

Ansonsten war sie ein wahrer Putzteufel, liebte Tim aufrichtig – in der ersten Klasse hatte sie ihm sogar bei den Hausaufgaben geholfen und ihm einen Elch ins Naturkundeheft gemalt –, backte wundervolle Piroggen und Osterkuchen, die sie in der Kirche segnen ließ, dann kehrte sie erleuchtet und feierlich heim, deckte den Tisch mit gebackenem Schinken, winzigen Piroggen, gefärbten Eiern und einem Hyazinthenstrauß in der Mitte und rief alle zum «Osterfrühstück», und überhaupt lebte sie ganz für die Familie von Sergej und Kira, als sie noch eine Familie waren.

Eine eigene Familie hatte Valentina nie gehabt.

«Valentina, Tim ist heute nicht in der Schule, weil wir alle verschlafen haben. Achten Sie bitte darauf, dass er Ilja anruft und sich die Hausaufgaben geben lässt. Sergej Konstantinowitsch bleibt erst einmal hier.»

«Tschüs, Mama», trompetete Tim. «Ich erkundige mich schon nach den Hausaufgaben, keine Sorge!»

Kira, bereits in Straßenschuhen und kurzer Jacke, lief zu ihm ins Zimmer – er hatte natürlich sofort den Computer angeschaltet! – und küsste ihn rasch.

«Wehe, du läufst den ganzen Tag im Schlafanzug rum!», sagte sie noch, bevor sie mit klappernden Absätzen verschwand.

Dann war sie weg.

Sergej war ein wenig gekränkt, dass sie ihn allein ließ. Das heißt, natürlich waren da noch sein Sohn und die exaltierte Haushälterin, die er ein wenig fürchtete, aber seine Kira war weg, und nun war er allein.

So war es immer gewesen: Sie ging weg und er litt. Selbst wenn es umgekehrt war, wenn er auf Dienstreisen fuhr, selbst dann war er derjenige, der wartete und Sehnsucht hatte.

Und sie? Er wusste es nicht einmal.

# 7

NACH MARJA SEMJONOWNA, der Heldin des Tages, musste er nicht lange suchen. Sie saß in ihrem Glaskabuff im Erdgeschoss. Und zwar «seit heute Nacht ohne Ablösung, dabei ist mein Herz am Zerspringen», erklärte sie Sergej.

«Sergej Konstantinowitsch», fragte sie und schnäuzte sich trauernd in ein riesiges Taschentuch, «Sie sind wohl gestern Abend gar nicht mehr nach Hause gefahren?»

Sie warf ihm über das Taschentuch hinweg einen neugierigen Blick zu.

Diese Marja Semjonowna, dachte Sergej, die hat ja wahrlich Röntgenaugen.

Als er gestern kam, war sie fast ohnmächtig gewesen, hatte auf der Treppe gesessen und sich mit einer Zeitung Luft zugefächelt, und ihr Gatte, zitternd vom langjährigen Alkoholmissbrauch und der frischen Aufregung, hatte ihr einen Becher mit etwas Heißem hingehalten.

«Nein, bin ich nicht», gestand er beinahe fröhlich. Ihre ausgeprägte Beobachtungsgabe ließ ihn hoffen, dass sie ihm vielleicht helfen könnte. «Sie haben doch gestern … Sie haben ihn doch gefunden, nicht?»

Marja Semjonowna tauchte hinter ihrem Taschentuch hervor und griff sich ans Herz.

«Ja, ich», bestätigte sie und schüttelte den Kopf, sodass ihre hängenden Wangen vibrierten. «Ich, Sergej Konstantinowitsch! Mein Gott, was ist bloß los mit der Welt, wenn am helllichten Tag ...»

«Wieso denn am helllichten Tag», hakte Sergej rasch ein, um ihr Gejammer nicht weiter ausufern zu lassen. «Es war doch schon Abend!»

«Ja, so ist das Leben, Sergej Konstantinowitsch, nie hat man Ruhe. Man traut sich nicht mehr aus dem Haus! Aber nicht mal hier drin ist man sicher, er wurde ja hier im Treppenhaus umgebracht! Er war doch noch ganz jung, und so ein stattlicher Mann! Ein Bekannter von Kira, nicht wahr, Sergej Konstantinowitsch? Ich hab ihn ja schon öfter gesehen, er kam schon, als Sie noch hier gewohnt haben!»

Marja Semjonowna war eindeutig ein Gewinn; ihr Herz, das «am Zerspringen war», hinderte sie offenbar keineswegs daran, ihre Neugier zu befriedigen.

«Er ist ihr Chef», erklärte Sergej vertraulich. «Wann genau haben Sie ihn denn gefunden?»

«Das hat die Miliz mich auch gefragt, und ich hab gesagt, dass ich das nicht genau sagen kann, weil, als ich ihn da gesehen hab, da hat sich in mir alles um und um gedreht, ich wusste gar nicht, wie mir geschah! Ich erinnere mich nur noch, dass Kira mich in einen Sessel gesetzt hat, auf dem Treppenabsatz. Die Sessel, die stehen erst seit kurzem da, seit die Frau von dem Banditen schwanger ist, weil das Treppensteigen sie so anstrengt. Er hat die Sessel alle selber gekauft und aufgestellt, das weiß ich von der Hausverwaltung. Sie selber wohnen ja im zweiten Stock, aber Sessel stehen jetzt auf allen Etagen. Ich frage mich, warum auf allen Etagen, wenn seine Frau doch nie weiter läuft als bis zum zweiten Stock?»

«Was für ein Bandit?», fragte er vorsichtig. «In unserem Haus ...»

«Ich sage Ihnen, das ist ein Bandit, todsicher», plapperte Marja Semjonowna drauflos. «So ein Riesenkerl, und ein Banditenauto fährt er auch, und diese ...» – sie zeigte viel sagend mit zwei Fingern auf ihre Augen –, «diese dunkle Brille! Er versteckt sich vor den Menschen, traut sich nicht, ihnen in die Augen zu sehen! Aber um seine Frau, um die kümmert er sich, stellt überall Sessel auf!»

«Was für ein Bandit?», wiederholte Sergej zerstreut.

«Na der, der da», flüsterte Marja Semjonowna, «da, sehen Sie! Es stehen auch dauernd Leute draußen und warten auf ihn. Und dann steigen sie alle ins Auto und fahren weg!»

Bedächtig und gewichtig kam ein breitschultriger, kahl geschorener Athlet im schwarzen Anzug und mit sehr dunkler Brille die Treppe herunter. In einer Hand trug er eine schwarze Tasche, mit der anderen berührte er leicht das Treppengeländer. Sergej schien sogar, dass er vor sich hin pfiff.

«Der Lift ist kaputt», sagte er, als er Sergej und Marja Semjonowna fast erreicht hatte. «Haben Sie die Monteure bestellt?»

«Haben wir, haben wir», versicherte Marja Semjonowna hastig und schien sich fast verbeugen zu wollen, «in der nächsten Stunde, haben sie gesagt, kommen sie vorbei und bringen das wieder in Ordnung.»

«Ich rufe Sie an», versprach – oder drohte? – der Kahlgeschorene. «Grüß dich, Sergej. Was ist? Erkennst du mich nicht?»

Und er riss sich die Brille herunter.

«Na, du bist ja ein Verwandlungskünstler», staunte Sergej und drückte erfreut die riesige Hand, «ich hab dich gar nicht erkannt. Was machst du denn hier? Ich denke, du bist in Kanada?»

«Bin ich auch», erwiderte der Kahlgeschorene. «Aber Lenka hat gejammert: Ich will zu Mama, und kurz vor der Entbindung will ich nicht mehr fahren! Sie ist nämlich schwanger, meine Lenka!»

Dabei lächelte er so breit, dass sich auf seinen Wangen reizende jungenhafte Grübchen bildeten, die Ohren wackelten, die Stirn Falten schlug und die Glatze im Licht strahlte.

«Wir bekommen einen Jungen, Sergej! Einen Jungen! Komm uns mal in Kanada besuchen, wenn er da ist. Mit deiner Kira und deinem Jungen! Du bist zu ihnen zurückgekehrt, ja?»

Sergej schwieg. Der Kahlgeschorene bewies erstaunliches Taktgefühl und wechselte das Thema.

«Sag mal, weißt du, was hier heute Nacht los war? Die Bullen waren da, ein Krankenwagen, volles Programm! Das war doch auf eurer Etage! Lenka hat die ganze Nacht nicht geschlafen, ich wollte schon hingehen und Krach schlagen, Mann!»

«Stimmt, das war bei uns», bestätigte Sergej. «Du hast nicht zufällig was Verdächtiges gesehen, Danila?»

«Was soll das, bist du krank, Sergej? Ich bin um elf gekommen, hab gesehen: Diskoorgel, Bullen, alles voller Leute! Na toll, hab ich gedacht, jetzt erschrecken sie mir meine Lenka zu Tode! Mist, warum sind wir bloß hergekommen, hab ich gedacht. Hätten wir lieber ihre Mama nach Kanada eingeladen! Aber Lenka wollte unbedingt, und sie ist schließlich schwanger, da kann man ihr ja nichts abschlagen …» Die Glatze blinkte erneut auf, wieder traten die Grübchen hervor, er bekam einen ölig-gerührten Blick.

So ein Pech, dachte Sergej enttäuscht, der hilft mir nicht weiter. Der kapiert im Moment gar nichts, außer dass seine Lenka schwanger ist.

«Der blöde Lift war kaputt, ich musste laufen. Ich bin hoch bis zu eurer Etage, weil ich sehen wollte, was da los war, dann hab ich Blut gesehen und die weißen Umrisse auf dem Boden – na, hab ich gedacht, ist ja wie im Kino. Und dann bin ich nach Hause gegangen. Lenka wusste sowieso schon Bescheid. Ich hab sie mit Mühe beruhigt und ins Bett gebracht. Sie wollte mich jetzt gar nicht weglassen», fügte Danila mit unbändigem Stolz hinzu. «Sie hat gesagt, geh nicht weg, hat sie gesagt, ich hab Angst um dich!»

«War sie gestern den ganzen Abend zu Hause?»

«Ich glaub schon. Wieso?»

«Ich wollte sie fragen, ob sie vielleicht jemanden ins Haus hat kommen sehen. Oder rausgehen.»

«Was denn», fragte Danila leise, «wollen die Bullen das etwa Kira anhängen?»

«Ich weiß es nicht.»

«Das war keiner von uns», sagte Danila überzeugt, «bei uns wohnen keine Kriminellen, nur anständige Leute, das weißt du selber.»

«Ich weiß», stimmte Sergej ihm zu.

«Ich würde dir gern helfen», sagte Danila entschuldigend, «aber ich hab keine Zeit. Wir fliegen in zwei Wochen zurück. Also, hast du nun die Monteure bestellt, Muttchen? Oder nicht?»

«Hab ich, hab ich», jammerte Marja Semjonowna, «sie reparieren den Lift, seien Sie unbesorgt!»

«Mach's gut, Sergej!», verabschiedete er sich und schüttelte Sergej schwungvoll die Hand. «Das mit Kanada ist mein Ernst – ich lad dich ein. Ich meine immer alles ernst.»

«Danke.»

«Grüß Kira von mir. Geh zurück zu ihnen, und sie soll dir noch ein Mädchen zur Welt bringen! Oder noch einen Jungen!» Danila kicherte lebensfroh, sehr zufrieden mit seinem Humor, und ging zur Tür, seine schwarze Tasche schwenkend.

«Sein Auto, das ist so ein Riesending, zum Fürchten», flüsterte Marja Semjonowna hinter Sergejs Rücken, «ein richtiger Panzer, und er selber ist ein Bandit, todsicher! Wieso ist er denn so nett zu Ihnen, Sergej Konstantinowitsch?»

«Unsinn, er ist kein Bandit!», protestierte Sergej. «Er ist Eishockeyspieler. Ein ganz berühmter. Ein internationaler Sportstar. Haben Sie ihn noch nie im Fernsehen gesehen?»

«Alles gelogen, was er sagt», erwiderte Marja Semjonowna im Brustton der Überzeugung. «Womöglich hat er gestern den Freund Ihrer Frau umgebracht.»

«Ihren Chef», korrigierte Sergej. Er musste Marja Semjonowna unbedingt klar machen, dass Kostik nicht ihr Freund war, sondern ihr Chef.

«Er sagt, er ist um elf gekommen. Von wegen um elf – ich hab ihn doch schon um acht gesehen!»

«Um acht?», fragte Sergej. «Danila?»

«Ich schwöre, ich hab ihn gesehen! Wie er reingekommen ist, das hab ich nicht gesehen, da will ich nicht schwindeln, aber wie er rausgegangen ist, das hab ich gesehen. Er ist in seinen Panzer gestiegen und losgerauscht. Warum hat er gelogen, wenn er Kiras Freund nicht umgebracht hat, wie?»

«Ihren Chef.»

«Ja doch, ja, meinetwegen ihren Chef.»

«Und wer ist noch reingekommen, Marja Semjonowna? Oder rausgegangen?»

«Es ist kein Fremder reingekommen. Aber ich bin ja kein Torwächter, ich bewache ja nicht die Tür, vielleicht ist mir auch jemand entgangen! Aber raus ... Es ist auch kaum jemand rausgegangen! Um die Zeit, da sind alle gerade von der Arbeit zurück und sitzen zu Hause. Ihre Valentina ist rausgegangen. ‹Auf Wiedersehen, Marja Semjonowna›, hat sie gesagt, ‹bis morgen!› Und dieser Bandit. Und noch ... Nein, ich weiß es nicht. Der Junge aus Wohnung acht ist vorbeigegangen mit seiner Kinderfrau, die wollten wohl auf den Spielplatz. Draußen war's schon dunkel, und die Kinderfrau schleppt ihn raus auf die Straße! Oma Jewsejewa ist runtergekommen, aber das war schon nach acht, lange danach!»

«Haben Sie die Leiche denn gleich gefunden, Marja Semjonowna?», fragte Sergej sanft.

Die Concierge warf nachdenklich ein Löffelchen Tee in eine Tasse.

«Das kann ich nicht genau sagen, Sergej Konstantinowitsch», gestand sie bedauernd. «In mir brannte alles wie Feuer, Kira hat mich, wie gesagt, in den Sessel gesetzt, und der Mieter aus Wohnung elf, Michail Petrowitsch, hat gesagt: ‹Ich geh die Miliz rufen.› Aber wie spät es war ... Nein, das kann ich nicht genau sagen.»

«Wo kam denn Michail Petrowitsch auf einmal her?»

«Ich hab doch geschrien, vor Angst» – Marja Semjonowna bekreuzigte sich inbrünstig –, «Kira kam rausgerannt und dann Michail Petrowitsch. So was Schreckliches hab ich mein Lebtag noch nicht durchgemacht! Als ich zwanzig war, 1958, da bin ich mal mit meiner Freundin baden gegangen, und da ...»

«Danke», sagte Sergej. Geschichten aus Marja Semjonownas Jugend konnte er sich jetzt wirklich nicht anhören, nicht einmal aus taktischen Erwägungen.

«Warum wollen Sie eigentlich wissen, wer gekommen ist und wer nicht», fragte Marja Semjonowna begierig, «Sie haben wohl kein Vertrauen zur Miliz, oder, Sergej Konstantinowitsch? Ich auch nicht, kein bisschen! Als ich Jurka gesehen hab, unseren Reviermilizionär, da hab ich gedacht, mag Gott mich richten, aber ich hab gedacht, dieser Jurka, der ist ein noch schlimmerer Bandit als Ihr Eishockeyspieler. Seine Mama, die von Jurka, die hat schon damals schwarz Schnaps gebrannt, als der ZK-Beschluss rauskam und sie durch alle Wohnungen gingen und nach diesen Destillierapparaten suchten.»

«Sonst ist also niemand weiter rein- oder rausgegangen», vergewisserte sich Sergej noch einmal. «Danila um acht, dann Valentina, danach die Kinderfrau mit dem Jungen, dann die alte Jewsejewa. Richtig?»

«Na, und der Dingsda noch», sagte Marja Semjonowna gewollt beiläufig, «der immer Kira besucht. Ihr Verhältnis. Ein stattlicher Mann, sehr seriös, immer mit Aktentasche, immer höflich. Sie kennen ihn, ja?»

«Ja», antwortete Sergej.

«Entschuldigen Sie, Sergej Konstantinowitsch», fuhr die Concierge fort, während sie ihn forschend ansah, «aber das sollten Sie nicht zulassen! Nehmen Sie's mir nicht übel, ich bin eine alte Frau, hören Sie auf mich!»

«Was lasse ich denn zu?»

«Dass dieser Angeber sie besucht, ihr Verhältnis. Wer weiß, was er vorhat und woher er überhaupt kommt. Er hat natürlich immer eine Aktentasche dabei und ist ein stattlicher Mann, aber wer weiß – eines Nachts zieht er ihr noch eins über und räumt ihr die ganze Wohnung aus!»

«Danke, Marja Semjonowna. Ich gehe dann. Ich muss noch telefonieren.»

«Ja, natürlich.» Marja Semjonowna fing wieder an zu jammern: «Mein Herz, das sticht so, das sticht, und der Kopf tut mir weh, ich kann nicht mehr! Ihre Valentina, die hat mich gestern mit ihrem Parfüm so eingenebelt, davon hab ich heute noch Kopfschmerzen!»

«Mit was für einem Parfüm?», fragte Sergej, nun schon leicht ungeduldig.

«Ein angenehmes Parfüm, nichts dagegen zu sagen. Aber sie hat sich ein bisschen zu viel damit eingesprüht! Sie ist doch kein junges Mädchen mehr, dass sie solche Düfte verbreiten muss. Sie zog eine richtige Fahne hinter sich her! Mir wurde ganz schwindlig davon, und dann auch noch ...» Marja Semjonowna winkte traurig ab.

Auf der Treppe drehte Sergej sich noch einmal zu ihr um. Sie goss sich gerade Tee in eine Untertasse und blies konzentriert darauf, ehe sie ihn in kleinen Schlucken trank. Dazu kaute sie geräuschvoll ein Stück Zucker. Sie sah aus wie ein trauriges altes Huhn.

Diese Marja Semjonowna! Was würde sie wohl den Kriminalisten erzählen, wenn die sie vernahmen? Und was hatte sie ihnen schon erzählt? Dass Kiras «Freund» und ihr

«Verhältnis» in ihrer Wohnung aufeinander getroffen waren?

Sergej ging hinauf in seine ehemalige Etage und öffnete seine ehemalige Wohnungstür.

Von Tim war nichts zu hören. Valentina sang in der Küche leise, aber gefühlvoll vor sich hin.

«Ich bin's», sagte Sergej laut, damit sie nicht erschrak. Sie erschrak nämlich laufend, ließ sich dann auf einen Stuhl fallen und griff sich ans Herz, das «zu zerspringen drohte».

«Mein Gott!», rief Valentina nach einer Weile. «Haben Sie mich erschreckt!»

«Wann sind Sie gestern gegangen?», fragte Sergej. «Wissen Sie das noch?»

«Was?», fragte Valentina zurück.

Sergej schaute in die Küche. Valentina hatte eine biedere karierte englische Schürze um, ein Geschenk von Kira, und knetete Teig. Ihre Arme waren bis zu den Ellbogen voller Mehl. Auf dem Kopf trug sie ein schneeweißes Häubchen mit einem koketten karierten Band, das offenkundig zur Schürze gehörte. Diese englische Biederkeit ließ ihren lila Lidschatten noch stärker leuchten.

«Gegen Trauer im Herzen», erklärte die Haushälterin mit traurigem Pathos, «gibt es nichts Besseres als Rosinenbrötchen. Besonders für den Jungen, der einen so schrecklichen Abend erlebt hat! Ich verstehe nicht, wie seine Mutter zulassen konnte, dass der schutzlose kleine Junge zum Zeugen ...»

«Der schutzlose Junge ist überglücklich, dass er einen Vorwand hat, die Schule zu schwänzen, und surft gerade im Internet. Machen Sie sich also keine Sorgen, Valentina.»

Sie blickte ihn missbilligend an.

«Ich weiß nie, wann Sie scherzen und wann Sie es ernst meinen, Sergej Konstantinowitsch.»

«Das weiß ich manchmal selber nicht so genau», bekannte Sergej. «Also, wann sind Sie gestern gegangen?»

«Wie immer», antwortete Valentina und wandte sich wieder ihrem Teig zu, «als Kira von der Arbeit kam. Das arme Mädchen, sie konnte nicht ahnen, welche schwere Prüfung ...»

«... das böse Schicksal ihr zugedacht hatte», ergänzte Sergej. «Also wann?»

Valentina sah ihn jetzt böse an.

«Wahrscheinlich so gegen halb acht», sagte sie. «Kira kam gegen sieben, genau weiß ich das nicht mehr, ich hab ihr erzählt, wie der Tag verlaufen ist, dann hab ich mich angezogen und bin gegangen. Ich hatte gestern Kreuzschmerzen», gestand sie verlegen, «Hexenschuss. Ich hab mir natürlich das Tuch aus Hundehaar umgebunden» – sie lächelte wie ein übermütiges kleines Mädchen –, «aber der Rücken hat trotzdem ... Ich konnte mich nicht mal bücken, Kira hat mir die Stiefel zugemacht. Und die Treppe bin ich ganz langsam runtergelaufen.»

«Eine halbe Stunde? Oder länger?»

«Ist das jetzt», fragte sie misstrauisch, «Ernst oder Scherz?»

«Ernst.»

«Weniger. Wieso? Oder meinen Sie, der arme junge Mann kann um diese Zeit schon tot gewesen sein?»

«Wenn Sie auf der Treppe keine Leiche gesehen haben, dann nicht», sagte Sergej freundlich.

Dabei fiel ihm ein, dass er Marja Semjonowna nach dem Wichtigsten gar nicht gefragt hatte: ob sie gesehen hatte, wann Kostik ins Haus gekommen war. Er ärgerte sich über seine Blödheit.

«Essen Sie mit, Sergej Konstantinowitsch?», fragte Valentina, die Lippen geschürzt. «Und wann soll ich servieren?»

Sergej hatte keine Ahnung, wann sie «servieren» sollte. Er musste noch mit dem Nachbarn reden, der die Miliz geholt hatte, noch einmal mit Marja Semjonowna, da er ja etwas Wichtiges vergessen hatte, und mit Lenka, der schwangeren Frau des legendären Eishockeystars, der behauptet hatte, er sei nicht vor elf zu Hause gewesen, was laut Marja Semjonowna gelogen war. Außerdem sollte er vielleicht langsam bei seiner Arbeitsstelle anrufen, um sich für heute abzumelden.

Auch Inga musste er anrufen. Er hatte sie mitten in der Nacht im Bett allein gelassen – er verspürte zwar eigentlich keinerlei Gewissensbisse deshalb , aber anrufen musste er sie trotzdem.

Er ging ins Wohnzimmer, damit Valentina nicht lauschen konnte.

«Papa!» Tim stand auf der Schwelle seines Zimmers. Er hatte Sergejs Schritte gehört und war sofort herausgekommen. Er musste die Sache unter Kontrolle behalten, auch wenn bisher alles ganz nach seinem raffinierten Plan verlief. «Was ist, Papa? Gehst du weg?»

«Noch nicht, wieso?», fragte Sergej.

«Ach», antwortete Tim und zuckte die Achseln, «nur so.»

Sergej sah ihn an. Statt der Schlafanzughose trug er nun eine superweite sumpfgrüne Hose mit Taschen, die so weit abstanden, als läge in jeder ein Kilo Kartoffeln. Der kindlich magere Hals stak in einer Schlafanzugjacke aus Flanell – sie auszuziehen hatte er offenbar nicht geschafft. Auf seinem Kopf stand ein komischer goldblonder Wirbel in die Höhe, an den Seiten waren die Haare ganz zerdrückt. Da er noch im Schlafanzug war, hatte er sich noch nicht gekämmt.

«Was ist denn, Papa?», fragte Tim und kratzte mit dem Fuß sein anderes Bein. «Ich zieh das Ding ja gleich aus!»

Warum zum Teufel hatten Kira und er sich eigentlich scheiden lassen? Nicht einer ihrer aberwitzigen Kräche, bei denen keiner den anderen je von irgendetwas hatte überzeugen können, rechtfertigte diesen ängstlichen, sorgsam kontrollierten Ausdruck in Tims Kindergesicht: Bloß nichts verpassen, ihn bloß rechtzeitig abfangen, damit er nicht wegfährt, damit er hier isst, damit er auf Mutter wartet – vielleicht renkt sich dann ja alles wieder ein.

Was renkt sich wieder ein? Kann sich denn irgendetwas wieder einrenken?

«Papa, trinkst du mit uns Tee? Valentina backt was.»

«Ja.»

«Wann gehst du wieder?»

«Ich habe einstweilen nicht vor zu gehen», antwortete Sergej und zupfte den Sohn an seinem Wirbel. «Vielleicht am Nachmittag. Aber heute Abend komme ich auf jeden Fall wieder, Tim.»

«Du kommst wieder?», fragte der Junge ungläubig. «Und der Schnösel? Der kommt nicht?»

«Der Schnösel kommt nicht», bestätigte Sergej. «Zieh jetzt endlich den Schlafanzug aus. Du bist doch nicht im Krankenhaus, dass du den ganzen Tag im Schlafanzug rumläufst!»

«Timotschka», rief Valentina zärtlich, «geh dir die Hände waschen, gleich gibt's Rosinenbrötchen.»

Tim verdrehte die Augen.

«Und frag deinen Papa, ob er mit uns Tee trinkt oder ob ich für ihn im Arbeitszimmer servieren soll.» Sie streckte den Kopf in den Flur, erblickte Sergej und griff sich ans Herz. «Mein Gott, haben Sie mich erschreckt!»

«Und Sie mich erst!», gestand Sergej. «Sie brauchen mir nichts zu servieren, ich telefoniere nur noch schnell, dann trinke ich mit Ihnen Tee. In der Küche.»

Valentina hätte ganz offenkundig lieber ohne ihn Tee getrunken. Er war immer noch der «Schurke und Tyrann», Kira die «arme Kleine» und Tim das «unglückliche Kind», und das alles stand ihr deutlich ins Gesicht geschrieben.

Sergej seufzte.

Er schloss die Tür zu Kiras Arbeitszimmer, das einmal seins gewesen war, hinter sich und rief bei seiner Arbeitsstelle an.

«Sergej Konstantinowitsch, Gott sei Dank», rief die Sekretärin, als sei er mindestens seit drei Wochen verschollen, «ich rufe dauernd bei Ihnen an, aber Sie sind nie da!»

«Sie hätten's mal auf dem Handy versuchen sollen.»

«Das ist ausgeschaltet.»

«Was sagen Sie?», fragte Sergej erstaunt. Er schaltete sein Handy nie aus, ahnte aber, wer es getan hatte – Tim natürlich.

Sergej teilte der Sekretärin mit, dass er heute nicht zur Arbeit käme, versprach, den amerikanischen Partner anzurufen, der ihn ausgerechnet gerade an diesem Morgen gesucht hatte, hörte sich einen Vortrag darüber an, wer heute alles bei ihm vorgesprochen hatte und weshalb, legte auf und wählte Ingas Nummer.

«Sergej!», rief sie. «Wo steckst du denn?»

Er vernahm entfernt gleichmäßigen Lärm, es klang nach einem Geschäft oder einem Restaurant. Vermutlich ein Restaurant – er hörte im Hintergrund Geschirr klappern. Offensichtlich fand Inga es sinnlos, zur Arbeit zu gehen, wenn der Chef sowieso nicht da war.

Kluges Mädchen.

Er log auf die Schnelle irgendetwas Primitives zusammen: Doktor Lassalle aus Paris, nur für einen Tag, alte Freunde und geschäftliche Interessen. Kira hätte einen Doktor Lassalle aus Paris niemals geschluckt, aber ihr tischte er dergleichen auch nie auf. Inga jammerte der Form halber ein bisschen, dass sie Sehnsucht habe, er tröstete sie der Form halber – sie hatte eigentlich keine Lust zum Jammern, ebenso wenig wie er zum Trösten, und beide wussten das sehr wohl. Zum Abschied erklärte er, dass er keine Ahnung habe, wann er am Abend zu Hause sein würde.

Das machte sie dann doch misstrauisch. Das Verhältnis mit ihrem Chef, bequem und viel versprechend, war ihre größte Leistung der letzten Jahre. Er war natürlich irgendwie auch ein Langweiler, ein Stubenhocker und Konservativer, aber immerhin ihr Chef! Noch dazu geschieden. Richtig mit Stempel im Ausweis, davon hatte sie sich selbst überzeugt, als er mal im Bad war.

Valentina und Tim tranken Tee aus großen Bechern, im Korb lag ein ganzer Haufen frischer, dampfender Rosinenbrötchen, dazu dicke Scheiben Käse – Tim mochte Käse am liebsten in dicken, handfesten Scheiben –, schlichtes Konfekt in einer Schale, deutsche Konfitüre in einem bauchigen Glas. Ein unvermuteter Feiertag, wenngleich «tragischen Umständen» geschuldet.

Sergej trank mit den beiden Tee, aß zwei Brötchen und ging dann etwas lustlos zu Michail Petrowitsch, dem Nachbarn in Wohnung elf. Er war sicher, dass er zu Hause sein würde, und er hatte Recht.

«Guten Tag, Sergej Konstantinowitsch!», begann der Nachbar munter, noch bevor er die Tür richtig geöffnet hatte, so als habe er Sergej den ganzen Morgen ungeduldig erwartet. «Nein, so ein Unglück! Wissen Sie, wenn man von solchen Dingen hört, denkt man immer, einen selbst wird so was nie betreffen. Und nun das! Direkt vor unserer Nase. Kira Michailowna ist bestimmt sehr mitgenommen, nicht wahr?»

«Ja, natürlich», bestätigte Sergej, während er sich in den Flur zwängte. «Er war schließlich ihr Chef, ja sogar ihr Freund!»

«Ach ja, ach ja.» Michail Petrowitsch nickte mitfühlend. «Aber kommen Sie doch bitte rein! Ich finde auch gleich ein Paar Pantoffeln für Sie.»

Sergej hatte den Eindruck, in dieser Wohnung könne niemand je etwas finden, so voll gestopft war sie. Unbegreiflich, wie zwischen die alten Möbel – Sessel, Schränke mit sperrangelweit offenen Türen, hinter denen Pelzmäntel in Kleidersäcken hingen, schwere Büfetts, von denen Sergej gleich drei zählte, übereinander stehende Tische, Stapel von Büchern und alten Zeitungen –, wie dazwischen noch Menschen passen sollten. Doch Michail Petrowitsch manövrierte geschickt zwischen den Möbelriffen und -felsen auf ein entferntes Licht zu. Von dort kam heiser bellend ein winziges Hündchen mit altersträben, hervorquellenden Augen gesprungen, und eine Frauenstimme rief: «Mischa! Mischa, wer ist da gekommen? Der Schlosser?»

«Der Nachbar, Sergej Konstantinowitsch», erwiderte Michail Petrowitsch und sagte zu Sergej: «Jelena Lwowna, meine Frau.»

«Guten Tag!», rief Sergej für alle Fälle. Er bahnte sich mühsam einen Weg, wobei er immer wieder gegen Ecken und hervorstehende Teile stieß.

Das Möbeldickicht lichtete sich ein wenig, Hausherr und Gast betraten hintereinander das Zimmer, das sich vom Flur höchstens dadurch unterschied, dass es darin etwas heller war. Auf einem freien Fleck in der Zimmermitte stand ein Sessel. Darin saß, in ein flauschiges weißes Tuch gehüllt, eine Frau. Sie lächelte schwach und freundlich.

«Sergej!», rief sie. «Entschuldigen Sie bitte! Ich dachte, es wäre der Schlosser!»

«Macht doch nichts», murmelte Sergej. Der Staub kitzelte in seiner Nase, und er rieb sich den Nasenflügel, um nicht zu niesen. «Guten Tag, Jelena Lwowna!»

«Guten Tag, Sergej! Sie haben sich lange nicht blicken lassen. Wie geht es Kira und Ihrem Sohn nach den nächtlichen Ereignissen?»

«Danke, so leidlich.»

«Mischa, vielleicht kochst du Kaffee? Oder lieber Tee, Sergej?»

«Nein, nein», sagte Sergej erschrocken, «danke, nicht nötig. Ich habe gerade Tee getrunken.»

Der kleine Hund kam ins Zimmer gerannt, knurrte heiser und angestrengt, stürmte dann zum Sessel und versuchte zu Jelena Lwowna auf den Schoß zu klettern, wobei er das Tuch herunterzerrte.

«Massja!» Jelena Lwowna beugte sich hinunter, hob das Hündchen hoch, drückte es zärtlich an ihre Brust und küsste die graue Greisenschnauze mit den gebleckten Zähnen. «Hab keine Angst, meine Kleine, keine Angst. Was hast du denn? Was hast du denn? Das ist doch Sergej, unser Nachbar! Sie hat Sie vergessen», sagte sie mit entschuldigendem Lächeln zu Sergej und küsste noch einmal die Hundeschnauze. «Sie hat Sie vollkommen vergessen. Erinnern Sie sich, Sie haben Sie damals manchmal mitgenommen, wenn Sie mit Ihrem Sohn auf den Boulevard gingen.»

Sergej nickte.

Aber auch er konnte sich an nichts erinnern – weder an Spaziergänge auf dem Boulevard noch an Massja.

Michail Petrowitsch zog das Tuch, das Massja heruntergerissen hatte, wieder hoch.

«Furchtbar, nicht?», fragte Jelena Lwowna. «Einfach furchtbar! Für Kira wahrscheinlich doppelt, sie hat ihn ja gekannt!»

«Ja, das hat sie», bestätigte Sergej.

«Vielleicht doch einen Tee?»

«Nein danke! Ich wollte nur fragen ... Ich bin hier, um zu fragen ...» Die beiden alten Leute sahen ihn freundlich und erwartungsvoll an, nur Massja knurrte dumpf und böse und wühlte sich in das Tuch. Sergej war plötzlich verwirrt.

«Was wollten Sie fragen?», half ihm Jelena Lwowna. «Ich war ja nicht draußen, aber Mischa ist rausgegangen, als Marja Semjonowna geschrien hat, dann kam er zurück und rief die Miliz an. Dann ging er wieder raus. Aber ich ... Ich hatte nicht die Kraft. Ich laufe in letzter Zeit nicht mehr viel. Ich habe kaum noch Kraft, und jetzt ist überdies Frühling. Im Frühling fühle ich mich immer unwohl – es ist so kalt und feucht. Mischa erledigt alles – einkaufen, zur Apotheke, Miete einzahlen –, aber Massja und ich ...» Sie winkte ab.

«Ja», sagte Sergej unsinnigerweise, «ja, natürlich. Und Sie haben nichts Verdächtiges gesehen oder gehört?»

Jelena Lwowna und Michail Petrowitsch sahen sich an – sie wirkten beunruhigt.

«Verdächtiges?», fragte Michail Petrowitsch zurück. «Was meinen Sie, Sergej Konstantinowitsch?»

«Das weiß ich selbst nicht», bekannte Sergej und lächelte. Ihre plötzliche Unruhe gefiel ihm nicht. «Irgendwelche Fremden? Oder vielleicht haben Sie etwas Merkwürdiges gehört?»

Wie als Antwort auf diese Frage ertönte plötzlich ein entferntes Krachen, als sei eine Lawine losgerollt, gefolgt von schnellem, lautem Rattern, dann war es wieder still.

«Was ist denn das?», fragte Sergej erstaunt.

Massja, die sich beinahe schon beruhigt hatte, knurrte erneut heiser und fletschte die gelben Zähne.

«Das ist die Renovierung», erklärte Jelena Lwowna, noch immer schwach und entschuldigend lächelnd. «Bei den Bassows. Das heißt nicht bei den Bassows, aber in ihrer ehemaligen Wohnung.»

«Die ganze Zeit Lärm», ergänzte Michail Petrowitsch, «von frühmorgens bis spätabends. Jelena braucht Ruhe, aber wie denn, bei dem Krach!»

Das Rattern setzte erneut ein, diesmal in Schüben, wie Maschinengewehr.

Den einsamen Pistolenschuss, der Kostik tötete, konnte

bei diesem Geschützdonner und dem ständigen Rumpeln wirklich niemand gehört haben.

Derjenige, der geschossen hatte, wusste also von der Renovierung in der Bassow-Wohnung und dass deshalb niemand den Schuss hören würde. Hieß das, dass es einer der Nachbarn war?

«Warum ist Marja Semjonowna eigentlich nach oben gegangen? Wissen Sie das zufällig?»

«Woher sollen wir das wissen?», rief Michail Petrowitsch aufgeregt, und Massja knurrte heftiger.

Jelena Lwowna streichelte mit einer Hand Massja, mit der anderen ihren Mann.

«Unsere Marja Semjonowna ist eine sehr neugierige Person. Ich würde mich nicht wundern, wenn sich herausstellte, dass sie lauschen wollte, was in Ihrer Wohnung vorgeht, Sergej.»

«In unserer Wohnung?»

«Ja», bestätigte Jelena Sergejewna und errötete leicht. «Schließlich hatte Kira Besuch von ihrem … Freund. Und dann kam noch der … der Tote. Sie hat ihn doch gekannt, nicht?»

«Ja, ja», sagte Sergej ungeduldig.

«Wahrscheinlich wollte Marja Semjonowna erkunden, wie die Begegnung der beiden ausgeht.»

Sergej lachte spöttisch und auch ein bisschen erleichtert.

Durchaus möglich, dass es genau so gewesen war. Durchaus möglich, dass sie für ihr Leben gern wissen wollte, was hinter der verschlossenen Tür seiner ehemaligen Wohnung geschah, wie Kira mit ihren beiden «Verhältnissen» zugleich fertig wurde.

Er musste unbedingt herausfinden, ob Marja Semjonowna ihren Horchposten sofort nach Kostiks Ankunft im Haus bezogen hatte oder später. Hatte sie es sofort getan, dann konnte sie den Mörder auf der Treppe gesehen haben. Es sei denn, er wäre einfach wieder in seine Wohnung gegangen.

Der Eishockeystar Danila war um acht schon zu Hause gewesen, hatte Sergej aber vorgeschwindelt, er sei erst um elf gekommen. Warum hatte er gelogen?

«Wir haben also nichts Verdächtiges bemerkt, Sergej. Mischa ging erst raus, als er die Schreie auf der Treppe hörte, davor waren wir die ganze Zeit in der Wohnung und können Ihnen nichts weiter sagen.» Jelena Lwowna seufzte und drückte die hysterisch knurrende Massja an sich. «Aber sie hat es gespürt, wissen Sie? Sie ist kein Hund, sie ist ein richtiger Mensch, ach was, ein Mensch – sie ist hundertmal klüger als jeder Mensch!»

Sergej warf einen kurzen Blick auf Massjas abstoßende Greisenschnauze. Er für seinen Teil hegte ernsthafte Zweifel an ihrem «Verstand».

«Gestern Abend war sie ganz unruhig, Sie werden es nicht glauben!», fuhr Jelena Lwowna in schwärmerischem, von erhabenen Gefühlen getragenem Tonfall fort. «Sie hat gebellt und getobt, sie war gar nicht zu beruhigen – als ob sie es geahnt hätte!»

Sergej glaubte zwar, dass nicht Massjas übersinnliche Kräfte die Ursache für ihr Bellen und Toben waren, sondern vielmehr ihr schlechter Charakter und fortschreitender Altersschwachsinn, behielt seine Meinung aber lieber für sich.

«Jetzt übertreibst du aber, Jelena», sagte da Michail Petrowitsch, «sie hat geknurrt, weil sie Valentina auf der

Treppe gehört hat. Sie hat sie nur nicht erkannt. Das war keine Vorahnung!»

«Ja», stimmte Jelena Lwowna ihm traurig zu, «das passiert ihr hin und wieder, manchmal erkennt sie nicht einmal uns. Sie ist wirklich alt geworden.»

Mit zitternder Hand streichelte sie Massjas schüttere Flanke.

«Sie wird bald sterben, und ich auch», erklärte Jelena Lwowna auf einmal mit entschuldigendem Lächeln. «Sergej, lassen Sie dann Mischa nicht allein ...»

«Jelena», rief ihr Mann, «red doch keinen Unsinn!»

«Wirklich, Jelena Lwowna», sagte auch Sergej, der jetzt so schnell wie möglich aus dieser Wohnung fliehen wollte, «warum reden Sie sich so etwas ein?»

«Ich rede mir nichts ein», sagte Jelena Lwowna leise, «ich weiß, dass es so kommen wird. Und Massja ... Ja, das stimmt. Manchmal irrt sie sich.»

«Aber vielleicht hat sie ja gar nicht Valentina verbellt?», fragte Sergej zaghaft. «Vielleicht war ein Fremder auf der Treppe?»

«Nein», widersprach Michail Petrowitsch, «da war niemand. Ich habe rausgeschaut – nur Valentina kam die Treppe herunter. Weiter war da niemand. Tja ...»

«Danke», sagte Sergej. «Ich gehe dann, ich muss noch ...» Er machte eine unbestimmte Handbewegung, die zeigen sollte, wie viel er noch zu erledigen habe.

«Grüßen Sie Kira», sagte Jelena Lwowna zum Abschied, «und Ihren Sohn. Ich habe nie glauben können, dass Sie sich für immer getrennt haben. Ein so schönes, so ein wunderbares Paar! Das gibt es doch kaum noch. Ich bin ja so froh, dass sich alles wieder eingerenkt hat!»

Nichts hat sich eingerenkt, dachte Sergej und biss die Zähne zusammen, alles ist nur noch komplizierter geworden, weil Kostik ermordet wurde und weil Kira jetzt auch noch einen Liebhaber hat.

Einen Liebhaber, verdammt nochmal!

«Ich weiß nicht, was ich tun soll», flüsterte Michail Petrowitsch, während er sich durch das Möbellabyrinth schlängelte, «sie welkt von Tag zu Tag mehr dahin. Enkel haben wir keine, gar nichts, wofür es sich noch zu leben lohnt. Dabei ist sie doch noch gar nicht so alt! Was soll ich tun, Sergej?»

Sergej hatte keine Ahnung, was man da tun konnte.

«Rufen Sie einen Arzt», war das Erste, was ihm einfiel, «vielleicht braucht sie Vitamine.»

«Vitamine!», rief Michail Petrowitsch, und Sergej begriff, dass er etwas wirklich Dummes gesagt hatte. «Vitamine!»

Sergej stieß auf dem Weg zur Tür noch mehrmals gegen Ecken und Kanten, und als er sich verabschieden wollte, sagte Michail Petrowitsch plötzlich: «Gut, dass Sie zurückgekommen sind, Sergej. Der Junge war ohne Sie schon ganz trübsinnig. Genießen Sie es, dass er Sie jetzt braucht. Wenn man jung ist, weiß man solche Dinge nicht zu schätzen. Unser Sohn braucht nur noch seine Karriere, uns braucht er nicht mehr. Seine Frau hat ihn verlassen, und Kinder hat er auch keine. Aber seine Karriere, die ist doch im Grunde auch nicht viel wert, alles nur Geschwätz … Sie sollten sich noch einen Jungen anschaffen oder ein Mädchen, dann werden Sie noch mehr gebraucht!»

Zum zweiten Mal an diesem unmöglichen Morgen wünschte jemand Sergej ein «Mädchen oder noch einen

Jungen» – erst der Eishockeystar Danila, nun Michail Petrowitsch.

Er hatte schon Kopfschmerzen von all diesen guten Ratschlägen und Prophezeiungen. Langsam wurde ihm alles zu viel. Dass gestern in seinem – ehemaligen – Treppenhaus der Chef seiner Frau – seiner Exfrau – erschossen worden war und die Bullen glaubten, sie hätte es getan; dass er auch noch ihren Liebhaber getroffen hatte und am Morgen vor unerträglichem Verlangen nach ihr aufgewacht war, wie früher, als noch alles gut und er stolz auf dieses Verlangen war und Kira ihn liebte und er sie Tag und Nacht begehrte – immerzu.

Sergej murmelte ein paar höfliche Abschiedsworte und trat hinaus ins Treppenhaus, als das Handy in seiner Tasche klingelte.

«Sergej», sagte Kira hastig, «sie haben einen Zettel gefunden, in dem ich Kostik drohe. Kannst du sofort herkommen? Geht das?»

# 8

BATURIN BLICKTE AUS DEM FENSTER, und sein Hinterkopf drückte deutlich aus, was er dachte.

Er, Grigori Baturin, war nun Chef des wichtigen Politmagazins «Der Moskauer», nachdem Kostik ihm gestern noch mit Entlassung gedroht und zu verstehen gegeben hatte, dass er auf seinem Platz gern Kira sähe.

Er hatte jetzt keine Zeit, sich mit dieser Kira Jatt zu befassen, zu klären, ob sie etwas mit dem Mord zu tun hatte, sie wenn nötig zu entlasten, Beweise zu finden, Einzelheiten zu ermitteln.

Er musste sich nun um die Zeitschrift kümmern, denn solange Wolodja Nikolajew, Besitzer und ehemaliger Chefredakteur des Blattes und amerikanischer Millionär, niemand anderen einsetzte, hatte er, Baturin, hier das Kommando.

Grigori Baturin war sich bewusst, dass er ein guter Journalist mit großem Ehrgeiz war. Sein Ehrgeiz hatte sich nach dem, was ihm zugestoßen war, noch verstärkt, und es war sein sehnlichster Wunsch, irgendjemandem, am besten allen zu beweisen, dass er noch zu etwas anderem nütze war als zu dem, was er so gut beherrschte, was er sein halbes Leben lang gelernt hatte und von einem Tag zum anderen für immer aufgeben musste. Aber er hatte natürlich keine Ahnung, was nötig war, um ein guter Chefredakteur zu sein – wenngleich er verwegen so tat, als reite er säbelschwingend allen voran.

«Nun, was ist?», fragte er, drehte sich auf seinen Stock gestützt um und ließ seinen Blick durch den Raum schweifen. Hinter der weit offenen Tür hörte man haltloses Heulen und Schluchzen – das war Raïssa, die eben erst vom Tod ihres Chefs erfahren hatte.

«Was?», fragte Hauptmann Galzew zurück.

Er rauchte ein unglaubliches Kraut, von dem sogar Baturin, der einiges gewohnt war, ein wenig übel wurde – ganz zu schweigen von Kira. Baturin langte nach dem Fenstergriff und riss einen Flügel auf. Feuchte, kalte Luft drang ins Büro und trieb den Machorkadunst in die Ecken.

«Ich habe Kostik keine Drohbriefe geschrieben», sagte Kira entschieden. «Das ist einfach Unsinn.»

«Das hier?», fragte der Hauptmann, scheinbar verwundert, und schwenkte ein zusammengefaltetes Stück Papier vor Kiras Nase. «Das ist kein Unsinn, Verehrteste. So etwas nennt man ein Indiz, und gefunden wurde es in der Aktentasche Ihres toten Chefs und Freundes.»

«Ich weiß nicht, wie das in seine Tasche gelangt ist. Das ist ein altes Manuskript von mir.»

«Ein Manuskript?», fragte der Hauptmann noch erstaunter. «Was denn für ein Manuskript?»

Kira holte tief Luft. Sie kämpfte allein – Baturin, der den gestrigen Zusammenstoß offenbar noch nicht verwunden hatte, kam ihr nicht zu Hilfe.

«Ich schreibe nie am Computer», sagte Kira kalt. «Das ist natürlich sehr unpraktisch, und der Chef hat deswegen immer mit mir geschimpft, aber ich habe mich bislang nicht daran gewöhnen können. Ich schreibe alles per Hand, und dann lasse ich den Text abtippen. Dies ist eine Seite aus einem Manuskript von mir. Einen Monat alt, glaube ich.»

«Erlauben Sie», begann der Hauptmann beinahe einschmeichelnd, «in diesem Manuskript schreiben Sie ...» Er entfaltete das Blatt und las ausdrucksvoll vor: «Wenn unser Sujet sich an die Gesetze des Genres hält, dann geschieht auf jeden Fall ein Mord, doch ob der Mörder gefunden wird, ist ungewiss. Die Idee der unerlässlichen Entlarvung des Bösen tritt heutzutage zugunsten blutiger, schockierender Details in den Hintergrund. Wenn Sie die Wirkung dieser blutigen Details nicht an sich ausprobieren möchten, dann hören Sie auf meinen Rat. Das heißt auf mehrere Ratschläge. Sie sind simpel, aber wenn Sie sie befolgen, können Sie sich davor schützen ... Stammt das aus *Ihrem Manuskript,* Kira Michailowna?»

Kira sah ihn hilflos an.

«Ja», meldete sich plötzlich Baturin. «Wenn ich nicht irre, heißt es da weiter: ‹Können Sie sich davor schützen, sinnlos und freudlos Ihre Zeit für schlechte Kriminalromane zu vergeuden.›»

«Unsinn, da geht es nicht um schlechte Krimis!», widersprach der Hauptmann, der heute Morgen wegen der Aufsehen erregenden Ermordung des ‹progressiven Journalisten und Kämpfers für die Freiheit des Wortes Konstantin Stanislawow› zum General zitiert worden war, wo ihm ausgiebig der Kopf gewaschen worden war. «Hier geht es um Mord. Es ist Ihre Handschrift, Kira Michailowna. Und Sie reden von einer Leiche am Anfang, von blutigen Details und einem Mörder, der nicht gefunden wird. Das haben Sie doch geschrieben, oder?»

«Ich habe über Kriminalromane geschrieben.»

«Wieso? Sind Sie etwa Literaturkritikerin?»

«Nein, aber wir brauchten etwas für die aktuelle Nummer, und zu dem Zeitpunkt wurde gerade der Preis für den besten Krimi verliehen.»

«Kann ich den Artikel mal sehen?»

«Er ist nicht erschienen», sagte Baturin leise. «Damals ist irgendwer gestorben, und wir mussten einen Nachruf bringen.»

«Na also!» Der Hauptmann triumphierte, als hätte Kira endlich gestanden, dass sie Kostik erschossen hatte. Es gab also gar keinen Artikel!

«Aber verstehen Sie doch!», schrie Kira, und das Schluchzen draußen im Vorzimmer brach ab. Offenbar hatte Raïssa nun begonnen zu lauschen. Wer wohl noch? Die halbe Redaktion? Oder bereits die ganze? «Verstehen Sie doch, das wäre ja ziemlich dumm von mir – Kostik in meinem eigenen Haus zu töten! So blöd bin ich doch nicht! Noch dazu mit dem Zettel in der Aktentasche! Meinen Sie wirklich, ich hätte den Zettel nicht an mich genommen, wenn ich gewusst hätte, dass er in seiner Tasche lag? Wenn ich ihn wirklich bedroht hätte, glauben Sie nicht, dass ich dann zumindest meine Spuren verwischt hätte? So sagt man doch, oder?»

Baturin humpelte schwerfällig vorbei, ging hinaus ins Vorzimmer und schloss die Tür hinter sich.

«Was ist hier los?», fragte er draußen laut. «Was soll diese Versammlung? Raïssa, hören Sie auf zu heulen! Sofort alle an ihren Arbeitsplatz, Versammlung ist um vier, da könnt ihr heulen, aber jetzt will ich im Flur niemanden sehen! Ist das klar?»

Der Hauptmann blickte zur Tür. «Sieh an, ein richtiger Chef», sagte er halb missbilligend, halb beifällig. «Ist das der, dem das Opfer gestern mit Entlassung gedroht hat?»

Kira antwortete nicht. Im Aschenbecher lag ein Haufen Kippen, und ihr schien, das ganze Übel käme von diesem stinkenden Aschenbecher. Als sei er allein schuld an ihren grässlichen Kopf- und Magenschmerzen.

«Nun schweigen Sie doch nicht, Kira Michailowna», bat der Hauptmann fast herzlich, «beantworten Sie meine Fragen.»

«Sie fragen mich ja gar nichts.»

«Ich habe Sie nach Ihrem neuen Chef gefragt, den das Opfer gestern noch entlassen wollte.»

Die Tür klappte, Baturin war zurück.

«Ein Irrenhaus!», schnaubte er. «Alle heulen! Kira, du solltest dich mal darum kümmern. Morgen muss die Nummer in Satz, und wir haben noch keinen Strich getan.»

«Ich kann nicht», erwiderte Kira kalt. Sie fühlte sich, als müsse sie sich gleich übergeben. «Ich werde verhört.»

«Sie können gehen», gestattete der Hauptmann, «aber entfernen Sie sich nicht zu weit, damit ich nötigenfalls noch einmal mit Ihnen sprechen kann.»

Er wollte sie eigentlich nicht gehen lassen, aber für eine Festnahme war es noch zu früh.

Es gab keinerlei Beweise, verflucht nochmal! Schön, der Zettel – aber ohne Anrede, ohne Datum. Die Tatwaffe fehlte, aber einen Durchsuchungsbefehl für ihre Wohnung würde der Staatsanwalt nicht unterschreiben. Das Ganze war zu unsicher. Außerdem – wer weiß, was sie für Verbindungen hatte. Wenn man sie in U-Haft nahm, tönten morgen womöglich alle Fernsehsender von Willkür, Ohnmacht der Justiz und natürlich von Pressefreiheit, damit kamen sie ja immer.

Aber der General hatte gesagt: «Dass mir der Verdächtige heute Abend in der Zelle sitzt und ein Geständnis ablegt!»

Ein Geständnis, verdammt!

«Kira», mahnte Baturin.

Sie stand auf – stocksteif, mit blicklosen Augen und ganz grün um die Nase – und ging hinaus. Zu der Tür, die nicht ins Vorzimmer führte.

«Sagen Sie», fragte Baturin, als sie die Tür leise geschlossen hatte, «glauben Sie etwa wirklich, dass Kira Kostik erschossen hat?»

«Na ja, irgendwer hat es jedenfalls getan», erklärte der Hauptmann. «Und er wollte zu Ihrer Kira.»

Baturin zuckte die Achseln. Mit seinen breiten Schultern und dem dicken Pullover sah er gar nicht aus wie ein Journalist.

Die Zeitschrift «Der Moskauer» war ein seriöses Magazin. Artikel über Politik, wichtige Persönlichkeiten, bedeutende Ereignisse. Auch die Werbung war seriös – Toyota-Jeeps, alpine Skiausrüstungen, Mobiltelefone mit Internetzugang. Keine «Geräte zur Potenzsteigerung» oder thailändische Tabletten, mit denen man angeblich dreißig Kilo in drei Tagen abnehmen konnte.

Woher sollte er wissen, wen aus dieser seriösen Redaktion er in U-Haft sperren konnte, ohne dass man ihm am nächsten Morgen dafür die Schulterstücke abriss!

Der hier zum Beispiel. Keine Lackschuhe, kein Jackett, keine Krawatte, keine alpine Sonnenbräune. Groß und kräftig, kurz geschoren, in Jeans und dunklem Pullover und mit einem Stock. Er humpelte stark. Ein Unfall?

Kira hatte gestern gesagt, es hätte für ihn keinen Sinn

gehabt, den Chef zu töten. Im Gegenteil, eher hätte das Opfer einen Grund gehabt, seinen Stellvertreter aus dem Weg zu räumen, weil der ihm dicht auf den Fersen gewesen sei.

Der Hauptmann schlug sein Notizbuch auf und starrte auf die Zeile: «Baturin – Anwärter auf den Posten.» Lange und aufmerksam.

Das war ein psychologischer Trick: Der Gegner soll glauben, du besitzt ein umfangreiches Dossier über ihn, das du nun gründlich liest, und dadurch eingeschüchtert werden.

Der Hauptmann studierte sämtliche Linien auf beiden Seiten, alle Kürzel: Mo, Di, Mi, stellte fest, dass «Baturin» rückwärts gelesen «nirutab» ergab und wann an jedem Tag der Mond auf- und unterging.

Baturin saß schweigend im Sessel. Er hatte sich nicht auf den Platz des ehemaligen Chefredakteurs gesetzt, sondern dem Hauptmann gegenüber, den Stock neben sich, und blickte unverwandt auf den Tisch. Dann kratzte er sich am Ohr und schaute weiter auf den Tisch.

Der psychologische Trick wirkt hier nicht, entschied der Hauptmann seufzend. Na schön. Probieren wir was anderes.

«Warum klingelt Ihr Telefon gar nicht?», fragte er.

«Ich habe es ausgeschaltet», erklärte Baturin, weiterhin den Tisch betrachtend.

«Und das auf dem Tisch? Haben Sie das auch abgeschaltet?»

«Das auf dem Tisch habe ich ins Vorzimmer umgeleitet.»

Verdammt, auch dieser Trick funktionierte nicht – er starrte noch immer auf den Tisch!

«Weswegen haben Sie sich gestern mit dem Opfer gestritten?»

Erneut ein gleichmütiges Achselzucken.

«Es ging um dasselbe wie immer. Um Geld.»

«Haben Sie sich von ihm Geld geliehen oder er sich von Ihnen?»

Baturin riss seinen Blick vom Tisch los und richtete ihn auf den Hauptmann.

«Niemand hat sich vom anderen was geliehen. Er hat mich die ganze Zeit verdächtigt, dass ich hinter seinem Rücken bestellte Artikel in die Zeitschrift schmuggle und den Gewinn nicht mit ihm teile.»

«Was für bestellte Artikel?»

Auf dem Gesicht des Hauptmanns breitete sich eine dunkelrote Färbung aus.

«Artikel, für die jemand extra bezahlt», erklärte Baturin geduldig. «Keine Werbung, sondern eine Art Imagepflege. Zum Beispiel ein Bericht über einen Politiker oder einen Firmenchef in der Rubrik ‹Karriere›. Wie klug und feinfühlig er ist, wie sehr er seine Frau liebt, seine Kinder, seinen Hund und sein Vaterland. Wie ehrlich er ist, wie anständig, gebildet und trotzdem ‹volksnah› – am Wochenende schwitzt er in der Banja seiner Datscha, und einem Nachbarn hat er für dessen Farm einen Traktor besorgt. So was ist gang und gäbe, besonders kurz vor den Wahlen oder vor großen Personalumstellungen. Manchmal kommen auch Bestellungen von Konkurrenten, dann schreibt man, dass eine Bank kurz vor der Pleite steht, weil das Management nichts taugt und der Vorstandschef ein Trinker ist.»

«Und wenn man Sie am Arsch kriegt?»

«Dann entschuldigen wir uns. Auf der letzten Seite. Pardon, das war ein Irrtum, euer Chef ist kein Trinker, er ist eine Respektsperson und hochanständig, er liebt seine Frau, seinen Hund und so weiter. Außerdem – wir sind schließlich keine Trottel, dass wir alles unbesehen nehmen würden, wir recherchieren professionell, uns kann man nicht so leicht an den Karren fahren.»

«Das heißt, jemand bestellt und bezahlt, und Sie drucken es.»

«Nein», widersprach Baturin, «nicht ganz so primitiv. Wir wissen genau, für wen und gegen wen wir jeweils sind. Eigentümer und Freunde sind absolut tabu. Alle anderen je nach aktueller Interessenlage.»

«Pressefreiheit, dass ich nicht lache!», machte der Hauptmann seiner Empörung Luft.

«Die politische Presse ist ebenso eine Waffe wie eine Kalaschnikow. Entschuldigen Sie den Gemeinplatz. Eine Waffe kennt keine Freiheit. Sie schießt – je nachdem, wer sie in der Hand hält. Sagen Sie bloß, das ist Ihnen neu?»

«Wozu brauchen Sie dann Pressefreiheit, wenn Sie wie eine Nutte jeden bedienen, der dafür zahlt?»

Baturin schwieg eine Weile und überlegte, wie aufrichtig der Zorn des Hauptmanns sein mochte. War er wirklich so naiv? Oder tat er nur so?

«Dank dieser Freiheit wissen wir, dass die «Kursk» untergegangen ist und dass in Tschetschenien Krieg herrscht», sagte Baturin schließlich.

«Aber sie lügen doch, über die «Kursk» genauso wie über Tschetschenien!», ereiferte sich der Hauptmann.

«Stimmt», bestätigte Baturin. «Aber sie könnten auch ganz schweigen, wie früher über Afghanistan und über alles andere.»

«Worüber haben Sie gestern mit dem Opfer gesprochen, antworten Sie!», zischte der Hauptmann.

«In der letzten Nummer war ein Artikel über die Wahlen des Bürgermeisters von Nowy Urengoi. Kostik meinte, der sei bestellt gewesen und ich hätte dafür kassiert.»

«Und, haben Sie? Aber Sie wollten nicht teilen?»

«Nein», sagte Baturin entschieden, «ich habe nicht kassiert. Ich wurde um Unterstützung gebeten, und die habe ich gewährt.»

«Wem? Nowy Urengoi?»

«Ich habe Kostik nicht gesagt, dass ich darum gebeten wurde. Ich weiß nicht, was genau er gedacht hat, aber diesmal hat er richtig getobt. Ich glaube, er hätte mich entlassen, wenn Kira nicht hereingekommen wäre. Sie hat ihn irgendwie besänftigt.»

«Grigori Alexejewitsch, wer hat Sie gebeten, den Artikel über Nowy Urengoi zu bringen? Und warum über den Kopf des Chefredakteurs hinweg?»

«Das tut nichts zur Sache», erwiderte Baturin knapp.

«Ob das etwas zur Sache tut oder nicht, entscheide ich. Also – wer?»

Baturin sah den Hauptmann an und schüttelte den Kopf.

«Dann verhafte ich Sie wegen Mordverdachts», drohte der Hauptmann, und Baturin nickte gleichmütig.

«Tun Sie das.»

Tja. Wieder so ein schöner psychologischer Trick!

Vielleicht war es ja ein politischer Mord?

«Was soll denn die Geheimniskrämerei?» Der Hauptmann stellte sich jetzt dumm. «Meinen Sie, das kriege ich nicht heraus? Oder ist das ein Staatsgeheimnis?»

«Ob Geheimnis oder nicht – Kostik sollte jedenfalls

nichts davon wissen. Ich habe den Artikel in die Nummer genommen und damit quasi gegen die eigenen Leute gehandelt.»

«Gegen welche eigenen Leute?»

«Hauptmann», erklärte Baturin knapp, «das hat mit dem Mord nichts zu tun.»

Bei dem erreiche ich gar nichts, begriff der Hauptmann endlich. Der Kerl ist hart wie Granit. Entweder er hat vor nichts Angst, oder er fühlt sich sehr sicher. Kira hatte Recht gehabt – vor dem musste man sich in Acht nehmen, der äußere Schein trog.

Na schön.

«Was meinen Sie, wer von Ihren Kollegen außer Kira kann Ihren Streit mit dem Chef gehört haben?»

«Alle», erwiderte Baturin beinahe fröhlich, «alle Kollegen können gehört haben, dass ich mich mit dem Chef streite. Die Wände bei uns sind dünn, man hört alles, und Kostik brüllte immer aus vollem Hals. Auch gestern.»

«Sie waren in seinem Büro?»

«Ja.»

«Durch welche Tür sind Sie rausgegangen?»

«Durch das Vorzimmer.»

«Wer befand sich im Vorzimmer?»

«Raïssa», antwortete Baturin nach kurzem Überlegen, «und Ljoscha Balabanow, glaube ich, ein Journalist. Ich war stinkwütend und habe deshalb kaum was mitgekriegt.»

«Sie waren so wütend, dass Sie kaum was mitgekriegt haben?»

«Sehen Sie», erklärte Baturin und lächelte kurz, «mir hat noch nie jemand Diebstahl vorgeworfen. Und Kostik hat mich gestern einen Dieb genannt. Ich hätte ihn umbringen können. Kira übrigens gleich mit. Sie platzte im ungünstigsten Moment rein, und Kostik hat das sofort ausgenutzt.»

«Wie denn?»

«Er äußerte ungefähr, er wolle meine Stelle Kira geben, sie würde bestimmt nicht stehlen. Er verstand es immer sehr gut, andere zu treffen.»

«Wie zu treffen?»

«Zu verletzen. Wenn er zu mir gesagt hätte, ich würde schlecht schreiben oder arbeiten, dann hätte ich gesagt, er könne mich mal, und aus. Aber er hat behauptet, ich sei ein Dieb, und das hat mich in Rage gebracht. Einem Mädchen aus dem Nachrichtenressort hat er die Hölle heiß gemacht, weil sie angeblich nicht weiß, wie der Präsident heißt. Dass ein Journalist den Namen des Präsidenten nicht weiß, ist ausgeschlossen, selbst wenn er strohdumm ist.»

«Was für ein Mädchen?»

«Ihren Namen weiß ich nicht. Sie ist noch nicht lange hier. Ich habe sie hinterher im Flur getroffen, sie hat geheult und gesagt, sie sei unschuldig.»

«Ljoscha Balabanow», notierte der Hauptmann in der Zeile mit den Buchstaben «Di», und «Mädchen vom Nachrichtenressort hat geheult».

Wer zum Teufel sollte bloß heute Abend in der Zelle sitzen und ein Geständnis ablegen? Der Hauptmann würde wohl einen Rapport schreiben müssen, wenn es ihm nicht gelang, wenigstens diese Kira in U-Haft zu nehmen!

«Wohin ging der Journalist aus dem Vorzimmer denn anschließend?»

«Das weiß ich nicht. Das fragen Sie lieber Raïssa oder Kira. Ich bin gegangen, Kira ist noch geblieben.»

«Haben Sie Feinde, Grigori Alexejewitsch?»

Baturin lächelte erneut.

«Ja», sagte er heiter, «ich habe eine Menge Feinde. Aber keiner davon hat etwas mit meiner jetzigen Arbeit zu tun.»

«Und wo haben Sie vorher gearbeitet?»

«Ich war Kriegsberichterstatter», log Baturin, wie er es immer tat; er wusste, dass der Hauptmann das nicht würde überprüfen können. «Nach meiner Verwundung konnte ich nicht mehr in Kriegsgebiete fahren. Nun sitze ich nur noch am Schreibtisch. Etwas anderes geht mit meinem Bein nicht mehr.»

«Wo wurden Sie verwundet?»

«Im Krieg.»

«Verstehe.»

«Einen Kaffee vielleicht?», bot Baturin nach einer kurzen Pause an. Er wollte den Hauptmann nicht verärgern, hatte aber keinesfalls die Absicht, alle Einzelheiten seiner Biographie vor ihm auszubreiten.

«Wo waren Sie gestern zwischen zwanzig und vierundzwanzig Uhr?»

Baturin überlegte eine Weile.

«Ich bin gegen halb neun von hier weggegangen. Unterwegs war ich noch tanken und einkaufen, Bier und etwas zu essen. Dann war ich zu Hause. Bis heute Morgen.»

«Mit wem leben Sie zusammen?»

«Ich lebe allein.»

«Kein Telefonat mit Ihren Eltern, kein Besuch bei der Exfrau?»

«Ich habe keine Eltern mehr, eine Frau auch nicht. Auch keine Ex.»

«Wieso», fragte der Hauptmann, «so ein Einsiedlerleben?»

«Hat sich so ergeben.»

«Schlecht für Sie, Grigori Alexejewitsch. Niemand kann Ihr Alibi bezeugen.»

«Niemand», bestätigte Baturin.

Er pfeift auf sein Alibi, dachte der Hauptmann. In seinem Gesicht zuckt kein Muskel. Der schreibt in der U-Haft garantiert kein Geständnis, auch wenn er ausgesagt hat, er hätte den Chef gestern umbringen können. Und zwingen lässt der sich auch nicht, das ist sonnenklar.

«Gab es diesen Krimi-Artikel wirklich?»

«Ja. Kira schreibt immer per Hand, und das ist eindeutig ein Stück aus ihrem Artikel.»

«Kennen Sie den etwa auswendig?»

Baturin sah ihn von der Seite an.

«Alles, was mit meiner Arbeit zu tun hat, kenne ich auswendig», sagte er hochmütig, «jedenfalls fast alles.»

«Wer kann dem Opfer die Manuskriptseite in die Tasche geschmuggelt haben?»

«Ich weiß es nicht, Hauptmann. Jeder. Bei uns wird nie etwas abgeschlossen und auch kaum bewacht. Wir haben zwar eine so genannte Security, aber die Jungs tun eigentlich gar nichts. Sie lassen jeden rein, der sagt, er will in die Redaktion.»

«Also, Sie haben jede Menge Feinde, der Tote meinte, Sie seien ein Dieb und korrupt, Sie hätten den Artikel über den Bürgermeister von Nowy Urengoi hinter seinem Rücken in der Zeitschrift untergebracht, was Sie nicht bestreiten. Gestern hat er gedroht, Sie zu entlassen, das kann die ganze Redaktion bezeugen. Sie waren bis halb neun hier, dann sind Sie nach Hause gefahren und haben mutterseelenallein Bier getrunken. Richtig?»

«So ungefähr», bestätigte Baturin. «Sie können noch hinzufügen, dass Nikolajew, wäre Kostik nicht erschossen worden, mich nie zum Chefredakteur gemacht hätte. Er war seit Jahren mit Kostik befreundet, und für Menschen wie Nikolajew ist Freundschaft das Allerhöchste.»

Zum Kuckuck, dachte der Hauptmann. Was redet er da? Oder schwärmt er heimlich für diese kalte, hochmütige Kira und versucht auf diese Weise, den Verdacht von ihr abzulenken? Auf sich selbst?

«Sie wollen, dass ich Sie verdächtige?»

«Ich will, dass Sie die Lage der Dinge kennen.»

«Und nun werden Sie Chef?»

«Das glaube ich nicht», erwiderte Baturin ungezwungen, «vermutlich eher Kira. Nikolajew kennt sie wesentlich besser als mich und hat zu ihr ein besseres Verhältnis als zu mir.»

«Ich soll also Kira verdächtigen?»

«Das überlasse ich Ihnen. Davon verstehe ich nichts.»

Davon versteht er nichts! Der Hauptmann musste sich zusammenreißen, um nicht mit der Faust auf den Tisch zu schlagen. Seine Frau behauptete immer, man müsse «seine Emotionen rauslassen, statt sie in sich aufzustauen». Jetzt hätte er mit Wonne ein paar Emotionen an diesem verdammten Journalisten ausgelassen.

Im Krieg verwundet, meine Güte!

«Sie fahren bitte auch nicht weg», erklärte der Hauptmann in unangenehmem Ton. «Ich brauche Sie noch.»

«Das hatte ich auch gar nicht vor», murmelte Baturin.

Die Tür schloss sich hinter dem Hauptmann.

# 9

ZUM NACHDENKEN WAR JETZT keine Zeit. Er musste raus und sich um die Arbeit kümmern, Aufgaben verteilen, Beileidsbekundungen entgegennehmen, ins Ministerium fahren und die Redaktion zusammenhalten, denn morgen musste die Nummer in Druck gehen, und gestern war der Chefredakteur ermordet worden.

Der Chefredakteur, den alle mochten, der die Vornamen aller hübschen – und sogar der weniger hübschen! – Mädchen kannte und die Geburtstage der Enkel jeder Sekretärin; der ein so angenehmes Wesen hatte, dass jeder gern und mit vollem Einsatz seine Anweisungen erfüllte; der sich herzlich amüsierte, während er seine Kolumnen schrieb, weshalb seine Kolumnen auch immer leicht, geistreich und treffend gerieten.

Niemand würde ihn, Grigori Baturin, je so mögen, einfach, weil er ganz anders war. Das mit der Pressefreiheit zum Beispiel hatte er dem Hauptmann nur erzählt, weil Kostik es so gemacht hätte, er hatte sogar die Sätze so formuliert, wie Kostik es getan hätte. Er fürchtete sich davor, allein zu sein, ohne ihn.

Kostik machte gern Urlaub, Baturin hatte ihn oft vertreten und dabei immer das Gefühl gehabt, dass die Redaktion es kaum erwarten konnte, bis Kostik endlich zurückkam aus den Alpen – fröhlich, unbeschwert, braun gebrannt, und alles wieder lief wie gewohnt, ohne Baturins schwerfälligen, öden, beinharten Leitungsstil.

Gestern hätte er ihn umbringen können.

Nur gestern?

Kira war für ihn keine Verbündete. Sie kamen zwar gut miteinander aus, aber Kostik und sie waren zu eng befreundet gewesen, als dass Kira sich Baturin an dessen Platz vorstellen konnte.

Wer konnte Kostik getötet haben? Auf der Treppe – unbewaffnet, ungedeckt, nicht auf einen Angriff gefasst? Sooft Baturin dem Tod schon begegnet war – er hatte sich nie an dessen bestürzende Heimtücke gewöhnen können. Seine unbegreifliche Heimtücke.

Er zog das gelähmte Bein zu sich, tastete nach seinem Stock und stand auf. Er musste sich wenigstens für eine gewisse Zeit Kiras Unterstützung sichern. Auch wenn sie keine echte Verbündete war, konnte sie ihm zumindest vorerst den Rücken freihalten. Nicht weil sie Baturin brauchte, sondern weil sie an der Zeitschrift hing und mit Kostik befreundet gewesen war.

Bis Nikolajew aus New York kam, würde Kira ihn unterstützen, da war sich Baturin so gut wie sicher. Das ließ hoffen, dass die angestellten Journalisten nicht gleich morgen weglaufen und zu Konkurrenzunternehmen gehen würden – wenigstens etwas.

Baturin humpelte zur geschlossenen Tür, die ins Nebenzimmer führte, überlegte kurz, ob er anklopfen sollte, entschied dann aber, das sei albern – solche Feinheiten waren in der Redaktion nicht üblich. Er wusste, dass Kira da drin war, denn er hörte ihre gedämpfte Stimme. Sie telefonierte. Er legte sich seinen ersten Satz zurecht, sprach ihn in Gedanken sogar vor sich hin.

Kira saß mit dem Gesicht zur Wand im Drehsessel. Im

Aschenbecher qualmte eine Zigarette. Hin und wieder klopfte sie die Asche ab, wobei ihre beiden goldenen Armreife klapperten, rauchte aber nicht.

«Wirklich, Wolodja», fuhr sie fort, ohne sich umzudrehen, «glaub mir! Ich weiß es nicht! Ich wäre beinahe verrückt geworden, und Tim auch. Wann?» Sie hörte eine Weile zu und klopfte erneut die Asche von der glimmenden Zigarette. «Sollen wir dich abholen? Ich schick dir einen Fahrer. Ruf sie selber an, sie erinnern sich sehr gut an dich, alle beide, seine Mutter und sein Vater. Wolodja, denk drüber nach. Chefredakteur muss Baturin werden! Hör zu, ich mag euch beide sehr, aber Kostik hat in letzter Zeit alles so schleifen lassen, dass ... Wenn einer mit dem Ganzen fertig wird, vor allem jetzt, wo Kostik ... nicht mehr lebt, dann nur Baturin.»

Sie verstummte. Offenbar redete nun Nikolajew, ziemlich lange, und Baturins Rücken wurde plötzlich klitschnass. Er fühlte einen Tropfen zwischen den Schulterblättern hinunterrinnen.

Sollte er gehen? Oder weiter lauschen?

«Hör mal, Wolodja, ich werde versuchen ihm zu helfen. Hör zu, ich liebe meine Arbeit, und ich hänge sehr an der Zeitschrift, und genau deshalb musst du sie Baturin übergeben. Ruf ihn an. Ich kann ihm das hundertmal sagen, er wird dich nicht anrufen, er kennt dich doch überhaupt nicht! Ja. Ja. Mit Sergej. Nein, wir sind nicht wieder zusammen! Tim hat ihn angerufen. Ja. Tschüs, Wolodja. Komm bald.»

Gleich würde sie auflegen, sich umdrehen und ihn an der Tür stehen sehen. Weil er sich wegen seines verfluchten Beins nicht unauffällig zurückziehen konnte, schwang er die Tür hin und her und fragte ein wenig gekünstelt: «Darf ich, Kira?»

Ohne sich umzudrehen, rieb sie sich heftig das Gesicht und drückte die Zigarettenkippe mehrmals in den Aschenbecher.

«Ja, natürlich. Komm rein. Ich bin irgendwie … nicht ganz bei mir.»

«Morgen muss die Nummer in Satz», sagte Baturin überflüssigerweise. Als wüsste sie das nicht selbst.

Er hatte keine Ahnung, was er weiter sagen sollte. Sich bei ihr bedanken?

«Ich hab eben Nikolajew angerufen», teilte Kira ihm mit und drehte sich mit dem Sessel um, «er kommt übermorgen.»

«Ja? Gut.»

«Ich habe ihm gesagt, dass nur du Chefredakteur werden kannst und musst», sagte Kira müde, ohne Baturin anzusehen. «Schade, dass Nikolajew dich kaum persönlich kennt, aber wenn wir beide hart bleiben, dann wird er die richtige Entscheidung treffen.»

«Worin müssen wir hart bleiben?»

«Dass wir niemanden von außen brauchen. Wir haben ein gefestigtes Team, stabile Auflagenhöhen und so weiter. Grigori, wir wissen beide, dass die Zeitschrift in den letzten beiden Jahren nur deinetwegen nicht eingegangen ist. Kostik und du, ihr hättet gleich die Plätze tauschen müssen, aber das …»

«War unmöglich», ergänzte Baturin.

«Ja», bestätigte Kira. «Solange er lebte, war das ausgeschlossen.»

«Ich weiß.»

«Wir müssen die ganze erste Seite neu gestalten. Wir brauchen Fotos, Auszüge aus alten Artikeln von ihm, irgendwas Rührendes.» Sie rieb sich das Gesicht, und ihre Stimme klang dumpf. «Willst du selber was schreiben, oder soll ich jemand anderen darum bitten?»

«Wir lassen alle was schreiben.»

«Wen – alle?»

«Die ganze Redaktion. Alle, die ihn kannten. Journalisten, Setzer, Hersteller, Redakteure. Putzfrauen, Kantinenfrauen – alle.»

«Kinderfotos?», schlug Kira vor.

«Studentenfotos», ergänzte Baturin nachdenklich, «und vielleicht lässt sich was finden von 1991, auf den Barrikaden vorm Weißen Haus, Preise, schicksalsträchtige Reportagen.»

Dieser Zynismus, das Bestreben, das Ganze schön «aufzumachen», auf die Tränendrüse zu drücken, damit die Leser den unbekannten Mördern mit der Faust drohten – das war ihr tägliches Brot. So war nun einmal ihr Handwerk: Erst musste alles «in die Nummer», und zwar so, dass jedem das Herz stockte, dann erst konnten sie ganz einfach menschlich um Kostik trauern.

«Grigori, kennst du Potapow persönlich?»

Dmitri Potapow war der Minister für Presse und Medien.

«Ja.»

«Fährst du hin?»

Baturin sah sie aufmerksam an.

«Erst leite ich hier die Versammlung.»

«Ja», sagte Kira, «die Versammlung. Was meinst du, glauben alle, dass ich ihn getötet habe?»

«Oder ich?», mutmaßte Baturin.

«Warum du?»

«Und warum du?»

«Weil er tot in meinem Treppenhaus lag.»

«Weil er gestern laut und vernehmlich gebrüllt hat, dass er mich rausschmeißt.»

«Er hat auch geschrien, dass er Allotschka Subowa von den Nachrichten rausschmeißt. Eine Neue, du kennst sie nicht. Ihr Papa ist Präsident der Bank für Außenwirtschaft.»

Allotschka hatte traurige braune Augen und dunkles Haar, das ihr nicht ganz bis zur Schulter reichte und in unregelmäßige gewellte Strähnen geschnitten war. Ohne Brille wirkte sie blutjung, und der Duft ihres Parfüms passte gut zu ihr, daran erinnerte Baturin sich genau.

«Wie kann dein Manuskript bloß in seine Tasche gelangt sein?», fragte er und verscheuchte das Mädchen aus seinen Gedanken.

«Ich weiß es nicht! Aber es ist wirklich aus einem Manuskript und kein Drohbrief!»

«Was für ein Drohbrief?», fragte jemand an der Tür, und Baturin und Kira zuckten gleichzeitig zusammen wie Siebtklässler, die beim Rauchen erwischt wurden.

«Tag», sagte ihr Exmann rüde, kam herein, zog sich einen Stuhl heran und ließ sich darauf fallen.

Baturin reichte ihm über den Tisch die Hand. Sergej drückte sie.

«Was für ein Manuskript, Kira?»

«Ich habe einen Artikel über Krimis geschrieben. So in der Art, das seien Bücher für Debile, bis auf ein paar Ausnahmen.»

«Ein sehr subtiler Gedanke», lobte ihr Exmann, «vor allem so neu.»

«Und darin war viel die Rede von Blut, Mord, Bandenkriegen und lauter so Zeug. Eine halbe Seite aus diesem Manuskript lag in Kostiks Aktentasche, und die Miliz ist überzeugt, dass es sich dabei nicht um ein Manuskript handelt, sondern um einen Drohbrief.»

«Wieso», fragte Sergej und sah dabei Baturin an, «sieht es denn aus wie ein Drohbrief?»

«Aber nein», erwiderte Baturin stirnrunzelnd, «eigentlich nicht. Aber darin steht: ‹Wenn Sie keinen Wert legen auf blutige Details, hören Sie auf meinen Rat.› Das klingt nach Erpressung.»

Kira schloss die Augen und stöhnte leise. Sergej schaute sie kurz an, widerwillig, wie ihr schien.

«Warum war dein Manuskript in seiner Tasche?»

«Ich weiß es nicht», antwortete Kira kalt. Die Ablehnung in seinem Gesicht verletzte sie. «Und es ist ja auch nicht das ganze Manuskript, sondern nur eine halbe Seite!»

«Eine halbe Seite mit passendem Text. Das heißt», murmelte Sergej nachdenklich, «das hat ihm jemand untergeschoben.»

«Wer?»

«Jemand, der will, dass du verdächtigt wirst», antwortete ihr Mann gleichmütig. «Bislang geht sein Plan ja auch auf.»

«Was heißt das?»

«Bisher wirst nur du verdächtigt, und dieser Brief hat den Verdacht noch verstärkt.»

Wie Kira diesen selbstsicheren, überzeugten Ton hasste!

Immer redete er, als wisse er etwas, das allen anderen verborgen blieb, als verstünde er alles besser und wundere sich nur, warum alle anderen so begriffsstutzig waren.

Warum hatte sie ihn bloß angerufen? Gestern Abend, na schön, da hatte Tim es getan, aber heute?

«Und wo ist das Manuskript?»

«Was?»

«Das Manuskript, aus dem die halbe Seite stammt», wiederholte er betont langsam, «wo ist es?»

«Das weiß ich nicht.»

«Kira», mischte sich Baturin ein, «denk nach. Das ist ein guter Gedanke.» Er sah Sergej ein wenig überrascht an, als gestehe er das Recht auf «gute Gedanken» nur sich selbst zu. «Wenn jemand eine Seite aus deinem Manuskript gerissen und sie in Kostiks Aktentasche geschmuggelt hat, dann muss er es gekannt haben.»

«Zunächst einmal muss er überhaupt davon gewusst haben», erklärte ihr Exmann und zog an seinem Pullover, als sei ihm heiß. «Folglich ist es jemand von euren Leuten, aus der Redaktion.»

«Auf der Datscha!», rief Kira plötzlich. «Jetzt erinnere ich mich! Ich lag damals flach und war auf der Datscha! Erinnerst du dich, deine Eltern waren mit Tim im Ferienheim!»

«Ich erinnere mich», bestätigte Sergej.

«Na also! Ich war eine ganze Woche auf der Datscha! Leonid Schmygun kam sogar extra hin wegen einer Unterschrift, die ich unter irgendwelche Papiere setzen sollte!»

«Wer ist Leonid Schmygun?», erkundigte sich Sergej bei Baturin, während Kira sich eine Zigarette anzündete.

«Unser Geschäftsführer.»

«Dort habe ich diesen Artikel geschrieben. Das Manuskript muss noch dort sein! Ich hab es nicht mit nach Moskau genommen.»

«Wieso?», fragte Baturin erstaunt. «Ich habe es doch gelesen!»

«Das war ein Fax. Ich hab es per Fax geschickt, das weiß ich noch genau. Ich dachte, Kostik würde es sich ansehen, aber der war gerade mal wieder verreist, und das Fax landete bei dir. Erinnerst du dich, du hast mich damals angerufen und gesagt, der Ton sei falsch, Krimis würden von allen gelesen, ob mir das nun gefalle oder nicht, und das müsse ich respektieren ...»

«Ich wollte sogar zu dir kommen und mit dir darüber reden», bekannte Baturin, «aber dann fand ich, du müsstest es besser wissen, du kennst dich mit solchen Sachen besser aus. Übrigens, nächste Woche beginnt die Buchmesse, da könnten wir ein Interview mit Potapow bringen, eins mit einem Verleger, und diese Krimi-Sache. Was meinst du?»

«Ja», sagte Kira konzentriert, «aber das mit Potapow darf keine bloße Protokollsache sein, das muss aufregender werden. Das übernimmst du am besten selbst. Wenn du nicht kannst, gehe ich zu ihm, aber schick keinen anderen.»

«Na sag mal», fragte Baturin gekränkt, «hältst du mich für blöd?»

«Also, dieses Papier in Kostiks Tasche, war das jetzt ein Fax oder das Original?», fragte Sergej lauter als nötig. Es gefiel ihm gar nicht, dass sich die beiden so schnell in ihre intimen Redaktionsangelegenheiten vertieften und ihn nicht mehr beachteten.

«Kein Fax», murmelte Kira nach einer Weile, «kein Fax, das stammte aus meinem Original.»

«Und der Rest ist auf der Datscha?»

«Ja doch», bestätigte sie verwirrt, «auf der Datscha.»

«Und auf der Datscha hat dich der Geschäftsführer Leonid Schmygun besucht. Genau zu dem Zeitpunkt, als du an diesem Text geschrieben hast.»

«Was willst du damit sagen?», setzte Baturin an, als plötzlich die verheulte Sekretärin Raïssa auf der Schwelle stand.

«Kira!», rief sie. «Ich hab Kaffee gekocht! Möchtest du einen? – Tag», sagte sie zu Sergej, «wir haben hier großen Kummer, es ist ganz furchtbar.»

«Ich weiß.»

«So ein Unglück! So ein Unglück! Kira, die Leute von der Herstellung waren schon zweimal hier, ich hab sie immer vertröstet. Aber eben haben sie nochmal angerufen und gesagt, länger können sie nicht warten, darum hab ich mich entschlossen reinzukommen ... Allotschka war auch da und Verotschka. Ein Milizionär hat sie befragt», teilte sie mit gesenkter Stimme und unruhig um sich blickend mit, «fast eine halbe Stunde lang. Sie kam völlig durcheinander zu mir. Auch in der Computerabteilung schnüffelt einer von der Miliz rum. Und der, der hier gesessen hat, hat mich beauftragt, Ljoscha Balabanow ausfindig zu machen. Erst hat er gefragt, wer im Vorzimmer war, als der Chef und Sie» – sie warf Baturin einen Blick zu, aus dem deutlich wurde, dass sie ihn nicht ausstehen konnte –, «na ja, als Kostik Sie angebrüllt hat. Ich hab gesagt, Ljoscha war da, Verotschka hat kurz reingeschaut, auch Leonid, und dann kam Kira. Er will offenbar alle verhören.»

«Also Folgendes», sagte Baturin gewichtig, als Raïssa für eine Sekunde die Luft anhielt, «nach allem, was geschehen ist, bin ich hier der Chef. Damit werden Sie leben müssen, liebe Raïssa. Haben Sie alle Mitarbeiter angerufen?»

«Weshalb?»

«Deshalb, weil wir aus Anlass der tragischen Umstände eine Mitarbeiterversammlung machen», sagte Baturin knapp. «Es haben alle zu erscheinen. Ich werde dort sagen, wie es weitergeht.»

Während er sprach, veränderte sich der Gesichtsausdruck der Sekretärin, und Baturin erkannte, dass er sie sich gerade zu seiner erbitterten Feindin machte.

Nach Kiras Telefongespräch mit Nikolajew, dem er entnommen hatte, dass sie auf seiner Seite war, dass sie sogar wusste, wie viel Mühe er aufwandte, um die Zeitschrift über Wasser zu halten, hatte er sich zu früh entspannt und gedacht, nun würde alles von selbst laufen, die Mitarbeiter würden den Chef beweinen und dann ihn, Grigori Baturin, wenn nicht mit offenen Armen, so doch mit freundlichem Gleichmut empfangen.

Aber nichts dergleichen.

Sie wollen dich nicht, sie wollen Kostik, den fröhlichen, leichtsinnigen, streitlustigen Burschen mit der Alpenbräune und dem Hollywoodlächeln. Nun war er obendrein ein Held, weil er so unsinnig und plötzlich umgekommen war. Sie pfeifen darauf, dass ohne deine schwerblütige Arbeitsweise die Zeitschrift schon längst hoffnungslos den Bach hinuntergegangen wäre, weil Kostik zu vertrauensselig und leichtsinnig war, viel zu viel Zeit für die Jagd auf «Mädels» aufwandte und die Augen verschloss vor dem Offensichtlichen, zum Beispiel davor, dass längst Konkurrenten herangewachsen und flügge geworden waren, die sie jeden

Augenblick überholen, auffressen oder zermalmen konnten.

«Ich gehe nicht ins Chefbüro», sagte Baturin noch, «ich bin bei mir im Büro. Sie können den Kaffee dorthin bringen. Und rufen Sie alle an, Raïssa!»

Er stand von dem wackligen Sessel auf und griff nach seinem Stock.

«Kira, ruf die Redakteure zusammen. Besprecht den Leitartikel. Sergej, Sie ... gehen jetzt?»

«Ja.»

«Dann auf Wiedersehen.»

Sie warteten, bis Baturin zur Tür gehumpelt war, Raïssa wollte schon etwas sagen, doch Kira legte mit Verschwörergeste einen Finger auf die Lippen.

«Nein, das ist einfach unmöglich!», quiekte Raïssa, und ihre Augen füllten sich mit Tränen. «Nach Kostik ... Er hat immer ...»

«Nicht so laut», bat Kira, «soll ich dir Baldrian besorgen?»

Raïssa winkte ab und verschwand ins Vorzimmer.

«Ich gehe dann», erklärte der Exmann und rührte sich nicht von der Stelle.

«Was macht Tim?»

«Hör auf zu rauchen», sagte er gereizt, «dir kommt der Qualm schon aus den Ohren. Als ich ging, hockte er noch am Computer.»

«Konntest du ihn nicht hochscheuchen?»

«Dazu hätte ich ihm eine Alternative anbieten müssen», erklärte Sergej belehrend, «und das konnte ich nicht.»

«Warum nicht?»

«Weil ich zu tun habe. Übrigens mit deinen Problemen.»

«Du meine Güte», schrie Kira, «du musst dich wirklich nicht um meine Probleme kümmern! Ich hab dich nur angerufen, weil er mir so einen Schreck eingejagt hat, das ist alles!»

«Wer hat dir einen Schreck eingejagt?»

«Na, dieser Hauptmann! Er hat gesagt, er weiß, warum ich Kostik erschossen habe. Und dann hat er mir dieses Papier mit meiner Handschrift unter die Nase gehalten! Ja, und da habe ich dich angerufen ... Das war Blödsinn. Entschuldige.»

Langsam ballte er die Fäuste und öffnete sie wieder.

«Blödsinn, ja, natürlich.»

«Sergej», sagte sie und bemühte sich um einen sachlicheren Ton, «du solltest zur Arbeit fahren. Du hast bestimmt eine Menge zu tun. Und dein Mädchen vermisst dich bestimmt auch schon. Hast du sie angerufen?»

«Hab ich.»

«Nett von dir.»

«Ich weiß, dass ich nett bin.»

«Dann geh jetzt», befahl Kira. «Du siehst ja, ich hab hier Probleme. Ich kann mich nicht auch noch um dich kümmern.»

Er stand auf und zog den Reißverschluss seiner Jacke zu.

Diese Jacke kannte sie gut – sie hatten sie vor anderthalb Jahren zusammen im Sportgeschäft auf dem Sadowoje-Ring gekauft, sogar ohne jeden Streit, sie waren bester Laune gewesen, hatten noch ein Paar verrückte Turnschuhe für Tim gekauft, aus denen er umgehend herausgewachsen war, und eine Jacke für Kira. Nicht, weil sie eine gebraucht hätte, sondern weil der Verkäufer so nett gewesen war und sich solche Mühe gegeben hatte, möglichst viel zu verkaufen. Diese Jacke war ein Gruß aus ihrer gemeinsamen Vergangenheit, und es kränkte Kira plötzlich, dass er die nächste Jacke zusammen mit irgendeinem unbekannten Mädchen kaufen und diese, die Kira ihm ausgesucht hatte, wie einen alten Lumpen wegwerfen würde.

«Bis dann», sagte ihr Exmann, «und rauch nicht so viel.»

«Wenn Tim dich wieder anruft, sag ihm, du holst ihn am Sonnabend ab», sagte Kira noch. «Und komm nicht wieder zu uns, ohne vorher Bescheid zu sagen.»

«Mach ich nicht.»

Auf der Treppe traf er den Hauptmann, der ihn unwillig ansah.

«Was machen Sie eigentlich neuerdings so oft bei Ihrer Exfrau?», erkundigte der Hauptmann sich giftig. «Sind etwa die alten Gefühle wieder erwacht?»

«Sie hat ihren Chef nicht getötet», sagte Sergej leise. Oben auf der Treppe stand jemand und rauchte, und er wollte nicht, dass der ihn hörte. «Jeder, der sie nur ein bisschen kennt ...»

«Sie hat es nicht getan, Sie waren es nicht, Baturin auch nicht, aber das Opfer liegt mit einem Loch im Herzen im Leichenschauhaus. Wie ist das passiert?»

«Meine Frau hat damit nichts zu tun.»

«Exfrau.»

Sergej wurde wütend.

«Meine Frau hat damit nichts zu tun», wiederholte er nachdrücklich. «Haben Sie bei ihr eine Waffe gefunden? Haben Sie das Mordmotiv geklärt? Haben Sie schon alle Nachbarn befragt? Wissen Sie, wie geschossen wurde – von oben, von unten, von vorn?»

Die plötzlich harten Augen des Hauptmanns verengten sich zu Schlitzen.

«Ich hab dich nicht um Rat gefragt, Mann.»

«Ich hab dir auch keinen Rat gegeben.»

Sie starrten einander an und schnauften wie Stiere in der Arena.

Sergej wollte schon alles rauslassen, was er vom Hauptmann und der Miliz überhaupt dachte, behielt seine Tirade aber im letzten Moment für sich. Es war besser, sich das zu verkneifen.

Bis zur ersten Etage bastelte er noch in Gedanken an «passenden Antworten» und Rachеplänen, dann verbannte er den Hauptmann aus seinen Gedanken. Sergej Litwinow war ein Meister darin, Dinge aus seinen Gedanken zu verbannen, für die im Moment darin kein Platz war. Deshalb hatte seine Schwiegermutter ihn während der fünfzehn Jahren seiner Ehe mit Kira einen «gefühllosen Klotz» genannt, und zum Teil musste er ihr Recht geben.

# 10

DIE HEISSE MÄRZSONNE HATTE die dunkle Flanke seines Autos und die Sitze erwärmt, und es gefiel ihm, dass es im Auto so warm war und nach heißem Kunststoff roch.

Sergej liebte sein Auto, er liebte Straßen und Autofahrten, heißen Kaffee aus der Thermoskanne – das Symbol einer «großen Reise» –, und wenn Kira sich ärgerte und schimpfte, sie kapiere in dieser blöden Karte gar nichts, und Tim, die nackten Beine untergeschlagen, auf der Rückbank saß und schmatzend einen Apfel aß.

Sie waren schon hundert Jahre nicht mehr zu dritt verreist und würden es wohl auch nie mehr tun. Mit Inga – Tanja, Katja, Dascha, Lisa – machte das Verreisen keinen Spaß, er wusste nicht wohin und wozu.

Er drehte den Zündschlüssel herum, ärgerte sich über sich selbst, dass er diese Gedanken nicht aus seinem Kopf verscheuchen konnte, und blickte nachdenklich auf das leuchtende Display des Radios.

Die Schlüssel zu ihrem gemeinsamen «Landhaus» hingen noch an seinem Schlüsselbund. Er hatte sie immer abmachen wollen, ebenso wie die Schlüssel zu ihrer früheren gemeinsamen Wohnung. Die überflüssigen, nun fremden Schlüssel machten das Schlüsselbund nur schwer und unhandlich, und dennoch hatte er sie bisher daran gelassen.

Er musste unbedingt auf die Datscha fahren und das Krimi-Manuskript finden. Wenn er Glück hatte, lag es in einer Mappe, und auf der Mappe fanden sich vielleicht die Fingerabdrücke desjenigen, der ein Blatt herausgenommen hatte. Kira verstaute gern alles in Mappen. Selbst seine Papiere hatte sie immer in alberne schmutzig grüne oder dottergelbe Plastikmappen gestopft, sodass er nichts mehr wiederfand und alles wieder herausschütteln musste; anschließend hatte er alles auf einen Haufen gelegt, und diese Papierhaufen waren dann auf dem Fensterbrett eingestaubt – bis zu Kiras nächster Aufräumaktion.

Sergej öffnete das Handschuhfach, tastete nach dem verstaubten Notizbuch und schrieb in einer Spalte untereinander, wobei er sich wie ein genialer Detektiv vorkam: Leonid Schmygun, Ljoscha Balabanow, Vera Leschtschenko.

Die Sekretärin Raïssa hatte gesagt, die Miliz habe sie gefragt, wer während Kostiks Streit mit Baturin im Vorzimmer gewesen sei, und das waren diese drei Personen. Sergej wusste nicht, was der Hauptmann dachte, er jedenfalls glaubte, einer der drei könnte gehört haben, dass Kostik am Abend Kira besuchen wollte.

Sergej überlegte eine Weile und schrieb noch Baturin und Raïssa dazu – auch sie konnten das gehört haben.

Das Mordmotiv ließ ihm keine Ruhe. Warum hatte es der Mörder ausgerechnet auf Kostik abgesehen?

Angst? Geld? Rache?

Sergej stellte das Radio lauter und fuhr vom Parkplatz.

Erstes Motiv: Angst.

Konstantin Stanislawow war Chefredakteur eines politischen Wochenmagazins, das hin und wieder korrupte Beamte entlarvte, intrigante Politiker oder Generale, die für die Allgemeinheit bestimmte Gelder stahlen. Konnte

Kostik jemandem mit Entlarvung gedroht, Geld für sein Schweigen verlangt und am Ende statt Geld eine Kugel kassiert haben?

So etwas nannte man in der Presse «politischer Auftragsmord». Zwei schwarz maskierte Killer, ein dunkler Hauseingang, Pistolen mit Schalldämpfer. Erst wird der Leibwächter erschossen, dann der Beschützte. Ein Kontrollschuss in den Kopf und ein Auto, das um die Ecke auf den Vollstrecker wartet.

Merkwürdigerweise begannen mit diesem Auto stets unerhörte Schwierigkeiten für die Ermittler. Jedes Mal versetzte die Entfernung der Killer vom Tatort im bereitstehenden Auto die Kriminalisten in Schock und Verwirrung. Natürlich wäre es viel schöner, wenn die Killer den Tatort zu Fuß verließen, nachdem sie sich zuvor möglichst die Schuhsohlen mit schwarzer Farbe bestrichen hatten, damit die Spuren besser zu sehen waren und die Spürhunde es leichter hatten, aber soweit Sergej wusste, war bisher noch kein Killer so zuvorkommend gewesen.

Einen Kontrollschuss hatte es bei Kostik nicht gegeben. Man hatte ihm direkt ins Herz geschossen. Sergej war sich sicher, dass der Mörder noch einmal zu ihm gegangen war, um nachzusehen, ob er tot war, dass er den schlaffen Körper mit der Fußspitze angestoßen und sich vielleicht sogar zu ihm hinuntergebeugt hatte, um in die glasigen, toten Augen zu blicken.

Kostik hatte keinen Leibwächter gehabt. Er hatte nichts und niemanden gefürchtet, nicht einmal die eifersüchtigen Ehemänner seiner Mädchen, mit denen er ab und zu unangenehme Zusammenstöße hatte. Einmal – noch vor ihrer Scheidung – war er mit einem blauen Auge und blutenden Fingern zu Kira gekommen. Kira hatte gelacht und die Finger ihres Chefs desinfiziert, Sergej hatte sich geärgert und ihn beneidet – er hatte sich noch nie im Leben wegen irgendjemandem geprügelt und bezweifelte sehr, dass er das jemals tun würde.

Ein gefühlloser Klotz.

Wenn Kostik jemandem mit Entlarvung in seiner Zeitschrift gedroht hatte, dann hatte Kira bestimmt davon gewusst. Oder hatte er es ihr an diesem Abend erst erzählen wollen? Dass er vorgehabt hatte, sie zu besuchen, wussten mehrere Personen in der Redaktion – also war es vielleicht einer von ihnen? Hatte Kostik einem von ihnen mit Entlarvung gedroht?

Nicht doch. Blödsinn.

Die Sonne wärmte seine Wange, der Wagen stand hoffnungslos im Stau, und Sergej wurde schläfrig. Letzte Nacht hatte er kaum geschlafen. Er hatte sich Sorgen gemacht wegen Kira, an Kostik gedacht und darunter gelitten, dass sie schlief und er sie im Arm hielt wie früher, die ganzen fünfzehn Jahre, aber nun nichts tun durfte.

Als sie schwanger gewesen war, hatte sie sich die ganzen neun Monate hindurch ständig übergeben müssen, sie konnte nicht einmal allein spazieren gehen. Wenn er von der Arbeit kam, aß er rasch etwas, während sie am offenen Fenster saß und tief ein- und ausatmete, weil sie den Essensgeruch nicht vertrug. Dann setzte er sich zu ihr, tröstete sie und ging mit ihr hinaus. Wenn er bei ihr war, musste sie sich seltener übergeben, und sie gingen drei Stunden spazieren. Und nun war er ein Fremder?

Als Tim geboren war, hatten sie ihn nachts abwechselnd auf dem Arm getragen – die halbe Nacht er, die halbe Nacht sie. Sie bis drei Uhr, er bis sechs. Am Morgen kam dann seine oder ihre Mutter, Kira legte sich schlafen, und er ging zur Arbeit, schlief am Schreibtisch ein und wachte erst auf, wenn sein Kopf auf die Tischplatte sank. Abends wartete im Bad ein Berg schmutziger Windeln auf ihn, er wusch sie mit der Hand – Waschmaschinen oder Pampers waren damals noch Fremdwörter – und sang dabei patriotische Lieder, denn sobald er mit dem Singen aufhörte, schlief er sofort ein und kippte in die Wanne. Und nun war er ein Fremder?

Als Tim anderthalb gewesen war, war er krank geworden, er hatte fast vierzig Fieber. Der Arzt gab ihm eine Spritze und blieb bei ihm sitzen, doch das Fieber sank nicht. Da sagte der Arzt müde, wenn das Fieber nicht nachlasse, müsse Tim ins Krankenhaus. Sergej war allein zu Hause, Kira hatte gerade angefangen zu arbeiten und war sofort auf eine Dienstreise nach Petersburg geschickt worden. Tim hatte den ganzen Tag mit der Großmutter verbracht, war gesund und munter gewesen, doch gegen Abend war die Krankheit ausgebrochen. Sergej rannte kopflos durch die Wohnung, warf Sachen zu Boden, stopfte sie irgendwohin und suchte anschließend krampfhaft danach, als könne das dem kleinen Tim helfen, der heftig fieberte und schließlich anfing zu weinen; Sergej nahm ihn auf den Arm und trug ihn umher, und der Arzt hatte gemeint, es sei ein gutes Zeichen, dass er weine. Das Fieber sank tatsächlich bald, der erschöpfte Tim hing auf Sergejs Schulter und weinte nicht mehr, sondern wimmerte, dünn und unaufhörlich; Sergej gab ihm Apfelsaft, weil der Arzt gesagt hatte, er solle ihm zu trinken geben, aber er trank nicht, verzog nur das Gesicht und wandte sich ab. Am

Morgen kam Kira zurück. Da lagen sie beide auf dem Sofa und schliefen – Tim auf Sergejs Bauch, seine Stirn war kalt und feucht, und das über Nacht schmaler gewordene Gesicht wirkte seltsam erwachsen. Kira deckte die beiden zu und legte sich daneben; als sie alle drei erwachten, wurde es draußen schon dunkel, und Tim brüllte sofort vor gesundem Hunger, krabbelte von Sergejs Bauch herunter und zog ihn in die Küche – essen. In alldem hatte so viel Lebensfreude gelegen, so viel Glück – weil alles gut ausgegangen war, weil Kira wieder da war, weil Tim essen wollte und deshalb sogar brüllte –, dass Sergej sie sofort mit Küssen traktierte, ihr auf die Pelle rückte, während sie Tim hastig etwas zu essen machte, ihr nicht von der Seite wich, sie an den Haaren zog und sie in den Po kniff wie ein Schuljunge in der ersten Klasse.

Und nun war er ein Fremder.

Sergej tastete nach seiner Sonnenbrille und setzte sie auf, obwohl er allein im Auto saß und niemand sein Gesicht sehen konnte.

Einmal hatte Kira gefragt, ob er gern noch einmal vierundzwanzig wäre. Sie hatten wohl gerade irgendein Lied gehört, in dem es immer wieder hieß «twenty-four years». Wozu, hatte er erwidert, ich bin auch so vierundzwanzig. Mit ihr fühlte er sich jung, und erst ohne sie begriff er, dass er viel älter war als vierundzwanzig; ein ganzes Leben lag zwischen ihm und dem Sergej Litwinow von damals, der vierundzwanzig war und grübelte, wie er der strengen, steif wirkenden Kira Jatt aus dem dritten Studienjahr einen Heiratsantrag machen sollte.

Kiras Chef war getötet worden, und die Miliz glaubte felsenfest, dass sie es getan hatte. Nicht einmal sich selbst wagte Sergej einzugestehen, dass dieser Mord ihn deshalb so beschäftigte, weil er hoffte, dass sie damit allein nicht fertig würde, dass sie ihn zu Hilfe holen würde, wie sie es heute getan hatte. Wie ärgerlich, dass sie ihn dann rausgeschmissen und ihm untersagt hatte, ohne Vorankündigung wieder aufzutauchen.

Sie war immer sehr energisch gewesen, seine Frau.

Also, das erste Motiv: Angst vor Entlarvung und einem öffentlichen Skandal, mit dem Kostik irgendjemandem gedroht haben könnte. Ein politischer Auftragsmord ohne Kontrollschuss und ohne Flucht der Killer im bereitstehenden Wagen? Kein Fremder hatte das Haus betreten oder verlassen. Das hatte die immer wachsame Marja Semjonowna bezeugt.

Zweites Motiv: Geld. Kostik war kein Millionär gewesen und wäre wohl nie einer geworden, aber er hatte recht gut verdient. Er besaß eine anständige Wohnung, ein teures Auto, zahlreiche Geliebte, was bekanntlich äußerst kostspielig ist. Seit Sergej ein freier Junggeselle war, brauchte er zu seiner eigenen Überraschung rund dreimal so viel Geld zum Leben wie früher, als er noch verheiratet und mit einer Familie belastet gewesen war. Vielleicht hatte Kostik erhebliche Schulden gehabt, von denen niemand wusste? Vielleicht wollte er darüber mit Kira sprechen? Wenn ja, dann könnte Nikolajew davon gewusst haben, der in New York lebende Eigentümer der Zeitschrift. Kira musste ihn anrufen und fragen, ob Kostik über Schulden geklagt hatte!

Drittes Motiv: Rache. Da gab es zwei Möglichkeiten. Erstens: ein eifersüchtiger Ehemann. Zweitens: jemand aus der Redaktion. Zum Beispiel, weil Kostik sich geweigert hatte, ihm das Gehalt zu erhöhen, oder weil er ihm mit Entlassung gedroht hatte. Kira hat gesagt, sie habe Kostik und Baturin gestern mit Gewalt trennen müssen – war das nicht ein Motiv? Das würde auch erklären, warum der Mörder versuchte, alles auf Kira zu schieben – um den Verdacht von sich abzulenken.

Ein Profikiller hätte kaum ein altes Manuskriptblatt von Kira in Kostiks Aktentasche gelegt. Dass Kira an einem Artikel über Krimis schrieb und dass sie alles per Hand verfasste, war überdies nur in der Redaktion bekannt.

Der abgasgeschwängerte Sadowoje-Ring lag endlich hinter Sergej, nun litt er an der Kreuzung vor dem Theater an der Taganka. Dort war er oft mit Kira gewesen, als er «twenty-four years» alt war und man die Karten noch «besorgen» musste.

Sergej verstand nichts von Literatur, Kunst und Theater. Wenn von Erhabenem die Rede war, galt er wieder als «gefühlloser Klotz».

«Mein Gott, Kira», sagte seine Schwiegermutter dann, «was erzählst du ihm das, er hört dir doch sowieso nicht zu!»

Merkwürdig, aber er hatte das seiner Schwiegermutter nie übel genommen. Sie war ein fröhlicher und guter Mensch, und es war zwischen ihnen wie eine Art geheimer Pakt – sie tat, als ob sie ihn beschimpfte, und er tat, als ob er es nicht bemerkte.

Die Trennung von Sergej und Kira hatte der Schwiegermutter so sehr zu schaffen gemacht, dass sie im Krankenhaus gelandet war. Er hatte sie besucht, sorgfältig darauf bedacht, Kira nicht unter die Augen zu kommen – damals konnten sie einander absolut nicht ertragen –, und die

Schwiegermutter hatte seine Hand genommen und traurig gefragt: «Was machst du jetzt bloß, mein Sohn?»

Dieses plötzliche «mein Sohn», ihre kalte Hand und die graue Krankenhauswäsche, die ihr immer jugendliches, immer fröhliches rosiges Gesicht entstellte, das dem Kiras so sehr ähnelte, hatten auf ihn einen starken, eigenartigen Eindruck gemacht. Er hatte das Krankenhaus in der felsenfesten Überzeugung verlassen, dass sein Leben zu Ende war.

In seiner eben erst gemieteten neuen Wohnung, in abgenutzter, seit vielen Jahren an Fremde vermieteter Ungemütlichkeit, inmitten von unpraktischen, ungewohnten, bösartig fremden Gegenständen, trank er in völliger Einsamkeit mehrere Tage hintereinander, was er noch nie im Leben getan hatte –, weder vor noch nach der Scheidung. Dann brauchte er einige Tage, um wieder zu sich zu kommen, schließlich rief der Schwiegervater an und erklärte, die Schwiegermutter sei «auf dem Wege der Besserung», und da erst tauchte Sergej wieder auf, da glaubte er nicht mehr zu ersticken.

Er war ein gefühlloser Klotz – was sonst?

Endlich hatte er auch die Taganka hinter sich und fuhr den Wolgograder Prospekt entlang, wo der Verkehr schon munterer rollte. Bis Malachowka brauchte er von hier aus nur noch zwanzig Minuten, trotzdem – nach Paris hätte er es heute sicher schneller geschafft.

Auf der Torseite, wo das Grundstück leicht abfiel, lag im März unwegsamer Schlamm, darum parkte Sergej auf der anderen Seite des Hauses, vor der Pforte mit dem moosbewachsenen Hahn auf dem Pfosten.

Die Pforte war von innen zugesperrt, und Sergej angelte

eine Weile nach dem Haken, bis die Tür endlich nachgab und sich knarrend und ächzend öffnen ließ.

Wie lange war er nicht hier gewesen? Rund zwei Jahre. Im letzten Sommer vor der Scheidung war Kira allein hergefahren, um sich «von ihm zu erholen».

Der Schlamm schmatzte unter seinen Füßen, seine Schuhe hinterließen im fetten Boden tiefe Spuren. Auf dem mit fröhlichen rosa Platten ausgelegten Weg stampfte er lange mit den Füßen, um die Schmutzklumpen abzuschütteln, und der Nachbarhund, der ihn durch den Maschendrahtzaun beobachtete, bellte und wedelte mit dem Schwanz – eine Aufforderung zum Spielen.

«Hallo», sagte Sergej zu ihm.

Die schmale Treppe war nass, und Sergej blickte hinauf, um zu sehen, woher das Wasser kam, konnte aber nichts entdecken. Im Haus war es klamm, es roch nach alten Möbeln und feucht gewordenen Büchern – wie immer.

Nein, mahnte er sich streng und setzte die Brille auf, die in seinem Pulloverausschnitt hing. Bloß keine Erinnerungen. Was war heute nur mit ihm los?

Das Holzpferd, auf dem der kleine Tim geschaukelt hatte – früher war es bunt lackiert gewesen, nun war der Lack rissig und abgeblättert, ein Ohr war abgebrochen und wieder angeklebt worden –, schwang langsam vor und zurück, und diese Bewegung ließ Sergej stutzen.

Warum schaukelte es? Sergej stand noch immer auf der Schwelle, auf dem verschlissenen dunkelroten Läufer, er wollte die Schuhe ausziehen, um «keinen Schmutz ins Haus zu tragen», wie seine Schwiegermutter es immer ausgedrückt hatte.

Er horchte – im Haus war es ganz still, so still war es in

Moskau nie. Das Pferd schaukelte immer schwächer. Sergej zog einen Schuh aus.

Plötzlich polterte hinten im Haus etwas, als wäre ein Balken eingestürzt, und Sergej zuckte so heftig zusammen, dass ihm die Brille von der Nase rutschte und klatschend zu Boden fiel.

Die Axt stand wie immer an ihrem Platz, rechts hinter dem hölzernen Wandvorsprung, und Sergej ertastete ihren kalten, glatten Stiel.

Waren da Gauner aus der Gegend zugange? Oder Obdachlose, die ein Nachtlager suchten?

In nur einem Schuh, die Axt in der Hand, lief er in den Flur und riss alle Türen auf. In der Küche war niemand, im ehemaligen Kinderzimmer auch nicht, aber Sergej wusste genau, dass jemand im Haus war. Er nahm eine Bewegung wahr, als wollte sich jemand verstecken oder weglaufen.

Doch der Rückzug war abgeschnitten – den Weg zur einzigen Tür versperrte Sergej, und die Terrassentür war im Winter mit einem Eisengitter verschlossen.

Vor Sergej lag nur noch die Tür zum großen Zimmer, das fast rund war. In den oberen Fensterteil waren alberne bunte Mosaikscheiben eingelassen, auf dem Boden lag ein abgelatschter Perserteppich vor dem Kachelofen, der seit 1918 nicht mehr benutzt, aber auch nicht abgerissen wurde.

Sergej stieß die schwere Tür auf. Im Zimmer war es viel heller als im Flur, er musste blinzeln und verpasste den Augenblick, da ein dunkler Schatten losrannte, aufs Fensterbrett kletterte und für den Bruchteil einer Sekunde dort verharrte.

«Stehen bleiben!», brüllte Sergej wütend, doch da sprang der dunkle Schatten bereits in den Garten hinunter.

Sergej ging um den Tisch herum zum Fenster – jemand lief den Weg entlang zum Tor, die langen Kranichbeine schwingend. Sergej quetschte sich durch den schmalen Fensterrahmen und sprang ihm hinterher.

«Stehen bleiben! Bleib stehen, Mann!»

Doch der Fliehende rannte natürlich nur noch schneller. Sergej ärgerte sich, dass er den Einbrecher nicht einholen konnte. Das Laufen fiel ihm irgendwie schwer. Das Tor war offen, und davor stand ein Auto. Damit hatte er nicht gerechnet.

Eine Autotür klappte, der Motor heulte auf, und als Sergej hinausrannte, jagte der Wagen bereits die Straße entlang, beidseitig flankiert von einem Fächer erdbraunen Pfützenwassers.

Sergej warf ihm mit voller Kraft einen kaputten Ziegel nach, fluchte laut und herzhaft und wischte sich den Schweiß von der Stirn.

Wohlhabende Ganoven waren das heutzutage! Kamen zu einem Bruch im eigenen Wagen, noch dazu, soweit er das gesehen hatte, in einem ausländischen Fabrikat.

Bei ihnen auf der Datscha gab es absolut nichts zu stehlen. Der Fernseher überwinterte in der Stadt, der Kühlschrank in der Garage des Nachbarn.

Die Bücher? Die Kirschbaumkommode mit der Nussbaumtür? Der Teppich von undefinierbarer Farbe? Die alten Jacken, die Hängematte, der Samowar? Oder die grüne Schreibtischlampe, eine Kopie jenes Modells, das einst Parteigenossin Nadeschda Krupskaja Lenin geschenkt hatte?

Sergej machte das Tor zu – das Schloss war noch intakt, der Schlüssel steckte –, schloss sorgfältig ab und steckte den Schlüssel in die Tasche. Hundertmal hatte er seinem Schwiegervater gesagt, dass es Unfug sei, den Schlüssel an einen Nagel im Zaun zu hängen, selbst wenn der Nagel der Geheimhaltung halber an der Innenseite steckte!

Sein Fuß fühlte sich klamm an.

Ach ja, begriff er endlich, ich hab ja den Schuh ausgezogen.

Er betrachtete seinen Fuß – die Socke war zerrissen, ein Zeh stakte heraus, das Bein war bis zur Wade voller Schlamm.

Klar, dass ich ihn nicht einholen konnte! In nur einem Schuh durch den Matsch!

Sergej schlurfte zum Haus zurück, hob den Kopf und sah sich die Wand und das Fenster an. Das Gitter war ordentlich herausgeschraubt worden und lehnte am knorrigen Apfelbaum, die langen Schrauben lagen auf dem Fenstersims. Einen Schraubenzieher konnte er nicht entdecken. Den hatte der pedantische Ganove nach getaner Arbeit vermutlich wieder eingesteckt.

Von unten kam man an die Schrauben nicht heran, der Einbrecher hatte sich den Baumstumpf von der Terrasse geholt, darauf sah man deutlich schmutzige Fußspuren. Spuren waren auch auf dem Weg und am Tor.

Sergej sprang auf den Baumstumpf, verzog vor Schmerz das Gesicht, weil sich kleine Kiesel in seinen nackten Fuß bohrten, und schloss das sperrangelweit geöffnete Fenster. Da stieß jemand etwas Bedrohlich-Stahlhartes in seinen Rücken, und eine energische Stimme sagte: «Hände hoch, du Mistkerl! Na los!»

Sergej öffnete und schloss der Reihe nach alle Kommodenschubladen auf der Suche nach trockenen Socken, und sein Nachbar Aristarch Matwejewitsch bedauerte wortreich seinen Irrtum. Wie konnte er sich nur so entsetzlich, so unverzeihlich irren!

«Schon gut», sagte Sergej, «halb so schlimm.»

Doch der Nachbar wollte nicht aufhören.

«Kira hat mich gebeten aufzupassen, aber statt den Einbrecher auf frischer Tat zu stellen, habe ich nur Sie erschreckt, lieber Sergej! Den ganzen Winter, wissen Sie, den ganzen Winter war ich auf dem Posten, und nun diese Blamage! Ich hab's vom Fenster aus gesehen und bin gleich losgerannt, und dann waren Sie das!»

«Halb so schlimm.»

Der Nachbar hielt ein braunes Plastikgewehr zwischen den Knien, mit dem er den «echten Einbrecher» hatte stellen wollen. Der Fußboden um seine Filzstiefel herum färbte sich schwarz vom Matsch.

Nun muss ich auch noch den Fußboden wischen – dieser verdammte Aristarch und seine Trotteligkeit!

«Ich hab das Auto ja gleich bemerkt, als es kam, aber ich dachte, da sind wohl die Hausherren gekommen, und hab mir weiter keine Gedanken gemacht. Ich hab im Herbst die Himbeeren ausgelichtet und es nicht mehr geschafft, den Abfall zu verbrennen. Ich stehe also im Garten an meinem Feuer und ahne nicht, dass hier gerade ein Verbrechen geschieht!»

«Alles halb so schlimm, Aristarch Matwejewitsch.»

Sergej hatte endlich trockene Socken gefunden – grüne Militärsocken. Sie gehörten seinem Schwiegervater und waren viel zu klein.

Er drehte im Bad das Wasser auf und lauschte wie gewohnt auf das gleichmäßige, freudige Brummen der Pumpe und das Anspringen der Gasflamme im italienischen Boiler. Das Wasser wurde allmählich warm, und die Wanne gluckerte fröhlich, als Sergej den Abflussstopfen reinsteckte.

«Sergej», rief der vor Kummer immer noch ganz geknickte Nachbar, «haben Sie schon festgestellt, was genau gestohlen wurde?»

«Nein», rief Sergej, um die Geräusche des wieder zum Leben erwachenden Hauses zu übertönen, «der Dieb hatte nichts in der Hand, keine Ahnung, was er gestohlen haben kann.»

Sergej drehte energisch die Wasserhähne wieder zu, obwohl er nur allzu gern noch eine Weile unter dem heißen Wasserstrahl gestanden hätte.

«Komisch, dass jemand in ein Haus einbricht und nichts weiter stiehlt als Papiere.»

«Was für Papiere, Aristarch Matwejewitsch?», fragte Sergej alarmiert.

«In dem Zimmer, in dem das Fenster offen war, liegen Papiere herum. Ich glaube, der Einbrecher hat in diesen Papieren gewühlt. Es sei denn, Sie selbst haben sie herausgenommen, dann entschuldigen Sie bitte ...»

Sergej zog seinen Pullover an und rannte aus dem Bad.

Genau so war es.

Im Eifer der Jagd hatte er nicht bemerkt, dass im ganzen Zimmer Papiere verstreut waren. Die Schubladen von Großvaters Schreibtisch waren aufgezogen und der Inhalt einfach auf den Boden gekippt worden. Vergilbte alte Quittungen, von Tim voll gekritzelte Telefonbücher, Zeitungsausschnitte, Stricknadeln, ein Porzellanhündchen mit abgebrochener Pfote, Nylonschleifen, die die Erstklässlerin Kira in den Zöpfen getragen hatte – und mittendrin eine schmutzige Fußspur.

Der schwere Sessel mit der unbequemen Lehne lag hinterm Tisch auf der Seite – den hatte der rätselhafte Einbrecher auf der Flucht offenbar umgestoßen, das war vermutlich das heftige Poltern gewesen, das Sergej gehört hatte. Auch unter dem Sessel lagen Papiere auf dem Boden.

Was konnte er nur gesucht haben?

Das Manuskript in der Plastikmappe mit den Fingerabdrücken?

Manuskripte gab es hier einen ganzen Haufen. Sergej hockte sich hin und sah rasch die in Kiras klarer, großer Handschrift beschriebenen Blätter durch:

«... das Eintreffen amerikanischer Militärberater in der Pankissischlucht zeugt kaum davon, dass sich die georgische Führung endlich in den Kampf gegen den internationalen Terrorismus einschaltet ...»

«... die alljährliche Botschaft des Präsidenten an die Föderationsversammlung, die sich in diesem Jahr um fast anderthalb Monate verzögerte, ließ alle Staatsbeamten kurzzeitig vergessen ...»

Da. Das war es.

«... die moderne Prosa, die sich, soweit sich das anhand des Buchmarkts beurteilen lässt, gegenwärtig auf Frauenkrimis konzentriert. Den ewigen Streit darüber, was als Literatur gelten kann und was nicht, scheinen die Verfechter der ‹hohen› Literatur mittlerweile zu verlieren. Auslassungen darüber, dass Auflagenhöhen angeblich nichts bedeuten, sind lediglich ein Versuch ...»

Sergej fand weder Anfang noch Ende, noch die Stelle, aus der die halbe Seite stammte, die in Kostiks Tasche gefunden wurde, aber zum aufmerksamen Lesen hatte er keine Zeit.

Er stand mit den Papieren in der Hand auf und schaute sich um. Soweit er das beurteilen konnte, hatte der neugierige Einbrecher, der sich offenkundig vor allem für Papiere interessiert hatte, dieses Manuskript als unnütz verworfen.

Was zum Teufel hatte er gesucht?

«Aristarch Matwejewitsch», sagte Sergej zu dem von Schuldgefühlen geplagten Nachbarn, der noch immer niedergeschlagen vor sich hin murmelte, «erinnern Sie sich, dass Kira vor ein paar Monaten ein paar Tage allein hier war?»

«Aber ja!», rief der Nachbar. «Natürlich erinnere ich mich daran!»

«Hat sie Besuch bekommen?»

«Ja doch, natürlich bekam sie Besuch! Von ihrer Arbeit, mehrmals! Sie hat sich sogar beklagt, hat gesagt, da flieht man mal eine Woche vor dem Lärm in der Stadt, vor der Hektik des Alltags, und dann hat man auch hier keine Ruhe.»

Kira hätte niemals «Lärm der Stadt» oder «Hektik des Alltags» gesagt.

«Darum habe ich ja auch so versagt, Sergej, weil mir das Auto vorm Tor bekannt vorkam, ich dachte sogar, Sie sind das! Ich kenne mich damit nicht mehr so recht aus, es gibt ja jetzt so viele Automarken, anders als früher, als Wilena und ich damals unseren ‹Pobeda› gekauft haben, 1965!» Seine Greisenaugen blinzelten, er beugte sich näher zu

Sergej und fragte voller Hoffnung: «Vielleicht einen Tee, Sergej? Mit Himbeerkonfitüre? Wilena macht wunderbare Konfitüre! Und einen heißen Tee! Sozusagen als Entschädigung für die Unannehmlichkeiten.»

«Aber was denn für Unannehmlichkeiten», wehrte Sergej verlegen ab, «nicht doch, Aristarch Matwejewitsch! Ich ... Ich fürchte, ich ...»

Der Alte nickte mehrmals, als verzeihe er Sergej im Voraus die Ablehnung des indischen Tees mit Konfitüre, und trat in seinen weichen Filzstiefeln von einem Fuß auf den anderen. Sergej fuhr energischer fort: «Ich bringe hier erst mal alles in Ordnung. Ich muss ja das Gitter wieder anbringen! Und ...» – er schaute mechanisch zur Uhr – «in einer Dreiviertelstunde bin ich bei Ihnen. Abgemacht?»

«Natürlich!», rief der Nachbar entzückt und wollte sogleich Wilena die freudige Nachricht überbringen, dass sie heute Besuch bekämen, der ihre Konfitüre gebührend würdigen würde. Eine Weile könnten sie sich sogar einbilden, der Gast sei ihr Sohn, der vor vielen Jahren bei einer Expedition ertrunken war, und Wilena würde aufgeregt schalten und walten, ein frisches Tischtuch auflegen, die Tassen mit den Schäfern und Schäferinnen hervorholen und den Schuhkarton mit den Medikamenten vom Tisch räumen, der bezeugte, dass die Zeit verging, dass nichts mehr zu ändern und nichts mehr zu korrigieren war und dass niemand ihre ganze großartige Himbeerkonfitüre je aufessen würde.

«Danke», murmelte der Alte, als hätte Sergej ihm Gott weiß was für einen Gefallen getan, «vielen Dank, Sergej! Unsere Gartentür ist ein bisschen ... schief, stoßen Sie ruhig kräftig dagegen.»

«Ich komme über den Zaun», sagte Sergej lächelnd.

Dann stellte er noch eine Frage, die er eigentlich gar nicht hatte stellen wollen: «Ist eigentlich von Kiras Gästen mal jemand über Nacht geblieben?»

«Über Nacht?», fragte der Nachbar erstaunt. «Aber nein, nicht doch! Es ja nicht weit bis Moskau. Alle, die hier waren, sind gleich wieder weggefahren.»

Ihren Schnösel-Liebhaber hatte sie also nicht mit nach Malachowka genommen. Es war albern, sich darüber zu freuen, aber Sergej tat es trotzdem.

«Wer hat sie denn damals besucht, wissen Sie das noch?»

Der Nachbar überlegte eine Weile.

«Nein», sagte er schuldbewusst, «das weiß ich nicht mehr. Ein Mann war hier, sah sehr seriös aus. Er ging vorbei und hat gegrüßt. Dann ein Mädchen, ziemlich stark parfümiert. Früher galt so etwas als schlechter Geschmack, aber heutzutage …» Er wurde verlegen. «Valentina war hier, ja! Sie hat auch Wilena und mich besucht.»

Sein Gesicht leuchtete bei der angenehmen Erinnerung, dass Valentina Wilena und ihn besucht hatte, und er fuhr fort: «Und dann war noch einer da, aber der ist nicht ins Haus gegangen. Mit einem großen dunklen Auto.»

«Wie – nicht reingegangen?»

«Na ja, er ging eben nicht rein. Ich bin zur Post gegangen, die Zeitung holen. Wir holen sie immer dort ab, wissen Sie, neuerdings werden nämlich oft Zeitungen gestohlen. Als ich rauskam, war das Auto da. Daneben stand ein Mann und rauchte. Ich hab ihn gegrüßt, und er hat mir zugenickt. Ich war etwa eine halbe Stunde weg. Als ich zurückkam, stand das Auto immer noch da und er auch. Dann stieg er ein und fuhr weg.»

«Komisch», sagte Sergej erstaunt, «vielleicht war er schon wieder draußen?»

«Könnte sein», stimmte der Alte ihm zu, «aber er hätte ziemlich eindeutige Spuren hinterlassen – er humpelt stark und geht am Stock, und solche Spuren gab es an der Pforte nicht. Es lag doch noch Schnee, daran erinnere ich mich genau.»

# 11

ALEXANDRA SUBOWA HASSTE DEN Kosenamen Allotschka, der ihr seit ihrem fünften Lebensmonat anhaftete. Dieser Name war ihr Feind. Er folgte ihr überallhin. Zuerst war er im Kindergarten durchgesickert, und sie hatte sich entsprechend verhalten müssen – Schleifchen und Rüschen tragen, lispeln, scheußliche Verse auswendig lernen und die ständigen Belästigungen der Jungen abwehren. In der Schule dasselbe – weiße Strumpfhosen, Locken, scheußliche Gedichte. Und nun sogar in die Redaktion.

Sie hatte es ohnehin schwerer als alle anderen. Wegen ihres Vaters, der reich und berühmt war, allseits geachtet und in allen Magazinen und Fernsehsendern präsent. Irgendwie galt es als ausgemachte Sache, dass die Tochter eines solchen Vaters eine verwöhnte Idiotin sein musste.

Allotschka kämpfte wie eine Löwin, um ihrer Umgebung zu beweisen, dass sie sie selbst war, dass die Größe und Macht ihres Vaters, in deren Schatten sie aufgewachsen war, für sie keine Rolle spielten.

Die Arbeit begann für sie ziemlich übel. Natürlich wäre sie nie in einem so elitären Magazin wie «Der Moskauer» gelandet, hätte ihr Vater nicht seinen alten Freund und ehemaligen Kampfgefährten in New York angerufen, den Eigentümer des Magazins.

Gleich in ihrem ersten Artikel, den sie mit solchem Stolz abgeliefert hatte, wurde der Präsident Wassili Wassiljewitsch genannt.

Allotschka wusste sehr wohl, wie der Präsident hieß, denn er und ihr Vater waren seit vielen Jahren, lange vor seiner Präsidentenzeit, befreundet, und ihre Mutter hatte in ihrem Schneideratelier, das damals noch kein Haute-Couture-Salon war, dessen Frau eingekleidet; sie waren alle zusammen angeln gegangen, mit den Kindern auf den Spielplatz und zum Schwitzen in die Banja.

Kostik hatte getobt, als hätte Allotschka ein Staatsverbrechen begangen. Er hatte ihr gar nicht zugehört, unentwegt seinen schönen Kopf geschüttelt, mit den Augen gerollt und war puterrot angelaufen.

«Was erlauben Sie sich, meine Liebe? Sind Sie total übergeschnappt? Wo haben Sie denn studiert? Sie werden gefeuert, so schnell können Sie gar nicht gucken, und Ihrem Papa können Sie einen schönen Gruß von mir bestellen! Sie fliegen in hohem Bogen raus, vielleicht kriegen Sie ja einen Job beim ‹Fröhlichen Kolchosboten›!»

Beim nächsten Mal lag Hongkong in Europa, Davos hieß Navos und Alaska gehörte zu Russland.

«Von Kaliningrad bis in die Weiten Alaskas» stand in Allotschkas Artikel, und so etwas hatte sie ganz sicher nie geschrieben.

Sie war doch nicht verrückt, also wirklich!

Gestern hatte Kostik sie erneut runtergeputzt – lautstark und demütigend, die ganze Redaktion hatte es gehört. Wieder hatte er gebrüllt, war puterrot geworden und hatte sie nicht ausreden lassen, von ihren Rechtfertigungen nichts hören wollen. Für ihn war Allotschka von Anfang an eine Vollidiotin gewesen, und er freute sich, dass seine Meinung sich so glänzend bestätigte.

Nun war er tot. Ermordet.

Seit dem Morgen herrschte in der Redaktion Panik, die allmählich in eine stille Weltuntergangsstimmung überging. Niemand arbeitete, unaufhörlich schrillten die Telefone. Die männliche Hälfte der Belegschaft stand finster rauchend auf der Treppe, die weibliche Hälfte wischte sich unablässig die Tränen aus den Augen und flüsterte einander ins Ohr, der arme Kostik sei «wieder zu seiner alten Geliebten zurück, und die hat ihn …» Die Miliz stellte viele Fragen und wühlte im Büro des Chefs herum, die stets kühle und zurückhaltende Kira Jatt war plötzlich ganz verwirrt und verließ kaum ihr Zimmer, in das gleich am Morgen Baturin gehumpelt und aus dem er seitdem nicht wieder aufgetaucht war.

Allotschka hatte Hauptmann Galzew ehrlich erzählt, dass der Chef ihr am Vortag gedroht hatte, er würde sie entlassen, doch das schien den Hauptmann gar nicht zu interessieren. Er erkundigte sich nach einem Artikel, den Kira mal geschrieben hatte und von dem Allotschka nichts wusste, und Magda erzählte ihr «unter vier Augen», dass in Kostiks Aktentasche ein «Brief» gefunden worden sei, und darin drohe Kira, mit ihm abzurechnen.

Als Magda «Brief» sagte, begriff Allotschka entsetzt, dass sie ahnte, wer ihn getötet hatte.

Das Telefon klingelte, und Allotschka zuckte auf ihrem Stuhl zusammen. Das Telefon auf ihrem Schreibtisch klingelte fast nie – niemand brauchte sie.

Allotschka griff nach dem Hörer und hielt den Atem an, damit ihr «Hallo» solide und angenehm klang.

Es war ihre Mutter. «Häschen, was ist denn los bei dir», fragte sie munter, «ich ruf dich dauernd auf deinem Handy an, aber du gehst nicht ran!»

«Mama, ich arbeite», zischte Allotschka und blickte sich hastig um, ob etwa jemand zuhörte, wie ihre Mutter mit ihr redete. Wie mit einem kleinen Kind.

«Na und? Oder hast du gerade zu tun?»

«Ja, ich habe zu tun.»

«Wie läuft es bei euch?»

«Schlecht, Mama. Ich erzähl's dir später.»

«Was ist denn passiert?», fragte die Mutter besorgt. Sie machte sich ständig Sorgen um ihren Mann und um Allotschka und benahm sich, als sei ihr Mann vierzehn und Allotschka sieben.

«Mama, ich erzähle dir alles später!»

«Wann denn später? Du rufst abends nie an, und überhaupt, das war doch eine Schnapsidee von dir, unbedingt allein leben zu wollen. Du fehlst uns, und keiner passt auf dich auf.»

«Mama!»

«Häschen, komm doch mit nach Paris. Wir fliegen am Freitag. Vater hat da zu tun, und ich leiste ihm Gesellschaft. Komm mit, ja? Wir beide machen uns ein paar schöne Tage. Auf den Champs-Élysées blühen gerade die Kirschen und die Apfelbäume.»

«Mama, ich kann nicht, ich arbeite.»

«Ja doch, natürlich nur übers Wochenende. Die Arbeit darfst du nicht schwänzen.» Allotschkas Eltern hatten die Tochter stets «anständig» erzogen.

«Mama, ich komme nicht mit nach Paris.»

Plötzlich spürte sie an ihrem Ohr, hinter das sie dauernd ihre Haare strich – ein Ärger war das mit den Haaren, ein Glück, dass sie wenigstens keine Locken mehr hatte! –, eine Bewegung, dann flüsterte eine einschmeichelnde

Stimme: «Warum will denn die Kleine nicht mit Mama nach Paris?»

Allotschka zuckte zusammen und ließ den Hörer fallen. Er hüpfte über den Tisch, bis er an der verdrehten Schnur baumelnd herunterhing und zu rotieren begann.

Ljoscha Balabanow fing ihn auf und überreichte ihn Allotschka galant.

«Danke», murmelte sie.

«Gern geschehn.»

«Was ist passiert, Häschen?»

«Alles in Ordnung, Mama, ich ruf dich später an.»

«Warte», bat die Mutter, «Papa fragt, ob du heute zum Abendessen kommst.»

«Ich weiß nicht!»

«Dima, sie weiß noch nicht.»

In der Ferne hörte sie die Stimme des Vaters, dann kam die Mutter zurück.

«Allotschka» – sie klang jetzt streng; wie früher, wenn ihre Tochter eine «unnötige» Drei bekommen oder Theater gemacht hatte –, «stimmt es, dass euer Chef ermordet wurde? Papa hat gerade einen Anruf bekommen.»

«Ja.»

Ljoscha Balabanow hockte sich vor ihren Tisch, stützte das Kinn in die Hand und starrte sie an.

Allotschka wusste nicht, wohin mit sich, wandte die Augen ab und rutschte in ihrem Sessel hin und her.

«Wie ist das passiert?»

«Mama, ich weiß bisher noch überhaupt nichts! Ich rufe euch später an. Gib Papa einen Kuss.»

«Gib Papa einen Kuss, Mama», echote Ljoscha und lächelte honigsüß.

«Er fragt, ob du seine Hilfe brauchst.»

Allotschka lächelte. Die Möglichkeiten der väterlichen Hilfe waren ihr wohl bekannt. Ein Anruf beim Generalstaatsanwalt, beim Innenminister oder bei noch irgendwem, der groß und mächtig war.

«Ich weiß bislang gar nichts, Mama. Wirklich. Ich sehe zu, dass ich heute Abend vorbeikomme.»

«Wenn du Lust auf Schaschlik hast, könnten wir in die ‹Arche Noah› gehen. Was meinst du?»

Die Mutter wusste genau, womit sie Allotschka ködern konnte.

Drei Jahre alt war sie gewesen bei der Urlaubsreise in den Süden mit dem ersten Auto der Eltern. Damals hatte es dort keinen Krieg gegeben, nur granitblaue Berge, einen fremden Himmel, Hitze, Weinberge und hinter den Bergen das Meer. Kurz vor Suchumi standen an jeder Wegbiegung fröhliche dickbauchige Georgier und brieten Fleisch. Die Eltern bestellten sich je ein Schaschlik. «Und für die Kleine bestimmt einen Brei, ja?», fragten die Georgier. «Nein», widersprach der Vater belustigt, «für die Kleine zwei Schaschliks.» Und die dreijährige Allotschka mit den Schleifen im Haar und den scheußlichen Locken aß Fleisch mit Koriander wie ein alter Kaukasier. Die Georgier waren hingerissen.

«Also, Mama, ich ruf dich an», sagte Allotschka rasch, erschöpft von Ljoschas bohrendem Blick.

«Hast du nun Lust auf Schaschlik?»

«Ja!», schrie sie und warf den Hörer auf die Gabel.

«Na, was ist?», fragte Ljoscha und fasste nach ihrer Wange. Sie wich heftig zurück und strich sich sorgfältig das Haar hinters Ohr. «Machen Mama und Papa sich Sorgen?»

«Was willst du, Ljoscha?»

«Nichts, Süße. Ich wollte dich nur sehen.»

Diesen Ljoscha hatte Allotschka vom ersten Tag an gehasst. Er war nur wenig älter als sie, arbeitete aber schon lange hier, seit seinem dritten Studienjahr. Er kannte sich weit besser als sie in den internen Angelegenheiten aus, schrieb flott und gut – natürlich nicht so gut wie Kira oder Baturin, aber immerhin viel besser als Allotschka –, hatte vor nichts Angst, übernahm die schwierigsten Aufträge und erfüllte sie unverzagt, rauchte mit Kostik unglaublich dünne Zigarillos und flüsterte intim ins Telefon, wenn er von seinen Damen angerufen wurde.

Aus irgendeinem Grund hatte er beschlossen, auch Allotschka zu erobern. Allotschka erteilte ihm erschrocken mehrere schroffe Körbe, lehnte seine Einladungen zu einer «Tasse Kaffee» immer wieder ab und rannte im Flur stets schnurstracks an ihm vorbei. Das alles hatte nur den gegenteiligen Effekt. Ljoscha glaubte, sie wolle sich bloß zieren und rar machen, und verstärkte seine Belagerung.

Er wartete jetzt nicht mehr im Flur auf sie, sondern kam gleich ins Nachrichtenressort – er selbst arbeitete im Politikressort –, setzte sich auf ihren Schreibtisch und nervte sie mit seiner Aufmerksamkeit und seinen Komplimenten. Seine Aufmerksamkeit wurde, wie Allotschka fand, immer aufdringlicher, seine Komplimente immer schlüpfriger.

«Wie geht's Mama und Papa?»

«Danke, gut. Entschuldige, Ljoscha, aber ich muss ...»

«Du musst gar nichts», sagte Ljoscha und blinzelte. Allotschka war sicher, dass das Blinzeln nur Show war. «Heute gibt's sowieso nichts zu tun, glaub mir altem Seewolf. Außerdem hat unsere Kleine doch nie sonderlich zu tun, stimmt's?»

«Kommt drauf an», sagte Allotschka und lächelte gequält. «Und du, hast du auch nichts zu tun?»

«Ich hab immer zu tun», erklärte Ljoscha, griff nach ihrer Hand und küsste ihre Finger. «Manchen bringt ja der Klapperstorch Brillanten, aber ich muss sie mir verdienen.»

«Nein, was für ein Schwerarbeiter!» Katja Saizewa prustete los. Groß und schwerfällig, wie sie war, hatte sie Ähnlichkeit mit einer Seekuh. Katjas besondere Stärke waren elegante, ironische kurze Essays zu jedem beliebigen Thema, darin war sie unschlagbar. Sie saß am Computer, trank aus zwei Tassen abwechselnd Tee und Kaffee und biss dazu von einem Brötchen ab.

«Ich glaube nicht, dass es Kira war», verkündete Katja, «das kann nicht sein.»

«Kira war es auf keinen Fall», sagte Allotschka leise.

«Woher weißt du das?»

«Ich weiß es eben.»

«Ach, Kleine», zwitscherte Ljoscha, «was weißt du schon? Hast du nicht erst letzte Woche Hongkong nach Europa verlegt? War Papa etwa nie mit dir in Südostasien, war ihm das Geld dafür zu schade?»

Allotschka riss die Geduld. «Verschwinde, Ljoscha, ja?»

«Sonst? Sonst sagst du's deinem Papa, und Papa ruft seine Leibwächter?»

Katja lachte hinter ihrem Computer.

Was soll ich tun?, überlegte Allotschka. Der einzige Mensch, der ihr zugehört und offenbar sogar geglaubt hatte, dass sie nichts von dem Blödsinn verzapft hatte, den man ihr andichtete, war Baturin.

Der düstere Baturin mit dem Stock und den dunklen, aufmerksamen Augen.

Vielleicht sollte sie ihm erzählen, was sie wusste?

Nein, das ging nicht.

«Gehen wir eine rauchen», schlug Ljoscha vor und setzte sich auf den Tisch, ganz dicht vor sie. «Oder lieber einen Kaffee trinken?»

«Danke, Ljoscha. Ich möchte nicht.»

«Ich gehe eine rauchen», sagte Katja und stand auf. Ihr Computer auf dem Tisch wackelte, die Tassen klirrten. «Seht zu, dass ihr euch nicht prügelt.»

Ljoscha klopfte seine makellosen hellen Jeans ab und griff nach Allotschkas Hand. Sie wich zurück.

«Sag bloß», fragte Ljoscha leise, «du willst Ärger? Kannst du haben, und ich sorge dafür, dass bei dir nicht nur Hongkong in Europa liegt, sondern Tokio bei Tambow! Verlass dich nicht zu sehr auf deinen Papa, dein Papa ist nicht hier! Lern erst mal mit Menschen umzugehen! Du bist dran gewöhnt, dir an allen die Füße abzutreten, aber das läuft bei mir nicht, Süße.»

«Ljoscha», sagte Allotschka, so sicher sie konnte, «ich glaube, du verwechselst mich. Ich will mir an dir nichts abtreten. Ich habe bloß keine Lust, mit dir irgendwohin zu gehen.»

«Solltest du aber lieber.» Ljoscha lächelte sanft. «Damit ich dich nicht zwingen muss. Und lass uns für die Zukunft eins klarstellen, Süße: Wenn du mich noch einmal vor irgendjemandem als Idioten hinstellst, dann garantiere ich für nichts. Klar?»

Er sprang vom Tisch und ging zur Tür, blieb aber noch einmal stehen und drehte sich um.

«Ich warte um sieben bei deinem Auto auf dich.»

«Ljoscha», sagte Magda im Flur aufgeregt, «schnell, Baturin fragt nach dir. Was trödelst du hier rum, du weißt doch, was heute bei uns los ist! Allotschka, haben Sie auch nichts zu tun? Ich schicke Ihnen gleich ein paar Fotos rüber auf Ihren Computer, zu jedem muss ein kurzer Text geschrieben werden. Schaffen Sie das?»

«Ja», antwortete Allotschka mürrisch.

Sie hätte am liebsten geweint und hatte nicht die geringste Ahnung, was sie tun sollte.

# 12

KIRA STÜRZTE IN DIE WOHNUNG, warf die Tasche ab und ließ sich auf den Fußboden fallen. Neben ihre Tasche.

Tim kam in den Flur. Er wirkte wachsam, die Ohren standen ab, die Haare waren auf einer Seite angedrückt – offenbar hatte er sich den ganzen Tag nicht gekämmt.

«Was hast du, Mama?»

«Nichts. Ich bin müde.»

«Und warum sitzt du auf dem Fußboden?»

«Weil ich erschöpft bin.»

«Ist ... ist was Schlimmes passiert?»

Alles Schlimme war gestern schon passiert, als Kostik erschossen wurde, sozusagen vor ihrer Wohnungstür, und heute hatten Baturin und sie seine Eltern besucht. Sie waren eben erst zurückgekommen. Hauptmann Galzew hatte sie begleitet.

Bei der Erinnerung daran wurde Kira übel. So übel, dass sie die Augen schloss und die Hand auf die feuchte Stirn presste, um den schwarzen Vogel zu besänftigen, der von innen daran pickte.

«Wo ist Valentina?»

«Zum Arzt gegangen, sie hat ... Dingsda, Sklerose.»

«Rheuma», korrigierte Kira mechanisch. «Warum hat sie mich nicht angerufen? Ach ja ...»

Sie hatte ihr Handy ausgeschaltet, als sie zu Kostiks Eltern gefahren waren.

Als Kira in Begleitung des Hauptmanns zum Auto hinuntergegangen war, hatte er sie wie nebenbei gefragt, wann Kostik ihr Liebhaber geworden sei und warum sie sich getrennt hätten.

Kostik war nie ihr Liebhaber gewesen. Daher hatten sie sich auch nicht getrennt.

Der einzige Liebhaber, den es in ihrem Leben je gegeben hatte, war Sergunja. Davor hatte sie Sergej gehabt – ihren Mann, ihren Liebhaber, ihr Ein und Alles.

«Mama, willst du was essen?» Tim rückte dichter an sie heran. «Valentina hat Fleisch geschmort und was mit Kartoffeln gemacht.»

Kira mochte nicht essen, sagte aber ja, um Tim nicht zu erschrecken.

«Und – wo ist Papa?»

«Ich weiß nicht.»

Sein Gesicht wurde länger.

«Wie? Er hat doch gesagt, er fährt zu dir auf die Arbeit!»

«Er war bei mir, aber dann ist er weggefahren, und danach habe ich ihn nicht mehr gesehen.»

«Und er hat dich nicht angerufen?», fragte Tim mit matter Stimme.

«Nein», erwiderte Kira knapp, «wie kommst du darauf, dass er mich hätte anrufen sollen? Was spinnst du dir da zusammen, Tim?»

«Ach, ihr könnt mich mal!», schrie der Sohn plötzlich böse, und seine Stimme kippte vom Bass ins Falsett.

Sein Vater hatte ihn hintergangen. Er hatte gesagt, er würde kommen, und es war fast acht, und er würde nicht mehr kommen, und damit war Tims ganzer schöner Plan zunichte, dabei hatte er sich solche Mühe gegeben!

«Tim, wir sind geschieden. Viele Eltern lassen sich scheiden, nicht nur deine!»

«Ich scheiß auf viele!», schrie ihr Kind. «Ich scheiß auf alle!»

«Tim!»

Er wandte sich von seiner Mutter ab und wollte stolz in sein Zimmer gehen, schaffte es aber nicht bis dahin und fing an zu heulen. Beschämend laut, sodass es durch die ganze Wohnung schallte.

Wie war das möglich? Warum hatte sein Vater ihn betrogen? Er log doch nie, sein Vater! Er hatte gesagt, er würde heute Abend herkommen und der Schnösel nicht, und Tim hatte ihn zur Tür gebracht und ihm vom Balkon aus nachgesehen, den Rücklichtern seines Autos, bis Valentina ihn ins Zimmer gescheucht hatte. Den restlichen halben Tag hatte er wie auf Kohlen gesessen, das Telefon bewacht und sogar seine Hausaufgaben gemacht, damit seine Mutter sich freute, wenn sie von der Arbeit kam, nicht einmal zu Ilja war er gegangen, denn sein Vater hätte ja anrufen können – und nun hatte er ihn so betrogen!

Weiche, herrlich nach Parfüm und Zigaretten duftende Arme umschlangen seinen Kopf. Er wollte sich losmachen, stampfte sogar mit dem Fuß auf, aber Selbstmitleid und Weltschmerz waren stärker als sein Stolz; er umarmte seine Mutter und begann demütigend zu schluchzen, rieb sein Gesicht an ihrem schwarzen Rolli, der so wunderbar und vertraut roch, bettete seinen Kopf auf ihrer runden Schulter und hielt die Wange hin, damit die Mutter sie küsste, und dann weinte auch sie, und ihre Tränen tropften ihm auf Kopf und Hals und waren so heiß, dass er schließlich erschrak.

«Mama, was ist mit dir?»

«Ni… nichts.»

«Mama, hör auf, bitte.»

«Gleich, ich hör ja gleich auf.»

Aber sie hörte nicht auf. Sie weinte noch lauter, und Tim mit ihr. Eng umschlungen ließen sie sich auf den Fußboden gleiten, neben die Tasche, heulten, wischten sich die Tränen ab und rieben die Stirnen aneinander.

Keiner der beiden bemerkte, dass plötzlich die Tür aufging.

«Ach du meine Güte», sagte der Vater erstaunt, «was ist denn hier los? Seid ihr verrückt geworden?»

Tim konnte es gar nicht glauben, dass er da war.

Er hörte sofort auf zu schluchzen, bekam einen Schluckauf und starrte Sergej mit offenem Mund an.

Der Vater zog sich die Schuhe aus, schleuderte seine Jacke auf einen Haken und setzte sich zu ihnen.

«Warum heult ihr?»

Um nichts auf der Welt hätte Tim zugegeben, dass er seinetwegen heulte. Weil er so lange weg gewesen war.

«Mama … ist traurig», murmelte er und schniefte. Vor lauter Glück konnte er seinen Vater gar nicht ansehen; er schielte an ihm vorbei. «Und ich auch.»

«Er dachte … er dachte … du … du kommst … nicht … wieder», sagte Kira schluchzend, «er dachte … er dachte, du … hast … du hast ihn betrogen. Hättest du denn nicht anrufen können, du verdammter Idiot?»

Sie streckte die Arme aus, umschlang Sergejs Hals so heftig, dass er sich abstützen musste, um nicht umzufallen, presste die Nase gegen seinen Hals und heulte mit doppelter Kraft weiter. Sergej drückte sie an sich.

«Na, na», sagte er leise und wiegte sie hin und her, «ihr wart bei seinen Eltern, ja?»

Kira nickte, ohne den Kopf zu heben.

Sergej streichelte ihren Rücken und ihren kurz geschorenen Hinterkopf, dann rückte er vorsichtig ein Stück zurück und lehnte sich mit dem Rücken an die Wand, damit er sie besser streicheln konnte, und an seine andere Seite presste sich Tim, der vor überquellenden Gefühlen schnaufte wie eine Lokomotive und sich noch immer nicht traute, ihn anzusehen.

Kira beruhigte sich allmählich und schluchzte nur noch hin und wieder. Sein Pullover war unter ihrer Wange schon ganz durchgeweicht. Schließlich sagte sie: «Schrecklich.»

«Schrecklich», bestätigte Sergej.

«Papa», meldete sich Tim, «Valentina hat Fleisch geschmort. Willst du was essen?»

Er musste den Vater unbedingt länger festhalten, sozusagen für eine sichere Rückendeckung sorgen. Das Abendessen wäre eine wunderbare Rückendeckung.

«Ja», antwortete Sergej. «Im Rucksack sind Salat und Hering. Packst du mal aus?»

Tim war bereit, unverzüglich alles zu tun – auspacken, Tisch decken, servieren. Überhaupt ein Musterkind zu sein.

Kira atmete gegen Sergejs Hals, er hielt ihren Hinterkopf, ihr Ellbogen drückte gegen seine Hüfte und drohte lebenswichtige Organe zu beschädigen.

Warum hatten sie sich eigentlich scheiden lassen?

Genau so hatte sie immer gelitten – vor ihm. Er dagegen litt allein, nicht bereit, Mitleid und Anteilnahme anzunehmen. Sie wussten alles voneinander – wie man den anderen am besten tröstete, unterstützte, ihm Mut machte.

Allerdings auch, wie man ihn am meisten ärgerte, wütend machte, ihm am meisten wehtat.

Endlich riss sich Kira von Sergej los, hob den Kopf und sah ihm kummervoll ins Gesicht.

«Ich war in Malachowka», erklärte Sergej, stand auf und zog Kira vom Fußboden hoch. «Das Manuskript suchen, aus dem die halbe Seite rausgerissen wurde.»

Kira blickte ihn schweigend an.

«Hast du es gefunden?»

«Ja. Wahrscheinlich nicht alles, aber zumindest einen Teil. Aber das Wichtigste: Als ich ankam, war ein Einbrecher im Haus.»

«Mein Gott!», rief Kira. «Hat er die Gitter abgemacht?»

«Ein Gitter», korrigierte Sergej. Er schob sie vor sich her ins Bad, schaltete das Licht ein und drehte den Wasserhahn auf. Der rasend neugierige und überglückliche Tim schlurfte in seinen superweiten Hosen mit einem Holzlöffel in der Hand hinterher.

«Komm schon», sagte Sergej und schubste Kira weiter. Sie wusch sich brav das Gesicht.

«Was hat er denn geklaut, Papa?»

«Nichts.» Er reichte Kira ein Handtuch.

«Nichts?», fragte sie erstaunt.

«Erzähle ich gleich.» Er hängte das Handtuch wieder auf den Haken, nahm Kira an die Hand und führte sie in die Küche. «Tim, her mit dem Fleisch oder was du dahast ...»

«Hab ich den Hering nicht schön hingelegt, Mama?»

Kira sah hin. Der Hering lag tatsächlich hübsch angerichtet in der Kristallschale für Trockenobst.

«Sehr schön», lobte sie ihn.

«Soll ich die Salate umfüllen, oder geht's so?»

«Geht auch so. Was wolltest du bloß in Malachowka, Sergej?»

«Dein Manuskript suchen. Ich dachte, wenn es in einer Mappe liegt und das Blatt da rausgenommen wurde, dann gibt es vielleicht Fingerabdrücke, von dem, der das Blatt genommen hat.»

Kira sah ihn unverwandt an.

«Jedenfalls, ich kam an, und da war jemand im Haus, im großen Zimmer. Ich habe ihn aufgeschreckt. Er rannte weg, und ich konnte ihn nicht einholen.» Er genierte sich zu erzählen, dass er mit nur einem Schuh und der Axt in der Hand durch den Schlamm gerannt war. «Er war mit dem Auto da.»

«Mein Gott, ich hatte doch die Nachbarn gebeten aufzupassen!», stöhnte Kira.

«Das haben sie auch. Aristarch Matwejewitsch kam mit einem Plastikgewehr. Er hat mich gestellt, als ich durchs Gitter ins Fenster schaute.» Sergej tat Tim Fleisch auf und sagte: «Mach den Mund zu.»

Tim schloss folgsam den Mund.

«Im großen Zimmer lagen Papiere auf dem Boden verstreut. Sämtliche Papiere aus dem Schreibtisch.»

«Er wollte meine Papiere stehlen?»

«Scheint so», erwiderte Sergej, «jedenfalls habe ich weiter keine Spuren gefunden. Offenbar war er nur im großen Zimmer. Nun iss doch, Kira.»

Ebenso folgsam wie Tim begann Kira zu kauen.

«Also», erklärte sie nach einer Weile, «das verstehe ich nicht. Wozu?»

«Da dein Manuskript noch da war, war er offensichtlich nicht darauf aus.»

«Wer, Sergej?»

Er zuckte ärgerlich die Achseln.

«Das weiß ich doch nicht. Ich hab ihn nicht erwischt, obwohl ich's versucht habe.»

«Was hat er dann gesucht? Warum sollte er in einem Haufen alter Papiere herumwühlen?»

«Ich weiß es nicht», wiederholte er mit Nachdruck.

Eine Weile aßen sie schweigend. Kira warf verstohlene Blicke auf ihren Mann.

Sie hätte nie geahnt, dass er nach Malachowka fahren würde, um ihr Manuskript zu suchen. Nein, sie kannte ihn überhaupt nicht!

«Du musst dich erinnern», sagte er schließlich, «was für Papiere du da aufbewahrt hast. Vielleicht hat Kostik dir Liebesbriefe geschrieben?»

«Papa!», rief Tim.

«Kostik hat mir keine Briefe geschrieben. Und ich ihm auch nicht.»

«Es muss etwas sein, was mit dir und ihm zu tun hat. Dieser Kerl hat nicht umsonst alles durchwühlt. Er glaubt, du besitzt etwas, wodurch die Miliz auf ihn kommen könnte.»

«Auf wen», fragte Kira erstaunt, «auf den Einbrecher?»

Sergej sah sie mitleidig an. Kira hasste diesen Blick. Schlimmer war nur noch ein herablassend-freundliches Tätscheln des Hinterkopfs – das hasste sie noch mehr.

«Nicht auf den Einbrecher, sondern auf den Mörder», korrigierte er sie bekümmert, als sei Kira eine seiner Studentinnen, die er zwar bedauerte, der er aber trotzdem ein

«Ungenügend» verpassen musste. «Es ist jemand aus deinem Umkreis. Er kennt dich sehr gut und du ihn auch.»

«Warum?»

«Weil er über deine Papiere in Malachowka Bescheid wusste! Weil er Angst hat vor diesen Papieren. Weil er extra deswegen hingefahren ist, extra so viel Energie aufgewandt und einiges riskiert hat – immerhin hat er vor den Augen der Nachbarn das Gitter vom Fenster abgeschraubt! Bloß wegen eines blöden Papiers!»

«Sergej», sagte Kira nachdenklich, «ich habe nicht die geringste Ahnung, wovon du sprichst. Und von wem.»

«Ich auch nicht», knurrte er.

«Aber ist es ... ein Mann? Oder eine Frau?»

Sergej sah sie kurz an, überzeugt, dass sie gleich nach ihren Zigaretten suchen würde.

Sie wühlte auf der Arbeitsplatte herum, räumte Zeitungen beiseite und zündete sich eine an. Er lachte kurz auf.

«Ein Mann.»

«Ich werd daraus nicht schlau.»

«Papa, du suchst den Mörder, ja?», mischte Tim sich ein. «Hör mal, vielleicht gehst du damit zu einer Privatdetektei? Es gibt jetzt ganz viele!»

«Tim», begann Kira warnend, «dass du mir ja keine Ermittlungen anstellst! Dein Vater reicht mir vollkommen.»

«Und sieh zu, dass du in der Schule nichts rumtratschst», ergänzte Sergej, «ich weiß, das ist furchtbar spannend, aber ...»

«Na klaro!», sagte Tim und lachte fröhlich.

Die Eltern sahen sich an.

Sie ermahnten und belehrten ihn *zusammen*, wie in den besten früheren Zeiten, als sie ihn gemeinsam tadelten und lobten, als Mama immer sagte «Papa wird sich freuen», und Vater: «Mach Mama keinen Ärger!»

Sein toller, listiger Plan funktionierte! Er funktionierte, obwohl er heute beinahe die Kontrolle über die Lage verloren hätte!

«Du musst dich erinnern, wann du das letzte Mal auf der Datscha warst», befahl Sergej, als der plötzliche Heiterkeitsausbruch ihres Sohnes vorbei war.

Kira zuckte gereizt die Achseln.

«Vor anderthalb Monaten, das hab ich dir doch gesagt.»

«Und davor?»

«Davor letztes Jahr im Oktober.»

«Sicher?»

«Sergej, was spielt das für eine Rolle?»

«Folgende: Wenn du vor einem Monat dort warst und davor im letzten Jahr, dann müssen die Papiere, nach denen er gesucht hat, auch erst vor einem Monat aufgetaucht sein. Er wird den Mord kaum noch länger im Voraus geplant haben.»

«Den Mord?», murmelte Kira und warf einen Blick auf Tim. Der trank schlürfend sein Wasser und wirkte rundum zufrieden.

Auch Sergej sah ihn an.

«Ich denke, er hat Kostik deshalb gestern getötet, weil die Gelegenheit gerade günstig war. Er hat gehört, dass Kostik zu dir wollte, und beschlossen, den Mord dir unterzuschieben. Er hat Kostik das Blatt aus deinem Manuskript in die Aktentasche gelegt, hier auf ihn gewartet und ihn getötet. Aber du besitzt noch etwas, das ihn … entlarven könnte. Es ist auf der Datscha, und das weiß er. Deshalb wollte er es unbedingt holen.»

«Wie kommst du darauf, dass es dort ist? Und *was* ist es?»

«*Was* es ist, weiß ich nicht. Aber er war auf der Datscha. Erinnere dich, wer dich damals dort besucht hat. Der Nachbar hat gesagt, es seien dauernd Leute gekommen.»

Kira starrte ihren Mann mit weit aufgerissenen Augen an. Ihren Exmann.

«Was ist, Mama?», fragte Tim besorgt.

«Bring mir meinen Pullover», bat sie. «Mir ist auf einmal ganz kalt.»

Laut stapfend ging Tim den Pullover holen – das Musterkind aus einem Werbespot.

«Na los», trieb Sergej sie an, «denk nach. Leonid Schmygun, das weiß ich. Der Geschäftsführer. Was wollte er?»

«Ich sollte irgendwelche Listen unterschreiben.» Kira rieb sich die Hände an ihren Jeans. Sogar durch den dicken Stoff spürte sie, wie kalt sie waren. «Eine reine Formsache, Kostik hatte schon alles unterschrieben. Ich habe keine Ahnung mehr, was das für Listen waren. Nichts von Belang.»

«So. Wer noch?»

«Verotschka war da, um mir einen Artikel zu zeigen. Sie ist eine ganz … Ehrgeizige und hat dauernd Angst, etwas falsch zu machen, stimmt jedes Wort mit mir ab. Allotschka. Sie hatte damals gerade bei uns angefangen, und Kostik hatte sie zu mir geschickt, damit ich sie einweise.»

Sergej war sich sicher, dass die Person in dem Zimmer mit dem Mosaikfenster ein Mann gewesen war – dafür sprachen auch die Fußabdrücke im Schlamm, mindestens

Größe vierundvierzig –, aber er wollte Kira nicht unterbrechen.

«Hier, Mama.» Tim gab Kira den Pullover, setzte sich auf das Sofa, zog die Beine an, deckte sich mit dem Plaid zu und sah seinen Vater mit blanken runden Augen an – er war ganz Ohr.

Sergej seufzte: «Wer noch?»

«Valentina», erinnerte sich Kira plötzlich, «mit Piroggen.»

«Und Baturin?»

«Grigori?» Kira schien erstaunt. «Nein. Der nicht.»

«Wirklich nicht?»

«Tim, wie sagst du immer?»

«Hundert pro», antwortete der Sohn und lachte wieder.

«Hundert pro, Baturin nicht», wiederholte Kira.

«Der Nachbar sagt, er habe ihn gesehen», sagte Sergej, «deinen Baturin. Er sei die Zeitung holen gegangen, und Baturin habe an der Gartenpforte gestanden.»

«Baturin war nicht da», widersprach Kira. Das Reden fiel ihr schwer – plötzlich hatte Angst von ihr Besitz ergriffen. «Er war nicht da.»

«Aristarch Matwejewitsch hat gesagt, er sei nicht im Haus gewesen, denn auf dem Weg waren keine Spuren. Er hat ihn beschrieben: Er humpelt und hat einen Stock.»

«Ich habe ihn nicht gesehen!», schrie Kira. «Er war nicht da!»

«Tja», knurrte Sergej unbestimmt.

Der Mann auf dem Fensterbrett konnte allein deshalb nicht Baturin gewesen sein, weil er so schnell gerannt war, dass Sergej ihn nicht hatte einholen können. Baturin aber fiel schon das Laufen schwer, von Rennen ganz zu schweigen.

Als Kind hatte Sergej einen Hund besessen, Dick. Eine reinrassige Promenadenmischung, sehr klug und unternehmungslustig. Nachts trieb er sich mit ebensolchen Stromern im Dorf herum, morgens kam er nach Hause, frühstücken. Wenn die Großmutter den frech erhobenen schwarzen Kringelschwanz hinter dem Zaun erblickte, schimpfte sie und drohte mit dem Stock. Augenblicklich fiel der Kringel auseinander, hing schlaff herab, und Dick begann erbärmlich zu hinken. Er hinkte so echt und gekonnt, dass die Großmutter den Stock beiseite warf und herbeieilte, um Dick zu pflegen und zu füttern. Er ließ sich ihre Fürsorge schwer seufzend und mit schmerzerfüllten halb geschlossenen Augen gefallen. Manchmal vergaß er zwischendurch, welches Bein angeblich verletzt war, und hinkte aus Versehen auf dem falschen Bein, aber die Großmutter glaubte ihm trotzdem.

Vielleicht war Baturin ja wie Dick?

«Warum war er da und ist nicht ins Haus gekommen?», sagte Sergej mehr zu sich selbst. «Warum stand er draußen am Zaun? Ziemlich lange sogar. Als der Nachbar mit seiner Zeitung zurückkam, stand er immer noch da. Warum? Wenn er dich … beobachten wollte, warum ist er dann nicht aufs Grundstück gegangen?»

Sergej füllte nachdenklich den Wasserkocher und setzte ihn auf. Tim gähnte so herzhaft, dass ihm die Tränen kamen, und zog die Decke höher.

Kein Wunder. Die letzte Nacht im Treppenhaus, dann den ganzen Tag diese Aufregung – kommt der Vater oder nicht, bleibt er zum Abendessen, fährt er danach wieder nach Hause –, und nun, da es warm und ruhig war, wollte er so schrecklich gern schlafen.

Er durfte aber nicht schlafen. Vielleicht musste er noch etwas unternehmen, ein Unglück verhüten, ablenken. Er würde nur ein bisschen ruhen, nur kurz, hier unter der alten Decke, bis zum Tee, damit er sie die ganze Zeit im Auge behalten konnte.

«Tim schläft schon», sagte die Mutter aus der Ferne.

«Lass ihn», sagte der Vater ebenfalls aus der Ferne.

Kira schob Tim einen abgewetzten Plüschteddy mit Schürze unter den Kopf. Entfernte Verwandte aus Kursk hatten ihn zu seiner Geburt geschickt. Sergej erinnerte sich noch genau, wie er das Paket von der Post geholt hatte. Darin waren der Teddy und große, feste Kursker Äpfel. Ihr Duft drang sogar noch durch die zugenagelte Holzkiste. Solche Äpfel hatte Sergej später nie wieder gesehen.

Wie war es nur gekommen, dass er nun auf einmal ein Fremder war und keine Verwandten mehr in Kursk hatte, auch keine Schwiegermutter und keinen Schwiegervater? Alles gehörte der Vergangenheit an – die Verwandten, die Äpfel, die Wohnung, das alte Sofa, auf dem er und seine Frau sich geliebt hatten.

Jetzt hatte er … Wie hieß sie noch? Inga.

«Hör zu», sagte er zu Kira, «niemand hat einen Fremden ins Haus kommen sehen. Ich habe Marja Semjonowna gefragt und die Nachbarn aus Wohnung elf. Marja Semjonowna hat niemanden gesehen außer Valentina, die sich von ihr verabschiedet hat, die Kinderfrau aus Wohnung acht und Oma Jewsejewa. Ach ja, und deinen Schnösel.»

«Sergej!»

«Tim nennt ihn so», rechtfertigte er sich. «Kein Fremder. Und Danila Puchow kam um acht, obwohl er mir erzählt hat, es sei schon elf gewesen.»

«Der aus dem zweiten Stock?»

«Ja. Er hat eigentlich keinen Grund zu lügen. Irrt er sich bloß? Oder will er nicht die Wahrheit sagen?»

«Weshalb?»

«Ich weiß es nicht, Kira», antwortete Sergej ungeduldig, «ich weiß überhaupt nichts! An Marja Semjonowna kommt niemand unbemerkt vorbei. Es war also kein Fremder im Haus. Also ging es nicht um Redaktionsgeschichten. Also gab es keinen Grund, in unsere Datscha einzusteigen und in den Papieren zu wühlen! Aber irgendwer hat es getan!»

«Und wenn Marja Semjonowna ... abgelenkt war?», mutmaßte Kira. «Sie sitzt ja nicht rund um die Uhr da!»

«Stimmt», bestätigte Sergej, «aber solche wie Marja Semjonowna lassen sich nicht lange ablenken. Die bohren selbst auf der Toilette ein Guckloch. Sozusagen immer im Dienst.»

«Der Teufel soll dich holen.»

«Wieso mich», schnarrte er gereizt, «dich und deine Probleme!»

Sonderbar – sie blieb stumm.

Früher hatte sie immer genau gewusst, wann sie schweigen musste und wann sie widersprechen konnte, sticheln oder ihn angreifen, ohne dass es schwerwiegende, nicht wieder gutzumachende Folgen hatte.

Später war es ihr egal gewesen, und die Folgen waren tatsächlich schwerwiegend und nicht wieder gutzumachen.

«Kira», sagte Sergej verständnislos. Mit ihrem Schweigen hatte er nicht gerechnet – er hatte sie zum Widerspruch provozieren wollen. «Was ist mit dir?»

«Willst du einen Kaffee?»

«Was?», fragte er erstaunt.

«Kaffee. Willst du? Ich koche welchen.»

«Ja», sagte er rasch.

Sie stützte sich mit ihrer kräftigen Hand auf ihn, stand auf und tastete mit dem Fuß nach ihren Pantoffeln. Er betrachtete ihren Arm, ihren starken Hals, ihren kurz geschorenen Hinterkopf, und ihm wurde schwindlig.

Er hätte letzte Nacht nicht bei ihr schlafen dürfen. Das hatte Erinnerungen geweckt, und den ganzen Tag hatte er diese Erinnerungen gewaltsam verdrängen müssen.

«Du wolltest doch Kaffee kochen», sagte er heiser.

«Den magst du doch gar nicht.» Mit der Zuckerdose in der Hand stand sie dicht vor ihm und sah ihn an. «Du trinkst doch lieber welchen aus der Büchse, wie alle Individuen mit unterentwickeltem Geschmack. Mit schön viel Zucker.»

«Wie alle Individuen mit unterentwickeltem Geschmack mag ich außerdem Stockfisch und Bier», ergänzte er sinnlos.

«Ich weiß.»

Kira stellte die Zuckerdose auf den Tisch, packte ihren Exmann am Pullover und zog ihn an sich.

Sie küssten sich lange und mit Genuss – niemand küsste sich so wie sie; Sergej wäre nie auf die Idee gekommen, Katja so zu küssen. Ach nein, Vika. Quatsch – Inga, so hieß sie.

Kiras Hinterkopf mit den kurzen stachligen Stoppeln

passte genau in seine Hand; er sah in ihr blasses Gesicht mit den bläulichen Ringen unter den Augen; der lange Schopf flog hoch, als er ihn anpustete, und Kira presste sich noch enger an ihn, als er sie hinterm Ohr küsste, was sie immer sehr gemocht hatte.

Er hatte nichts vergessen – nicht, wie sie roch, wie sie atmete, wie weich und glatt die Haut unter ihrem Kinn war, wie die blaue Ader an ihrer Schläfe pochte, wie sie sich an ihn presste und wie er vollkommen aufhörte zu denken, denn wenn er bei ihr war, konnte er nicht denken, und sobald sie im Bett lagen, verlor er jegliche Kontrolle über sich, und sie mochte das; erst ohne sie hatte er begriffen, wie verdammt selten das war – derart wilder, ungehemmter Sex, wie sie ihn die ganzen fünfzehn Jahre gehabt hatten.

Sie hielten gleichzeitig inne.

«Das geht nicht», sagte Kira.

«Nein», stimmte Sergej ihr zu.

Sein Atem ging ein wenig unregelmäßig, aber damit wurde er fertig.

Er war sicher, dass er damit fertig wurde. Und ob! Gleich, nur einen Augenblick noch!

Kira griff nach seinen Wangen und presste ihre Stirn gegen seine. Er bemühte sich, reglos zu verharren, um nicht noch tiefer zu versinken, so tief, dass er nicht mehr herauskam.

«Sergej, ich … Ich habe schon so lange … So furchtbar lange …»

«Lange», bestätigte er.

«Lass mich … Lass mich, sonst kann ich mich nicht beherrschen, und dann …»

«Ja», stimmte er erneut zu.

Das war leicht gesagt – dass er nicht durfte, nicht konnte, nie mehr und auf keinen Fall. Er beugte sich zu ihr hinunter und küsste sie auf die Wange.

«M-m», seufzte sie.

Im Hintergrund fing der Wasserkocher an zu brodeln und schaltete sich knackend aus.

Kira riss sich von Sergej los, rannte zum Kühlschrank und öffnete ihn.

«Möchtest du Wurst?», fragte sie.

«Nein.»

«Joghurt?»

«Nein.»

«Käse?»

«Kira, mach den Kühlschrank zu und setz dich hin», befahl er, jedes Wort kontrollierend. «Ich verspreche ... Jedenfalls, ich werde mich bemühen.»

«Gut», willigte Kira ein, «erzähl mir von dem Mord und frag mich sonst nichts weiter. Abgemacht?»

«Abgemacht. Sag mal, weißt du eigentlich noch, warum wir uns damals getrennt haben?»

«Sergej!»

«Ja», sagte er hastig und rieb sich das Gesicht. «Reden wir lieber über den Mord. Wo waren wir stehen geblieben?»

Sie waren dabei stehen geblieben, dass er sie an sich presste, seine Wange an ihrem Scheitel rieb, sie hinters Ohr küsste und sie ihn umarmte und sich enger an ihn drängte.

«Was meinst du, sollen wir ihn wecken?»

«Lass ihn schlafen.»

«Er wollte Tee.»

«Er schläft doch bestimmt nicht die ganze Nacht durch! Wenn er aufwacht, kriegt er Tee.»

«Er hat so auf dich gewartet. Er hat geheult, weil du nicht kamst.»

«Ich bin doch gekommen.»

Er war gekommen, hatte sich zu ihr auf den Fußboden gesetzt und sie gewiegt wie ein kleines Kind, sie dann ins Bad geführt und in die Küche, und der Kummer hatte nachgelassen, hatte seine krummen gelben Krallen aus Kira zurückgezogen, hatte aufgehört, sie zu quälen, zumindest für eine Weile.

«Also, du hast von Redaktionsgeschichten gesprochen und davon, dass kein Fremder im Haus war, ja?»

«Jedenfalls hat Marja Semjonowna keinen gesehen. Aber in deinen Papieren kann nur jemand aus der Redaktion gewühlt haben, richtig? Schließlich interessiert sich doch kein Nachbar aus unserem Haus für deine Papiere in Malachowka, oder?»

«Natürlich nicht», stimmte Kira ihm zu.

«Vertrackte Geschichte!», rief Sergej und schlürfte wütend den kochendheißen Kaffee. «Im Haus war niemand aus der Redaktion. In Malachowka war aber jemand aus der Redaktion. Und was nun weiter?»

Kira rührte in ihrer Tasse. Sie konnte löslichen Kaffee nicht ausstehen, obgleich sie in den fünfzehn Jahren des Zusammenlebens mit einem Büchsenkaffeeliebhaber ernsthaft versucht hatte, sich daran zu gewöhnen.

«Vielleicht war das in Malachowka ja bloß ein Dieb? Na ja, ein ganz normaler Einbrecher.»

«Ein normaler Einbrecher wühlt nicht in Papieren. Ein normaler Einbrecher kommt nicht mit dem Auto. Außerdem bin ich ganz sicher, dass gestern doch ein Fremder hier im Haus war. Trotz Marja Semjonowna.»

«Was für ein Fremder?»

«Ein Fremder eben. Die Nachbarn haben einen Hund.»

Kira lächelte.

«Ich weiß. Massja. Weißt du noch, wie sie mal nach Tim geschnappt hat? Da waren wir gerade erst eingezogen.»

«Nein», erwiderte Sergej. Er erinnerte sich wirklich nicht daran. «Also, diese Massja hat gebellt wie verrückt. Kurz nach acht. Es war ein Fremder im Haus, Kira! Massja hat ihn gewittert.»

«Aber du sagst doch, Marja Semjonowna ...», setzte Kira verwirrt an.

«Ich bin doch kein Fernsehdetektiv!», schimpfte er leise, um Tim nicht zu wecken. «Ich verstehe das ja selber nicht! Ich habe keine Ahnung, ob die beiden Vorfälle irgendwie zusammenhängen!»

«Welche ... beiden Vorfälle?»

«Erstens – deine Papiere in Malachowka und der Versuch, sie zu stehlen. Zweitens – Kostiks Tod und dein Papier in seiner Aktentasche.»

«Eine halbe Seite! Sergej, was hat dieses Manuskript überhaupt damit zu tun, wenn es gar nicht angerührt wurde? Du hast doch gesagt, der Einbrecher hat eindeutig nicht danach gesucht!»

«Heute nicht, das stimmt. Aber verdammt nochmal, es ist doch klar, dass derjenige, der das Blatt in Kostiks Tasche gelegt hat, dein Manuskript gelesen haben muss! Wer kann das Blatt genommen haben, wenn das Manuskript in Malachowka geblieben ist und Baturin es nur per Fax bekommen hat? Nur jemand, der dich damals dort besucht hat! Also Leonid, Verotschka, Allotschka, Valentina und Baturin, der allerdings nicht im Haus war und den niemand gesehen hat außer dem Nachbarn.»

Kira schaute ihn an. Sie sah verwirrt aus, so wie Tim, wenn Sergej versuchte, ihm eine Algebraaufgabe zu erklären und er sich große Mühe gab zu verstehen.

«Warum war Baturin da? Warum hat er nicht mit dir gesprochen, sondern nur draußen gestanden und geraucht und ist dann wieder weggefahren? Und Valentina? Wenn sie das Blatt genommen hat, dann hat sie also Kostik erschossen? Sie hat ihn doch kaum gekannt! Sie hat ihn höchstens zweimal im Leben gesehen! Oder wissen *wir* etwas über sie nicht? Und Lenotschka und Maschenka?»

«Allotschka und Verotschka.»

«Genau. Zwei junge Journalistinnen. Wer von den beiden könnte den Chef umgebracht haben? Warum? Weshalb? Der Einzige mit einem mehr oder weniger einleuchtenden Motiv ist Baturin.»

«Was für ein Motiv?»

«Der Posten.»

«Das ist kein Motiv.»

«Das ist ein Motiv. Du hast selbst gesagt, er wäre nie Chefredakteur geworden, wenn nicht ...»

«Er wäre woanders Chefredakteur geworden.»

«Vielleicht wollte er aber nicht woanders Chefredakteur sein, sondern unbedingt bei euch. Du weißt schließlich gar nichts über ihn, oder?»

Kira sah ihren Mann an. Ihren Exmann.

Sie wusste vieles über Grigori Baturin, weit mehr, als Kostik über ihn gewusst hatte, und natürlich mehr als Sergej, aber ihr war nicht ganz klar, ob sie dieses Wissen als Plus oder als Minus werten sollte.

Sergej trank den inzwischen kalten Kaffee in einem Zug aus.

«So viel sozusagen zur Redaktionsseite der Geschichte. Nun zum lokalen Aspekt.»

Er füllte den Wasserkocher und stellte ihn mit einem Schwung auf den Untersetzer. Das Wasser schwappte über und floss über die glänzende runde Fläche – das würde hässliche weiße Flecken geben, die Kira nicht ausstehen konnte.

«Der lokale Aspekt ist ebenfalls voller Merkwürdigkeiten und Überraschungen. Also, wir haben festgestellt, dass kein Fremder im Haus war, zumindest hat niemand einen gesehen. Nicht einmal Marja Semjonowna. Dennoch hatte Massja einen hysterischen Anfall, und die Wohnungstür der Nachbarn liegt genau gegenüber von unserer. Sag mal, bellt sie deinen … deinen Schnösel, bellt sie den auch an?»

«Sergej, hör auf.»

«Ich führe Ermittlungen», sagte er knapp. «Bellt sie ihn an oder nicht?»

«Nein, ich glaube nicht. Nur zu Anfang, dann nicht mehr.»

«Sie kennt ihn also», konstatierte Sergej. «Gut. Derjenige, der geschossen hat, wusste genau, dass niemand den Schuss hören würde, weil oben renoviert wird. Das spricht wieder für jemanden aus dem Haus. Aber alle, die ins Haus gehören, kennt Massja, die verbellt sie nicht. Nicht einmal deinen Schnösel. Also war es ein Fremder. Woher wusste ein Fremder von der Renovierung?»

«O mein Gott», murmelte Kira.

«Genau», stimmte Sergej ihr zu. «Warum behauptet Danila, er sei nicht zu Hause gewesen, obwohl er doch da war? Was für eine Verbindung kann es zwischen Kostik und Danila geben?»

«Keine.»

«Hör mal» – ihm fiel plötzlich etwas ein –, «wie spät ist es?»

«Neun.»

«Ich muss mit seiner Frau sprechen.»

«Mit wessen Frau?», fragte Kira erstaunt.

«Mit Danilas Frau. Ich gehe zu ihr.»

«Du hast mich bei den Nachbarn schon genug blamiert!», rief Kira, und ihre Augen füllten sich unvermittelt mit Tränen. Sie weinte selten, denn sie konnte Tränen nicht leiden und setzte sie schon gar nicht als strategische Waffe ein, und nun passierte ihr das an diesem Abend schon zum zweiten Mal!

«Ich blamiere dich nicht», erwiderte Sergej, «ich versuche, dich vor dem Gefängnis zu bewahren.»

«Scher dich zum Teufel», murmelte Kira.

«Ich bin in einer halben Stunde zurück», versprach er, als sei er nicht ihr Ex, sondern ihr Mann.

Und ging.

# 13

DER JEANSOVERALL BETONTE DEN akkurat runden Bauch eher, als ihn zu verbergen. Sergej vermutete, dass die Frau des Eishockeystars ihn auch gar nicht verbergen wollte, sondern im Gegenteil stolz darauf war und ihn sogar ein wenig zur Schau stellte.

Vor dreizehn, nein, vor fast vierzehn Jahren, als Tim in Kira wuchs, genierte sich eine Frau noch ihrer Schwangerschaft.

Na ja, sie schämte sich nicht direkt, aber es war ihr doch irgendwie peinlich. Kira hatte lange Pullover getragen und war furchtbar stolz darauf gewesen, dass man ihr bis fast zum neunten Monat ihre «Umstände» nicht ansah.

«Ein Junge», informierte Lenka ihn zum dritten Mal in sieben Minuten, «komisch, alle meine Freundinnen wollten lieber ein Mädchen, aber ich freue mich so, dass es ein Junge wird! Auch Danila freut sich sehr.»

Kira hielt immer ein wenig Distanz – zu Nachbarn, Kollegen, Mitreisenden im Flugzeug. Sergej war kontaktfreudiger, was er nun zum ersten Mal im Leben bedauerte.

Die Frau des Eishockeystars schien überzeugt zu sein, dass Sergej aus dem einzigen Grund bei ihr war, um sich über ihr künftiges Kind, ihren Mann und über das Ehepaar Puchow überhaupt zu freuen sowie darüber, dass er, Sergej, an ihrem Glück teilhaben durfte.

«Ich trinke nur noch grünen Tee. Einen speziellen grünen Tee für Schwangere. Danila lässt ihn extra aus China kommen. Der aus Ceylon soll ja auch nicht schlecht sein, aber Ceylon ist noch weiter weg als China.»

«Sri Lanka», korrigierte Sergej automatisch.

«Sri Lanka?»

«Seit der Unabhängigkeit heißt Ceylon Sri Lanka. Ceylon haben es die Engländer genannt. Die Kolonialherren.»

«Ach ja?», fragte Lenka erstaunt. «Möchtest du?»

«Was?»

«Grünen Tee!»

Sergej wollte keinen grünen Tee für Schwangere. Er wollte Kiras Büchsenkaffee.

«Wie geht es Kira? Wir fahren bald wieder, Danila hat Angst, er sagt, wir müssen jetzt gleich zurück, nicht erst eine Woche vor der Entbindung. Dabei hab ich Kira nur einmal gesehen! Sie ist ja so eine Respektsperson geworden! Sie arbeitet, ja?»

«Ja. Lenka ...»

«Ich nicht. Weißt du, ich hab überhaupt keine Lust, arbeiten zu gehen! Also arbeite ich nicht. Danila sagt, Hauptsache, ich bin zu Hause, wenn er kommt, Arbeit sei nicht so wichtig. Er hat auch schon eine Kinderfrau gefunden!», prahlte sie und berührte ihren Jeansbauch, als wolle sie nachprüfen, ob er noch da war. War er.

Warum erwähnte sie mit keinem Wort den gestrigen Vorfall? Es konnte ihr doch kaum gleichgültig sein, dass in ihrem Treppenhaus gestern eine Leiche gefunden worden war. Danila hatte zu Sergej gesagt, Lenka sei «zu Tode erschrocken» gewesen und habe ihn heute früh gar nicht aus dem Haus gehen lassen wollen, und nun zwitscherte sie munter wie ein Paradiesvogel, obwohl sie genau wusste, dass Sergej sozusagen ein Beteiligter des Dramas war und Kira quasi die Hauptperson.

«Lenka, ich habe heute Morgen Danila getroffen ...»

«Ja?», unterbrach sie ihn freudig. «Er hat schon nach dir gefragt, Marja Semjonowna hat ihm erzählt, dass ihr geschieden seid, du und Kira. Wir haben uns schon gedacht, dass sie spinnt.»

«Wir sind wirklich geschieden. Seit über einem Jahr.»

«Ihr seid ja verrückt!», rief Lenka enttäuscht. «Nein, im Ernst! Wenn ich mir vorstelle, Danila und ich könnten uns mal scheiden lassen!»

Tränen traten ihr in die Augen, und Sergej sagte rasch: «Lenka, bei euch geht bestimmt alles gut. Ihr seid doch nicht so blöd wie Kira und ich! Ich wollte dich etwas fragen.»

«Was denn?» Sie rieb sich die Augen wie ein kleines Kind und strahlte wieder, als hätte sie nicht eben gerade heulen wollen.

«Hast du gestern ... bevor ... bevor das alles passiert ist, hast du da irgendjemanden gesehen? Im Treppenhaus oder vielleicht vom Fenster aus?»

Lenka Puchowa, ganz mit sich, ihrem Eishockeystar und ihrem künftigen Kind beschäftigt, erstarrte auf einmal zu Eis.

Nanu – was hatte das zu bedeuten?

«Ich ... ich habe nichts gesehen», heuchelte sie. «Was soll ich denn gesehen haben?»

«Das weiß ich nicht», erwiderte Sergej, «vielleicht einen Fremden?»

«Nein», antwortete sie entschieden, «ich habe niemanden gesehen. Wieso fragst du?»

«Na ja, Kostik war Kiras Chef, die Sache nimmt sie sehr mit, sie weint sogar. Ich möchte herausfinden, wer ihn getötet haben kann.»

«Gar nichts wirst du herausfinden!», rief Lenka, und ihre Stimme verriet eindeutig Verzweiflung. «Ich habe nichts gesehen, überhaupt nichts! Und niemanden!»

«Wirklich niemanden?», hakte Sergej vorsichtig nach.

«Nein», schrie sie hysterisch, «niemanden!»

Sie trank ihren grünen Tee für Schwangere in kleinen Schlucken und stellte die Tasse klirrend auf die Untertasse.

«Was ist?», fragte sie Sergej. «Was siehst du mich so an? Ich sage doch, ich habe nichts und niemanden gesehen! Ich habe im Bett gelegen und geschlafen! Schluss, aus!»

«Und Danila war nicht hier?»

«Als Danila kam, wimmelte es hier schon von Milizionären, auf der Treppe, unten und überall! Ich war furchtbar erschrocken! Er ist gekommen und hat mich beruhigt!»

«Lenka», fragte Sergej sanft, «was ist passiert?»

«Nichts ist passiert», erwiderte sie mit falschem Unterton. «Es ist alles in Ordnung. Wieso?»

«Und den Schuss hast du auch nicht gehört?», erkundigte sich Sergej.

«Nein! Ich habe überhaupt nichts gehört!»

«Und aus dem Fenster gesehen hast du auch nicht?»

«Da habe ich nur eure Valentina gesehen!», schrie Lenka verzweifelt. «Sonst keinen! Sie kam rausgestürmt und rannte zur Metro. Lass mich doch in Ruhe!»

Lenka war wegen Kostiks Tod genauso nervös wie Kira. Wieso?

«Sergej», bat Lenka dumpf, «ich muss mich jetzt hinlegen. Entschuldige.»

Ihre Stimme, ihre ganze Haltung wirkte unnatürlich, und Sergej verabschiedete sich hastig.

Er musste unbedingt noch die Kinderfrau aufsuchen, die am Abend mit dem Kind auf den Spielplatz gegangen war.

«Woher soll ich wissen, was Sie wollen», antwortete eine Stimme hinter der Kette unfreundlich. Sergej sah nur ein Auge, das in der Dunkelheit des Flurs leuchtete wie das eines Lustmörders in einem Horrorfilm. «Gehen Sie lieber weg, bevor ich die Miliz rufe!»

«Ich bin Sergej Litwinow aus dem vierten Stock, aus Wohnung zwölf, ich wollte nur fragen …»

«Wir wissen nichts! Wenn die Wohnungsinhaberin wiederkommt, dann können Sie …»

«Aber von der will ich gar nichts!»

«Sondern?»

«Wassja!» rief eine Kinderstimme. «Wassja, Wassja!»

«Sehen Sie, während Sie hier mit mir herumstreiten, hat Ihr Kind seinen Kater verloren. Nun wird es nicht schlafen. Wir hätten längst fertig sein können, dann wäre ich schon wieder weg.»

«Wassja bin ich», teilte die Stimme finster mit. «Na schön. Kommen Sie rein. Aber ich hab ein Betäubungsspray hier. Also bitte keine Dummheiten.»

«Wassja!», rief die Stimme noch einmal, nun ganz in der Nähe. «Was machst du? Gehst du weg?»

«Hallo», grüßte Sergej und versuchte zu erkennen, wer da nach Wassja rief. «Wer bist du?»

«Ich bin Fedot. Fedot Schubin. Und du?»

«Ich bin Sergej Litwinow. Wir wohnen im vierten Stock.»

«Ach, ich weiß», erklärte Fedot Schubin, «deine Mama heißt Kira. Sie kommt meine Mama manchmal besuchen. Sie sagt, das nennt man eine rauchen.»

«Sie ist nicht meine Mama», widersprach Sergej, «sie ist meine Frau.»

«Ich habe keine Frau», erklärte Fedot Schubin.

Endlich konnte Sergej ihn sehen. Er war ungefähr fünf – rosa Wangen, dralle Händchen, blanke Augen und helles Haar. Auf seinem Pyjamabauch prangte Winnie Pooh mit einem Honigfass und auf dem Po – das erkannte er, als Fedot sich umdrehte – der Esel Iah, der auf dem Kopf stand.

«Willst du eine rauchen?»

«Nein, ich rauche nicht.»

«Ich auch nicht», sagte Fedot, «ich bin noch zu klein. Willst du zu Wassja?»

«Warum nennst du sie Wassja?»

«Weil sie so heißt», erwiderte Fedot verständnislos.

«Wassilissa», stellte sich die Kinderfrau mürrisch vor.

«Meine Mama ist in Paris. Sie hat dort zu tun. Sie bringt mir was mit von dort. Und Wassja auch. Wir haben es ihr auf einen Zettel geschrieben und in den Koffer gelegt, damit sie nicht vergisst, was wir haben wollen.»

«Fedot, du sollst doch schlafen gehen.»

«Ich will aber hier bleiben!»

«Was wollen Sie?», fragte Wassja. «Das Kind muss ins Bett!»

«Ich wollte fragen ... Gestern, als Sie rausgegangen sind, haben Sie da im Treppenhaus jemanden gesehen?»

«Sie reden von dem Mord, ja?», fragte Wassja verächtlich. «Ich habe nichts und niemanden gesehen.»

«Überhaupt nichts?»

«Aber wir haben doch gesehen, wie sie sich unterhalten haben», mischte sich Fedot ein, griff nach der knochigen Hand der Kinderfrau und schwang sie hin und her. «Du hast zu mir gesagt, man muss immer guten Tag sagen!»

«Wer – sie?»

«Niemand», knurrte die Alte. «Wenn ich was sage, machen Sie womöglich einem guten Menschen das Leben zur Hölle!»

«Herrgott nochmal!» Sergej wurde wütend. Das sagte seine Schwiegermutter immer, wenn sie sich ärgerte oder etwas nicht verstand. «Wer macht jemandem das Leben zur Hölle? Wem?»

«Einem guten Menschen. Das hat mit der Sache nichts zu tun.»

«Herrgott nochmal», klagte Sergej, «was hat nichts damit zu tun?»

«Du sollst doch nicht schimpfen», sagte Fedot tadelnd und hüpfte auf einem Bein um Wassja herum.

«Hören Sie», sagte Sergej schnell, «Kostik, der Mann, der getötet wurde, ist der Chef meiner Frau. Und ihr Freund. Die Miliz glaubt, sie hätte ihn umgebracht, aber das ist Quatsch! Helfen Sie mir bitte. Wen haben Sie gesehen? Wer hat sich unterhalten? Wer ist ein guter Mensch?»

«Der Tote hat sich unterhalten», knurrte Wassja, «im zweiten Stock. Mit Lenka, der Frau des Eishockeyspielers. Worüber, weiß ich nicht, sie haben nicht weitergeredet, als wir vorbeikamen. Lenka hat gegrüßt, ihre Augen … Jedenfalls, sie hat geweint und uns nicht angesehen. Wir sind vorbeigegangen, und das war's. Sonst haben wir niemanden gesehen.»

Sergej hatte so etwas erwartet, fühlte sich aber trotzdem, als habe ihm jemand einen Bottich voller Kröten vor die Füße gekippt.

«Und wann sind Sie zurückgekommen?»

«Tja, wie lange waren wir draußen? Vielleicht zwanzig Minuten. Fedot wollte unbedingt einen Sandturm bauen und einen Zaubervers sprechen, damit daraus ein Schloss wird. Also sind wir den Turm bauen gegangen.»

«Und, ist das Schloss was geworden?»

«Nee», antwortete Fedot, «ein Auto ist drübergefahren. Über den ganzen Turm.»

«Aber das habe ich nur Ihnen erzählt, das erzähle ich keinem sonst», erklärte Wassja resolut. «Ich habe nichts gesehen und weiß nichts. Wenn Veronika aus Paris zurück ist, sollen sie die fragen, ich bin hier fremd. Ich arbeite hier nur.»

«Wassja, ich hab Hunger!»

«Du hast doch gerade gegessen!»

«Ich hab aber wieder Hunger.»

«Während Sie den Turm gebaut haben, ist da jemand aus dem Haus gekommen?»

Wassja seufzte ärgerlich.

«Valentina, sonst niemand. Die Haushälterin aus dem vierten Stock. Also Ihre, wenn Sie Kiras Mann sind.»

Valentina?

«So, Schluss jetzt», verkündete Wassja, die Sergejs Reaktion genau registriert hatte, «auf Wiedersehen. Wir müssen Teewasser aufsetzen. Wir haben noch Hunger.»

«Wassja hat Quarkkuchen gebacken», prahlte Fedot, «ich hab nur die Hälfte geschafft. Die andere Hälfte esse ich jetzt.»

«Ganz bestimmt Valentina?»

«Ich bin noch nicht nachtblind», erwiderte Wassja giftig, «auf Wiedersehen.»

«Auf Wiedersehen», murmelte Sergej.

# 14

ALLOTSCHKA BLIEB FEIGE BIS halb zehn an ihrem Arbeitsplatz sitzen. Sie hoffte, dass Ljoscha Balabanow nicht so lange auf sie warten würde.

Zu tun gab es um diese Zeit absolut nichts mehr. Alle Bildunterschriften zu den Fotos hatte sie bereits bei Magda abgeliefert, nachdem sie sie zuvor noch einmal gründlich überprüft hatte. Ihrer Meinung nach war alles in Ordnung. Kostik hieß nirgends Modest mit Vornamen und die Zeitschrift auch nicht «Der Mauskauer».

«Na also», lobte Magda, als sei Allotschka ein Down-Kind, das doch noch das Alphabet gelernt hatte, «prima! Sie können doch, wenn Sie wollen!»

Gleich anschließend rief Allotschka ihre Mutter an, um das Schaschlikessen abzusagen. Die Mutter war enttäuscht, ärgerlich und besorgt und versprach, einen Fahrer mit einem Topf Suppe vorbeizuschicken.

Dann kam Verotschka und brüstete sich mit ihrem «Material». Natürlich hatte sie nicht nur lächerliche Bildunterschriften, sondern einen ganz passablen Artikel darüber, wie sie bei Kostik journalistische Unbestechlichkeit, eine flotte Schreibe und den Sinn für Humor gelernt habe.

«Kann man denn den Sinn für Humor lernen?», fragte Allotschka leise. Komisch, was wollte diese Verotschka eigentlich bei ihr? Sie kannten sich doch kaum und hatten erst neulich im Flur zum ersten Mal ein paar Worte gewechselt. Aber es war kaum noch jemand in der Redaktion, und Verotschka wollte vermutlich einfach ein bisschen angeben.

«Ich fahre jetzt zu Kira», erklärte Verotschka und reckte sich.

«Jetzt noch?», fragte Allotschka erstaunt, denn sie hatte ganz bestimmte Vorstellungen von Hierarchie und den Umgang mit ihr. «Vielleicht wartest du lieber bis morgen früh …»

«Morgen früh muss das in Druck!», fauchte Verotschka. «Soll sie es vorher durchsehen, dann kann ich, wenn nötig, noch was ändern. Kira ist zwar ein elendes Miststück, aber solange sie mein Chef ist und nicht umgekehrt, muss ich mich eben anpassen.»

«Ein Miststück – wieso?», fragte Allotschka. Sie mochte Kira – sie fand, sie hatte Stil, war zurückhaltend und selbstbewusst. Auch ihren Sohn mochte sie. Er war einmal in die Redaktion gekommen und hatte mit kindlichem Bass aus dem Büro nach seiner Mutter gebrüllt. Allotschka fand das rührend.

«Weil sie ein Miststück ist», erwiderte Verotschka überzeugt. «Wer hat denn wohl Kostik umgebracht? Das war doch sie!»

Allotschka wusste genau, dass es *auf keinen Fall* Kira gewesen sein konnte, die Kostik getötet hatte.

«Warum?»

«Warum sie ihn umgebracht hat?» Verotschka sprang vom Tisch und stellte sich vor den Spiegel. «Weil er ihr Liebhaber war. Du bist ja noch nicht lange hier, du hast keine Ahnung! Unser Kostik hat sie alle geliebt! Auch sie, aber dann hat er sie verlassen. Na ja, und da hat sie offenbar beschlossen, ihn …» Verotschka hielt kurz inne, um sich ein unsichtbares Härchen von der Oberlippe zu zupfen. «Zu erschießen. Sie hat ihn zu sich eingeladen, ihm aufgelauert, und dann – peng!»

«Und vorher hat sie ihm ihren eigenen Drohbrief in die Aktentasche gelegt?»

«Sie muss ja nicht gewusst haben, dass der in Kostiks Tasche lag. Vielleicht hat sie gedacht, er würde ihre Drohbriefe verbrennen. Aber einen hat er eben nicht verbrannt!»

«Ziemlich blöd, Drohbriefe eigenhändig zu verfassen, wenn man sie auf der Schreibmaschine oder auf dem Computer tippen kann», bemerkte Allotschka.

Ob Ljoscha Balabanow, dieser abstoßende Don Juan der Redaktion, wohl schon seiner Wege gegangen war oder immer noch auf sie wartete? Allotschka wollte ihm auf keinen Fall begegnen. Sie sah zur Uhr und seufzte. Sie könnte längst mit ihren Eltern in der «Arche Noah» sitzen und Schaschlik essen, das nirgendwo so gut war wie dort, und ihr Vater würde sie trösten. In seiner Gegenwart wurden alle Sorgen unbedeutend, klein und nichtig.

«Jetzt wird dieser Lahme hier der Chef», erklärte Verotschka und wandte sich vom Spiegel ab. «Schon gehört?»

Allotschka zuckte die Achseln. Sie vermied es sorgsam, an Baturin zu denken.

«Mal sehen, wie man am besten an ihn rankommt.» Verotschka warf noch einmal einen Blick auf ihr Spiegelbild. «Wie findest du ihn?»

«Wie meinst du das?»

«Mein Gott, natürlich nicht als Mann! In der Hinsicht ist mit ihm nichts los. Lauter Komplexe, und dann auch noch das lahme Bein!»

«Das Bein tut doch nichts zur Sache!», entgegnete Allotschka, die das Gefühl hatte, Baturin verteidigen zu müssen. «Er ist sehr sympathisch. Und ein sehr guter Journalist, finde ich.»

«Sympathisch!», schrie Verotschka, als habe Allotschka eine afrikanische Warzenkröte als sympathisch bezeichnet. «Spinnst du? Allein wie er guckt – wie ein wildes Tier! Ich hab echt keine Ahnung, was ich mit ihm machen soll.»

«Was willst du denn mit ihm machen?»

«Na, man muss sich doch irgendwie arrangieren! Mit Kostik hab ich gleich geschlafen, und er hat mir sofort eine anständige Stelle gegeben, aber mit Baturin – nein, das kann ich nicht! Mir wird schon von seinem Anblick übel.»

Nun war Allotschka endgültig gekränkt.

Sieh an, sie kann nicht mit ihm schlafen! Vielleicht will er auch gar nicht? Es gibt schließlich noch Männer, die eine Frau nicht gleich ins Bett zerren, selbst wenn sie es ihnen so dreist anbietet wie diese Verotschka!

«Kira kommt in den Knast, also wird Baturin Chefredakteur. Die blöde Gans hat heute noch Nikolajew vorgeschwärmt, wie klug Baturin sei und wie toll! Vielleicht hätte Nikolajew sonst sie zum Chef gemacht!»

«Vielleicht will sie das gar nicht?»

«Sie will nicht Chefredakteur werden?», fragte Verotschka ungläubig. «Quatsch, sie ist bloß ziemlich clever! Du siehst ja, sie hat es keinem erzählt, dass sie was mit Kostik hatte! Sie hält sich schön zurück.»

«Sie kommt doch sowieso in den Knast», bemerkte Allotschka düster, «sagst du ja selber. Also wird sie auf keinen Fall Chef.»

«Wenn Nikolajew sie ernannt hätte, würde man sie vielleicht nicht einsperren. Aus Angst. Erkundige dich doch mal bei deinem Papa, wie die so denken!»

«Wer?»

«Alle. Die da oben.»

Mein Vater hat damit gar nichts zu tun, wollte Allotschka antworten. Ich werde ihn überhaupt nichts fragen, denn ich bin ich, ich will und werde so leben, wie es mir passt, ich werde diese verdammte Karriere machen und mein eigenes Geld verdienen, ich werde heiraten, wen ich will, und Vater wird mich weder daran hindern noch mich dabei unterstützen. So ist er nun mal.

Doch sie schwieg. Sinnlos, das ausgerechnet dieser Verotschka zu erzählen, sie würde es ohnehin nicht glauben. Sie hatte mit Kostik geschlafen und konnte sich nun nicht überwinden, mit Baturin zu schlafen, und jetzt wollte sie zu Kira und ihren Artikel mit ihr abstimmen, obwohl sie Kira für eine Mörderin hielt.

«Nimmst du mich mit?», fragte Verotschka. «Ein tolles Auto hast du – Wahnsinn! Schön, wenn man einen reichen Papa hat!»

«Meinetwegen», willigte Allotschka ein.

Inzwischen war es schon nach halb zehn, und Allotschka fühlte sich wie überraschend aus der Gefangenschaft befreit – wie früher, wenn die Musiklehrerin nicht kam und sie plötzlich machen konnte, was sie wollte.

Ihr Auto blinkte sie von weitem mit seinen Scheinwerfern an, als sie es öffnete, und Allotschka lächelte, denn sie freute sich, dass sie nun nach Hause fahren würde; sie konnte sogar noch kurz bei den Eltern vorbeischauen.

Doch plötzlich erhob sich von einer Bank, die von der langen Kühlerhaube verdeckt war, Ljoscha Balabanow. Er lächelte. Allotschka stockte das Herz, ihre Hände wurden feucht.

«Sag bloß», fragte Ljoscha zärtlich, «du hast mich vergessen? Ich warte und warte, und du treibst dich rum!»

In seinen Augen flackerte Irrsinn. Echter Psychopathenirrsinn.

«Verotschka, meine Liebe, entschuldige! Wir haben ein Rendezvous. Sie hat sich nur geniert, es dir zu sagen.»

«Wir haben kein Rendezvous!», schrie Allotschka. Verotschka blieb unentschlossen stehen.

«Aber ja doch. Steig ein, Süße. Komm schon», lockte Ljoscha.

«Ich fahre nirgendwohin mit dir.»

«Aber ich mit dir. Steig ein, nun mach schon!»

Allotschka blickte sich verzweifelt nach allen Seiten um. Außer Ljoscha, Verotschka und ihr war fast niemand mehr auf dem Parkplatz. Hinter der gläsernen Eingangstür der Redaktion liefen zwar träge Wachleute herum, aber was sollte sie tun? Laut schreien? Einen Krach vom Zaun brechen? Das würde ihr kaum helfen, wenn Ljoscha ihnen einfach erklärte, sie hätten ein Rendezvous und «Die Süße ist bloß sauer».

«Ljoscha», sagte sie, mit aller Kraft bemüht, ihn von ihrer Entschlossenheit zu überzeugen. «Ich will mit dir nirgendwohin fahren. Ich muss nach Hause. Lass mich bitte vorbei.»

«Ich fahre auch gern mit dir nach Hause.» Ljoscha nahm einen tiefen Schluck aus einer Bierflasche. «Wir haben doch heute Vormittag alles verabredet.»

«Ich gehe dann mal», verabschiedete sich Allotschkas letzte Hoffnung, «tschüs, Kinder!»

«Nein, Verotschka, bleib hier!»

«Geh nur, geh. Du siehst ja, sie ziert sich bloß!»

«So», zischte Ljoscha und blickte Verotschka nach, «steig ein, du Miststück. Du brauchst dich gar nicht so umzusehen, es ist längst keiner mehr da. Oder hoffst du immer noch auf Papas Bodyguards? Jetzt hör mir mal zu. Du wirst tun, was ich dir sage, und zu deinem Papa kein Wort. Solche Schlampen wie dich hab ich schon zu Dutzenden gehabt, und wenn du mich bei ihm verpfeifst, dann mach ich dich alle. Da helfen dir auch keine Bodyguards.»

Er holte eine Spritze mit einer langen Plastikhülse über der Nadel aus der Tasche und hielt sie Allotschka unter die Nase.

«Einen Piks hiermit, meine Süße, und du winselst vor Begeisterung und flehst mich an, dich zu vögeln. Und ein kleines bisschen mehr, und das süße kleine Mädchen geht schnurstracks ab zum lieben Gott. So einfach ist das.»

Allotschka starrte die Spritze entsetzt an.

«Los, steig ein. Eine falsche Bewegung, und ...»

Allotschka schluckte mühsam.

«Du hättest eben nicht die Königin mimen sollen», zischte Ljoscha, «und mich nicht wie Dreck behandeln. Du denkst wohl, bloß weil dein Vater Millionär ist, kannst du dir alles erlauben, ja? Da darfst du dir an allen die Füße abputzen, ja? Das wird dir eine Lehre sein. Du wirst noch auf Knien vor mir rutschen.»

Allotschka zitterte jetzt.

«Steig ein, du hysterische Zicke», befahl Ljoscha und packte sie am Mantel.

Plötzlich erwachte Allotschka aus ihrer Erstarrung und versuchte sich loszureißen, doch Ljoscha stieß sie vorwärts, zum Auto. Sie umklammerte unbeholfen ihre Tasche und wich zurück, damit er sie nicht ins Auto stoßen konnte.

«Was geht hier vor? Ljoscha, was soll das?»

Ljoscha blinzelte und verwandelte sich im Bruchteil einer Sekunde in einen anderen Menschen. Der Psychopathenirrsinn in seinem Blick war wie weggeblasen. Die flackernden Augen blickten wieder ruhig, sein Mund war nicht mehr schief verzerrt.

«Nichts, Grigori Alexejewitsch. Wir haben uns heute Vormittag ein bisschen gezankt und machen jetzt weiter», sagte er ganz im Ton eines braven Burschen, der gar nicht versteht, warum die Liebste sauer ist.

Baturin seufzte, und Allotschka fürchtete, er würde gleich gehen.

«Nein!», schrie sie.

Baturin sah sie überrascht an. Auch Ljoscha Balabanow reagierte aufrichtig erstaunt. In ihrer Verzweiflung packte Allotschka Baturin an seiner Lederjacke.

«Grigori Alexejewitsch!»

«Komm, fahren wir endlich», sagte Ljoscha sanft, «aber nicht so rasen, ja?»

Baturin verlagerte sein Standbein, stützte sich auf seinen Stock und blieb stehen.

Allotschka ließ seine Jacke los, rannte um ihr Auto herum, schleuderte ihre Tasche hinein und sprang hinters Steuer.

«Auf Wiedersehen», verabschiedete sich Ljoscha betont höflich. Allotschka drehte den Zündschlüssel herum, trat aufs Gaspedal, setzte so heftig zurück, dass sie den verhassten Ljoscha beinahe umgefahren hätte, und jagte vom Parkplatz.

«Sie rast immer so furchtbar», sagte Ljoscha freundlich zu Baturin und nahm noch einen Schluck aus seiner Bierflasche. «So, ich gehe dann, Grigori Alexejewitsch, ja?»

Baturin schwieg.

Irgendetwas störte ihn an der Szene, die er eben beobachtet hatte. Sie passte nicht recht ins Schema «Streit eines Liebespaares». Er hätte wetten können, dass Allotschka zu Tode erschrocken war, dieses dunkelhaarige langbeinige Mädchen mit der Brille. Irgendwas stimmt hier nicht, entschied Baturin. Das muss ich im Auge behalten.

Als er bereits um die Ecke verschwunden war, hinter der sein Auto stand, schleuderte Ljoscha ihm die leere Bierflasche nach. Sie zerschellte splitternd auf dem Asphalt.

# 15

KIRA ÖFFNETE DIE TÜR. Sie hatte erwartet, dass Sergej von seinen Privatermittlungen zurück sei, und war sehr erstaunt, als stattdessen Verotschka vor ihr stand.

«Kira!», rief Verotschka. In ihren Augen glänzte feuchtes Mitgefühl. «Entschuldige, dass ich dich so spät noch überfalle, aber ich konnte nicht anders!»

«Wer ist da, Mama?», rief Tim aus der Küche.

«Das ist für mich!», rief Kira zurück.

«Nur fünf Minuten, Kira. Ich muss dir unbedingt zeigen … na ja, was ich heute geschrieben habe. In der Redaktion war ja heute an dich kein Rankommen. Die ganze Zeit war die Miliz bei dir und noch irgendwer …»

«Tag», sagte Tim in seinem tiefsten Bass. «Mama, wo ist Papa?»

«Er redet mit den Nachbarn. Er kommt gleich. Komm doch rein, Verotschka.»

«Habt ihr ohne mich Tee getrunken?»

«Wir haben Kaffee getrunken.»

«Und was ist mit Tee?»

«Papa kommt gleich wieder, dann trinken wir Tee.»

«Bestimmt?»

«Tim, hör jetzt auf. Verotschka, möchtest du vielleicht einen Tee?»

«Nein, nein! Ich muss gleich nach Hause. Ich wollte dir nur meinen Artikel zeigen, vielleicht muss ja was geändert werden, und das wird morgen früh zu knapp.»

Das war ja interessant. Verotschka war schon öfter bei Kira gewesen, doch da war keine Rede von einem Papa gewesen. Wo kam der plötzlich her? War ihr Exmann etwa zurückgekehrt? Oder hatte sie einen Neuen?

«Komm rein», lud Kira sie ein und rieb sich den Hinterkopf. Da drinnen fühlte es sich kalt und bleiern an. Und nun auch noch Verotschka! Tauchte hier mitten in der Nacht auf – als hätte Kira heute nicht genug um die Ohren gehabt.

«Zeig her, was du hast.»

Verotschka reichte ihr drei Blätter und setzte sich hin, den Blick demütig gesenkt. Sie glaubte, Kira gefalle es besonders, wenn Untergebene eine unterwürfige Haltung einnahmen.

Kira las sehr aufmerksam, einige Stellen sogar mehrmals. Der lange Haarschopf fiel ihr ins Gesicht, und Kira schob ihn ungeduldig hinters Ohr zurück, wobei ihre Armreife klapperten.

Wie schaffte es diese Kira bloß so mühelos zu sein, wie sie war? Es war bald elf, eine Kollegin überfiel sie ohne Vorwarnung zu Hause, den ganzen Tag hatte die Miliz sie durch die Mangel gedreht, dann war sie noch mit dem Lahmen bei Kostiks Eltern gewesen, aber sie sah aus, als hätte sie den ganzen Tag in einem Schönheitssalon verbracht – woher kam nur dieser unnachahmliche Glanz? Eine Welle von Hass durchflutete Verotschka.

Sie wischte sich unauffällig die feuchten Hände an ihrem Rock ab und blickte sich um.

Jedes Mal, wenn sie hier war, nahm sie alles gierig in sich auf, versuchte, sich alles einzuprägen, es sich gewissermaßen einzuverleiben. Die Wohnung war nicht sehr groß, aber überall war dieselbe Klasse zu spüren, die auch Kira selbst ausstrahlte. Geometrische Linien, Kontrastfarben, die wenigen Möbel praktisch, teuer und farblich aufeinander abgestimmt.

«Na ja», sagte Kira zurückhaltend, «es gefällt mir ehrlich gesagt nicht besonders, ich mag diesen rührseligen Ton prinzipiell nicht. Aber hier ist er ganz passend. Nimm nur raus, dass du bei ihm den Sinn für Humor gelernt hast. Den hat man oder nicht, das kann man nicht lernen. Kostik hatte ihn übrigens gar nicht.»

Verotschka war tief beleidigt. Diese Kränkung war wie ein Mückenstich. Dieses Pferdegesicht Allotschka, dieses Bankierstöchterchen! Ob Ljoscha wohl mit ihr fertig geworden war oder sie sich noch immer zierte? Die dumme Kuh hatte dasselbe gesagt.

«Und das hier noch. Diesen Absatz. Den würde ich streichen.»

«Gut», stimmte Verotschka bereitwillig zu, «selbstverständlich.»

«Guten Abend», sagte eine tiefe spöttische Stimme, «willst du einen Rekord aufstellen? Der längste Arbeitstag in der Geschichte eures Magazins?»

«Mein Mann», stellte Kira vor, ohne den Blick von Verotschkas Artikel zu lösen. «Sergej Litwinow. Sergej, das ist Verotschka Leschtschenko aus der Redaktion.»

«Guten Tag», sagte Verotschka und lächelte strahlend, aber bewusst nicht provozierend.

«Guten Tag.»

Was fand Kira nur an dem? Er war lang, dünn und gebeugt. Dunkles Haar und aufmerksame Vogelaugen. Na, immerhin waren Brille, Jeans und Pullover teuer und hatten Stil, das versöhnte ein wenig mit seiner Unscheinbarkeit.

Nein, Verotschka konnte nicht verstehen, wie man sich so einen zum Heiraten aussuchen konnte. Kostik – ja, das war ein Mann gewesen! Allein bei seinem Anblick – fröhliche Augen, schneeweiße Zähne, Alpenbräune, blondes Haar – wollte man schnurren und sich genüsslich an seinem Bein reiben.

Aber der hier? Das sollte der Richtige sein für eine Schönheit wie Kira? Übrigens würde sie ja ohnehin ins Gefängnis wandern, da brauchte sie auch keinen Mann mehr. Ob er sich dann wohl gleich scheiden ließ oder ob er den Edelmütigen spielen würde?

«Wir haben uns noch nie gesehen», sagte Sergej zu ihr. «Sie waren mal auf unserer Datscha, nicht?»

«Ich glaube … Ja, stimmt, war ich. Ich habe Kira einen Artikel gebracht. Waren Sie auch dort?»

«Ja», bestätigte Sergej, «aber ein anderes Mal.»

«Kira ging es nicht gut, da haben wir ihr alle Artikel auf die Datscha gebracht, sie schrieb gerade an einem Artikel über Krimis», plapperte Verotschka los. «Sogar Leonid, der normalerweise nie irgendwohin fährt, der tagelang in der Redaktion hockt, sogar der ist zu Kira gefahren! Denn ohne Kira …»

Irgendwo in der Wohnung fiel laut polternd etwas zu Boden.

«Was ist denn jetzt los, mein Gott!»

Kira stand rasch von dem niedrigen Tischchen auf und rannte in den Flur, ihr Mann hinterher. Verotschka sah ihnen nach.

Es war nichts weiter passiert. Verotschkas Plastiktüte

mit Papieren und Lebensmitteln war von der Garderobe gefallen. Sie hatte ganz oben gelegen.

«Verotschka», rief Kira beim Anblick des auf dem Boden herumliegenden Inhalts der Tüte, «du hast hier ein Problem!»

«Ach du meine Güte!», rief Verotschka, kam mit einiger Verzögerung in den Flur gelaufen, hockte sich hin und sammelte hastig alles wieder ein. «Entschuldigt bitte!»

«Halb so schlimm», sagte Kira.

Als alles wieder in der Tüte war, begriff Verotschka nach einem Blick auf Kira, die mitten im Flur stand, dass die Audienz hiermit beendet war. Sie zog sich rasch an, wobei Kiras Mann übrigens keinen Finger rührte, um ihr den Mantel zu reichen, und verabschiedete sich.

«Mann, die stinkt aber!», rief Tim aus dem Wohnzimmer, sobald sich die Tür hinter der Besucherin geschlossen hatte. «Mir ist schon ganz übel.»

«Sie stinkt nicht, sie parfümiert sich nur sehr stark», korrigierte ihn Kira.

«Na klaro stinkt sie», gab Sergej dem Sohn Recht, «mach mal das Fenster auf, Kira.»

Kira fühlte sich sehr, sehr müde. Womit hatte sie das nur verdient? Nicht genug, dass er alle Nachbarn abgeklappert und sie damit in eine unmögliche Lage gebracht hatte, nun musste auch noch Verotschka hier auftauchen, ausgerechnet jetzt, wo ihr Mann beschlossen hatte, sich wieder hier niederzulassen! Kira konnte sich lebhaft vorstellen, was morgen neben dem Mord am armen Kostik Redaktionsgespräch sein würde. Ihr Privatleben nämlich.

«Fedot Schubin und seine Kinderfrau Wassja haben gestern gesehen, dass Lenka Puchowa sich im zweiten Stock mit Kostik unterhalten hat», sagte Sergej in sachlichem Ton. «Dabei hat sie geweint und sich von Wassja und Fedot abgewandt.»

Die Zigarettenschachtel fiel aus Kiras Hand. Die Zigaretten rollten unter den Tisch und unters Sofa.

«Lenka Puchowa sagt, sie hätte den ganzen Abend geschlafen und niemanden gesehen außer unserer Valentina, die offenbar aus dem Haus gestürzt kam und zur Metro rannte. Auch Wassja und Fedot haben Valentina gesehen, als sie im Sandkasten einen Turm bauten. Das ist alles.»

«Was ist alles?»

«Mehr habe ich nicht herausgefunden.»

Kira griff sich an die kühlen Wangen – sie hatte ganz vergessen, dass sie eigentlich rauchen wollte.

«Sergej, das kann doch nicht sein … Als Kostik getötet wurde, war Valentina doch längst weg.»

«Eben.»

«Was?»

Sergej kniete sich auf den Fußboden und kroch um den Tisch herum, um die Zigaretten einzusammeln.

«Papa», fragte Tim vorsichtig, «meinst du etwa, Valentina hat ihn … umgebracht?»

Sergej kroch unter dem Sofa hervor und schüttete die Zigaretten auf den Tisch; sie landeten mit einem angenehm gedämpften, ganz leisen Prasseln.

«Ich weiß nicht», erwiderte er ehrlich, «ich habe keine Ahnung.»

«Sergej!» Kira trat zu ihm. «Das kann nicht sein. Valentina ist gegangen, als ich kam! Das war auf jeden Fall, bevor Kostik gekommen ist. Lenka Puchowa kann sie also nicht gesehen haben! Und Fedot auch nicht.»

«Aber sie haben sie gesehen. Lenka vom Fenster aus und Fedot und Wassja draußen.»

«Und Lenka? Warum hat sie sich mit Kostik unterhalten?»

«Ich weiß es nicht. Mir hat sie gesagt, sie hätte sich mit niemandem unterhalten, sie hätte die ganze Zeit gelegen und Danila sei erst gegen elf gekommen. In Wirklichkeit war Danila kurz nach acht zu Hause, und davor hat seine Frau auf der Treppe mit Kostik gesprochen. Und Kostik wurde ein paar Minuten nach dem Gespräch getötet. Das Haus hat also niemand verlassen außer unserer Valentina.»

«Unsere Valentina?», fragte Tim, begeistert und entsetzt zugleich. «Hat sie ihn getötet?»

«Halt den Mund, Tim!»

«Red keinen Unsinn, Tim!»

Die Eltern schauten sich an. Die Mutter sah verwirrt aus, der Vater verärgert. Er ärgerte sich immer, wenn er etwas nicht verstand oder aufgeregt war. Früher hatte Tim nicht gewusst, dass er nicht auf ihn wütend, sondern nur ärgerlich auf seine eigene Aufgeregtheit war, das hatte er erst begriffen, als er größer wurde.

Er fühlte sich jetzt sehr erwachsen und unheimlich klug und überhaupt für das Schicksal der Familie verantwortlich. Schließlich hatte er sich so einen tollen schlauen Plan ausgedacht!

«Was sollen wir tun, Sergej?»

«Gar nichts.»

So grob ist er auch nur, weil er aufgeregt ist, begriff Tim. Macht nichts, wir beruhigen ihn gleich.

«Papa, möchtest du Tee?»

«Ich bleibe hier», erklärte Sergej, ohne Kira anzusehen, «auf dem Sofa. Ich muss morgen früh mit ihr reden.»

Kira hatte gar nichts anderes erwartet. Natürlich blieb er, was denn sonst! Nur das Sofa ärgerte sie ein wenig. Tim triumphierte. Sein Gesicht leuchtete, auf seinen Wangen erschienen rührende Grübchen. Aber er gab sich redlich Mühe, nur still für sich zu triumphieren. Er hatte Angst, etwas zu verderben.

«Papa», fragte er möglichst ernsthaft, «fährst du mich morgen zur Schule?»

«Mach ich», versprach Sergej.

«Und die Datscha?», fragte Kira verwirrt, mehr zu sich selbst. «Und die Papiere? Wer hat darin rumgewühlt? Wer hat Kostik meinen Artikel in die Tasche gelegt? Lenka Puchowa etwa? Oder Valentina? Und wen hat Massja angebellt?»

«Ich habe nicht die geringste Ahnung», sagte Sergej langsam, nahm seine Brille ab und warf sie auf den Tisch, direkt neben die Zigaretten.

«Du hast doch heute früh Kontaktlinsen getragen», sagte Kira und betrachtete erstaunt die Brille. Hugo Boss. Gerade ihr Mann hatte doch immer erklärt, eine Brille dürfe maximal fünfzig Rubel kosten, höchstens sechzig. Dieser Heuchler!

Und dann wollte er auch noch auf dem Sofa schlafen! Nein, wie edel und verantwortungsbewusst! Eigentlich war er ein Mistkerl!

«Die Linsen hab ich rausgenommen», erklärte er, «ich kann sie nicht vierzehn Stunden hintereinander tragen.»

Das Telefon klingelte, und Kira ging mit dem Hörer in die Küche, einfach so, aus purem Trotz.

Es war Sergunja.

«Hallo, Kircha», sagte er munter und nur eine Spur besorgt, «wie sieht's aus bei dir?»

«Wovon redest du?»

Kira berührte den Wasserkocher – er war heiß –, öffnete den Küchenschrank und stellte drei große Tassen auf den Tisch. Für Tim, für Sergej und für sich.

«Was ist mit dem Missverständnis von gestern? Hat sich alles geklärt?»

«Welches Missverständnis?», fragte Kira zerstreut.

«Na, dieser alberne Mord und der Verdacht? Hat sich das geklärt?»

«Was soll sich da geklärt haben?» Kira begriff nicht. «Worauf willst du hinaus, Sergunja? Der Mörder ist noch nicht gefunden, den ganzen Tag war die Miliz in der Redaktion, wir haben die gesamte aktuelle Nummer neu gemacht, und ich bin fix und fertig!»

«Was ist mit dem Telefon?», raunte Sergunja.

«Was soll damit sein?»

«Wird dein Telefon abgehört?» Kira war verdutzt. Was für eine alberne Frage, wie aus einem billigen Krimi!

«Ich glaube nicht. Warum fragst du?»

«Kircha, meine Liebe, ich möchte nicht, dass unsere Beziehung publik wird.»

«Was? Was willst du nicht?»

«Dass unsere Beziehung publik wird», wiederholte Sergunja beharrlich. «Hör mir zu.»

Kira presste den Hörer mit der Schulter ans Ohr und stellte die Zuckerdose und einen Korb mit Kringeln auf den Tisch. In der Marmeladenbüchse war noch ein angetrockneter Rest. Kira schraubte den Deckel auf und roch daran. Offenbar Erdbeere. Vielleicht mochte Tim ihn aufessen? Oder ihr Mann – dem war sowieso egal, was er aß, Hauptsache, es war süß.

«Kircha, ich hoffe, von deinen Kollegen weiß keiner Bescheid über unsere Beziehung?»

«Wieso meine Kollegen?»

Vor der Tür näherten sich Schritte, dann platzten Sergej und Tim herein, beide mit betont desinteressierten Gesichtern.

Kira zwängte sich an ihnen vorbei und ging wieder ins Zimmer. Es war ihr peinlich, in Gegenwart von Sergej und Tim mit Sergunja zu reden, zumal die beiden offenkundig kein Wort verpassen wollten.

«Ich verstehe nicht, was du von mir willst.»

«Wirklich nicht?», fragte Sergunja entmutigt.

Natürlich verstand sie. Sie verstand sehr gut. Aber sie wollte ihm nicht auch noch helfen.

«Kircha», begann er nach einer Pause erneut, «du bist eine unglaubliche Frau. Du siehst gut aus, hast Geist, Charakter ...»

«Eine Wohnung und ein Auto», ergänzte Kira.

«Ja, natürlich», bestätigte Sergunja, der nicht so leicht aus dem Konzept zu bringen war. Schließlich hatte er nicht umsonst in einer amerikanischen Firma Karriere gemacht. «Die Umstände haben dazu geführt, dass ich nun ... in einer heiklen Lage bin. Der Milizionär von gestern hat mich heute im Büro – *im Büro!* – angerufen und mir Fragen gestellt, und ich musste darauf antworten, obwohl um mich herum lauter Leute standen! Ben hat mich hinterher sogar gefragt ...»

«Wer ist Ben?»

«Mein Chef.»

«Ach so.»

«Jedenfalls, er hat gefragt, worüber und mit wem ich da so lange gesprochen hätte, und ich kann es mir nicht leisten, in so eine unselige Geschichte reingezogen zu werden!»

«Meinst du den Mord?», erkundigte sich Kira honigsüß, um ihn ein wenig nervös zu machen. Sie wusste, dass er nicht einmal das Wort hören mochte.

«Kira, liebe Kira, ich wollte dir sagen, dass wir uns für eine Weile, bis das alles vorbei ist, lieber trennen sollten.»

Kira schwieg. In der Küche wurde übertrieben laut gesprochen. Vermutlich nur eine raffinierte Tarnung fürs Lauschen.

«Du kannst dir nicht vorstellen, wie schwer es mir fällt und wie weh es mir tut, dir solche Dinge zu sagen, aber ich ... Ich bin nicht bereit, Fragen zu beantworten, die mit dir und diesem Ermordeten zu tun haben. Verstehst du?»

«Ich verstehe.»

«Selbstverständlich», ergänzte Sergunja mit gesenkter Stimme, «ist das nur für eine Weile. Für die kurze Zeit, die dieses Durcheinander dauert ...»

«Weißt du», unterbrach ihn Kira, «vielleicht endet das Durcheinander ja ganz schnell damit, dass ich im Gefängnis lande.»

«Ausgeschlossen», erklärte Sergunja bestimmt, «aber ich wollte dich bitten, eben nur für diese kurze Zeit, dass du mich nicht anrufst, dass du nicht versuchst, mich zu erreichen, und mich auch der Miliz gegenüber nicht erwähnst. Du weißt doch, ich habe nichts gesehen und gehört.»

«Du würdest mein Alibi also nicht bestätigen», hakte Kira nach, «nicht einmal, wenn es nötig wäre?»

«Kircha!», flehte Sergunja. Er erklärte doch alles so verständlich, so klar und vernünftig, und nun kam sie ihm so, und er musste sich wie ein Schwein fühlen!

Er hatte gewusst, dass es ein schwieriges Gespräch sein würde. Er hatte den ganzen Tag überlegt, wie er es am besten anfangen sollte, und hatte sogar auf dem Papier einen kleinen Plan entworfen. Nun musste er es nur noch zu Ende bringen, dann war er frei.

«Ich hoffe, du verstehst mich nicht falsch, Kira. Ich werde mich selbst bei dir melden. Nächste Woche. Ich bin sicher, bis dahin sind deine Unannehmlichkeiten vorbei.» Er betonte extra, dass es ihre Unannehmlichkeiten waren, nicht seine. «Also abgemacht, ja? Du hältst mich da raus, damit ich der Miliz gegenüber nicht in eine dumme Lage gerate.»

Kira hatte plötzlich Sergunjas hartnäckige Stimme satt, seine glatten, vorbereiteten Sätze und seine dumpfe, feige Angst vor der Miliz.

Ihr Mann war auf ihren ersten Hilferuf herbeigeeilt, war heute nicht zur Arbeit gegangen und extra nach Malachowka gefahren. Ganz tief im Inneren hatte sie es immer gewusst: Egal, was passierte, ihr Mann war auf ihrer Seite. Wegen eines neben den Wäschekorb geworfenen Hemdes konnten sie sich zanken wie die Kesselflicker, aber sobald es um etwas Ernstes ging, stand er immer hinter ihr, ein sicherer Schutzwall gegen die Unbilden des Lebens.

«Sergunja», sagte Kira, und er verstummte mitten im Wort, «ich habe schon alles verstanden. Aber mit der Miliz kann ich dir nicht helfen, du warst schließlich bei mir, und alle haben dich gesehen. Da hättest du wohl rechtzeitig aus dem Fenster springen müssen.»

«Ich hätte gar nicht kommen sollen!», entfuhr es ihm.

«Ja, das ist wahr. Aber nun ist es zu spät, und sie haben dich … erwischt. Mach's gut. Einen schönen Gruß an Ben.»

«Danke.» Sergunja reagierte immer automatisch mit einer glatten Höflichkeit.

«Bitte.»

«Aber das ist keine Trennung!», ergänzte Sergunja hastig. Kira gefiel ihm, ihr Verhältnis war bequem und unkompliziert, und man konnte sich mit ihr sehen lassen.

«Das ist keine Trennung», bestätigte Kira. «Eine Trennung, das ist, wenn es eine Beziehung gegeben hat, aber wir beide hatten keine Beziehung, also gibt es auch keine Trennung. Mach's gut, Sergunja. Danke.»

«Wofür?»

«Du hast mich abgelenkt, als ich sehr … bedürftig war», sagte Kira hart. Sie hatte Sergunja jetzt wirklich satt. «Das ist jetzt vorbei, ich komme bald ins Gefängnis und habe auch sonst eine Menge zu tun.»

«Kira! So habe ich das doch nicht gemeint, als ich …»

Sie nahm den Hörer vom Ohr, sah ihn kurz an und drückte auf «Verbindung trennen».

# 16

SERGEJ WAR SCHON IM HALBSCHLAF, als er neben sich etwas spürte, wovon er erwachte. Er öffnete die Augen, starrte an die schwarze Decke und konnte sich nicht erinnern, warum er im Wohnzimmer schlief, auf dem unbequemen Klappsofa. Das Bett im Schlafzimmer war doch viel bequemer, aber da er eindeutig nicht darin lag, musste etwas passiert sein.

Eine Dienstreise? Von der er erst gegen Morgen zurückgekommen war? Oder war er betrunken gewesen, und sie hatte ihn ins Wohnzimmer verbannt?

«Sergej», flüsterte Kira neben ihm, «rück mal ein Stück. Nun rück doch schon, bitte!»

Er bewegte sich unbeholfen ein Stück zur Seite.

«Valentina kann es nicht gewesen sein», flüsterte Kira hitzig, «du spinnst ja! Sie arbeitet seit zehn Jahren bei uns, weißt du noch, sie kam, als wir noch in der Frunsestraße wohnten! Wenn Lenka Puchowa mit Kostik gesprochen hat, dann hat das doch irgendwas zu bedeuten, nicht? Ich wusste gar nicht, dass sie sich kennen, du? Wann sind sie eigentlich nach Kanada gezogen? Vor sieben Jahren? Da kam Kostik uns schon manchmal besuchen, aber wir haben sie doch nie miteinander bekannt gemacht, oder? Sergej, was ist? Schläfst du?»

Er begriff und fühlte nichts, nur ihren Atem, der über seinen Hals glitt.

«Sergej!»

«Hmhm?»

«Schläfst du?»

«Ja.»

Sie stieß ihm mit voller Wucht den Ellbogen in die Rippen. Er ächzte und öffnete die Augen.

Verdammt, war dieses Sofa unbequem! Er hatte bestimmt schon drei blaue Flecken auf dem Rücken.

Einmal hatte Kira an seinem Hals einen blauen Fleck entdeckt. Schuld daran war sein Rasierapparat gewesen, ein Geschenk von seinem Schwiegervater. Er kniff mehr in die Haut, als dass er die Bartstoppeln entfernte, und so war der blaue Fleck entstanden. Kira bekam sofort einen Wutanfall. Sie blähte die Nüstern und zischte, er solle sich dorthin scheren, wo man ihm solche Flecken am Hals verpasse, er aber lachte, denn sie war eifersüchtig. Er hatte nicht einmal geahnt, dass ihre Eifersucht ihm eine solche archaische Freude bereiten würde. Sie teilte seine Heiterkeit ganz und gar nicht, entriss ihm ihre Hand, kniff die Augen zusammen und schäumte vor Wut. Er redete lange beruhigend auf sie ein, demonstrierte ihr sogar den unglückseligen Rasierer und dessen ungeahnte Nebenwirkungen, lachte erneut, redete wieder auf sie ein, und dann wurde er schließlich wütend.

Wie war sie nur auf diese Idee gekommen? Wie hätte er sie betrügen können? Er brauchte keine andere, niemals, immer nur sie, und er war überzeugt, dass sie das im Grunde wusste, ebenso wie er es von ihr wusste.

Man betrügt einander, wenn man sich satt hat, einander überdrüssig wird, nicht zueinander passt, wenn man einsieht, dass man zu verschieden ist und es keinen Sinn hat, sich aufeinander zu fixieren, aber das traf doch auf sie beide nicht zu! Ihn des Ehebruchs zu verdächtigen erschien ihm ebenso blödsinnig wie der Gedanke, eine Prothese könne besser sein als die eigene Hand oder das eigene Bein.

Damals hatte sie ihn aufs Sofa verbannt, was sie noch nie zuvor getan hatte. Sie ist eifersüchtig, darum liege ich hier, dachte er jetzt mit schläfrigem Stolz.

«Sergej!»

«Wie kommst du nur auf so eine Idee?» Die aufgerissenen Augen fielen ihm wieder zu. «Ich hab dir doch gesagt, das ist von meinem Rasierer! Immer redest du dir irgendwas ein, und dann …»

«Was für ein Rasierer?», fragte Kira verblüfft, stützte sich auf den Ellbogen und packte Sergej am Ohr. Er riss erneut die Augen auf. «Ich sage dir – das kann nicht sein! Valentina kann nicht auf Kostik geschossen haben, weil sie zu der Zeit schon längst weg war. Wer weiß, wen Fedot und Wassja da gesehen haben!»

Es liegt nicht am Rasierer, begriff Sergej. Wir sind seit langem geschieden. Ich schlafe auf dem Sofa, weil ich nicht mehr bei Kira schlafen darf. Ich bin nicht mehr ihr Mann, ich bin ein Fremder.

Richtig! Gestern war Kostik getötet worden. Sergej kam langsam zu Bewusstsein.

«Du musst herausfinden, was Lenka Puchowa mit Kostik zu tun hat! Ich habe keinen blassen Schimmer, was das sein kann! Was hat sie früher gemacht? Weißt du das noch?»

«Fotomodell, glaub ich», murmelte Sergej und versuchte, ein wenig von Kira abzurücken. Ein schwieriges Unterfangen auf dem engen Sofa.

«Ach ja. Oder Miss Moskau?»

«Weiß der Teufel.»

«Wo kann Kostik sie bloß kennen gelernt haben?»

Das hinterhältige Sofa quittierte seine Bemühungen mit einem Hicksen und kippte ihn auf Kira. Er rollte an den Rand und setzte sich auf.

«Dieses Sofa ist ein Ungeheuer», murmelte er und rieb sich die Wangen. «Wer hat das bloß gekauft?»

«Deine Eltern», zwitscherte Kira in dem zuckersüßen Tonfall, in dem Schwiegertöchter gewöhnlich von Geschenken der Schwiegereltern sprechen, «nach der Renovierung. Sag bloß, das weißt du nicht mehr? Sie haben uns dauernd genervt, was sie uns schenken sollen, und wir haben immer gesagt, wir brauchen nichts, da haben sie dieses Sofa gekauft. Das teuerste im ganzen Möbelladen.»

«Stimmt. Und deine Eltern haben uns eine Katze geschenkt.»

«Und Tim hat dauernd geniest und sich gekratzt.» Kira musste kichern.

«Da hast du sie wieder zurückgebracht.»

«Und Mama hat gesagt, sie hat sich schon immer eine schwarze Katze mit gelben Augen gewünscht!»

«Weißt du noch, wie sie bei ihnen die Tapeten abgerissen hat, und wir haben dann ewig nach ähnlichen Tapeten suchen müssen?»

«Und wie die Bulldogge sie in Malachowka auf die Kiefer gejagt hat, und du hast drei Leitern zusammengebunden und bist raufgeklettert, und sie saß da oben und schrie wie am Spieß?»

«Ja», sagte Sergej glucksend, «das weiß ich noch.»

Sie schwiegen.

«Sie wird mir kaum was erzählen», begann Sergej nachdenklich, «und Danila auch nicht. Schon gar nicht, wenn er ihn umgebracht hat.»

«Er? Warum sollte er das getan haben?»

«Und warum Valentina?»

«Ich weiß nicht», sagte Kira verzweifelt. «Ich weiß es nicht!»

«Ich denke, Kostik war auf dem Weg zu dir» – Sergej sah im Dunkeln dorthin, wo er Kiras Gesicht vermutete –, «als Lenka im zweiten Stock aus der Wohnung kam. Natürlich haben sie sich mal gekannt, Wassja und Fedot sagen die Wahrheit. Worüber sie gesprochen haben, wissen wir nicht, sie verstummten, als die beiden vorbeikamen. Was weiter passierte, ist unklar. Wenn Danila sie auf der Treppe angetroffen und gehört hat, dass Kostik seine Frau bedroht oder ...»

«Kostik?», unterbrach Kira. «Kostik und drohen? Was redest du da, Sergej?»

«Oder sie belästigt, was weiß ich», fuhr Sergej unbeirrt fort, «dann kann er durchaus geschossen haben. Er ist ein Kämpfertyp. Und sehr entschlossen.»

«Er ist temperamentvoll», murmelte Kira, «und er liebt sie sehr, seine Lenka.»

«Aber wenn er auf ihn geschossen hat, muss er eine Pistole in der Tasche gehabt haben.» Sergej verschränkte die Arme hinterm Kopf und lehnte sich gegen das Rückenpolster. Es umfing ihn von allen Seiten, sein Rücken versank darin. Sie hätten wirklich nicht das teuerste Sofa kaufen sollen. «Das heißt, er hat immer eine geladene Pistole in der Tasche. Sehe ich das richtig?»

Kira zuckte die Achseln.

«Ja, vermutlich.»

Sergej warf einen kurzen Blick in ihre Richtung.

«Kira, jetzt ist nicht mehr 1990, und Danila ist kein Mafioso! Soweit ich Marja Semjonowna verstanden habe, hat er ein Auto mit Fahrer. Für unvorhergesehene Zwischenfälle wie Fans, Banditen und Erpresser ist der Fahrer zuständig. Wenn einer eine Pistole hat, dann der Fahrer, nicht Danila selbst!»

«Na schön, aber ...»

«Wenn Danila der Täter wäre, hätte Kostik im zweiten Stock liegen müssen. Er lag aber zwischen dem dritten und vierten. Die Kriminalisten haben kein Wort davon gesagt, dass er etwa aus dem zweiten Stock hochgetragen und auf dem Treppenabsatz abgelegt wurde. Ich glaube, sie haben sogar die Patronenhülse gefunden, das heißt, er muss dort erschossen worden sein, wo er auch gefunden wurde. Außerdem hätten Fedot und Wassja den Toten auf der zweiten Etage sehen müssen, als sie vom Sandkasten zurückkamen, sie müssen daran vorbei in den dritten Stock. Und Danila haben sie auch nicht gesehen, weder auf dem Hin-, noch auf dem Rückweg!»

«Aber Valentina haben sie gesehen?»

«Sie haben gesehen, wie sie aus dem Haus kam. Wassja hat gesagt, Valentina sei aus dem Haus gestürmt und zur Metro gerannt. Verdammt nochmal! Ich begreife nicht, wen der Hund verbellt hat! Wen kann er bloß verbellt haben, wenn kein Fremder im Haus war?»

Kira beugte sich vor und legte ihr Gesicht auf die Knie.

«Mein Gott, sie gehört doch zur Familie, und du ... Du sagst, sie könnte ... Sie hat doch Kostik gar nicht gekannt!»

«Aber sie war auf der Datscha, als du dort an deinem Artikel geschrieben hast. Und sie kam erst eine Stunde nachdem sie sich von dir verabschiedet hatte, aus dem Haus. Wo ist sie inzwischen gewesen? Was hat sie in dieser Stunde gemacht? Was hat das alles überhaupt zu bedeuten? Verstehst du das?»

«Ich verstehe nur, dass Valentina Kostik nicht getötet haben kann», wimmerte Kira hilflos. Die immer beherrschte, vernünftige Kira, seine Exfrau. «Valentina gehört zur Familie! Mama hat ihr eine Leibbinde gegen ihren Hexenschuss gestrickt. Tante Lilja hat ihr Medikamente gegen ihre ewige Allergie besorgt. Katja hat sie zigmal gebeten, auf Darja aufzupassen, und sie ist immer eingesprungen, und du ... du sagst hier einfach ...»

Katja war Sergejs Schwester, Darja seine dreieinhalbjährige Nichte.

«Kira, ich blicke absolut nicht durch!»

«Dann versuch es lieber gar nicht!», schrie sie. «Und behaupte nicht, dass meine Familie ... dass Valentina ...»

«Kira», sagte Sergej und verspürte eisige Kälte im Hinterkopf, so als müsse er von einem Turm springen, ohne zu sehen, wohin, «Kira, das ist *auch meine Familie*. Verstehst du?»

Das war ein völlig anderes Thema, und Sergej wusste, dass es falsch und unsinnig war, jetzt davon anzufangen. Kira begann prompt zu schluchzen, barg das Gesicht in den Händen, dann stand sie auf und schlurfte, immer wieder die ausgetretenen Pantoffeln verlierend, in die Küche. Bald drang von dort Zigarettenrauch ins Zimmer.

Sergej blieb noch eine Weile unschlüssig sitzen, dann ließ er sich wieder auf das unbequeme Sofa sinken.

Am Morgen hatte noch niemand ein Auge aufgetan, als Valentina erschien. Sergej hatte sie nicht hereinkommen hören und erwachte, als neben ihm jemand laut aufkreischte.

Er erfasste umgehend die Situation und sagte, ohne die Augen zu öffnen: «Guten Morgen, Valentina. Habe ich Sie erschreckt?»

Sie atmete hastig, offenbar außerstande, ihm zu antworten.

«Sie müssen jetzt sagen: Mein Gott, haben Sie mich erschreckt», fuhr Sergej belehrend fort. «Na? Was ist los mit Ihnen?»

«Mein Gott», wiederholte Valentina brav mit kippender Stimme, und Sergej lachte, «haben Sie mich …»

«Na also», sagte Sergej und kroch aus den Tiefen der Sofapolster hervor. Sein Körper schmerzte, als habe ihn jemand die ganze Nacht durch den Fleischwolf gedreht. «Gestehen Sie, haben Sie Kiras Chef umgebracht?»

«Hick», machte die dürre, blasse Valentina und ließ sich in den nächsten Sessel fallen.

Sergej betrachtete sie genauer. Diesmal hatte er sie wirklich aus der Fassung gebracht. Ihre lila Lider flatterten wie Eulenflügel, die lila Lippen klafften auseinander und entblößten einen blinkenden Goldzahn, und selbst ihre Baskenmütze drückte eine ganze Palette von Gefühlen aus.

Er knüllte die Wolldecke, mit der er sich zugedeckt hatte, zu einem formlosen Klumpen zusammen und stopfte sie in den Bettkasten des Sofas. Kira hasste es, wenn er die Sachen so «zusammenlegte», aber er tat es grundsätzlich nur auf diese Weise.

«Na, was sagen Sie?»

«Ich hoffe ... Ich hoffe, das ist ein Scherz, Sergej?», murmelte die arme Valentina schwach. «Das ist doch ein Scherz, oder?»

Er wusste selbst nicht mehr, ob das ein Scherz gewesen war oder nicht.

«Wie es aussieht, kommt kein anderer in Frage», erklärte er ernsthaft und betrachtete nachdenklich sein Gesicht im Glas des Bücherschranks. Valentinas Gesicht spiegelte sich ebenfalls darin, und es belustigte ihn auf einmal, dass er so ein ausgekochter Detektiv war.

«Warum – kein anderer?», fragte Valentina. «Ist denn der schreckliche Verbrecher ...»

«Das mit dem schrecklichen Verbrecher geht eben irgendwie nicht auf!»

«Aber ...»

Ja, dachte Sergej, es sieht schlecht für dich aus. Aber er hatte auch Mitleid mit dieser Valentina mit den lila Lidschatten, der Baskenmütze, dem Goldzahn, den Rosinenbrötchen, die sie Tim immer «zum Trost» backte. Sie gehörte wirklich zur Familie, Valentina mit ihrer Liebe zu grauenvollen Kitschromanen und den ersten Frühlingsblumen, mit ihrer hochtrabenden Ausdrucksweise und ihrer Bereitschaft, beim ersten Signal zu Hilfe zu eilen, Valentina mit ihren komischen altjüngferlichen Allüren und ihrer bedingungslosen Hingabe an die Familie von Sergej und Kira.

«Wann sind Sie gestern Abend von hier weggegangen?»

«Das habe ich doch schon gesagt», murmelte Valentina und riss sich die violette Mütze vom Kopf, «gleich nachdem Kira ...»

«Wann war das?»

«Das habe ich doch schon gesagt. Kurz nach sieben, glaube ich …»

«Und Sie sind direkt nach Hause gegangen?»

«Sofort, ja», bestätigte Valentina. Sergej fürchtete, sie werde gleich in Tränen ausbrechen, und biss die Zähne zusammen. «Ich bin ganz langsam die Treppe runtergelaufen, der Lift fuhr ja nicht, und ich habe einen …»

«Hexenschuss», unterbrach er, «ich weiß. Valentina, das ist jetzt sehr wichtig. Wen haben Sie auf der Treppe oder vor dem Haus gesehen?»

Ihre Augen füllten sich mit Tränen.

«Warum quälen Sie mich so?», fragte sie Sergej. «Ich habe nichts getan!»

«Wen, Valentina? Denken Sie nach. Sie müssen.»

«Aufstehen, Sergej!», rief Kira aus dem Flur. «Tim, du auch! Sonst kommen wir noch alle zu spät.»

Die Angst sich zu verspäten war eine fixe Idee seiner Frau. Sie kam niemals zu spät.

Valentina schaute in die Richtung, aus der Kiras Stimme kam, und Wehmut lag in ihrem Blick. Am liebsten wäre sie sofort in die Küche gelaufen, um sich an den gewohnten harmlosen morgendlichen Verrichtungen zu beteiligen – wie immer.

«Valentina, wen haben Sie gesehen?»

«Niemanden», brachte sie gequält heraus, «niemanden.»

Sie schluchzte auf und wischte sich mit einem Taschentüchlein, das sie aus ihrem Ärmel gezogen hatte, das Gesicht ab. Blumen und Initialen waren in eine Ecke des Tuches eingestickt.

«Sergej Konstantinowitsch, müssen Sie mich so martern? Ich habe doch ...» Sie schluchzte immer heftiger. «Ich habe doch den armen Jungen nicht einmal gekannt, und er ... er war noch so jung ...»

«Draußen haben Sie auch niemanden gesehen?»

«Nein. Niemanden. Ich bin sehr langsam gelaufen und habe nach unten geschaut, weil ich Angst hatte zu stolpern.»

«Mein Gott, was geht hier vor?», fragte Kira. «Valentina, warum weinen Sie? Sergej, was tust du?»

«Nichts.»

«Kirotschka!», rief Valentina, streckte die Arme nach Kira aus und sank an ihre Brust. «Kirotschka, er – er verhört mich!»

«Sergej!»

«Ich verhöre Sie gar nicht», rechtfertigte er sich verwirrt, «ich versuche herauszufinden, wer auf der Straße war, als Sie aus dem Haus kamen, mehr nicht.»

Valentina heulte nun hemmungslos.

«Mama!», rief Tim im Falsett, «Mama, wo ist meine schwarze Hose?»

«Nicht weinen, Valentina, beachten Sie ihn gar nicht, Sie wissen doch, er ist gefühllos und versteht nichts von Menschen.» Ein tödlicher Blick zu ihrem Mann.

«Mama, ich kann meine Hose nicht finden!»

«Tim», schluchzte Valentina, «ich hab sie gestern gewaschen, mein Junge. Sieh im Kleiderschrank auf dem Bügel nach. Auf der rechten Seite.»

«Mama, was stinkt hier so?»

«Bestimmt ist die Milch übergekocht», vermutete Kira und setzte hinzu: «Alles deinetwegen, Sergej!»

«Nein, nein», jammerte Valentina plötzlich, «Sergej

Konstantinowitsch kann nichts dafür, ich bin schuld, ich habe meine morgendlichen Pflichten vernachlässigt. Entschuldigen Sie, entschuldigen Sie bitte!»

Sie sprang auf, küsste Kira und lief schwerfällig in die Küche.

«Du bist ja nicht normal. Was wolltest du bloß von ihr?»

«Ich bin vollkommen normal. Ich muss doch wissen, was hier passiert ist. Und das kann ich nur auf die Weise erfahren, indem ich alle dazu bringe, meine Fragen zu beantworten.»

«Du bist ein grausamer Mensch!», schleuderte Kira ihm ins Gesicht.

«Hallo, Papa», sagte Tim. Er klang verwundert, als habe er nicht damit gerechnet, ihn zu sehen.

«Hast du die Hose gefunden?»

«Na klaro.»

«Du solltest selber wissen, wo deine Sachen sind, und nicht dauernd Valentina danach fragen.»

«Lass mal, Mama.»

«Nein, nicht ‹lass mal›, du sollst endlich lernen, auf deinen Kram zu achten!»

«Tu ich doch!»

«Das sehe ich! Valentina hat deine Hose gewaschen, und du hast keine Ahnung!»

«Na klaro hab ich keine Ahnung, ich hab sie schließlich nicht gewaschen!»

«Um so schlimmer!»

«Stopp», verkündete Sergej, «Gleichstand nach Punkten. Fortsetzung heute Abend.»

«Ich hab die Nase voll von deiner albernen Ausdrucksweise», sagte Kira bissig und ging aus dem Zimmer.

Tim und Sergej schauten sich ratlos an.

«Was hat sie? Ist sie sauer, Papa?»

«Sie macht sich Sorgen, weil Kostik getötet wurde und wir noch immer nicht wissen, wer das getan hat.»

«Ach ja», erinnerte sich Tim, «du hast gesagt, Valentina hat ihn umgebracht!»

Ein plötzliches Poltern in der Küche bezeugte, dass Valentina das gehört haben musste.

«Schert euch doch alle zum Teufel!», schrie Kira.

Sergej fuhr sie zur Arbeit und Tim zur Schule.

Das Schloss an der Lenkradsperre in Kiras Fiat war feucht geworden und ließ sich nicht mehr öffnen.

«Das hätte längst mal geölt werden müssen!», brüllte Sergej nach mehreren vergeblichen Versuchen, einem heftigen Rütteln und zwei wütenden Faustschlägen.

«Na, hättest du es doch geölt!», schrie Kira zurück, wobei sie ganz vergaß, dass sie geschieden waren und es keinesfalls zu seinen Pflichten gehörte, ihr Schloss zu ölen.

«Ich komme gleich zu spät», drängelte Tim, der schon in Sergejs Auto saß, und Kira schnappte ihre Tasche und lief zum Jeep.

«Wo ist der Schlüssel?»

«Welcher Schlüssel?»

«Dein Autoschlüssel!»

«Woher soll ich das wissen! Den hast du doch gehabt!»

«Nein, hab ich nicht! Du hast aufgeschlossen, nicht ich!»

Kira fürchtete, dass gleich an allen Fenstern neugierige Gesichter auftauchen würden. Sie gaben mal wieder eine tolle Vorstellung als Familie.

Der Schlüssel fand sich in ihrer Jackentasche, sie schleuderte ihn durchs Autofenster, Sergej fing ihn auf, schloss das Auto ab und schaltete die Alarmanlage ein.

«Heute Abend ölen wir das Schloss», versprach er, während er den Jeep in der engen Gasse zurücksetzte. Kira kniff die Augen zu

Wenn ihr Mann fuhr, wollte sie sich jedes Mal am liebsten eine Decke über den Kopf ziehen, um das eigene schreckliche Ende nicht sehen zu müssen, das an jeder Straßenecke drohte. Die Stoßstange des Toyota stoppte einen Zentimeter vor einer fremden Stoßstange, und Sergej gab Gas.

An diesem Morgen übertraf er sich selbst. Tim schaffte es tatsächlich rechtzeitig in die Schule. Doch als sie vor der Redaktion des «Moskauer» hielten, war Kiras Rücken klitschnass – vor Angst.

«Wie kannst du nur so fahren», sagte Kira, «noch dazu mit dem Kind im Auto!»

«Wir waren spät dran», erwiderte er mürrisch.

«Na und?»

«Du hasst es, zu spät zu kommen.»

«Noch mehr hasse ich es, wenn du so rast. Diese Raserei in Moskau …»

«Kira», unterbrach er sie, «erkundige dich doch mal bei Leonid, welche Dokumente er dir damals auf die Datscha gebracht hat. Tust du das?»

«Wozu?»

«Unterschreibst du normalerweise Finanzpapiere?»

«Eigentlich schon. Wenn Kostik oder Baturin nicht da sind.»

«Kostik war nicht da, richtig?»

«Richtig.»

«Aber Baturin war da», sagte Sergej, «du hast ihm deinen Artikel per Fax geschickt, und er war in Malachowka und hat am Zaun gestanden. Richtig?»

Kira sah ihn verständnislos an.

«Warum ist Leonid zu dir nach Malachowka gekommen, warum hat er nicht einfach Baturin unterschreiben lassen?»

Ihr Mobiltelefon klingelte wie immer im unpassendsten Moment.

«Ja», sagte sie und hatte Mühe, den richtigen Knopf zu finden, um den Anruf entgegenzunehmen. «Ja, hallo. Waas?»

Sergej warf ihr einen raschen Blick zu und schaltete das Radio aus, in dem grauenvoll muntere Moderatoren ihre Morgensendung abspulten.

Kira lauschte in den Hörer, löste sich dabei hastig aus dem Sicherheitsgurt, riss die Tür auf, stürzte beinahe aus dem Auto und griff nach ihrer Tasche.

«Kira!»

«In vierzig Sekunden. Und die Miliz?»

«Wieso Miliz, Kira?»

«Ich muss rennen!», sagte sie hastig. «Es ist etwas passiert.»

# 17

ALLOTSCHKA SUBOWA WAR VOR ALLEN anderen an der Redaktion angekommen und versteckte sich deshalb eine ganze Weile im McDonald's nebenan. Sie schlürfte einen Kaffee aus dem Plastikbecher – auf so was konnten auch nur die Amerikaner kommen: Kaffee aus Plastikbechern! –, dann ein Mineralwasser und anschließend noch einen Kaffee, den sie nur noch mit Mühe hinunterbekam, weil sie nichts mehr zum Nachspülen hatte. Sie hatte die ganze Nacht wach gelegen und überlegt, was sie mit diesem Irren Ljoscha Balabanow machen sollte, aber ihr war keine Lösung eingefallen. Das Einfachste wäre, ihrem Vater davon zu erzählen, aber das ließ ihr Stolz nicht zu.

Im Grunde wusste sie noch immer nicht genau, ob Ljoscha wirklich psychisch krank war. Denn dann musste er untersucht werden. Aber vielleicht spielte er auch nur ein Spiel, bei dem sie, Allotschka, der Preis war.

Sie hatte keinerlei Erfahrung im Umgang mit derart aufdringlichen Verehrern. Sie war sehr behütet aufgewachsen. Ihre Bekanntschaften waren allesamt überprüft und für passend befunden worden – junge Männer, die Tennis und Golf spielten, Diplome aus Eton oder Harvard besaßen, und bebrillte Mädchen, die drei Sprachen beherrschten und alpinen Skisport trieben. Auch unter ihnen gab es Gute und Schlechte, Kluge und Trottel – aber sie waren alle «bewährt» und ungefährlich.

Ljoscha dagegen war eindeutig gefährlich, und Allotschka hatte keine Ahnung, was sie dagegen tun sollte.

Außerdem quälte sie etwas, das nur sie wusste und das womöglich erklärte, wer Kostik getötet hatte. Aber mit wem sollte sie darüber reden?

Wenn sie wie Verotschka mit Kira befreundet wäre oder sich zumindest sicher sein könnte, dass Kira sie anhören würde, dann könnte Allotschka ihr alles erzählen, und Kira würde bestimmt etwas einfallen!

Allotschka saß unruhig in ihrem Versteck und wartete auf Kiras roten Fiat. Wenn sie allein käme, könnte Allotschka hinausrennen, und Kira müsste ihr zuhören.

Aber Kira kam nicht mit ihrem eigenen Auto, sondern in einem riesigen, ziemlich schmutzigen dunklen Jeep. Allotschka entdeckte sie erst, als sie aus dem Wagen sprang und eilig zur Glastür der Redaktion lief.

Allotschka ließ sofort ihr Mineralwasser stehen, vergeudete wertvolle Sekunden mit dem Riemen ihrer Tasche, der sich in der Rückenlehne des in den Boden geschraubten Stuhls verhakt hatte, und rannte hinaus. Zu spät!

Kira war bereits hinter der blitzsauberen Glasscheibe verschwunden; es hatte keinen Sinn, ihr weiter nachzurennen. Im Lift konnte sie ohnehin nicht mit ihr reden.

Sie blickte sich nach allen Seiten um, ob Ljoscha sich vielleicht unbemerkt angeschlichen hatte, eilte über den Parkplatz und …

«Guten Morgen, Süße», flötete eine Schlangenstimme hinter ihr. «Bist wohl spät dran?»

Allotschka zuckte zusammen, wich zurück und hätte beinahe ihre Tasche fallen lassen. Ljoscha hielt sie am Ellbogen fest. Sie riss sich los.

«Hast du Sehnsucht nach mir gehabt, Kleine?»

«Du bist ja krank, Ljoscha», erklärte Allotschka. Sie war jetzt nicht mehr so ängstlich wie gestern Abend, denn überall um sie herum waren Leute auf dem Weg zur Arbeit. «Lass mich in Ruhe! Was willst du von mir?»

Er schob seine Hand in ihre Manteltasche. Sie stöhnte vor Schmerz, ihre Augen füllten sich mit Tränen. Er verdrehte ihr heftig und ziemlich geübt die Finger. Ihr Arm pulsierte bis zum Ellbogen und schwoll augenblicklich an.

«Ich will gar nichts von dir, mein Kind.» Ljoscha schmiegte zärtlich seine Wange an ihren Scheitel, wobei er ihre Finger in der Manteltasche noch heftiger verdrehte. «Ich werde dich vögeln, und aus. Damit du mal siehst, Süße, wie es sich anfühlt, wenn man erst Versprechungen macht und sich dann zurückzieht!»

«Ich habe keine Versprechungen gemacht!»

«Na klar», erwiderte Ljoscha, «sag bloß, du hast mich nie verführerisch angesehen und mir nie deine Beine gezeigt! Das lass ich dir nicht so einfach durchgehen, Häschen.» Er ließ ihre Hand los, um seine Tasche zurechtzurücken, die ihm von der Schulter rutschte.

«Du. Kannst. Mich. Mal», sagte Allotschka und nahm ihre ganze Kraft zusammen. «Verstanden? Ich hab auf meinem Handy einen speziellen Alarmknopf. Wenn ich den drücke, sind sie in einer Minute hier, das hab ich überprüft. Soll ich?»

«Drecksstück», zischte Ljoscha lächelnd, «gemeines Drecksstück!»

Allotschka begriff, dass sie ihn erschreckt hatte. Sie erkannte plötzlich: Es war helllichter Tag, vor ihr lag die belebte Straße, der Eingang zur Redaktion, und überhaupt –

niemand durfte sich erlauben, so mit ihr zu reden wie Ljoscha!

«Du weißt ja» – er lächelte noch immer –, «ich finde dich Schlampe überall. Ein Mucks – und du bist hinüber!»

«Das wird dir dann bloß nichts nützen», entgegnete Allotschka nüchtern. «Vielleicht kratzen sie dich ja sogar wieder runter vom Asphalt, aber vögeln kannst du dann garantiert erst im nächsten Leben wieder.»

«Das werden wir ja sehen», zischte er, «du Schlampe!»

«Stimmt. Das werden wir sehen», bestätigte Allotschka.

Ihre Finger brannten, der Arm tat ihr weh, aber auf einmal war sie sicher, dass sie es schaffen würde, dass sie mit diesem Ljoscha fertig werden konnte. Ihr Stolz konnte ganz beruhigt sein – sie würde es allein schaffen.

Sie musste Kira finden. Sie musste ihr zuhören!

Im zweiten Stock, wo die Chefs saßen, herrschte eine seltsame Atmosphäre – so als sei die Steuerfahndung da. Keiner wusste, wie er sich verhalten sollte: so tun, als sei nichts geschehen, oder kollektiv Selbstmord begehen, um sich nicht so lange zu quälen.

Im Chefzimmer, in das Allotschka schaute, saßen Baturin, die Sekretärin Raïssa und ein unbekannter hoch gewachsener Mann mit Brille.

«Guten Morgen», piepste Allotschka und fand ihren Tonfall und ihre Stimme selbst abscheulich, «entschuldigen Sie bitte, ist Kira da?»

«Sie ist … beschäftigt», erwiderte Raïssa unsicher und sah Baturin an.

Hinter Allotschka sammelten sich Neugierige, blieben an der Tür stehen und spähten ins Büro.

«Kommen Sie rein», sagte Baturin, «und machen Sie die Tür hinter sich zu.»

Allotschka zwängte sich gehorsam ins Vorzimmer und schloss die Tür direkt vor einer neugierigen Nase, offenbar Verotschkas. Allotschka verspürte gesunde Schadenfreude in sich aufsteigen.

«Was wollen Sie?»

«Grigori Alexejewitsch, ich muss mit Kira sprechen. Jetzt gleich.»

Der Unbekannte lachte spöttisch. Baturin seufzte.

«Sie können mit mir sprechen. Nicht jetzt, aber in … einer Stunde.»

«Ich weiß es nicht!», vernahm Allotschka ganz in der Nähe Kiras verwirrte Stimme. Allotschka drehte sich um.

Kira stand in der Tür zu ihrem Büro – schwarzer Pulli, schwarze Jeans, eine lange Kette mit verschiedenfarbigen Steinen, wirrer Haarschopf, der ihr bis in die Augen fiel, keinerlei Make-up.

«Ich verstehe überhaupt nichts mehr. Guten Tag, Allotschka.»

«Guten Tag, Kira.»

«Kira», Raïssa schluchzte auf, «aber es war doch niemand drin, niemand, verstehst du!»

Kira nickte. «Ich weiß.»

«Was … ist denn passiert?», fragte Allotschka leise.

Baturin trat ein Stück zurück, als wolle er sie in den Kreis der Eingeweihten einlassen, und Allotschka konnte einen Blick in Kiras Büro werfen.

Papiere waren über den gesamten Teppich verstreut. Jemand hatte den Schreibtischinhalt ausgekippt, die leeren Schubkästen lagen auf dem Boden. Die unterste Schublade war offenbar abgeschlossen gewesen und mit roher Gewalt herausgerissen worden – aus der Blende ragten Schrauben. Die elegante Schreibtischlampe mit dem Kranichhals war verbogen und verdreht. Sämtliche Bücher und Kassetten waren aus den Regalen gefegt worden. Selbst der weiße Blumentopf mit der kümmerlichen Büropflanze war auf den Boden geworfen worden, und die Blätter, mit schwerem Ton und Erdklumpen bedeckt, wirkten bleich und tot.

«Wer hat das getan?!»

Der Unbekannte reagierte erneut mit einem knappen spöttischen Lachen und sagte in den Raum hinein: «Gute Frage.»

«Allotschka, das ist mein Mann Sergej», stellte Kira ihn vor. «Sergej, das ist Allotschka Subowa, eine unserer Journalistinnen.»

«Tag», sagte Sergej.

«Guten Tag.»

«Als ich kam», sagte Raïssa mit belegter Stimme, «als ich kam, war die Tür offen, und hier drin … diese Schweinerei!»

«Stand die Tür zum Flur ebenfalls offen?», fragte Kiras Mann.

«Na ja! Die meine ich ja. Die Vorzimmertür! Die zu den Büros schließen wir sowieso nie ab. Vor wem denn auch?»

«Stimmt, vor wem?», sagte Kiras Ehemann nachdenklich zu sich selbst.

Allotschka lächelte. Dieser Mann passte sehr gut zu Kira, er ergänzte sie irgendwie. Er hatte lebhafte, aufmerksame dunkle Augen.

«Vermutlich gestern», äußerte Baturin, «vermutlich am Abend …»

«Warum?», fragte Kira.

Baturin, schwer auf seinen Stock gestützt, ging in Kiras Zimmer. Der Stock hinterließ auf den weißen Papieren runde Abdrücke.

«Hier, die Lampe, siehst du? Sie ist völlig verdreht. Das Deckenlicht war um diese Zeit ja längst ausgeschaltet. Jemand hat sich also unter der Lampe die Papiere angesehen. Also muss es schon dunkel gewesen sein.»

Er lehnte seinen Stock an den Schreibtisch, bückte sich, hob einige Papiere auf und sah sie sich an.

«Was fehlt, Kira?»

«Woher soll ich das wissen!» Sie ging zu ihm und hockte sich neben ihn.

«Jedenfalls hat hier jemand etwas gesucht», bemerkte Sergej, «und soweit ich das beurteilen kann, in ziemlicher Eile.»

«Eile!», fauchte Kira. «Das ganze Zimmer ist ein Schlachtfeld! Und was gibt es hier zu suchen, verdammt nochmal? Ich besitze keine Geheimdokumente! Hier gibt es nicht einmal einen Safe!»

Sergej sah Baturin an.

«Bei mir auch nicht», sagte der, «nur bei Kostik.»

«Den müssen wir uns ansehen.»

Baturin richtete sich auf, griff nach seinem Stock und humpelte an Allotschka vorbei aus dem Büro. Als er draußen war, gefolgt von Sergej, kam Raïssa herein.

«Mein Gott, womit haben wir dieses Unglück verdient?»

«Alles okay», sagte Baturin nebenan, «aber jemand hat versucht, den Safe zu öffnen. Wann sind Sie gestern gegangen, Raïssa?»

Raïssa dachte nach.

«Gegen sieben», antwortete sie schließlich und schnäuzte sich. «Sie waren nicht da.»

«Ich bin später nochmal hereingekommen», bestätigte Baturin.

«Und wann bist du gegangen?», fragte Kira. Sie hockte noch immer am Boden und sammelte ihre Papiere ein. Doch plötzlich richtete sie sich auf und warf sie ungeduldig zurück.

«Das weiß ich nicht genau, Kira.»

«Ich … habe Grigori Alexejewitsch gegen halb zehn getroffen», sagte Allotschka leise, «erinnern Sie sich?»

Baturin nickte.

«Also um halb zehn.»

«Und als du gegangen bist …»

«Nein», sagte Baturin, «ich habe niemanden gesehen.»

«Was kann er bloß gesucht haben?», murmelte Kira verwirrt. «Was nur? Abrechnungen? Alte Artikel? Visitenkarten?»

Ihr Mann kniete sich neben sie und kratzte sich nachdenklich die Nase.

«Ob er es wohl gefunden hat, das, wonach er gesucht hat?»

«Spielt das denn eine Rolle?»

«Und ob», sagte er.

Kira hob den Kopf und sah erst ihren Mann an, dann Baturin.

«Hat das alles mit Kostik zu tun?»

Baturin zuckte die Achseln.

«Ich weiß es nicht. Aber jemand hat versucht, den Safe zu öffnen, da sind frische Kratzer daran.»

«Was für ein Blödsinn!», sagte Kira hilflos.

Ihr Mann richtete sich auf, klopfte sich die Jeans ab und schaute Kira an.

«Ich glaube, das hier hat mit dem Mord nichts zu tun. Das … ist eine andere Geschichte.»

«Was für eine Geschichte, Sergej?», fragte Kira ärgerlich. «Du immer mit deinen komischen Ideen!»

«Eine Gaunergeschichte», sagte er nebulös. «Wollt ihr auf die Miliz warten oder räumt ihr lieber alles weg und tut, als wäre nichts gewesen?»

«Wir können hier doch nichts wegräumen!», schrie Kira. Allotschka hörte sie zum ersten Mal schreien. «Vielleicht gibt es ja hier irgendwelche Indizien? Fingerabdrücke?»

«Hier gibt es keine Indizien und auch keine Fingerabdrücke. Ich ruf dich an, Kira», sagte ihr Mann in beruhigendem Tonfall und ging, vorsichtig zwischen den umgekippten Möbeln und den verstreuten Papieren lavierend, aus dem Zimmer.

«Allotschka, ich kann im Moment nicht mit dir reden», sagte Kira, ohne sich umzudrehen. Sie lief über den mit Papieren übersäten Teppich, hockte sich hin, nahm aber nichts in die Hand. «Komm später vorbei, ja?»

«Oder haben Sie etwas Dringendes?», fragte Baturin.

Allotschka sah ihn an, und als sich ihre Blicke trafen, fiel es ihnen schwer, sie voneinander zu lösen.

Ob er glaubt, dass ich was mit diesem geisteskranken Ljoscha habe?, durchfuhr es Allotschka plötzlich. Schreckliche Vorstellung.

Baturin war breit und kräftig, hatte kurzes Haar und dunkle Augen. Allotschka hatte ihn noch nie im Anzug gesehen. Er trug Pullover und derbe Jacken, und das stand ihm ausgezeichnet. Einmal hatte Allotschka eine Sitzung erlebt, die er leitete, und war hingerissen gewesen – so virtuos ging er mit den Journalisten um, so bestimmt und ohne jede demonstrative Rüpelei wies er sie zurecht oder äußerte seine Missbilligung.

Dann las sie seine Artikel. Er schrieb professionell und beeindruckend. Allotschka, eine reiche, behütete Moskauerin ohne ernsthafte Sorgen, empfand heftiges Mitgefühl mit den wildfremden Menschen, über die er schrieb und deren Leben von Allotschkas Alltag so weit entfernt war wie der Mars.

Auch den Krieg lernte sie erst durch Baturins Texte hassen. Vorher war es ihr egal gewesen, ob irgendwo Krieg war oder nicht. Das alles war immer irgendwo weit weg und schien irgendwie unwirklich.

Allotschka träumte davon, eines Tages so schreiben zu können wie Kira – es wäre ihr nie in den Sinn gekommen, schreiben zu wollen wie Baturin. Für sie stand fest, dass man das nicht lernen konnte. Um zu schreiben wie Baturin, musste man Baturin sein.

Und noch etwas. Sich das einzugestehen fiel ihr am schwersten.

Grigori Baturin gefiel Allotschka sehr. So sehr, dass es ihr ein wenig peinlich war.

Bisher hatte Allotschka niemand wirklich gefallen – weder in der Schule noch in der Uni oder im Skiurlaub. Es hatte nette junge Männer gegeben, bewährt und überprüft, mit denen sie eine Weile ausging und von denen sie sich, wenn sie ihrer überdrüssig wurde, leichten Herzens trennte, um danach nie wieder an sie zu denken. Mit einem davon, dem Bewährtesten, einem jungen Mann mit lauter Diplomen renommierter Lehranstalten, hatte Allotschka sogar geschlafen, um «Erfahrungen zu sammeln». Sie trafen sich noch hin und wieder zu diesem Zweck und hatten beide Spaß daran, sich fröhlich zwischen den Seidenkissen zu wälzen.

Aber das war alles gewesen.

Ein einziger Blick von Grigori Baturin löste in Allotschkas Kopf etwas aus, als habe sie ein Blitz getroffen und alles ringsum ausgelöscht. Sie hatte das Bedürfnis, ihn zu berühren. Nur berühren, spüren, wie er sich anfühlte, seine Wange, seine Finger, das Haar an seinem Hinterkopf. Wenigstens seine Kleidung! Für sie war er etwas ganz Besonderes, ganz anders als dieser Harvard-Absolvent, auf den sich ihre Erfahrung beschränkte.

Sie wäre vor Angst gestorben, wenn Baturin sie tatsächlich «beachtet» hätte, und sie wünschte sich nichts sehnlicher, als dass er es tat. Sie flehte ihn im Stillen an: Sieh mich an! Nun sieh doch, das bin ich!

«Nun?», fragte er plötzlich ganz dicht neben ihr. Seine Stimme klang unwillig. «Was starren Sie mich so an? Habe ich vergessen, meinen Fallschirm abzuschnallen?»

Allotschka wurde krebsrot.

«Entschuldigen Sie», sagte sie hastig. «Kira, kann ich später wiederkommen?»

Kira seufzte.

«Selbstverständlich.»

Allotschka stürzte hinaus in den Flur und rannte fast davon. Auf der Treppe prallte sie in vollem Lauf gegen einen Rücken.

«Entschuldigung!»

Der Rücken drehte sich um und entpuppte sich als Kiras Mann.

«Halb so schlimm», sagte er. «Haben Sie sich wehgetan?»

Allotschka schüttelte den Kopf.

«Haben Sie Zigaretten dabei? In Kiras Beisein rauche ich nie, um als sportlicher Nichtraucher zu gelten. Meine Zigaretten liegen im Auto.»

«Natürlich!», rief Allotschka erleichtert und riss sich die Tasche von der Schulter. «Sofort!»

Zu Konspirationszwecken, wie Sergej erklärte, gingen sie noch eine Treppe tiefer und zündeten sich tiefsinnig eine Zigarette an.

«Ein lustiges Leben ist das bei Ihnen in der Redaktion», sagte Sergej schließlich. «Beneidenswert. Bei uns ist es ganz anders.»

«Wo arbeiten Sie denn?»

«Ich bin wissenschaftlicher Direktor bei Sony. Natürlich nicht von der gesamten Firma, nur von der russischen Niederlassung. Bei uns geht es immer ruhig und gesittet zu Fast wie im Paradies.»

«Sie glauben, im Paradies geht es ruhig und gesittet zu?», fragte Allotschka, und er lachte.

«Kommt wahrscheinlich ganz drauf an. Jeder hat sein eigenes Paradies. Meins jedenfalls sieht so aus.»

In meinem Paradies, dachte Allotschka, schlägt der Blitz immer an derselben Stelle ein. In mein Paradies gehört Grigori Baturin. Aber wie konnte sie ihn nur dorthin locken? Und was sollte sie anfangen mit dem, was *sie wusste*?

«Macht Kira sich große Sorgen?»

«Ja, natürlich!», antwortete er sonderbar ärgerlich, als begreife er nicht, warum Kira sich eigentlich Sorgen machte. «Alles passt zusammen, der Brief, das Büro und der Mord ausgerechnet in unserem Haus.»

«Waren Sie auch zu Hause? Als er getötet wurde?»

Sergej sah Allotschka an.

«Nein. War ich nicht.»

«Was ist denn das für ein Brief?», fragte Allotschka, allen Mut zusammennehmend. «Das habe ich nicht richtig mitgekriegt.»

Vielleicht sollte ich es ihm erzählen, dachte sie flüchtig. Er versteht bestimmt auch alles. Genau wie Kira.

«Ein Brief in Kostiks Aktentasche», erklärte Sergej. «Die Miliz glaubt, dass Kira ihn darin bedroht oder erpresst. Aber das ist gar kein Brief, das ist ein Stück aus einem alten Artikel von ihr über Krimis. Wussten Sie das nicht?»

«Doch!», widersprach Allotschka. «Ich wusste nur nichts von dem Artikel.»

Sergej schaute sie aufmerksam an.

«Der ist auch nicht erschienen. Er wurde durch irgendetwas anderes ersetzt. Als Sie bei Kira auf der Datscha waren, schrieb sie gerade daran.»

Allotschka zuckte die Achseln. Es war ihr egal, woran Kira auf der Datscha geschrieben hatte.

«Es heißt, Baturin wird jetzt Chefredakteur», erkundigte Sergej sich vorsichtig, «ist das gut oder schlecht?»

«Gut natürlich!», rief Allotschka feurig. «Kostik … war auch ein sehr guter Chef, aber doch nicht so brillant wie Grigori Alexejewitsch!»

«Weil Baturin noch nie gedroht hat, Sie zu entlassen?», fragte Sergej spöttisch.

Allotschka wurde rot und ärgerte sich. Kiras Mann hatte ihr so gefallen, er war ihr so klug vorgekommen, so vertraut, und dabei verhöhnte er sie nur, genau wie alle anderen.

«Seien Sie mir nicht böse», sagte Sergej rasch. Ihre Empfindungen spiegelten sich so deutlich in ihrem Gesicht, genau wie bei seinem Sohn. «Das hab ich nur so dahingesagt. Aus Spaß.»

Es klang so aufrichtig, dass Allotschka ihm sofort glaubte.

«Sie sind einfach sehr verschieden», versuchte sie ihm zu erklären, «Verotschka hat zum Beispiel gestern voller Stolz erzählt, sie hätte mit Kostik geschlafen, um gute Aufträge zu bekommen, bei Baturin dagegen … ist so etwas ausgeschlossen.»

Auf einmal genierte sie sich derartig, dass sie erneut errötete, bis zu den Haarwurzeln. Aber sie hatte noch nie mit jemandem über die Redaktionsangelegenheiten reden können, und noch nie hatte ihr jemand so aufmerksam zugehört wie Kiras Mann!

«Also, ich meine …»

«Ich habe schon verstanden», half ihr Sergej, «Kostik hatte seine eigenen Methoden bei der Auswahl seiner Mitarbeiter und Mitarbeiterinnen. Besonders Letzterer. Baturin hat andere Methoden, und die gefallen Ihnen besser. Richtig?»

Allotschka nickte. Gott sei Dank – er verstand wirklich alles.

«Danke», sagte Sergej, «ich muss los. Meine Japaner mögen keine Verspätungen.»

Zu seiner eigenen Überraschung drückte er ihr die Hand

und lief die Treppe hinunter. Draußen war es wärmer geworden, und er bedauerte, dass er keine Zeit mehr hatte, in seine Wohnung zu fahren und die Jacke zu wechseln. In Kiras Kleiderschrank hingen keine Jacken mehr von ihm.

Allotschka hatte ihm einiges erklärt, aber nicht alles. Nein, längst nicht alles.

Zuerst musste er sich denjenigen vornehmen, der die Papiere seiner Frau durchwühlt hatte, dann kam alles andere – Lenka Puchowa, Massja, die wie verrückt gebellt hatte, Valentinas Hexenschuss, die lila Baskenmütze und der Drohbrief.

Er stieg in sein Auto, verzog das Gesicht und kramte aus dem Handschuhfach eine Packung Pfefferminzkaugummi hervor.

Er rauchte nämlich tatsächlich nicht.

# 18

KIRA ÖFFNETE DIE TÜR und rief schon von der Schwelle aus: «Tim!»

Sie hörte es rascheln, ein Stuhl wurde verrückt, dann erschien ihr Sohn im Flur. Er trug eigenartigerweise Shorts, ebenfalls superweit, und darüber ein T-Shirt.

«Mein Gott», murmelte Kira, «wie siehst du denn aus?»

Er sah verständnislos an sich herab.

«Warum hast du diese Hose an?»

«Mir war warm.»

«Wo war dir warm?»

«Beim Tennis», erklärte Tim bereitwillig, «beim Spielen hab ich geschwitzt.»

Seit dem Tennis war ein halber Tag vergangen. Sinnlos, ihn zu fragen, warum er sich inzwischen nicht umgezogen hatte.

«Tim, hat Papa angerufen?»

«Sollte er?»

«Ja. Sollte er.»

«Warum?»

Weil er sie heute früh zur Arbeit gefahren, mit ihr zusammen das Chaos in ihrem Büro besichtigt und beim Abschied versprochen hatte, sie anzurufen. Weil er gesagt hatte, dass man im Büro weder Indizien noch Fingerabdrücke finden würde, und weil die Miliz tatsächlich nichts gefunden hatte. Nichts, was mit Kostiks Tod zu tun haben konnte.

Woher hatte er das gewusst? Was wusste er überhaupt?

Kira hatte Kopfschmerzen und ihr tränten die Augen, als hätte sie den ganzen Tag in einem Zementsack verbracht. Und Sergej hatte nicht angerufen.

«Mama, warum sollte er anrufen?»

«Weil er es versprochen hat.»

Tim wurde unruhig.

«Er hat es versprochen und trotzdem nicht angerufen?»

«Reg dich nicht gleich auf, Tim, bitte. Wo ist Valentina?»

«Hier bin ich, Kira. Ich habe gerade frischen Tee aufgebrüht. Trinken Sie eine Tasse.»

Die biedere karierte englische Schürze erschien im Flur.

«Was macht Ihr Rheuma?»

Valentina wurde verlegen.

«Danke, Kira, ein bisschen besser. Wir haben Algebra und Biologie für Montag gemacht. Zum Abendessen gibt es Huhn in Weißwein. Das Rezept habe ich aus einem Roman. Einem wunderbaren englischen Roman!»

Valentina zog die Nase kraus und nieste.

«Es wird Frühling!», verkündete sie. «Auf meine Allergie ist Verlass! Wir sollten zur Datscha fahren und sauber machen. Bald, sehr bald werden wir die Wochenenden dort verbringen, am Busen der Natur!»

«Meinen Sie mit ‹Busen der Natur› Malachowka?», erkundigte sich Kira aus dem Bad.

Tim prustete fröhlich und verschwand in seinem Zimmer. Aber Valentina ließ sich nicht so leicht aus der Fassung bringen.

«In Malachowka fühle ich mich verjüngt und unsterblich!» Dann hielt sie inne und fragte besorgt: «Kommt Sergej zum Abendessen? Wenn ja, muss ich noch ein Gedeck auflegen.»

«Keine Ahnung, ob Sergej kommt.»

«Kira», sagte Valentina beunruhigt, wobei sie zu Kira ins Bad trat und nach dem Saum ihrer karierten Schürze griff, «wenn Sie böse auf ihn sind wegen unseres … Missverständnisses heute Morgen – ich bitte Sie, das ist doch nicht der Rede wert! Solange Sie geschieden waren, war ich natürlich mit ganzem Herzen auf Ihrer Seite, aber wenn … wenn Sie es für möglich halten, wieder in Liebe zusammenzuleben …»

Kira starrte sie erstaunt an.

«Und dann, der Junge ist so glücklich», ergänzte Valentina nach einem raschen Blick zur Tür. «Sehr, sehr glücklich. Er wartet so auf ihn. Vielleicht ist er ja doch nicht so ein … Ungeheuer?»

«Ein Ungeheuer?»

«Sergej, meine ich», stammelte Valentina, «vielleicht ist er ja gar kein Ungeheuer? Vielleicht sollten wir … ihm verzeihen?»

Kira musste lachen.

Sie küsste Valentina erst auf die eine, dann auf die andere mollige Wange – Valentina errötete – und lief an ihr vorbei in die Küche.

«Lasst uns essen!», rief sie von dort. «Solange das Ungeheuer noch nicht da ist und das Huhn mitsamt dem Geschirr verschlingt!»

«Nicht so laut, nicht so laut!», zischte Valentina.

«Was für ein Ungeheuer, Mama?»

«Gar keins.»

«Mama, gehen wir am Sonnabend in ‹Harry Potter›? Echt, alle haben ihn schon gesehen, bloß ich nicht!»

«Und hinterher beschimpfst du mich, dass ich dich in einen Kinderfilm schleppe!»

«Mach ich nicht, Mama. Ehrenwort.»

«Na gut, wir gehen hin. Valentina, kommen Sie, essen Sie mit uns.»

«Nein, wirklich, das ist mir peinlich ...»

«Ach was», erklärte Kira, «keine Widerrede! Setzen Sie sich.»

Das Huhn aus dem wunderbaren englischen Roman dampfte appetitlich in einer Porzellanschüssel und strömte einen betörenden Duft aus, die Gurken schmeckten schon frühlingshaft und nicht wie die grünen Waschlappen im Winter. Tim guckte ganz brav, Valentina wuselte herum, keiner zankte sich, und alle Sorgen schrumpften plötzlich auf die Größe eines Stecknadelkopfes zusammen. In diesem Moment kam Sergej.

Niemand hatte ihn hereinkommen hören. Er blieb an der Tür stehen und sah sie eine Weile an, bis Kira ihn bemerkte.

Sie sprang auf, und alle seine Gedanken schrumpften zusammen auf besagten Stecknadelkopf, und diese Stecknadel bohrte sich in sein Hirn oder in sein Herz, das konnte er nicht genau ausmachen, denn er begriff nichts, er glaubte lediglich, gleich würde sie ihn küssen.

Wie früher. Wie immer, wenn er von der Arbeit gekommen war.

Kleinbürgerliche Gefühlsduselei, na und – sie hatte ihn trotzdem jeden Abend geküsst, wenn er von der Arbeit kam, zweimal, auf den Mund und auf die Wange; selbst als sie einander bereits hassten, hatte sie ihn jeden Abend so geküsst, als brauchte sie ihn wirklich. Die Stecknadel bohrte sich immer tiefer, der Schmerz wurde immer heftiger.

Kira stoppte auf halbem Wege.

Tim und Valentina starrten sie beide an, Tim hörte sogar auf zu kauen, und Valentina ließ vor Aufregung einen Dillzweig fallen.

Ein Stich ins Herz, der Bann verflog, die Stecknadel sprang aus dem Hirn – oder aus dem Herzen –, und Kira ließ die Arme sinken, die sie hatte um ihn legen wollen.

Ihm wurde ganz flau, so sehr liebte und begehrte er sie.

«Hallo, Kinder», sagte er mühsam, «ich bin's.»

«Das sehen wir», erwiderte Kira.

Sie konnten sich nicht in die Augen sehen.

«Isst du mit uns?»

«Ja.» Sergej zog einen Hocker unterm Tisch hervor und setzte sich neben Tim, möglichst weit weg von Kira. «Ich muss mit dir reden.»

«Jetzt gleich?»

Aus irgendeinem Grund glaubte sie, er wolle über sie beide sprechen, über ihr Leben. Aber sie konnten doch nicht mehr zusammen sein! Sie waren seit hundert Jahren geschieden! Seit einem Jahr, zwei Monaten und …

«Ich will heute Abend nach Malachowka fahren», erklärte ihr Mann düster, und Kira zwinkerte erschrocken. Das hatte sie nicht erwartet.

«Wozu?»

«Ich muss.»

«Da ist nicht aufgeräumt», mischte Valentina sich beunruhigt ein, «wir waren den ganzen Winter nicht dort.»

Tim polkte mit einer Hand am Huhn herum, die andere

hielt er unterm Tisch, den Daumen gedrückt – sein toller schlauer Plan ging auf! Der Vater kam den dritten Tag hintereinander abends her und blieb über Nacht, und Mama war gar nicht sauer.

«Ich erklär's dir», sagte Sergej zu Kira.

«Bitte», bat sie ihn kalt. Sie schämte sich, weil sie so gehofft hatte, dass sie über etwas ganz anderes sprechen würden.

«Sergej», sagte Valentina und wurde rot wie ein junges Mädchen, «wegen des gestrigen Missverständnisses wollte ich nochmal … Ich bin sicher, dass Sie in Wirklichkeit nicht glauben, was … Sie da gesagt haben, dass ich … den armen Jungen …»

Sergej wollte etwas sagen, aber Kira versetzte ihm unter dem Tisch einen Fußtritt, und er machte den Mund wieder zu.

«Ich habe auf der Treppe und auf dem Hof niemanden gesehen, niemanden!», rief Valentina inbrünstig. «Ich war ein wenig … beschäftigt mit meinen eigenen Gedanken, außerdem, wissen Sie, mein Hexenschuss und meine Allergie … Meine Allergie ist ein sicheres Anzeichen für den Frühling! Wie das Frettchen in diesem Film, das spürt, wann der Frühling kommt …»

«Murmeltier», korrigierte der gut informierte Tim, «‹Tag des Murmeltiers›, nicht ‹Tag des Frettchens›!»

«Ja, ja, das Murmeltier. Jedenfalls reagiert meine Nase schon …»

«Was?», fragte Sergej plötzlich. «Was haben Sie gesagt?»

«Das Murmeltier», wiederholte die arme Valentina, «Es sagt den Frühling voraus.»

«Nein», unterbrach sie Sergej, «davor!»

«Davor?», stammelte Valentina. «Nichts Besonderes. Ich habe eine Pollenallergie. Und von jedem Geruch muss ich niesen. Sozusagen …»

«Was ist, Sergej?», fragte Kira, die bemerkte, dass ihr Mann ganz komisch guckte. «Was ist los? Ist dir schlecht?»

«Ja», erwiderte er giftig, «mir ist schlecht.»

«Wasser?» Valentina sprang auf, bereit, ihm zu Hilfe zu eilen. «Einen Arzt? Tim, Junge, geh in dein Zimmer! Kira, im Kühlschrank ist Valocordin, rechts oben. Mein Gott, das ist gefährlich! Junge Männer in diesem Alter neigen zu Herzattacken! Schnell, Kira!»

«Stopp», befahl Sergej, «ich brauche kein Valocordin. Ich bin völlig in Ordnung. Ich habe bloß … verstanden.»

«Was?», hauchte Kira.

«Alles», antwortete ihr Mann und lächelte. «Zumindest weiß ich jetzt, warum alle Valentina gesehen haben, als sie schon längst weg war.»

«Wahnsinn!», trompetete Tim und zog vor Begeisterung die Hand mit dem gedrückten Daumen unterm Tisch hervor. «Wahnsinn, Papa!»

«Mich?», fragte Valentina, wich zurück und sank auf das Gobelinsofa. Sie griff nach einer Zeitschrift und fächelte sich Luft zu. Kira holte rasch das Valocordin aus dem Kühlschrank und träufelte etwas davon in ein Glas.

«Es ist ganz einfach», fuhr Sergej fort, «Wieso ist mir das nicht gleich eingefallen?»

«Was?»

«Du kamst nach Hause», spulte er hastig herunter, «und Valentina ging. Das war gegen sieben oder kurz danach. Um acht, ungefähr zu der Zeit, als Kostik getötet wurde, tauchte Valentina wieder auf. Marja Semjonowna hat sie gesehen, Fedot Schubin und seine Wassja – alle. Massja hat jemanden verbellt wie einen Fremden. Woher kam dieser Fremde? Warum hat ihn niemand gesehen?»

«Und?», hauchte Kira. «Warum nicht?»

«Weil der Fremde unsere Valentina war!»

Valentina kreischte auf. Tim atmete geräuschvoll ein.

«Was soll das, Papa? Spinnst du?»

«Nein, nicht doch», sagte Sergej ärgerlich, «natürlich war es jemand anders, aber er sah aus wie Valentina!»

Kira ließ sich neben Valentina aufs Sofa fallen, nahm ihr die Zeitschrift aus den erschlafften Händen und fächelte sich ebenfalls Luft zu.

«Kinder», erklärte Sergej geduldig, «es ist alles ganz logisch. Valentina kommt und geht jeden Tag. Alle kennen sie. Alle sind an sie gewöhnt. Außerdem ist sie immer gleich angezogen. Immer. Richtig, Valentina?»

«Na ja ... Schon möglich.»

«Nicht möglich», sagte Sergej, «sondern sicher. Schon als Sie das erste Mal zu uns kamen, trugen Sie diesen karierten Mantel und diese Baskenmütze. Und das war vor zehn Jahren. Richtig?»

«Meine Neffen», murmelte Valentina, als wollte Sergej sie verklagen, weil sie seit zehn Jahren ein und denselben Mantel trug, «meine Neffen ... Sie brauchen doch ... Wo ich kann ... Ich muss ... Es ist meine Pflicht, sie zu unterstützen, und das tue ich, ich verdiene ja Gott sei Dank gut, mehr als genug für mich, und sie ...»

«Können selber kein Geld verdienen», resümierte Sergej, «alles klar. Ihr Mantel ist schon zehn Jahre alt.»

«Dreizehn», korrigierte Valentina, «wenn man mit den Sachen sorgsam umgeht ...»

«Genau. Der Mörder hat Sie gesehen. Vermutlich mehrfach. Ihren Mantel, Ihre Mütze und Ihr Make-up. Der Rest ist klar. Er zieht einen karierten Mantel an, setzt eine Baskenmütze auf, malt sich die Lippen lila an und verwandelt sich in Sie. Natürlich hat ihm niemand ins Gesicht geschaut! Wozu? Das war eindeutig Valentina aus Wohnung zwölf, die immer denselben Mantel und dieselbe Mütze trägt! Er begeht seine Tat und verschwindet seelenruhig, alle sehen ihn, aber niemand kommt auf die Idee, dass dies ein Mörder ist, dass er soeben einen Menschen erschossen hat.»

Bei diesen Worten fiel Valentina in Ohnmacht und sank auf Kira.

Während Kira ihr Wasser ins Gesicht spritzte und ihr ein Glas Wasser an die Lippen hielt, damit sie wieder zu sich kam, dachte Sergej nach.

«Und Sie sind darauf gekommen?», röchelte Valentina, als Kira sie aufgesetzt hatte und ihr Blick wieder klarer wurde. «Sie haben nicht geglaubt, dass ich es war?»

Sergej wollte sagen, nein, das habe er nicht geglaubt, aber das wäre eine Lüge gewesen. Er hatte es geglaubt, wenn auch nur kurz.

«Papa, wie bist du darauf gekommen, dass sie es nicht war?» Tim brannte vor Neugier und war sehr stolz auf seinen Vater.

«Wassilissa hat gesagt, Valentina sei an ihnen vorbeigelaufen und zur Metro gerannt. Valentina kann nicht gerannt sein, sie hat einen Hexenschuss», sagte er. «Und außerdem eine Allergie.»

«Was hat denn die Allergie damit zu tun?»

«Das verrate ich nicht», antwortete Sergej fröhlich.

# 19

KIRA WOLLTE MIT NACH MALACHOWKA. Damit hatte er im Grunde gerechnet, ja, er hatte sogar darauf spekuliert, als er hergekommen war und mitgeteilt hatte, dass er auf die Datscha fahren wolle.

Sie hatte nichts gesagt, doch als er aufbrechen wollte, stand ihr kleiner Rucksack an der Tür, darin eine schlanke englische Thermosflasche und zwei Äpfel, und dann erschien sie selbst, in derben Jeans und engem Pullover, den Haarschopf entschlossen hinters Ohr geschoben.

«Ich komme mit», erklärte sie kategorisch. «Valentina bleibt bei Tim. Sie übernachtet heute hier.»

«Nimm dein Handy mit», riet Sergej, «bei meinem ist der Akku leer, und mein Ladegerät ist im Auto.»

Kira sah ihn misstrauisch an. Er hätte mit ihr streiten müssen, sich weigern, sie mitzunehmen. Sie war auf einen Kampf eingestellt gewesen, doch er reagierte gar nicht und zog sich seelenruhig die Schuhe an.

Was hatte das zu bedeuten?

«Tschüs, Mama! Tschüs, Papa!», rief Tim aus dem Bad. «Papa, kommst du dann wieder her?»

«Mal sehen», murmelte der Vater, und weder Kira noch sein Sohn fragten, was genau er mal sehen wollte.

«Was machen wir dort?», fragte sie im Auto. «Hast du beim letzten Mal dort etwas vergessen?»

Sie schaltete das Radio ein, nahm ihre Zigaretten heraus, öffnete ihre Jacke und schnallte sich an.

«Wir legen uns auf die Lauer.» Sergej wechselte auf die rechte Spur und zwang sich, nicht zu sehr aufs Gas zu drücken. Kira hatte nach der Höllentour von heute früh so unglücklich ausgesehen.

«*Was* tun wir?», fragte sie ungläubig.

«Wir legen uns auf die Lauer. In deinem Büro hat jemand dasselbe gesucht wie auf der Datscha. Das heißt, auf der Datscha hat er es nicht gefunden. Vermutlich aber auch im Büro nicht.»

«Wie kommst du darauf?»

«Baturin ist um halb zehn gegangen. Um zwölf macht der Nachtpförtner seinen Rundgang, ich habe mich erkundigt. Bis dahin musste der Einbrecher verschwunden sein, oder er hätte die ganze Nacht bleiben müssen, und das wäre riskant gewesen. Dann hätte ihn am Morgen vielleicht die Putzfrau oder die Liftfrau entdeckt. Er hatte also etwa zwei Stunden.»

Kira sah ihn an.

«Du meinst, er hat es nicht geschafft?»

«Ja. Ich meine, er hat es nicht geschafft. Außerdem glaube ich, dass er diese Verwüstung aus Verzweiflung angerichtet hat – weil er nicht fand, wonach er suchte. Wenn wir Glück haben, macht er heute noch einen Versuch. In dein Büro kommt er nicht mehr rein. Auf der Datscha habe ich ihn aufgestört, also muss er es dort noch einmal versuchen! Und zwar in der Nacht, denn am Tag wacht Aristarch Matwejewitsch mit seinem Plastikgewehr. Das haben wir so verabredet.»

Kira zündete sich eine Zigarette an. Im Licht des Armaturenbretts wirkte ihr Gesicht spitz und eckig.

«Wer ist es, Sergej?»

«Wir werden sehen.»

«Warum willst du es mir nicht sagen?»

«Ich bin mir nicht sicher. Am Ende sage ich was, und es stimmt nicht – wozu?»

«Weil ich so aufgeregt bin, verdammt nochmal!», schrie Kira. «Du bist ein gefühlloser Klotz!»

«Ja, das bin ich», stimmte er ihr zu, «da hast du Pech gehabt. So ist es nun mal.»

«Ist er … bewaffnet?»

«Nein», sagte Sergej. In Wirklichkeit war er keineswegs sicher. «Wahrscheinlich nicht. Ich glaube, er ist ein friedlicher Bürger, kein Mörder.»

«Und was sucht er?»

«Wir werden sehen, Kira.»

«Und der Brief in Kostiks Tasche, ist das auch das Werk dieses friedlichen Bürgers?»

«Nein», sagte Sergej, «das war der Mörder. Da bin ich ganz sicher.»

«Und wer ist der Mörder?»

Ihr Mann lachte.

«Ich weiß es doch nicht! Wirklich.»

«Wirst du es herausfinden?», fragte Kira streng, ohne auf seine Heiterkeit einzugehen.

«Ich werde mich bemühen», versprach er. «Wir müssen das Auto bei den hinteren Nachbarn abstellen.»

Die «hinteren» Nachbarn wohnten eine Straße weiter.

«Beim letzten Mal hat er vielleicht mein Auto gesehen, obwohl ich das bezweifle. Er hatte es sehr eilig. Aber sicher ist sicher. Wir wollen ihn ja nicht verschrecken.»

Als der Jeep in Malachowka ankam, war es bereits stockdunkel. Dichte Finsternis, wie sie typisch ist für den Vorfrühling und den Spätherbst, lag über der Straße; die starken gelben Scheinwerfer schnitten längliche Stücke aus ihr heraus.

«Wir sind da!»

Er stellte den Motor ab und blieb eine Weile schweigend sitzen. Kira sah aus dem Fenster und schwieg ebenfalls.

«Die Taschenlampe», sagte Sergej zu sich selbst, «wir machen kein Licht.»

«Ohne Licht hab ich aber Angst», erklärte Kira mit dünner Stimme.

Sie hatte schon immer Angst vor der Dunkelheit gehabt.

Er griff nach ihrem Rucksack, stopfte die Taschenlampe hinein und schaltete die Alarmanlage ein. Die hellen Scheinwerfer leuchteten zum Abschied noch einmal auf und erloschen. Die Frühlingserde schmatzte unter ihren Füßen.

Wir hätten nicht herkommen sollen, dachte Kira. Eine Bombe schlägt nicht zweimal an derselben Stelle ein. Keiner wird heute Nacht hier weitersuchen.

Sergej würde schweigen und sie auch. Schweigend würden sie so die Zeit verbringen, die das «Abenteuer» dauerte, es anschließend beide bereuen und sich übereinander ärgern. Sergej würde sich vor der Haustür von ihr verabschieden – Kira kannte seinen gleichgültigen, abwesenden Ton nur zu gut! –, und es würde nichts passieren. Nichts von dem, woran zu denken Kira sich untersagte.

Es war ihm ohnehin alles egal. Er war eben doch gefühllos. Er wollte nur nicht, dass die Mutter seines Kindes ins Gefängnis kam.

Dieser Gedanke verdarb Kira endgültig die Laune.

«Vielleicht bleibe ich lieber im Auto sitzen?», schlug sie

mürrisch vor. «Was soll ich da, es kommt doch sowieso keiner!»

Er sollte sie überreden, bedauern, sie fragen, was los war. Aber er hörte immer nur genau das, was man sagte – sonst nichts. Er verstand keine Anspielungen und ahnte nie, was sie wollte, wenn sie es nicht direkt äußerte.

«Du willst im Auto sitzen bleiben?», fragte er zweifelnd. «Das wirst du nicht lange aushalten, ich weiß ja nicht, wie lange wir warten müssen. Es war ein Fehler, dich mitzunehmen, du hättest in Moskau bleiben sollen!»

Idiot!

Im Haus roch es wie immer nach Holz und feuchten Büchern. Kira blieb eine Weile im Mondlichtviereck vor dem hölzernen Schaukelpferd stehen, das der kleine Tim so geliebt hatte.

«Hallo», sagte sie zum Haus.

«Hallo», antwortete ihr unsentimentaler Mann und zwängte sich geschäftig an ihr vorbei in das große Zimmer mit der bunten Scheibe.

«Ich hab gestern das Gitter nicht richtig festgeschraubt», sagte er von dort, «wenn unser Einbrecher kommt, kann er es schneller losmachen.»

«Dann hättest du es lieber gar nicht wieder dranmachen sollen!»

«Das wäre verdächtig», erklärte er. «Behalt die Schuhe an, Kira! Ich hab sie neulich ausgezogen und bin dann mit nur einem Schuh hinter ihm hergerannt!»

«Du meinst, ich renne hinter ihm her?», erkundigte sich Kira.

«Nein», erwiderte ihr Mann, «aber vielleicht brauche ich deine Hilfe.»

Kein Funken Ritterlichkeit von wegen: Das ist Männerarbeit, meine Liebe! Gib mir meinen Colt und warte hinten auf der Wiese auf mich! Er fand, wenn er den Einbrecher stellen, festhalten und ihm hinterherrennen konnte, dann konnte sie das auch.

Und da sie nun mal beide hier waren, würden sie ihn auch beide fangen.

Er öffnete nacheinander alle Türen und verschloss sie wieder. In der Küche drehte er das Wasser auf und wieder zu.

«Was stehst du da herum?», fragte er und schob sich an Kira vorbei in die kalte, dunkle Kammer. Sie stand noch immer auf dem bläulichen Mondviereck.

Er kam aus der Kammer und schloss die Tür. Im Haus schien es jetzt heller geworden zu sein – entweder hatten sich die Augen an die Dunkelheit angepasst, oder der Mond war über die Kiefern gestiegen.

Sergej blieb unschlüssig neben ihr stehen, verstand nicht, warum sie plötzlich so verstimmt war, und schlug vor: «Gehen wir? Setzen wir uns hin?»

«Auf die Lauer?»

«Was hast du denn, Kira?»

«Nichts», schrie sie gedämpft, schluchzte sogar kurz auf, «lass mich!»

Sie war so sicher gewesen, dass sie zu einem Rendezvous fuhren. Aber er hatte sie nur hierher gebracht, um den Einbrecher zu fangen. Sie war ihm völlig egal.

«Na schön», sagte er, «dann bleib hier stehen.»

Er ging ins große Zimmer.

Kira kramte in ihrer Jackentasche, aber in ihrer Frühlingsjacke, die sie heute aus dem Kleiderschrank geholt hatte, steckte kein Taschentuch. Sie musste sich die Augen mit dem Ärmel abwischen.

Und dann noch dieses Haus.

Kira war hier aufgewachsen, und Tim auch.

Er war drei gewesen, als Sergej ihm ein Dreirad kaufte. Ein wunderschönes Dreirad. Tim war darauf immer um die Rabatten herumgefahren und hatte gehupt, dann war er abgestiegen und hatte die Pedale mit der Hand gedreht.

Einmal war noch am vierten Mai Schnee gefallen. Als sie am Morgen aufstanden, war der ganze Garten mit Schnee bedeckt. Die Krokusblüten ragten aus dem Weiß, ein Spielzeuglaster, den Tim auf der Bank liegen gelassen hatte, war voller Schnee, die Nachbarskatze lief vorsichtig den Weg entlang und blieb immer wieder stehen, um sich angewidert den Schnee von den nassen Pfoten zu schütteln. Sie blieben den ganzen Tag im Haus – backten Piroggen, saßen Arm in Arm unter einer Decke auf dem Sofa und spielten mit Tim Karten.

Nach Sergejs Habilitationsverteidigung hatten sie hier ein «Bankett» gegeben – Schaschlik und Tanz bis zum Umfallen. Alle hatten sich betrunken, einschließlich der Professoren und Akademiemitglieder. Alle, bis auf ihren Mann. Er betrank sich niemals – er konnte und mochte das nicht. Als die Wissenschaftler von ihren Chauffeuren und Ehefrauen eingesammelt worden waren und die Übrigen sich auf den Weg zur Bahnstation gemacht hatten, warfen Kira, ihre Mutter und Valentina das Plastikgeschirr und -besteck in schwarze Müllsäcke, und Sergej saß allein am Feuer. «Was ist», fragte Kira ihn, als alle anderen im Bett waren, «traurig?» Er blickte ins Feuer und schwieg, schließlich sagte er: «Schluss. Vorbei mit der Wissenschaft.» Kira hatte nicht verstanden. Wie konnte es vorbei sein mit der Wissenschaft, nachdem er heute so glanzvoll seine Habilitation verteidigt hatte? Er erklärte es ihr. Er hatte sich alles bewiesen, was er sich selbst hatte beweisen müssen. Nun musste er Geld verdienen gehen. Drei Wochen nach diesem Gespräch kündigte er in seinem Institut. Er bereute es nie, zumindest nicht laut.

Er war ein starker Mensch, ihr Mann.

Tastend, denn das Licht des Frühjahrsmondes drang nicht in den Flur, ging Kira ins große Zimmer.

«Wo bist du, Sergej?»

«Hier. Links, unterm Lichtschalter. Ich sitze auf dem Fußboden.»

Er nahm ihre Hand und zog sie näher zu sich, sie trat auf ihn zu und wäre beinahe hingefallen.

«Setz dich. Hier ist es sauber.» Er flüsterte.

«Selbstverständlich», empörte sich Kira, ebenfalls flüsternd, «Valentina und ich haben gründlich sauber gemacht, als ich im Februar hier weggefahren bin!»

«Wolltest du hier deine Trübsal kurieren?»

«Ja, schon», bekannte Kira, «aber das ist ein schlechter Ort dafür. Zu viele Erinnerungen.»

«Stimmt», bestätigte Sergej, «als ich gestern herkam ...»

«Was?»

«Nur so. Erinnerst du dich an das Pferd? Das im Flur steht?»

«Und wie du hier deine Promotion gefeiert hast?»

«Und wie deine Eltern uns hier im Bett erwischt haben? Hatten wir Tim da schon? Oder noch nicht?»

«Nein, Sergej», sagte Kira, «da hatten wir Tim noch nicht. Den haben wir erst von hier mitgebracht.»

«Genau.» Nun lächelte er. «Tim hatten wir noch nicht.»

Kira lehnte sich an seine Schulter, an die bewusste Jacke, die sie zusammen gekauft hatten und die so vertraut roch – nach Rasierwasser, sauberer Haut und ein bisschen nach Auto.

Es war sehr still; so still war es in Moskau nie.

«Wie spät ist es?»

«Kurz nach elf. Wenn du willst, schlaf ein bisschen.»

«Müssen wir noch lange warten, was meinst du?»

«Ich denke, wenn er kommt, dann bald. Die Nachbarn haben gerade das Licht ausgemacht. Vielleicht ist er schon da und beobachtet die Lage.»

Sergej wandte plötzlich den Kopf und küsste sie auf den Scheitel. Er konnte einfach nicht anders. Kira erstarrte. Sie fröstelte.

«Was sollen wir bloß tun?», fragte er und zog sie so heftig an sich, dass sie beinahe auf seine Knie fiel. «Ich weiß es nicht. Und du?»

«Bei unserer Scheidung habe ich dich gehasst», bekannte Kira, «mein Gott, du hast jahrelang nicht mit mir geredet!»

«Du weißt doch», sagte er, wobei er nur daran denken konnte, dass sie beinahe auf seinen Knien lag, «ich kann nicht reden.»

«Wenn es sein muss, kannst du das sehr wohl. Du hattest mich einfach satt. Du warst meiner überdrüssig.»

«Kira.» Er bemühte sich, geduldig zu sein. Um sich davon abzulenken, dass sie ihm so nah war, dass er ihr Bein an der Hüfte spürte, ihren Atem, ihren Geruch und dass sie unter der Jacke einen engen Pulli trug, überlegte er rasch, wie groß die Fläche eines Spiegels sein müsste, um sie beide vom Mond aus mit bloßen Augen zu erkennen. Solche Dinge halfen ihm immer.

Er berechnete die Fläche und vergaß sie sofort wieder.

«Kira, wir sind einfach … sehr verschieden.»

«Ich weiß.» Sie seufzte. «Mama hat immer gesagt, du passt nicht zu mir. Sie hat gesagt, du bist kein Mensch, sondern eine Rechenmaschine.»

«Ich bin erschöpft», gestand er, «sehr.»

«Du?», fragte Kira ungläubig. «Du bist doch nie erschöpft!»

«Ich bin erschöpft», wiederholte er, «ich habe den Beruf gewechselt und tue etwas, wovon ich nichts verstehe.»

«Wovon du nichts verstehst? Spinnst du?»

«Ich verstehe nichts davon», beharrte er, «weißt du, mit einem Doktortitel ist man im Grunde ohne Beruf …»

«Was heißt ohne Beruf? Was redest du da? Bist du verrückt?»

«Nein, bin ich nicht. Inzwischen habe ich ja auch fast einen Beruf. Zumindest begreife ich jetzt, was genau ich bin und was für ein Job das ist. Ein paar Jahre lang habe ich nur so getan, als wüsste ich das. Das fällt schwer. Seinen Chefs» – Kira spürte, dass er lächelte –, «seinen Chefs kann man alles Mögliche vormachen, aber sich selber nicht. Ich hatte solche Angst, es nicht zu schaffen. Dass eines Tages alle merken, dass ich ein Nichts bin. Ein Trottel ohne Beruf und ohne Grips.»

«Du und ohne Grips?»

«Was soll die dauernde Fragerei?» Er wurde wütend. «Ja, ich! Ich rede von mir!»

«Sergej, du hast Karriere gemacht, und zwar nicht irgendwo …»

«Ach was! Meine Karriere verdanke ich lediglich meinen wissenschaftlichen Erfolgen, und davon habe ich ja mehr als genug! Die Japaner schätzen wissenschaftliche Erfolge und vertrauen ihnen.»

Kira setzte sich auf, wobei sie ihm den Ellbogen schmerzhaft ins Bein bohrte, und schaute ihm ins Gesicht.

«Du brauchst Urlaub», sagte sie entschieden, «am Meer. Ganz allein. Nur am Strand liegen und an nichts denken.»

«Nein, nicht allein.» Er griff nach ihrem Hinterkopf und zog ihn an sein Gesicht. «Mit dir. Urlaub und überhaupt. Allein brauche ich gar nichts, Kira.» Er presste ihr von beiden Seiten heftig die Rippen zusammen. «Verstehst du?»

«Ich verstehe. Lass mich los.»

«Kira, ich bitte dich. Bitte.»

Vor seinen Augen tanzten leuchtend violette Kreise mit orangeroten Rändern. Sie drehten sich rasend schnell, fraßen sich in sein Hirn, mitten hinein, und frästen Stücke heraus. Bald würde nichts mehr übrig sein. Nur noch die leere Hülle von Sergej Litwinow.

«Sergej, das geht nicht! Wenn nun alles wieder von vorn losgeht? Dann lassen wir uns wieder scheiden?»

Er drückte sie an sich, berührte sie unter der Jacke, und das und die wirbelnden Kreise im Kopf bewirkten, dass er überhaupt nichts mehr begriff. Das ging ihm immer so, wenn er sie begehrte.

«Nein, tun wir nicht. Wir lassen uns nicht wieder scheiden. Ich lasse dich nicht mehr los. Es reicht.»

«Sergej, du vereinfachst das Ganze zu sehr.»

Aber er war überzeugt, dass alles tatsächlich ganz einfach war, dass sie aus weiblicher und journalistischer Gewohnheit nur alles komplizierter machte.

Da waren er und sie und das Leben – ihr einziges Leben, denn man wusste nicht, ob man irgendwann eine zweite Chance bekam. Er konnte ohne sie nicht leben. Nicht, dass er sich deswegen umbringen wollte, aber er konnte es einfach nicht. Die Arbeit machte ihm keinen Spaß und hatte keinen Sinn, er wartete nicht mehr aufs Wochenende oder auf lange Autotouren, er ging nicht mehr ins Restaurant – ihm selbst lag nichts daran, Kira hingegen liebte das gute Essen und die Atmosphäre im Restaurant, und erst jetzt wusste er, dass auch er das mochte, aber eben nur mit ihr zusammen. Er lachte nicht mehr und wurde nicht mehr wütend – auf wen auch? –, er freute sich nicht mehr richtig und war nicht mehr richtig enttäuscht. Er war wie ein Greis, dessen gesamtes Leben sich nur noch in der Erinnerung abspielte.

Er hätte das nie erklären können, gefühlloser Klotz, der er war. Er war unfähig, komplizierte Gefühle mit Worten auszudrücken. Aber ihm schien, wenn sie verstünde, wie sehr er sie brauchte und begehrte, dann müsste sie auch alles andere verstehen und ihn aus dem Dickicht der Wörter befreien, in dem er sich immer verirrte.

«Kira», flüsterte er, als ihn ein Geräusch von draußen plötzlich ernüchterte.

«Was ist?», fragte seine Frau. «Was hast du, Sergej?»

Bei dem, was er mit ihr tat, hatte sie vollkommen vergessen, dass sie ja «auf der Lauer» lagen.

«Leise», wisperte Sergej lautlos, «er ist da.»

# 20

DAS GERÄUSCH WIEDERHOLTE SICH – ein wenig lauter, wie das Kratzen einer Katze. Dann ein Poltern und Totenstille; der Mond schien auf die nackten Fliederzweige, die Kira von ihrem Platz aus sehen konnte.

Sie war zutiefst erschrocken. Was sollten sie jetzt tun? Wenn Sergej nun Unrecht hatte und der Einbrecher doch derjenige war, der als Valentina verkleidet Kostik erschossen hatte? Was, wenn er bewaffnet war, wenn er ein Messer bei sich hatte oder eine Pistole, und sie beide saßen hier auf dem Fußboden, völlig wehrlos?

Tim würde allein zurückbleiben. Mutterseelenallein.

Unterm Fenster kratzte Metall auf Metall, dann folgte ein gleichmäßiges Quietschen – offenbar löste er die Schrauben des Gitters.

Kira fürchtete sich auf einmal so sehr, dass sie sich unwillkürlich hinter Sergejs Rücken verkroch. Er atmete tief und gleichmäßig, und Kira dachte, dass er gar keine Angst hatte. Er hatte in seiner üblichen selbstherrlichen Halsstarrigkeit entschieden, dass dieser Einbrecher nicht der Mörder war und er darum nichts zu befürchten hatte.

Lautlos tauchte eine schwarze Silhouette am Fenster auf. Der Mond leuchtete dem Einbrecher in den Rücken, umriss seinen Kopf, seine Schultern und seine gereckten Arme.

Kira quiekte leise.

«Wenn er das Gitter abnimmt und das Fenster aufmacht, schalte ich das Licht an», flüsterte Sergej neben ihr.

Das Licht? Wieso das? Wenn er das Licht einschaltete, saßen sie da wie auf dem Präsentierteller, schutzlos und schwach. Die schwarze Silhouette am Fenster aber wirkte riesig und bedrohlich.

Kira schüttelte den Kopf und packte Sergejs Hand. Er entriss sie ihr ungeduldig.

Das Gitter löste sich mit schwachem Knirschen vom Fenster, der Einbrecher hob es behutsam ab und stellte es beinahe lautlos auf den Boden. Eine vom bläulichen Mondlicht beschienene Hand langte ins Fenster und bewegte den Riegel – auf und ab. Er dröhnte und krachte in der Stille derartig, dass die Hand einen Augenblick innehielt, bevor sie weitermachte. Doch die Fensterrahmen waren alt und schwach, der Riegel hielt nicht lange stand. Der Mann im Fenster zog den Rahmen zu sich heran, als wolle er ihn auf seine Stabilität prüfen, dann kroch er halb durch das kleine Oberfenster, um das untere zu öffnen.

Kira begriff, dass er sie jeden Moment entdecken würde.

Entdecken und töten.

Nichts geschah. Er löste in der Stille und Dunkelheit auch den zweiten Riegel, und der über den Winter aufgequollene Rahmen gab widerstrebend nach. Zwei Hände griffen nach dem Fensterbrett, und der Mann sprang schwerfällig ins Zimmer. Er blieb ein paar Sekunden stehen, lauschte, dann holte er eine Taschenlampe hervor – sie war klein und schwach. So eine hatte Tim sich einmal gekauft und sich dann tagelang nicht davon getrennt, hatte damit unter Sofas und hinter Schränke geleuchtet, sogar in die Toilette, obwohl es dort weiß Gott nichts Spannendes zu entdecken gab.

Der gelbliche Strahl glitt über die Wände, über den Kachelofen, über Schreibtisch und Sessel. Bevor er Sergej und Kira erreicht hatte, kehrte er zurück zum Schreibtisch, und der Mann machte einen Schritt ins Zimmer. Die Dielen knarrten.

Ganz langsam und vorsichtig lief er zum Schreibtisch, legte die Taschenlampe darauf und zog ein Schubfach auf.

Sergej machte eine heftige Bewegung, es gab ein trockenes Knacken, und schlagartig war das Zimmer in grelles Licht getaucht. Kira kniff die Augen fest zu und vernahm Poltern, Füßetrappeln, Krachen, einen kurzen Aufprall und Geheul.

«Kira», sagte Sergej laut. So laut, dass es in ihren Ohren dröhnte. «Kira, mach das Fenster zu.»

Mit schreckgeweiteten Augen kroch sie hinter dem Sessel hervor.

Ihr Mann kauerte vorm Schreibtisch, das Fenster im Rücken. Wie war er dort hingelangt? Etwa gesprungen?

Der Unbekannte hockte auf allen vieren, wie ein Affe auf beide Hände gestützt. Die Taschenlampe, die im grellen Licht verblasste, rollte zu Boden. «Pling!» machte das Glas.

Kira rannte zum Fenster und schloss die Riegel.

«Kira», sagte der Mann auf allen vieren, und sie wäre vor Überraschung beinahe umgefallen, «ich bin unschuldig, das ist ein Missverständnis! Ich hab das nicht gewollt, wirklich nicht! Kira, ich bitte dich, bloß keine Miliz, bitte, ruf nicht die Miliz.»

«Leonid?», fragte die erschütterte Kira unsicher und starrte Sergej an, als könne nur er allein wissen, ob es tatsächlich Leonid war oder ob sie sich das alles nur einbildete.

«Sergej!», rief draußen jemand gedämpft. «Ist bei Ihnen alles in Ordnung?»

«Kira, ich hab mit der Sache nichts zu tun! Du kennst mich doch! Ich wollte immer nur das Beste, nur das Beste!»

«Setzen Sie sich», sagte Sergej, war mit einem Schritt am Fenster und riss es auf. «Alles in Ordnung, Aristarch Matwejewitsch. Danke.»

«Haben Sie ihn ertappt?»

«Auf frischer Tat, Aristarch Matwejewitsch!»

«Ich habe mich genau an Ihre Anweisungen gehalten, Sergej! Wilena und ich haben auf Ihr Auto gewartet, sofort das Licht ausgemacht, und dann hab ich meinen Posten bezogen. Guten Abend, Kira!»

«Guten Abend, Aristarch Matwejewitsch», murmelte Kira zum Fenster hinaus.

«Kira», begann Leonid erneut, «das kannst du mit mir doch nicht machen! Das ist eine interne Firmenangelegenheit! Nikolajew ist dein Freund, ich kann nicht .... ins Gefängnis, ich hab doch nichts getan!»

«Wilena hat das Licht eingeschaltet», berichtete der Nachbar weiter, «auf mein Zeichen. Soll ich die Miliz rufen, Sergej?»

Durch das Fenster drangen schneidende Kälte und der Geruch nach feuchter Frühlingserde. Im Nachbargarten brannte triumphierend der Scheinwerfer, den Wilena eingeschaltet hatte. Der große zottige Hund kam angerannt, setzte sich neben seinen Herrn, hob den Kopf und sah Kira freudig an.

«Was hältst du von Miliz, Kira?», fragte Sergej.

«Moment», bat Kira, «ich weiß gar nicht, was hier los ist! Ich verstehe überhaupt nichts!»

«Wilena macht sich bestimmt schon Sorgen», sagte der taktvolle Nachbar, «ich muss zu ihr hinüber. Sergej, wenn Sie mich brauchen – immer zu Diensten. Ein genialer Plan! Ich habe das Licht gelöscht, und der Täter wäre mir nicht entkommen, wenn er versucht hätte, das Haus zu verlassen! Zum Glück ist ja alles glatt gegangen. Bleiben Sie bis morgen früh, Kira?»

«Ich weiß es nicht», stöhnte sie.

Der Nachbar war jetzt verlegen.

«Wenn Sie bleiben sollten, dann sind Sie beide herzlich zum Frühstück eingeladen. Wilena und ich stehen früh auf und würden uns sehr freuen. Sehr, sehr freuen.»

Er merkte, dass er zu weit gegangen war, unterbrach sich und sagte hastig: «Unser Telefon steht Ihnen zur Verfügung, Sergej! Kommen Sie ruhig herüber zum Telefonieren, jederzeit! Wirklich zu jeder Zeit!»

Er nickte bekräftigend und ging zur Gartenpforte zwischen den beiden Grundstücken, eine magere, gebeugte Gestalt in dunkler Wattejacke und mit einem Plastikgewehr, gefolgt von seinem Hund.

«So, was nun?», fragte Sergej und schloss das Fenster. «Wenn ich nicht irre, ist das Leonid Schmygun, euer Geschäftsführer.»

«Kira, das kannst du nicht tun! Das darfst du nicht! Du wirst mich doch nicht ins Gefängnis bringen, bloß weil ich ...»

«Hör mal, Leonid», fragte Kira verständnislos und setzte sich neben ihn, «warum bist du hier eigentlich eingebrochen? Und in mein Büro? Das warst doch auch du, oder?»

Leonid, sonst immer sehr gesetzt, seriös und offiziell, sah Kira kläglich an, beinahe weinerlich, und wischte sich den Schweiß von der Stirn. Das Taschentuch hielt er zusammengepresst in der Hand.

«Natürlich war er das», ließ Sergej sich vernehmen. Er kniete auf dem Fensterbrett, rüttelte aus irgendeinem Grund am Rahmen und blickte nach oben. «Ich hab dir doch gesagt, das ist eine Gaunergeschichte, kein Mordfall! Leonid ist ein Gauner.»

«Ich habe nicht getötet!», platzte der Geschäftsführer heraus. «Nein, ich habe niemanden getötet! Das warst doch du, Kira! Du! Alle wissen, dass du es warst, nicht ich!»

«Warum bist du dann hier eingebrochen? Und in mein Büro? Was hast du gesucht?»

«Ein Papier hat er gesucht», sagte Sergej. «Das du damals unterschrieben hast, erinnerst du dich? Na, ich hab dich doch gefragt, warum er es von dir unterschreiben ließ und nicht von Baturin!»

«Ich erinnere mich.» Kira rieb sich die Wangen. «Leonid, nun erklär mir das doch endlich!»

«Was gibt's da groß zu erklären!» Sergej sprang von der Fensterbank und wischte sich die Hände an seiner Jeans ab. «Er hat Geld von Firmenkonten unterschlagen. Kostik hat nichts gemerkt, nicht wahr? Er hätte noch eine Weile weitergemacht und dann gekündigt; niemand hätte was herausgefunden. Kostik unterschrieb ihm unbesehen jede

Überweisung. Eine hat er dir untergeschoben – entweder, weil er nicht länger warten konnte oder weil das Geld sonst futsch gewesen wäre. Dann wurde Kostik getötet und seinen Posten übernahm Baturin, nicht du, und ihm war klar, dass er Baturin nicht so für dumm verkaufen konnte wie Kostik und dich. Er musste seine Spuren verwischen. Ich nehme an, in der Buchhaltung gibt es keine verdächtigen Belege mehr, oder? Aber die Kopie der Zahlungsanweisung, die du unterschrieben hast, die ist noch bei dir. Wenn du sie Baturin gegeben oder in die Buchhaltung gebracht hättest, wären seine Manipulationen womöglich aufgeflogen. Er wusste, dass du nichts wegwirfst, sondern alles in Mappen sammelst, also musste die Zahlungsanweisung in irgendeiner Mappe liegen. Und sobald du deine Papiere durchgesehen und diesen Beleg weitergegeben hättest, wäre er gefährlich geworden.»

«Hör mal, Leonid», sagte Kira nachdenklich, «Kostik hatte Baturin im Verdacht. Na ja, er hat gedacht, Baturin ist der Dieb. Er wollte ihn sogar rausschmeißen. Hast du den Verdacht mit Absicht auf ihn gelenkt?»

«Ja doch!», bestätigte Leonid verzweifelt.

«Warum denn nicht auf mich?»

«Und Nikolajew?», fragte Leonid aufrichtig erstaunt. «Er hätte niemals geglaubt, dass du Geld unterschlägst! Also blieb mir nichts anderes übrig.»

«Na klar», sagte Kira, «dir blieb nichts anderes übrig.»

«Ich hab ihn erschreckt», fuhr Sergej fort. Er saß auf dem Fensterbrett und baumelte mit den Beinen. Kira hasste das. «Ich hab dauernd überlegt, warum er wohl alte Zahlungsunterlagen durchgesehen hat. Dann bin ich darauf gekommen, dass es ihm genau darum ging. Nachdem ich ihn hier gestört hatte, beschloss er, in deinem Büro zu suchen, wo er den bewussten Beleg auch nicht fand. Aber er brauchte ihn unbedingt, deshalb war ich sicher, dass er weitersuchen würde. Unser Hinterhalt hier musste also klappen, auch wenn er improvisiert war.»

«Von wegen improvisiert! Du hast schließlich die Nachbarn eingeweiht!», widersprach Kira gekränkt. «Du wusstest Bescheid!»

«Ich hatte eine Vermutung.»

«Wie konntest du nur sicher sein, dass er im Büro nichts gefunden hat?»

«Weil ich es gefunden habe!»

«Was?»

Sergej löste sich vom Fensterbrett, griff in seine hintere Hosentasche und zog übertrieben behutsam ein vierfach gefaltetes schäbiges gelbes Blatt Papier heraus.

«Ist es das?»

Leonid Schmygun heulte auf und stürmte mit gesenktem Kopf auf Sergej zu. Sergej suchte blitzschnell Deckung hinter einem Sessel. Das Papier hielt er zwischen den Zähnen. Es gab ein lautes Poltern, Leonid kreischte und versuchte, das Papier zu fassen, und Kira schrie so laut sie konnte: «Aufhören!»

Sergej nahm das Papier aus dem Mund und steckte es wieder in die Hosentasche. Leonid knirschte vernehmlich mit den Zähnen.

«Woher hast du das?»

«Ich hab's gefunden», erklärte Sergej selbstgefällig, «in deinem Büro. Es war übrigens der einzige Zahlungsbeleg mit deiner Unterschrift. Da war mir klar, dass es darum gehen musste.»

«Wieso hast du es gefunden, verdammt?»

«Ich weiß doch, wie du Zahlungsbelege aufbewahrst.» Er sah sie an. «Ich bin seit zig Jahren mit dir verheiratet. Du steckst sie in die Hülle deines Kalenders. Du kaufst sogar extra Kalender, die innen eine Lasche haben. Darum habe ich gar nicht erst in den Mappen nachgesehen, sondern gleich in deinem Kalender. So hab ich's gefunden.»

Leonid heulte auf und raufte sich die Haare.

«Alle, die dich hier auf der Datscha besucht haben», erklärte Sergej, «hatten dafür einen Grund. Bis auf ihn. Die Zahlungsanweisung hätte auch Baturin unterschreiben können. Aber er hat sie nicht Baturin gezeigt, sondern ist damit extra hergekommen. Er wusste, du würdest, genau wie Kostik, einfach unterschreiben, ohne lange nachzufragen.»

«Kira, ich bin unschuldig! Ich hab doch nur ... Ich dachte, dass ... Aber ich habe doch niemandem etwas Böses getan! Im Namen unserer alten Freundschaft, Kira! Ich kann doch nicht ins Gefängnis gehen!»

Sergej sah auf die Uhr und stieß einen Pfiff aus.

«Na los», sagte er zu Leonid, «fahr.»

«Was?», rief Kira. «Wieso?»

«Willst du etwa, dass morgen in allen Zeitungen steht, der Geschäftsführer eures Magazins sei ein Dieb? Er verschwindet schon nicht, keine Angst! Um sich nach Brasilien abzusetzen, braucht man ein Visum, ein Flugticket und weiß der Geier was noch, und jetzt ist es zwei Uhr nachts! Außerdem ist er kein Idiot. Du bist doch kein Idiot, Leonid?», fragte Sergej fast herzlich. «Dir ist doch klar, da wir dich nun mal erwischt haben, ist es besser, du gibst das Geld zurück, nicht wahr? Möglichst an Nikolajew persönlich. Oder an Baturin. Du willst doch nicht ins Gefängnis oder auf die Fahndungsliste, nicht wahr? Den Zahlungsbeleg behalte ich. Nikolajew ist Geschäftsmann, kein Poet, der findet dich überall. Also fahr jetzt nach Hause, Leonid, und morgen früh bist du als Erster in der Redaktion und fällst vor Baturin auf die Knie. Dann nimmt er das Geld zurück, zählt es nach und schmeißt dich raus. Er kann im Moment keinen Skandal gebrauchen, er muss den Ruf der Zeitschrift wahren. Aber wenn du abhaust, dann blüht dir eine Fahndung und vielleicht sogar das Lager, wenn sie dich kriegen. Für alle Fälle hab ich hier noch dies hier.»

Er nahm Kiras Diktiergerät vom Tisch und hielt es Leonid unter die Nase.

«Ich hab alles aufgenommen. Zur Sicherheit. Also fahr jetzt nach Hause, ordne deine Gedanken, zieh dir ein frisches Hemd an ...»

«Sergej!», rief Kira. «Er wird abhauen!»

«Wird er nicht. Das wäre nicht zu seinem Vorteil, und von seinem Vorteil versteht er was.»

«Kira», stöhnte Leonid, «hab Erbarmen mit mir! Baturin ... bringt mich um. Ich kann nicht zu ihm gehen.»

Kira fragte erstaunt: «Du meinst, ich soll ...»

«Er meint, du sollst niemandem etwas davon erzählen», sagte Sergej. «Das ist ausgeschlossen, lieber Leonid. Sagen Sie bloß, das Geld ist restlos weg?»

«Das Geld?», stammelte der Geschäftsführer. Er verzog das Gesicht wie ein Kind, das gleich anfängt zu weinen.

Sergej packte ihn am Mantel, hob ihn auf die Füße und führte ihn hinaus in den Flur. Leonid wandte sich um, wollte zurück, rief Hilfe suchend nach Kira, doch Sergej zog ihn weiter.

Die Tür klappte zu, auf der Treppe ertönten Schritte, und der Nachbarshund bellte munter und fröhlich. Kira lauschte, dann stand sie auf und ging durchs Zimmer. Um den Sessel, der ihr im Weg stand, machte sie einen Bogen, statt ihn einfach wegzuräumen.

Wieder Schritte, das bekannte Türknarren.

«Na, was ist?»

«Du hättest ihn nicht gehen lassen sollen!» Kira zog die Ärmel ihres Pullovers über ihre kalten Hände.

«Er läuft nicht weg. Er ist ein Betrüger, aber kein Krimineller! Was hätten wir denn hier bis morgen früh mit ihm machen sollen? Er wird sich alles durch den Kopf gehen lassen und morgen selber zu Baturin gehen, das ist sicher. Spiel mit dem geringsten Einsatz nennt man so was. Mit Männern wie Baturin scherzt man nicht. Er tut besser daran, seine Niederlage einzugestehen, als abzuhauen. Wenn sie ihn kriegen, geht er ins Gefängnis. Nicht nur die Miliz wird nach ihm suchen, das weißt du genauso gut wie ich.»

Ihr Mann hatte Recht. Er hatte Recht, verdammt! Wieder einmal. In neun von zehn Fällen hatte er Recht, und darauf war er unerträglich stolz.

«Danke, Sergej», sagte sie linkisch und berührte seine Hand, «du bist ein kluger Kerl. Wie bist du auf ihn gekommen?»

Sergej hielt ihre Hand fest, drehte sie um und betrachtete sie.

«Weißt du noch, wie du mal deine Lebenslinie gesucht hast? Du hast gesagt, meine sei verdächtig lang. Und dann noch was von drei Ehen und sieben Kindern.»

«Nicht sieben», widersprach Kira, «ich glaube, es waren nur zwei.»

«Wo?»

«Auf deiner Hand.» Sie schaute ihn an. «Hör mal, vielleicht sollten wir unseren einzigen Sohn anrufen und ihm sagen, dass wir noch leben?»

«Er schläft.»

«Vielleicht ist er zu aufgeregt.»

«Ich bin aufgeregt», sagte Sergej, fasste nach ihrem Kinn und drehte ihr Gesicht zu sich.

Kira sah ihn an.

«Wir dürfen das nicht», erinnerte sie ihn. «Das weißt du doch, oder?»

«Ich weiß», bestätigte er und küsste ihre Hand, «ich kann ohne dich nicht mehr leben.»

«Und das Mädchen?»

«Welches Mädchen?»

«Als ich dich neulich angerufen hab, war doch ein Mädchen dran.»

«Kira!», rief er verzweifelt.

Reden war noch nie seine Stärke gewesen. Er wusste Bescheid über die Liebe, über Frauen, ja, sogar über die schönen Worte, die man benutzen musste laut irgendwelcher Psychologen. Kira las solche Bücher hin und wieder, wenn eine Freundin sie ihr mitbrachte.

Er wusste darüber Bescheid, konnte sein Wissen aber nicht praktisch anwenden. Er wunderte sich nur: Wie konnte sie zweifeln oder alberne Worte von ihm wollen, wenn sie im Bett so gut harmonierten, als hätten sie beide die körperliche Liebe erfunden!

Er drückte sie an sich und riss sie dabei fast vom Boden hoch. Er berührte mit den Lippen ihren Scheitel. Er wollte sie ständig berühren, ihr Haar streicheln, das mit der neuen Frisur so sonderbar und fremd wirkte. Und er wollte sie ansehen, sich alles an ihr wieder ins Gedächtnis rufen – ihre Haut, ihren Duft, das Geräusch ihres Atems. Zum Teufel mit allen Worten auf der Welt, die er nicht zu sagen verstand!

Kiras Hände waren unter seinem Pullover, ihre Armreife kratzten seine Haut, denn sie presste sich mit aller Kraft an ihn, umarmte ihn fest und heftig. Bevor sie nach Malachowka aufgebrochen waren, hatte sie – mein Gott, wie peinlich! – aus ihrer Wäscheschublade die neue schwarze Seidengarnitur mit Spitze gekramt und hastig angezogen, und nun befürchtete sie auf einmal, es könnten vielleicht noch die Preisschilder dranhängen. Doch ihre Wäsche war ihm eigentlich egal, das wusste sie. Er nahm sie meistens gar nicht wahr, sie hätte auch rosa Flanellwäsche oder riesige gestreifte lange Unterhosen tragen können. Er begehrte nur sie – immer! – und pfiff auf ihre Wäsche.

Kira seufzte und wollte ihm den Pullover ausziehen, aber das war schwierig, denn er hielt sie noch immer fest an sich gepresst.

Sie wollte das Licht löschen, aber das ließ er nicht zu, denn er wollte sie ansehen, sie wiedererkennen.

Das Sofa ächzte und hickste, als sie darauf niedersanken. Es war ein stabiles, hundert Jahre altes Sofa, auf dem sie schon so vieles erlebt, ausprobiert und gefühlt hatten. Und genau auf diesem Sofa waren sie damals von Kiras Eltern überrascht worden.

Weil alles so gut und richtig war, genau so, wie es zwischen ihnen und nur zwischen ihnen beiden immer gewesen war, hatte Sergej es schrecklich eilig, denn er fürchtete, er würde nicht auf sie warten können. Er entzündete sich stets schneller und heftiger als sie, und ab einem bestimmten Punkt gab es für ihn kein Zurück mehr.

Sie hatte starke Hände, die alles über ihn wussten. Sie hatte wunderbar glatte Beine. Er hatte schon fast vergessen, wie zart sie sich anfühlten. Das kurze Haar an ihrem Hinterkopf kitzelte seine Hand, wenn er darüber fuhr. Sie war energisch, unbezähmbar und geschmeidig, wie aus Seide, wie die Wäsche, die ihm in die Finger geriet und die er ungeduldig beiseite schleuderte.

Wie hatte er nur so lange ohne sie sein können? Wie viel wertvolle Zeit hatten sie sinnlos vergeudet!

Er musste lachen, tat es wohl sogar, aber Kira packte ihn und küsste ihn erneut auf den Mund, und dann vergaß er alles um sich herum, dachte nicht einmal mehr an den Punkt, an dem er nicht mehr umkehren konnte, oder daran, dass er seine Puste für die Zielgerade schonen musste, um nicht auf ihr zu sterben.

Er starb nicht.

Sergej schwor sich, auf keinen Fall zu schlafen – er war schließlich kein gefühlloser Klotz! –, und schlief augenblicklich ein, sobald sie vom Sofa in das alte Schlafzimmer umgezogen waren, wo ein uraltes, schon ganz schwarzes Bild an der Wand hing, das einen Sommertag darstellte, und wo es eine bauchige Kommode mit gesprungenem Spiegel gab sowie ein breites Bett.

Am Morgen erwachte er voller Glück, überzeugt, dass nun alles in seinem Leben wieder gut war. Vor allem hatte er endlich begriffen, was «gut» bedeutete und was nötig war, damit es so blieb, und er wollte das gerade Kira sagen, als sie plötzlich unruhig wurde und den Blick abwandte.

Er war ratlos. Er hatte soeben die Formel des Glücks entdeckt und war so stolz auf sich gewesen, so froh über die vergangene Nacht und so sicher, dass noch eine Menge solcher Nächte vor ihnen lagen, und er hatte geglaubt, dass auch Kira ihre «Glücksformel» gefunden hatte.

«Nein», sagte sie rasch, als er sie küssen wollte, «lass mich, Sergej. Ich muss nachdenken.»

Worüber? Wozu? Er verstand das nicht.

Sie verließen Malachowka sehr früh, um vor der Arbeit noch zu Hause vorbeizuschauen, und Kira zeigte keinerlei Reaktion, als er sagte – extra, um sie zu prüfen –, dass er auch noch nach Hause müsse, zu sich.

Entweder hatte sie ihn nicht gehört, oder es war ihr egal.

Was sollte er nur tun, wenn es ihr tatsächlich egal war?

Warum zum Teufel hatte er nie gelernt, die Worte zu sagen, die ihr alles erklärt hätten? Dann würde sie jetzt nicht so angespannt aus dem Autofenster schauen.

«Ich komme mit hoch», sagte er mürrisch, als er vor ihrem Haus bremste, «gib mir die Fiatschlüssel, ich öle noch das Schloss.»

«Frühstückst du mit?», fragte sie, wie ihm schien, nur aus Höflichkeit.

«Nein», erwiderte er knapp.

«Sergej, bitte …»

«Was?»

«Bitte … dräng mich nicht. Das hat nichts zu bedeuten, das, was zwischen uns war.» Sie wurde rot und strich ihren Haarschopf zurück.

«Das bedeutet alles auf der Welt, Kira.»

«Für dich.»

«Für dich nicht?»

«Einen wunderschönen guten Morgen», tönte Marja Semjonowna aus ihrer Glasbude, «guten Morgen! So früh von so weit her, Kira?»

«Tag», knurrte Sergej.

«Aus Malachowka.» Kira eilte an Marja Semjonownas Bude vorbei zum Lift. Sergej kam kaum hinterher.

Schweigend fuhren sie hinauf in den vierten Stock, und Kira steckte energisch den Schlüssel ins Schloss. Sergej schien es, als wolle sie ihre Entschlossenheit demonstrieren.

«Kinder!», rief Kira gekünstelt, kaum dass sie die Schwelle überschritten hatte, und warf den Rucksack mit der Thermosflasche unter die Flurgarderobe. «Aufstehen, wir sind wieder zu Hause! Tim, aufstehen! Valentina!»

«Ich bin hier.»

Valentina kam in den Flur und stand unversehens zwei Schritte vor Kira und Sergej.

In der Hand hielt sie eine Pistole.

# 21

ALLOTSCHKA ENTDECKTE IHN SOFORT. Er stand mitten im Eingang und suchte den Raum mit den Augen ab, offenbar auf der Suche nach ihr.

«Grigori Alexejewitsch!»

Er sah sie von weitem, sein Gesicht zuckte leicht, schien für einen Sekundenbruchteil sanfter zu werden, doch als er ihren Tisch erreicht hatte, war er wieder derselbe wie zuvor.

«So», sagte er statt einer Begrüßung und lehnte seinen Stock an den unbesetzten Nebentisch. «Da bin ich. Warum wollten Sie mich sehen, noch dazu so früh und ausgerechnet bei McDonald's?»

«Ich muss mit Ihnen reden», sagte Allotschka rasch und entschieden. «Das ging nicht am Telefon.»

«Worüber?»

«Über Kostiks Tod.»

«Sie wissen, wer ihn getötet hat? Oder waren Sie es etwa selbst?»

«Sind Sie verrückt?», schrie Allotschka leise. «Was reden Sie da?»

Baturin setzte sich bequemer hin. Er rückte sein Bein zurecht, schaute auf den Tisch, und sein Blick blieb an ihrem halb ausgetrunkenen Kaffee hängen.

«Darf ich?», fragte er. «Ich bin zu faul, selber zu gehen.»

«Was?», fragte Allotschka verständnislos.

«Austrinken.»

«Aber natürlich!», gestattete Allotschka hastig. «Ich kann Ihnen auch einen frischen holen, Grigori Alexejewitsch! Soll ich? Bin gleich wieder da, Augenblick!»

«Setzen Sie sich», bat Baturin, «bleiben Sie hier. Nur einen Schluck, das genügt mir.»

Er griff nach dem Becher und sah Allotschka aus tiefdunklen, seltsam funkelnden Augen an. Dann lächelte er plötzlich.

«Vielleicht möchte ich ja den Kaffee aus Ihrem Becher.»

«Aus ... meinem?», fragte Allotschka stotternd.

Sie beherrschte diverse nützliche Gesellschaftsspielchen, mimte gekonnt je nach Bedarf die Spröde, die Naive, die Clevere oder die Arglose. Sie war in einem Umfeld aufgewachsen, wo dieses Können mehr wert war als andere nützliche Eigenschaften, wo es vieles, mitunter sogar alles andere ersetzte. Allotschka verstand etwas von diesen Spielchen, machte allerdings nur selten davon Gebrauch.

Nun, da Baturin ein solches Spiel mit ihr begann, war sie verwirrt.

Auch Baturin wurde verlegen.

«Also», sagte er und leerte den Kaffeebecher in einem Zug, «was ist mit Kostik?»

«Ich habe es gesehen», sagte Allotschka hastig, «ich habe gesehen, dass Sie ihm das Blatt aus Kiras Artikel in die Aktentasche gelegt haben.»

Kira wich erschrocken zurück, blieb mit dem Fuß im Riemen des auf den Boden geworfenen Rucksacks hängen und fiel rücklings hin. Sergej starrte wie gebannt auf die kleine schwarze Mündung des stählernen Laufs.

Er musste Kira beschützen. Und Tim.

Irgendwo in der Wohnung war ihr Sohn. Wahrscheinlich schlief er noch. Vollkommen ahnungslos. Er durfte nicht von dem Schuss erwachen, der seine Mutter tötete.

«Mama, Papa, hallo!», brummte Tim ganz in der Nähe.

«Tim!», rief Kira, stürzte zu ihm und umarmte ihn, als hätte sie nicht mehr gehofft, ihn lebend wiederzusehen.

Sergej brauchte noch einen Moment, um das Chaos aus seinem Kopf zu vertreiben. Seine Hände waren feucht, sein Herz hämmerte in den Schläfen.

«Wo haben Sie das her?»

«Das lag im Sofa», erklärte Valentina mit einem schrägen Blick auf die Pistole, «im Wohnzimmer im Sofa. Ich wollte mich hinlegen, aber es ist ziemlich unbequem. Besonders für mein Rheuma. Tim und ich wollten es aufklappen und ...»

In Wirklichkeit hatten sie das Sofa aufgeklappt, weil sie bis ein Uhr nachts Schafskopf gespielt und eine Karte verloren hatten. Sie hatten Karten gespielt, Brote mit Wurst und dicken gelben Käsescheiben gegessen, Trüffelkonfekt, das Valentina über alles liebte, Erdbeerkonfitüre und gebrannte Nüsse.

Und dann hatten sie das Sofa aufgeklappt, um die Karte zu suchen ... und eine Pistole gefunden.

Sie hatten sie lange betrachtet, sie sich gegenseitig aus der Hand gerissen, waren mit den Köpfen zusammengestoßen, hatten flüsternd beratschlagt, dann hatte Valentina sie in die Tasche ihrer karierten Schürze gesteckt und sie Tim nicht mehr gegeben, sosehr er auch quengelte.

«Zeigen Sie mir, wo», sagte Sergej, «wo genau.»

Sie zeigten es ihm. Die unglückselige Karte, die sie in der Nacht vergebens gesucht hatten, lag offen da, Tim bemühte sich sogar trickreich, sie verschwinden zu lassen, aber weder sein Vater noch seine Mutter achteten darauf.

«Tja», sagte Sergej. Kira sah ihn voller Entsetzen an. «Ich nehme die Pistole mit. Tim und Valentina dürfen niemandem davon erzählen. Niemandem und nirgends. Klar? Kira, ich kümmere mich jetzt um dein Schloss, dann fährst du zur Arbeit und erzählst auch dort niemandem davon. Tim, lass Mama heißes Wasser einlaufen, du siehst ja, wie sie zittert!»

«Wieso liegt in unserer Wohnung ... In unserer Wohnung ...» – Kira brachte das Wort kaum heraus – «eine Pistole? Wieso?»

«Genau das ist es», sagte Sergej rätselhaft.

«Was?»

«Als ich mir die Wohnung nach Kostiks Tod angesehen habe, lag hier keine Pistole.»

«Ich?», fragte Baturin aufrichtig erstaunt. So aufrichtig, dass Allotschka ihm beinahe glaubte. «Ich habe ihm das Blatt untergeschoben?»

«Ja, Sie», beharrte Allotschka. «Ich habe es gesehen.»

«Was haben Sie gesehen?»

Er blickte sich plötzlich nach allen Seiten um, und sein Blick verhieß nichts Gutes.

Wenn er mich nun umbringt?, schoss es Allotschka durch den Kopf. Er war nicht der verrückte Ljoscha Balabanow, er war ein starker, kaltblütiger, gefährlicher Mann.

«Ich habe gesehen, wie Sie ein Papier in seine Aktentasche gelegt haben, Grigori Alexejewitsch! Sie sind in sein Büro gegangen, haben eine Weile gewartet, dann haben Sie seine Aktentasche geöffnet und das Papier hineingelegt.»

«Tja», sagte Baturin nachdenklich, «ich habe niemanden bemerkt. Ich lasse nach.»

Er seufzte traurig.

Allotschka erstarrte.

Er hätte sie anbrüllen müssen, sich rechtfertigen, ihr beweisen, dass das alles nicht stimmte, ihr empört den Kaffeebecher ins Gesicht schleudern. Stattdessen sagte er: Ich habe Sie gar nicht bemerkt.

Er sah sie an und fragte spöttisch: «Woher wollen Sie wissen, dass es wirklich das bewusste Papier war?»

«Woher?», murmelte Allotschka. «Was soll es denn sonst gewesen sein?»

«Sie haben gesehen, dass ich ein Papier in seine Aktentasche gelegt habe. Warum glauben Sie, dass es gerade dieses war?»

Allotschka schwieg.

«Dieses Papier hatte ich vorher aus seiner Aktentasche genommen», fuhr Baturin fort. Er holte seine Zigaretten raus, steckte sich aber keine an. «Seit einiger Zeit hatte ich immer wieder in seiner Aktentasche gekramt.»

«Warum?»

«Weil ich dachte, dass er Geld unterschlägt. Viel Geld. Ich wollte eine Bestätigung dafür finden und schaute mir alle Finanzbelege an, die er bei sich trug. Ich war mir sicher, seine Angriffe gegen mich seien nur Tarnung. Ein Versuch, das Ganze mir unterzuschieben. Ich habe ihm also nichts in die Tasche geschmuggelt, Allotschka.»

Sie glaubte ihm sofort. Sie lächelte ihn erleichtert an, und er lächelte zurück.

«Gehen wir», sagte Baturin, stand auf und griff nach seinem Stock. «Es ist schon kurz nach neun.»

Schweigend – Allotschka wusste nicht, was sie sagen sollte, und Baturin schwieg wie immer – überquerten sie die Straße und gingen ein Stück den Bürgersteig entlang. Allotschka bemühte sich, langsam zu gehen, weil er langsam lief.

Kiras Fiat bremste vor der Einfahrt zum Parkplatz, sie winkte ihnen zu, und Baturin winkte zurück.

Von allen Seiten strebten Menschen auf die Glastür zu, und Allotschka freute sich, dass sie dazugehörte. Dass sie zur Arbeit ging.

Hinterher erinnerte sie sich an all das mit geradezu schmerzhafter Deutlichkeit – an den frischen Morgen, den Geruch nach Regen, an die Autos und an das erwachende Grün, Baturins schwere Schritte und die Menschen, die zur Arbeit eilten.

Im Vestibül holte Kira sie ein.

«Hallo», sagte sie besorgt, «Grigori, ich muss mit dir reden …»

Alles Weitere geschah binnen einer Sekunde. Sie fiel auf sie nieder wie ein schwarzes Tuch.

Vor der Glastür hielt bremsenquietschend ein Auto, aus dem schwarz maskierte Männer mit Maschinenpistolen sprangen – wie viele, war nicht auszumachen.

Im nächsten Augenblick waren sie drinnen, nahmen den gesamten Raum ein, feuerten eine betäubende Salve gegen die Decke, und weißer Staub hing in der Luft.

«Runter auf den Boden!!! Hinlegen, verdammt nochmal!»

Baturin drehte sich langsam um, ein verwirrter Wachmann kam angelaufen, eine Maschinenpistolensalve stoppte ihn, klappte ihn zusammen und schleuderte ihn zu Boden. Im Fallen warf sich Baturin nach vorn, um Kira und Allotschka zu schützen, eine Maschinenpistole drehte ihren Lauf wie von selbst in seine Richtung, Baturin fiel hintenüber, sein schwerer, schlaffer Körper riss die beiden Frauen mit und regte sich nicht mehr.

Kira sah, wie beängstigend rasch sich die Straße leerte – wie ausgestorben oder in Erwartung einer großen Katastrophe. Noch eben war es ihr grotesk vorgekommen, dass sie hier vor Maschinenpistolenmündungen auf dem Boden lagen, während draußen, jenseits der durch blitzsaubere Glasscheiben und solide alte Mauern abgeschotteten «Sperrzone» die Menschen ihr ganz normales Leben weiterlebten, ihren Geschäften nachgingen, Kinderwagen schoben, lachten und sich unterhielten. Nun aber begriff sie: Immer noch besser, dass draußen Menschen vorbeigingen, sich unterhielten und Kinderwagen schoben, als so ganz allein mit dem Unheil zu sein.

Ein paar verstörte Menschen auf dem Fliesenboden und ein paar selbstsichere Menschen mit Maschinenpistolen in der Hand. Und niemand sonst. Nirgends.

Mit Hilfe war nicht zu rechnen. Es würde keine Hilfe kommen. So etwas gab es nur in amerikanischen Filmen.

Kira schloss die Augen, denn genau vor ihrer Nase stoppte ein zerkratzter rotbrauner Schuh. Tim schwärmte für solche Schuhe, besonders, wenn sie nicht nur zerkratzt, sondern obendrein ein wenig schmuddelig waren.

Kira wurde schlecht.

«An die Wand!», brüllte eine Stimme, eine Maske beugte sich über sie, und sie spürte einen fremden Geruch und einen fremden Körper. «An die Wand!»

Er stieß ihr den Schaft in die Rippen.

Allotschka schrie, und er schlug sie ebenfalls – einmal und noch einmal. Allotschka schluchzte kurz auf, als hätte sie sich verschluckt, und verstummte. Kira versuchte Luft zu holen, aber das war schwierig, fast unmöglich.

«Beim nächsten Mal seid ihr tot», drohte der Mund im Schlitz der schwarzen Maske, «wenn ihr euch noch einmal rührt, ihr Miststücke!»

Durch den roten Nebelschleier in ihrem Kopf dachte Kira, dass er sich schlecht in der Gewalt hatte. Er kreischte fast.

Sie werden uns umbringen, begriff sie mit völliger Klarheit. Denen ist alles egal. Sie haben nichts zu verlieren.

Aus der Ferne näherte sich das Heulen einer Sirene und verstummte wieder, die rotbraunen Schuhe verschwanden aus Kiras Blickfeld.

Sie würde sterben, aber Tim hatte ja noch Sergej. Sie würde sterben, aber Sergej würde Tim nie allein lassen. Sie würde sterben, und beide würden sie vermissen, aber sie würden zusammen sein, Tim würde nicht untergehen.

Na also. Wenigstens etwas.

An der Glastür, durch die sie in das Gebäude gekommen war, standen drei Männer. Alle drei trugen Masken mit Schlitzen für Augen und Mund, wie Totenschädel Einer hielt eine Maschinenpistole in der Hand, die beiden anderen konnte Kira nicht so genau erkennen. Der mit den braunen Schuhen fluchte hinter einer Säule plötzlich laut, Kira vernahm einen Schlag, einen Aufschrei und ein kurzes Klatschen.

Die drei an der Tür drehten sich um, einer fragte in ganz alltäglichem Ton: «Was gibt's denn da?»

Überhaupt verhielten sie sich ziemlich alltäglich. Das konnte nur bedeuten: Sie waren gnadenlos wie Insekten und gleichgültig wie eiskalter Beton. Sie würden alle töten, wenn ihnen das zweckmäßiger erschien, als Geiseln zu nehmen. Oder auch nicht, wenn sie keine Zeit dafür hatten.

«Hier hat so ein Miststück mit 'nem Handy rumgespielt», erklärte der mit den roten Schuhen. Er wirkte am nervösesten. «Das ist ihr jetzt vergangen.»

«Lass sie doch!», sagte der Zweite ärgerlich und drehte sich wieder zur Tür. «Komm lieber her.»

«Ich knall jeden ab, der sich bewegt», verkündeten die roten Schuhe und stapften zur Tür, über Hände, Taschen, Beutel und Brillen. Eine Frau, die Kira noch nie zuvor gesehen hatte, zog ihre Hand weg, und er trat sie in die Rippen – einfach so, weil er gerade an ihr vorbeikam.

Einfach so. Einfach so.

Neben ihr keuchte Allotschka, und Kira zuckte zusammen, den Blick auf die gleichgültigen Rücken gerichtet. Die Männer schauten aus dem Fenster, hinaus auf die Straße, die wie nach einem Atomschlag vollkommen ausgestorben war, und wieder heulte klagend eine Sirene.

Ohne die Augen von den Männern zu wenden, zog Kira Allotschka ein Stück höher – das war schwer, denn Allotschka half ihr nicht, ihre Arme hingen schlaff herab, die Beine schleiften kraftlos über den Fliesenboden. Zentimeter für Zentimeter.

Schweiß trat Kira auf die Stirn.

Wenn sie stöhnt, bringen sie sie um. Wenn sie sie hören, bringen sie sie um. Sie musste sie zu sich heranziehen und ihr den Mund stopfen. Irgendwie. Egal, womit. Sodass sie noch atmen konnte, aber nicht mehr stöhnen.

Wenn sie sehen, dass ich mich bewege, bringen sie mich auch um. Sie haben mir befohlen, mich nicht zu bewegen. Sie haben Maschinenpistolen, und es ist ihnen scheißegal, ob ich lebe oder nicht. Sie haben Maschinenpistolen, und es macht ihnen nichts aus, auf Menschen zu schießen.

Was empfindet man, wenn man endlich eine Mücke erwischt, die einen stundenlang umsurrt hat? Erleichterung? Freude? Mitgefühl? Aber nein! Nichts, absolut nichts, denn die Mücke ist einem vollkommen egal – ihr Leben und ihr Tod, ihre Bestimmung, ihr Alter, ihre materiellen und familiären Verhältnisse!

Kira schloss die Augen und öffnete sie sofort wieder, denn plötzlich kam einer der Männer rasch in ihre Richtung gelaufen, die Maschinenpistole an der Seite baumelnd. Kira wusste: Er wollte sie töten.

Sie ließ Allotschka los und sank mit der Nase auf den Fußboden. Zumindest würde sie nicht zusehen.

Sie würde nicht zusehen, wie sie getötet wurde.

Sie würde bestimmt nicht lange leiden müssen. Einen Moment lang leiden, das war alles. Dann wäre es überstanden und sie würde alles von oben sehen – das Vestibül, den Fliesenboden voller Blut, die Leichen der Wachleute, die maskierten Insekten, Allotschka, den toten Baturin.

Angsthase, hatte Sergej zu ihr gesagt, sieh nur, wie hübsch sie ist, und ihr eine Spinne gezeigt, und sie hatte gekreischt und sich gefürchtet.

Warum hatte sie sich vor einer Spinne gefürchtet? Wie konnte man sich nur vor einer Spinne fürchten?

## 22

DIE SEKRETÄRIN KAM IN SEIN BÜRO gestürmt und erstarrte auf der Schwelle, keuchend, als habe sie soeben einen Marathonlauf absolviert.

«Was gibt's?», fragte Sergej unwillig. Sie sagte kein Wort, klappte nur den Mund auf und zu.

«Was gibt's?», wiederholte er. «Was ist denn mit Ihnen?»

«Sergej ... Konstantinowitsch», krächzte sie.

«Ja!», antwortete Sergej munter. «Was ist passiert? Umsturz? Krise? Ist der Rubel plötzlich dreißig Dollar wert?»

«Kira ... Kira ...»

«Ja. Hat sie angerufen? War sie hier?» Sergej warf seine Papiere hin und war plötzlich nervös – die Sekretärin zitterte am ganzen Leib und brachte wirklich keine zwei zusammenhängenden Worte heraus.

«Nein ... Nein. Sergej Konstantinowitsch, bei ihnen dort ... Ein Unglück.»

«Wo? Was für ein Unglück? Wo – bei ihnen?»

«In der Redaktion», stammelte sie und sank völlig entkräftet auf einen Stuhl. Sergej dagegen sprang auf. Sein Hinterkopf wurde auf einmal eiskalt.

«Was ist in der Redaktion? Reden Sie doch endlich!»

«Terroristen haben sie überfallen», sagte die Sekretärin hastig, «im Fernsehen ... In den Nachrichten ... Eine Sonderausgabe. Eben gerade.»

«Terroristen?», schrie Sergej und begriff, dass es bereits

geschehen war, auch wenn er nicht recht wusste, was eigentlich, aber es war geschehen, das Schlimmste, was geschehen konnte, es war nicht rückgängig zu machen, nicht mehr zu korrigieren, und das würde alles ändern, wie ein Krieg, der Untergang von Atlantis oder der Tunguska-Meteorit.

Die Sekretärin sah ihn an – in ihren Augen standen Tränen, Angst und Neugier.

«Terroristen haben sie überfallen», begann sie, «und alle als Geiseln genommen. Es heißt, es gibt Tote. Mehrere. Es heißt, sie wollen stürmen. Was wird jetzt, Sergej Konstantinowitsch?»

Eine Weile starrte er sie an. Dann fegte er die Papiere vom Tisch, die durchs ganze Zimmer flogen, buddelte die Fernbedienung aus und schaltete den Fernseher ein.

Im Äther herrschte zunächst totale, unerschütterliche Ruhe. Im ersten Programm putzte ein alberner Milizionär seine Kanone. Im zweiten sang ein alberner Sänger. Im dritten sprach ein alberner Kommentator. Im vierten ...

«... wird bislang nicht mitgeteilt. Wir schalten jetzt live zu unserem Reporter Maxim Bobrow. Maxim, was geschieht im Augenblick vor Ort, und gibt es bereits Kommentare von offizieller Seite?»

«Guten Tag, Katja. Leider sind wir ziemlich weit entfernt vom Redaktionsgebäude des Magazins ‹Der Moskauer›, das vor drei Stunden von Terroristen besetzt wurde. Die vor Ort eingetroffene Sondereinsatzgruppe hat das Gebäude und mehrere umliegende Straßen abgeriegelt, wir Journalisten befinden uns außerhalb der Sperrzone. Soviel ich weiß, wurde der Verkehr auf der Marossejka-Straße gesperrt, Menschen und geparkte Autos werden von hier evakuiert. Der Moskauer Bürgermeister wird erwartet, aber bislang gibt es noch keine offiziellen Verlautbarungen zu der hier stattfindenden Tragödie …»

«Maxim, gibt es Informationen über die Zahl der Opfer?», unterbrach ihn die Moderatorin, und der Reporter auf dem Bildschirm presste seinen Kopfhörer fester an die Ohren. Er wirkte sehr jung und merkwürdig verwirrt.

«Laut Berichten von Augenzeugen dauerte die Schießerei im Redaktionsgebäude ziemlich lange an, obwohl die Mitarbeiter und selbst die Wachleute den Terroristen kaum ernsthaften Widerstand entgegensetzen konnten. Eines ist mit Sicherheit bekannt: Als die Leitung des Innenministeriums auf Verlangen der Terroristen am Ort des Geschehens eintraf, wurde aus einem Fenster im ersten Stock eine Leiche geworfen. Damit wollen die Terroristen die Ernsthaftigkeit ihrer Absichten hinsichtlich der Geiseln bekräftigen, und es heißt hier, dass …»

«Maxim, weiß man denn, wie viele Terroristen sich im Gebäude befinden?»

«Bislang … bislang noch nicht, aber ein Leiter der schnellen Eingreiftruppe, mit dem ich sprechen konnte, sprach von drei bis sieben Personen.»

«Und ihre Forderungen? Welche Forderungen stellen die Banditen?»

«Auch darüber ist bislang nichts bekannt, ebenso wenig darüber, ob das Gebäude gestürmt werden soll oder die Sondertruppen die Terroristen abziehen lassen werden. Von hier aus können wir das Gebäude selbst nicht sehen, nur den Parkplatz und …»

Die Kamera glitt über Büsche, Häuserecken und kahle

Bäume, bis sie auf eine schmutzige Reihe Autos stieß, und Sergej erkannte einen roten Fiat.

Den roten Fiat seiner Frau.

Aus, dachte er, und dieses Wort hallte wie ein Glockenschlag in seinen Schläfen und in seinen Ohren wider. Aus.

Sie ist dort.

Er stellte den Fernseher so laut, dass die Stimme des Reporters durch das kleine Büro dröhnte und die Sekretärin heftig zusammenzuckte.

«... kann ich auch noch nichts sagen, obwohl uns soeben mitgeteilt wurde, dass der Leiter der Öffentlichkeitsarbeit des Innenministeriums in wenigen Minuten die Journalisten informieren wird ...»

Mit zitternden Fingern wählte Sergej eine Telefonnummer. Um sich zu beruhigen, zählte er seine Atemzüge.

Eins, zwei. Drei, vier. Fünf, sechs. Sieben, acht.

«Einen Wagen», sagte er in den fülligen, unglücklichen Rücken der Sekretärin, «schicken Sie sofort einen Wagen.»

«Wohin, Sergej Konstantinowitsch?»

Drei, vier. Sieben, acht. Fünf, sechs.

Kiras Stimme sagte, sie sei nicht zu Hause, und forderte ihn auf, eine Nachricht zu hinterlassen.

«Tim», rief Sergej, «Tim, ich bin's. Geh ran. Geh sofort ran!»

Er hatte sich verzählt und begann wieder von vorn.

Sein Sohn war nicht zu Hause; Sergej hatte keine Ahnung, wo er sein könnte und was er tun würde, wenn ... wenn er es erfuhr. Er sah auf die Uhr, um zu ergründen, ob er noch in der Schule war oder ob der Unterricht schon vorbei sein konnte, konnte aus den Zeigern aber nicht schlau werden.

Ich muss hinfahren, sagte er sich. Ich muss da hin.

«Was für ein Auto, Sergej Konstantinowitsch?», fragte die Sekretärin, aber er wusste nichts mehr von einem Auto.

Er hatte kaum aufgelegt, als sein Telefon wie verrückt klingelte, ebenso der Apparat im Vorzimmer. In seiner Tasche vibrierte sein Handy.

Die Sekretärin rannte ins Vorzimmer, er griff nach seinem Handy. Vielleicht war es Tim.

Es war seine Mutter.

«Sergej!»

«Ja», knirschte er, «ich weiß Bescheid.»

«Papa sagt, er kommt dich gleich abholen und ihr fahrt zusammen ... Wo bist du?»

«Bei der Arbeit.»

Merkwürdig, dass sie nicht verstand, dass er nicht reden konnte. Absolut nicht.

«Serjoscha, ich bitte dich, ich flehe dich an, fahr in diesem Zustand nicht allein! Papa ist gleich da! Er ist schon losgefahren, er holt dich ab! Vielleicht ist sie ja aufgehalten worden und gar nicht dort!»

«Sie ist dort, Mama. Ihr Auto steht da, ich habe es gesehen.»

«Das Auto, na und, was heißt das schon!», sagte die Mutter hastig, und Sergej begann erneut zu zählen.

Eins, zwei. Drei, vier. Sieben, acht.

«Ruf sie an, Sergej!»

Er konnte nicht sagen, dass er sich fürchtete, sie anzurufen. So sehr, wie er sich noch nie im Leben gefürchtet hatte.

«Mama», sagte er, «wenn ich Tim finde, nehmt ihn zu euch. Sag Vater Bescheid, er soll zur Schule fahren und Tim abholen. Hast du mich verstanden? Jetzt gleich.»

«Sergej, du sollst nicht allein ...»

«Mama, hast du mich verstanden?»

Irgendetwas störte ihn, und er brauchte eine Weile, um zu begreifen, dass das Telefon auf seinem Schreibtisch klingelte. Er warf das Handy hin, noch bevor seine Mutter ausgeredet hatte, und griff nach dem Hörer.

Jemand redete mit ihm, doch er hörte nicht mehr zu, als er begriff, dass es nicht sein Sohn war.

Im Vorzimmer ertönten laute Stimmen, und er verzog das Gesicht, als hätte er Zahnschmerzen – Reden störte ihn. Reden hatte ihn immer gestört, er war es gewöhnt, in absoluter Stille zu arbeiten, und niemand wagte es, mitten am Tag in seinem Vorzimmer herumzuschreien. Jetzt wurde dort geschrien, als sei das ganz in Ordnung, und deshalb konnte er sich nicht mehr erinnern, was er noch brauchte, damit er endlich losfahren konnte.

Die Schlüssel! Die Schlüssel, verdammt nochmal!

«Sergej!» Inga stieß alle anderen beiseite und kam in sein Büro gesegelt, die wunderschönen riesigen Augen weit aufgerissen. «Ist das wahr? Es heißt, deine Engländerin ist dort, wo gerade die Geiseln genommen wurden? Sie zeigen es auf allen Sendern!»

Sergej sah merkwürdig aus.

Wahrscheinlich macht er sich Sorgen um seine Engländerin, dachte Inga scharfsinnig. Nein, wie empfindsam! Es war doch noch gar nichts passiert, die Geiseln waren am Leben – nicht alle, aber doch die meisten! Sie würden sie schon befreien, was denn sonst. Natürlich würden sie sie befreien!

«Ihr Mantel, Sergej Konstantinowitsch!», quiekte die Sekretärin und hüllte ihn in den Mantel wie ein Kind. Er steckte mechanisch die Arme in die Ärmel. «Sie wollten ein Auto, aber ich habe nicht verstanden ...»

Im Vorzimmer ertönte ein Stampfen, für einen Augenblick verstummten die Stimmen, und sein Sohn kam ins Büro gestürmt. Sein Gesicht war bleich, beinahe grün, spitz und wirkt plötzlich sehr erwachsen.

«Papa?!»

«Komm mit», sagte Sergej. «Gut, dass du gekommen bist, ich hab dich gesucht.»

«Papa, was ist mit Mama?»

«Das weiß ich noch nicht. Wir fahren jetzt hin und versuchen, das herauszufinden.»

In Gegenwart seines Sohnes durfte er sich nicht so fürchten wie zuvor. Er konnte seine Angst nicht auf ihn übertragen. Er war stärker und älter und nun für alles verantwortlich – denn sein Kind war bei ihm, und Tims Gesicht war die blanke Angst, selbst den rosa Ohren und den struppigen Haaren sah man die Angst an.

Nackte Angst.

Ihre Wange erstarrte auf dem kalten Boden, und die Kälte, die sich in ihr Gehirn bohrte, ließ Kira begreifen, dass sie noch nicht tot war und man sie nicht töten würde.

Jetzt noch nicht.

Allotschka hatte aufgehört zu stöhnen, sie lag ganz still, und Kira konnte nicht hören, ob sie noch atmete. Vielleicht war sie bewusstlos? Falls der mit den roten Schuhen ihr die Rippen gebrochen hatte, war das durchaus möglich.

Gut, wenn sie bewusstlos war.

Plötzlich sträubten sich Kiras Nackenhaare, und sie begriff, dass etwas auf sie zukam. Sie sah nicht, was es war, und wagte nicht, die Augen zu öffnen, aber sie wusste, es war nah, ganz nah.

Sie hörte Schritte hinter sich, dann einen deftigen Fluch und wieder eine Beratung an der Glastür – weit entfernt, den Stimmen nach zu urteilen.

Kira öffnete die Augen, jeden Augenblick auf einen Schlag gefasst. Es war niemand in der Nähe. Sie drehte den Hals, bewegte sogar den Kopf ein Stück, um besser sehen zu können, und erkannte die menschenleere Straße, die Pfütze auf der breiten Treppe vor der Glastür, den vertrauten Standaschenbecher, die Ledersessel und den kleinen Glastisch mit den Magazinen – die neuen wurden immer gestohlen, deshalb legten die Wachleute nur alte Nummern aus.

Eine zähe schwarze Pfütze breitete sich rasch auf dem sauberen Boden aus und kam auf Kiras Kopf zu. Sie kroch lautlos voran und hatte bereits Baturins Hand erreicht, seine reglosen Fingerspitzen waren schon umhüllt von der schwarzen Flüssigkeit, die auf den Fingern rot wurde.

Blut, begriff Kira.

Irgendjemand verlor Blut – viel Blut. Konnte ein Mensch so viel Blut haben?

Der mit den roten Schuhen hatte denjenigen getötet, der mit dem Handy «rumgespielt» hatte, und das nun überflüssige Blut floss aus ihm heraus, kroch über den Boden und würde gleich Kiras Haare erreichen.

Ihr wurde übel, sie machte eine ruckartige Bewegung, um hinter Baturin vor dem Blut Deckung zu suchen, und in ihrem Kopf herrschte plötzlich eine gewaltige, hallende Leere.

Auch aus ihr würde Blut fließen, wenn sie sie erschossen oder erstachen. Ebenso viel nutzloses schwarzes Blut auf dem Fliesenboden.

Wieder stampften Füße vorbei – diesmal eilig; klirrend zersplitterte Glas. Das Licht flackerte auf und erlosch.

«Verdammte Schweine, Drecksäcke, ich mach euch alle kalt, Mann!»

Wieder Fluchen, ein kurzes, schreckliches Pfeifen, ein Schlag, wie ein Hieb auf Gummi. Kira wusste: Das war kein Gummi, das war ein wehrloser menschlicher Körper.

«… in zehn Minuten nicht erfüllt sind, dann legen wir die Schweine hier um! Allesamt! Alle fünf Minuten einen! Mit dem hier fangen wir an!»

Sie hatte gedacht, sie würde nicht lange leiden müssen. Sie hatte gedacht, sie würde es schaffen.

Sie würde es nicht schaffen. Sie würde es nicht aushalten.

Aus.

«Lieg still.»

Das Flüstern war kaum hörbar, und sie begriff nicht, woher es kam. Es konnte hier niemand geflüstert haben.

Sie erstarrte, den Kopf hochgereckt, denn wenn sie ihn fallen ließ, müsste sie ihn in fremdes Blut legen. Sie kniff die Augen zusammen.

«Kira.»

Sie öffnete die Augen wieder. Nein, das war keine Täuschung gewesen.

«Kira, lieg still. Leg den Arm unter den Kopf und lieg still.»

Drei standen an der Glaswand. Einer war zur Hintertür gegangen, Kira hörte ihn dort fluchend herumhantieren – baute er etwa eine Barrikade?

Baturin lag immer noch tot und reglos vor ihrer Nase. Allotschka röchelte heiser, unter ihren Lidern glänzte ein Streifen ihres Augapfels. Baturin atmete nicht.

«Kira.»

Ein seltsames Flüstern – als wäre es in ihrem Kopf, als könnte nur sie es hören. Ihr Ärmel war rasch von Blut durchtränkt.

«Kira, hilf mir. Aber still. Kein Wort.»

Baturin. Aber er war doch ... tot?

«Das Messer. Links, an meiner Wade. Ich komm nicht ran. Los.»

Sie kniff mit aller Kraft die Augen zusammen, bis ihr die Lider wehtaten, und auch unter den Lidern tat es weh. Niemand flüsterte mehr, und sie streckte ganz vorsichtig die Hand aus – Zentimeter um Zentimeter.

«Noch fünf Minuten!», brüllte jemand vom Eingang. «Fünf Minuten, ihr Schweine, verdammte Scheiße! Einen Bus und das Geld!»

Kira hörte hinter sich ein betäubendes Poltern, einen heftigen Schlag, wieder Fluchen. Sie steckte blitzartig die Hand zwischen sich und Baturin. Er regte sich nicht – konnte er ja auch nicht, denn er war doch tot. Sie hatten ihn getötet, als sie ins Gebäude eindrangen. Ihn und die Wachleute.

Ihre Finger ertasteten rauen Jeansstoff und darunter ein Bein – warm und lebendig. Wenn er tot war, konnte er doch nicht mehr warm sein. Oder?

Ihre Zähne klapperten, und Kira war sicher, dass alle das hören mussten.

Als Nächstes ertastete sie etwas Seltsames, das sich anfühlte wie verschnürte Riemen, dann etwas Kaltes, Metallisches. Ein Messer.

Sie zog und hatte das Gefühl, es niemals herausziehen zu können – die Riemen gaben es nicht frei.

Er lebte also? Die ganze Zeit hatte er gelebt?

Ihre Nägel zerkratzten die harte Haut von Baturins Bein, und Kira fürchtete plötzlich, sie könnte ihn mit dem Messer verletzen – sie sah ja nicht, wo das Messer war und wo das Bein.

Geschafft. Sie hatte es herausgezogen.

«Unter die rechte Hand. Unter die rechte Hand, Kira. Und das Telefon.»

Das Telefon? Welches Telefon?

«Noch drei Minuten! Los, komm her, du Miststück, auf die Knie! Beine auseinander! Beine auseinander, Kopf runter! Die knalle ich als Erste ab! Klappe halten, Mann! Dazu isses jetzt zu spät! Komm schon! Her mit der Knarre!»

Aus den Augenwinkeln nahm Kira eine Bewegung hinter der Glaswand wahr, und zwei der drei Männer, die sie im Blick hatte, legten sich plötzlich hin wie im Film, die Maschinenpistole im Anschlag, um besser schießen zu können, falls sich draußen jemand näherte.

«Schneller.»

Das Telefon steckte in seiner hinteren Hosentasche – ein schweres, altmodisches Handy. Musste ziemlich unbequem sein, es dort zu tragen. Wieso tat er das?

Kira schob den Messergriff in Baturins reglose Hand, und das Messer verschwand augenblicklich, als habe es nie existiert. Kira hielt die Luft an.

«Das Handy.»

Sie zog das Handy heraus und schob es ebenfalls auf seine Hand zu.

Plötzlich kam Allotschka zu sich, sie atmete heftig und

zuckte, und Kira versetzte ihr einen kräftigen Fußtritt. Sie verstummte und starrte Kira erschrocken an – ihre Augen erinnerten Kira an die des dreijährigen Tim, wenn er sich vor einem Gewitter fürchtete und wusste, dass es trotzdem kommen würde.

«Sobald es losgeht, sofort zurück, hinter die Theke», vernahm sie wieder das Flüstern und begriff, dass nicht nur sie es hörte, sondern auch Allotschka, denn sie zuckte zusammen und presste mit aller Kraft Kiras Bein.

Wenn was losgeht? Hinter welche Theke?

Ach ja. Stimmt. Direkt hinter ihnen war eine lange Marmortheke – dahinter stand immer die Garderobenfrau und nahm die Mäntel entgegen. Heute Morgen hatte sie noch da gestanden, damals, als das Leben noch normal war.

Wie hieß sie noch gleich? Elsa Filippowna? Emma Fjodorowna? Lebte sie noch?

«Los, Kira. Mit Gott.»

Baturin riss mit einer ruckartigen Bewegung sein altmodisches Handy hervor, holte kurz aus und warf es mit aller Kraft gegen die Glasscheibe. Das Glas seufzte, platzte ganz langsam von oben nach unten und fiel in Splittern auf den Fliesenboden.

Die drei Terroristen drehten sich wie auf Kommando um und erstarrten, wobei sie ihre Maschinenpistolen völlig vergaßen. Die Unbekannte, deren Kopf einer der drei festhielt, sank langsam zur Seite, und im selben Augenblick war der Raum von vibrierendem Kreischen erfüllt. Als kreischten da nicht Menschen, sondern als sei die gesamte Luft zu diesem Kreischen mutiert.

Kira besann sich und kroch um die marmorne Ecke – Arme und Beine gehorchten ihr nicht, sie hatte zu lange reglos auf dem Boden gelegen, und nun begriffen die steifen Muskeln nicht, was sie von ihnen wollte. Sie schleifte Allotschka an den Haaren mit sich, und ringsum bebte alles und kreischte und krachte, Glas splitterte, und ihr schien, als müsse vom Schreien und Fluchen jeden Moment die Decke einstürzen.

Einer der Männer, die am Hintereingang eine Barrikade errichtet hatten, kam nun direkt auf sie zugerannt, in einem merkwürdig schlenkernden Lauf, den Mund unter der Maske verzerrt. Er legte die Maschinenpistole an, kam aber nicht mehr zum Zielen, Baturins Messer drang lautlos in seinen Hals ein, direkt unterm Kinn. Der Terrorist lief mit dem Messer in der Kehle noch ein Stück weiter, bis er schließlich vornüberstürzte und sich nicht mehr rührte. Bis zu Baturin war es nur noch ein Schritt gewesen, bis zu seinen eigenen Leuten noch sehr weit. Sie hatten gar nicht mitbekommen, was in diesem allerletzten Moment passiert war.

Ruckartig, sodass sein ganzer Körper zuckte und hüpfte, entriss Baturin dem Liegenden die Maschinenpistole und feuerte aus der Hüfte, wie im Kino, in Richtung der anderen drei.

Schreien, Fluchen, Automotorengeheul, die Luft färbte sich blaugrau vom Pulverrauch.

«Runter! Hinlegen!»

Kira konnte sein Gesicht von ihrem Platz hinter der Theke aus sehen. In einer Nische entdeckte sie einen kleinen Tauchsieder und eine Tasse, wahrscheinlich trank die Garderobenfrau hier Tee, wenn es nicht viel zu tun gab.

Baturin stürmte geradewegs voran, ohne sich zu ducken

und ohne Hast, die Maschinenpistole schien regelrecht mit ihm verwachsen, seine Augen waren schmal und konzentriert, und er humpelte kein bisschen, so als hätte er vergessen, dass er ein verkrüppeltes Bein hatte, und Kira wusste: Gleich würden sie ihn töten.

Jetzt gleich, in diesem Augenblick.

«Heilige Jungfrau Maria, heilige Muttergottes, erbarme dich unser, rette und beschütze uns und hab Erbarmen mit uns Sündern. Lass ihn nicht stürzen, Heilige Jungfrau Maria, wenn er hinfällt, dann ist es aus, dann ist er tot. Hab Erbarmen mit uns, Heilige Jungfrau Maria, rette und beschütze uns!»

Sie hatte das Beten eigentlich nicht gelernt, und dass sie ihr unbeholfenes Gebet aus vollem Hals schrie, wurde ihr erst bewusst, als für den Bruchteil einer Sekunde gespannte Stille eintrat, die sich gleich darauf in Entsetzen, Schreien und Maschinenpistolensalven entlud.

Im nächsten Augenblick war alles vorbei.

Energische schwarze Schatten in Tarnanzügen und ebensolchen schwarzen Masken füllten das, was früher einmal das Redaktionsvestibül gewesen war, das Schreien verstummte ganz von selbst, lediglich blaue Rauchwolken kräuselten sich noch träge in der Luft, auf der Straße heulten Sirenen, und irgendwo splitterte Glas.

Baturin schleuderte die Pistole fort – weit von sich – und hob langsam die Hände hinter den Kopf.

«Der hier ist hinüber! Aber der da lebt noch! Mann, diese Schweine, so viele Leute umzubringen! Gib mir die Handschellen oder puste ihn aus!»

«Krep?», rief Baturin leise. «Knall mich bloß nicht gleich mit ab!»

Einer der maskierten Hünen erstarrte und riss die Maschinenpistole herum.

«Grischa?», fragte er zurück, als traue er seinen Ohren nicht, und kam über knirschendes Glas näher. «Batut! Batut, mich laust der Affe! Ljocha, komm mal her! Nun mach schon! Batut, altes Haus, also du hast uns geholfen, ja?»

Er hieb Baturin mit voller Wucht auf die Schulter. Baturin stolperte vorwärts und lief gegen die Brust eines anderen Hünen. Der packte Baturin am Pullover, hob ihn hoch und schüttelte ihn.

«Grüß dich, Ljocha», murmelte Baturin.

«Hauptmann», sagte der Hüne erfreut, «Mensch, Hauptmann!»

Im ganzen Vestibül regten sich die Menschen und standen auf, unsicher, als wüssten sie nicht recht, was sie nun tun sollten. Eine Frau schrie los, als sie die Tarnanzüge und dicken Wollmasken sah. Glas knirschte, der Pulverqualm verzog sich allmählich durchs kaputte Fenster.

Kira schob sich das Haar hinters Ohr und versuchte herauszufinden, wie es Allotschka dort hinter der Theke ging, schaffte es aber nicht. Von ihrem Ärmel fielen schwere Tropfen, sie hörte sie auf die Glassplitter fallen – plop, plop … Die Tropfen waren rot, vermischten sich mit dem feinen Glasstaub und übersäten den ganzen Boden um sie herum.

Sie betrachtete diese Tropfen, schrie leise auf und fiel in Ohnmacht.

Baturin und die beiden anderen drehten sich nicht einmal um. Sie staunte noch, wie ähnlich ihre Gesichter doch aussahen.

# 23

«... DAS HEISST, ICH HÄTTE AUCH GLEICH, aber ich ... wusste nicht so recht. Die vielen Leute hier, und die Typen waren irgendwie völlig von der Rolle, auf Drogen oder was.»

«Klar waren die auf Drogen, was sonst!»

«Die Wachleute haben sie sofort erschossen, da hab ich mich fallen lassen, sie sollten denken, dass sie mich auch erledigt hatten. Dann hab ich dagelegen und auf euch gewartet. Warum habt ihr so lange gebraucht? Oder haben da irgendwelche Ratten» – ein dreistöckiger Fluch, der sich allmählich zum siebenstöckigen steigerte, und Kira lächelte mit geschlossenen Augen – «vielleicht wieder verhandeln wollen?»

«Batut, du weißt doch, wie so eine Operation bei uns läuft! Bis die Meldung ankommt, bis alles unterschrieben und abgestimmt ist! Warum haben sie die Wachleute umgebracht? Aus Angst?»

«Keine Ahnung. Die waren doch sowieso total durchgeknallt. Als sie losbrüllten, dass sie jetzt die Geiseln umbringen, dachte ich mir, ihr werdet wohl gleich stürmen. Na ja, und da ... Einen hab ich mit Sicherheit erledigt, was mit den anderen ist ...»

«Den mit der durchgeschnittenen Kehle?»

«Ja.»

«Einen hast du noch verwundet. Als wir reinkamen» – Kira amüsierte sich wieder: Reinkommen nannte er das! –, «als wir reinkamen, lag er auf dem Boden und hat gequiekt wie ein Schwein. Rote Schuhe hat er an, der Wichser! Auch noch modebewusst, das Schwein!»

Zigarettenqualm kitzelte Kiras Nase. Sie lauschte dem unglaublichen, entsetzlichen Fluchen wie Musik.

«Hattest du etwa keine Kanone dabei?»

«Spinnst du? Eine Kanone! Ich war auf dem Weg zur Arbeit! Mit einer Kollegin» – Kira hörte aus seiner Stimme das Lächeln heraus –, «wie ein ganz normaler Mensch, verdammt! Im Gegensatz zu dir gehe ich nicht mit einer Kanone zur Arbeit!»

«Welche Kollegin denn? Die mit den Beinen? Oder die mit dem Busen?»

«Beide. Das heißt eigentlich ... die mit dem Busen.»

«Hör mal, Batut, und die arbeitet wirklich mit dir zusammen? Kommandiert dich vielleicht sogar rum, ja? Geh mal dahin, bring mir dies, bring mir das, kratz mir den Rücken, bring mir Kaffee!»

«Ach, leck mich doch, Krep! Du bist und bleibst ein Kretin!», erklärte Baturin friedfertig, und Kira begriff, dass sie lieber die Augen aufmachen sollte, damit sie nicht noch Sachen sagten, die ihnen hinterher peinlich sein würden.

Sie waren ihre Helden, ihre Ritter, ihre Retter, und sie wollte nicht, dass sie sich schämten.

«Grüß dich, Hauptmann! Schön, dich zu sehen.»

«Guten Tag, Genosse Oberst.»

Splitter knirschten, jemand Schweres, Großes kam heran. Kira öffnete die Augen und drehte den Kopf. Der Fußboden war seltsamerweise sehr weit weg – wenn sie fiele, würde sie sich unweigerlich wehtun.

Aber was machte das schon! Jetzt, nach dem Krieg, war fast alles unwichtig.

Baturin zog noch einmal an seiner Zigarette, dann warf er die Kippe weg und stand ohne Hast auf vor dem Mann, der auf ihn zukam.

«Gut gemacht, Hauptmann. Du hast es noch drauf.»

«Danke, Genosse Oberst», erwiderte Baturin, «Ihre Schule.»

«Meine Schule», bestätigte der Oberst.

Auch er hatte einen kahl geschorenen Kopf, ein grobes Gesicht und riesige Hände.

«Rauch zu Ende, und dann komm zu mir», ordnete der Oberst an, «wir müssen alles ordentlich aufschreiben. Krep, du kümmerst dich um das hier.»

«Zu Befehl.»

«Hauptmann, du hast dir heute deinen zweiten Orden verdient. Welcher war noch mal dein erster?»

«‹Für Tapferkeit›.»

«Na, dann hast du bald zwei davon! Ach ja, warum schickt ihr die Damen nicht nach Hause? Krepow, los, schick sie nach Hause! Oder fehlt ihnen was? Sind sie tot?»

«Nein, Genosse Oberst. Sie leben anscheinend noch», meldete der unsichtbare Krep, und Kira setzte sich ganz langsam auf. Ihre Beine baumelten herab und reichten nicht bis zum Boden, und endlich verstand sie auch warum: Grigori Baturin hatte sie, nachdem er dem Banditen die Kehle durchgeschnitten hatte, auf die schmale Garderobentheke gelegt.

«Tag», sagte Kira zu dem Obersten. «Vielen Dank.»

«Bitte sehr», erwiderte der Oberst liebenswürdig, und an seinem Ton erkannte Kira sofort, dass er keineswegs so simpel war, wie er wirkte: trainiert zum Festnehmen und Töten, schwer, treffsicher und schnell, aber er hatte aufmerksame, sehr ernste Augen.

Sie umringten Kira schweigend. Dort, wo einmal die Tür gewesen war, drängten sich nun Männer in Uniform und in weißen Kitteln.

«Wenn du nicht gewesen wärst», sagte Kira zu Baturin, «wären wir jetzt alle tot.»

Baturin tätschelte ihr den Hinterkopf. Diese Geste hatte sie nie ausstehen können. Sie fand, sie verletze ihre weibliche Würde.

Aber jetzt griff sie mit beiden Händen nach seiner Hand, presste ihr Gesicht dagegen und küsste sie, wieder und wieder.

«Na, na, schon gut», murmelte Baturin.

«Ich treib gleich was zu trinken auf», versprach sein Freund Krep.

«Nicht zu früh entspannen, Krep!»

«Zu Befehl, nicht entspannen, Genosse Oberst! Ist ja auch gar nicht für mich, sondern für die Dame.»

«Das, was du auftreibst, trinkt die Dame sowieso nicht. Wie geht es Ihnen, junge Frau? Geht's? Oder brauchen Sie einen Arzt?»

«Nein», antwortete Kira, «nein danke. Wo ... wo ist denn Allotschka? Ist sie ... Lebt sie noch?»

«Ich lebe noch.»

Wie auf Kommando schauten alle unter die Theke. Sie saß auf dem Fußboden, in einem Haufen Glassplitter, und starrte sie an. Ihr Blick gefiel Kira nicht.

«Na schön», sagte der Oberst, «macht hier mal Schluss und kommt dann zu mir. Wenn er» – ein Kopfnicken zu

Krep – «was zu trinken bringt, riechen Sie lieber erst mal dran.»

«Ich will nach Hause», sagte Allotschka hastig, «ich muss nach Hause. Meine Eltern drehen bestimmt schon durch. Mama darf sich nicht aufregen. Ich muss Papa anrufen.»

Kira sprang von der Theke und stöhnte auf. Ihr Bein schmerzte höllisch.

«Jetzt werd ich rumlaufen wie du», sagte sie zu Baturin und hockte sich vor Allotschka, die noch immer wie im Fieber vor sich hin murmelte.

«Anrufen. Ich muss unbedingt anrufen. Jetzt gleich Mama darf sich nicht aufregen. Ich rufe immer an, wenn ich hier ankomme, heute hätte ich auch anrufen müssen, aber ich habe es nicht getan. Mama fliegt heute nach Paris. Papa hat dort Verhandlungen, und er fährt nicht gern allein. Wahrscheinlich sind sie schon weg. Der Flug ging um neun Uhr vierzig. Sie wussten ja nicht, dass ich … dass hier …»

Etwas huschte an Kiras Ohr vorbei, und Baturins Hand traf mit voller Wucht Allotschkas Wange. Ihr Kopf zuckte und schlug gegen die Marmortheke.

«Genug oder noch mehr?», fragte Baturin und betrachtete Allotschka, als gieße er nach Augenmaß Öl in einen Motor.

Allotschka blinzelte – ihre Lider klappten auf und zu, und als sie wieder aufklappten, sahen ihre Augen ganz anders aus. Als sei sie plötzlich aus ihrem Irrsinn aufgetaucht.

«Sie leben noch? Aber ich hab doch gesehen, wie du getötet wurdest! Er hat geschossen, und Sie sind hingefallen, direkt vor uns. Ich weiß es doch, ich habe gesehen, dass Sie nicht mehr atmeten!»

Baturin griff nach Allotschkas Hand und zog sie hoch. Sie stand folgsam auf und war gleich einen Kopf größer als Kira und fast so groß wie er.

«Warum lebst du noch?», fragte sie ihn streng. Sie redete ihn wirr mal mit «du» an, mal mit «Sie». «Ich habe doch gesehen, wie du hingefallen bist.»

«Ich bin Profi», sagte Baturin und verzog das Gesicht. «Dass ich hingefallen bin, heißt nur, dass ich hingefallen bin. Ihr müsst jetzt noch eure Aussagen aufnehmen lassen, dann könnt ihr nach Hause gehen. Kira, ruf zu Hause an, Sergej soll dich abholen kommen, ich bitte die Leute vom FSB, dass sie ihn durchlassen. Nicht jetzt gleich, aber wenn wir hier fertig sind. Bist du mit dem Auto da?», fragte er Allotschka.

«Ich glaube ja. Ja.»

«Dann nimm keine Beruhigungsmittel und trink nichts außer Tee», ordnete Baturin an, «sonst kommst du nicht heil nach Hause.»

Er redete, schaute, atmete und bewegte sich wie der gewohnte Baturin, ihr amtierender Chefredakteur. Er humpelte wieder und suchte mit den Augen den Boden ab, aber seinen Stock konnte er nicht finden. Er sagte mit fader Stimme fade Dinge, und seine blutbefleckten Jeans wirkten nur schmutzig, die Riemen an seiner Wade hatten nichts Romantisches mehr, das Hosenbein war unschön hochgerutscht und das Bein darunter hässlich – ein frühjahrsblasses, bläulich schimmerndes behaartes Männerbein –, sein Hemd war hinten aus der Hose gerutscht, und Kira hatte das dringende Bedürfnis, es wieder reinzustecken.

Plötzlich erinnerte sie sich, wie er geflüstert hatte und wie dieses Flüstern nur in ihrem Kopf zu sein schien. Sie erinnerte sich, wie das Messer augenblicklich verschwunden war, als sie ihm den Griff in die Hand geschoben hatte. Und wie er mit der Maschinenpistole an der Hüfte losgerannt war und sie aus vollem Hals geschrien hatte: «Hab Erbarmen mit uns, Heilige Jungfrau Maria!»

So etwas war doch völlig unmöglich.

Oder vielleicht war es möglich, aber in irgendeinem fremden Leben. Doch nicht in ihrem.

Und nicht im Leben des so vollkommen normalen Grigori Baturin, den sie als guten Journalisten kannte und als Chef noch nicht einschätzen konnte.

«Was ist?», fragte Baturin. «Hast du deine Telefonnummer vergessen?»

Er warf einen ungeduldigen Blick auf die spärliche Menge an der einstigen Glastür – ein Flügel war nicht gänzlich zerbrochen, gezackte Glassplitter ragten hervor wie ausgeschlagene Zähne und drohten jeden Moment herauszufallen. Kira hatte das Gefühl, dass er sich furchtbar unbehaglich fühlte und so schnell wie möglich zu den anderen wollte, zu seinen Leuten.

Was hatte er gesagt? Ich bin Profi?

Kira wusste, dass er ein Profi war, aber sie hatte seine Professionalität noch nie mit eigenen Augen gesehen.

«Sergej», sagte sie ins Telefon, als überraschend die Stimme ihres Mannes an ihr Ohr drang. «Ich bin's. Ich lebe.»

Das Telefon schwieg, aber sie vernahm ein deutliches Schniefen. Es war ihr Exmann, der da schniefte und schwieg.

«Sergej», wiederholte sie, denn sie glaubte, dass er keine Ahnung hatte, was passiert war, und jetzt musste sie ihm alles erklären, doch das konnte sie nicht, nein, das konnte sie auf keinen Fall.

«Sergej, wir hatten hier …», sie suchte nach einem Wort. Als Journalistin legte sie Wert auf präzise, richtige Worte. «Eine Ausnahmesituation.»

«Die war live auf allen Fernsehsendern», krächzte Sergej, «deine Ausnahmesituation.»

«Mama?!», schrie Tim ein Stück entfernt. «Mama? Mama, lebst du?» Nun war seine Stimme ganz nah, und Kira schloss die Augen. Als hätte sie Tim vollkommen vergessen gehabt, auch ihre Eltern, ihren Schwiegervater und ihre Schwiegermutter, und nun fielen sie ihr wieder ein. So intensiv, dass sie leise stöhnte. Baturin sah sie besorgt an.

«Mama, wo bist du? Du bist immer noch dort, ja? Bist du verletzt? Lebst du noch?»

«Ich lebe noch, Tim, und ich bin nicht verletzt.»

«Sie haben sie alle erledigt, ja? Alle Mann? Und wo warst du, Mama? In deinem Büro?»

«Ich war im Vestibül. Ich bin gar nicht bis in mein Büro gekommen.»

«Im Vestibül?» Ihr Sohn war entsetzt, und dann war wieder Sergejs Stimme im Hörer.

«Wie kann ich dich abholen, Kira? Wo bist du, verdammt nochmal?»

Nun beschimpft er mich auch noch, dachte sie seufzend. Wie immer.

«Sag ihm, er soll zur Absperrung kommen», wies Baturin sie an. «Ich sag den Männern Bescheid.»

«Wo bist du, Sergej?»

«Wir sind alle hier.»

«Wer alle?», fragte Kira erstaunt.

«Deine Eltern. Meine Eltern. Tante Lilja. Wer noch, Tim?»

«Katja ist da. Und Mischka kommt auch gleich.»

Kira schloss die Augen und stöhnte, diesmal ziemlich laut.

«Ist dir nicht gut?», fragte Allotschka erschrocken.

«Doch, doch. Sergej, Baturin sagt, du sollst bis zur Absperrung fahren. Und schick die anderen nach Hause! Herrgott, wer weiß, wie lange wir noch hier sitzen müssen! Sie sollen alle nach Hause fahren!»

«Ja, ja», sagte Sergej fahrig in den Hörer.

«Weißt du sein Autokennzeichen?»

Kira sagte es Baturin. Sie kannte Sergejs Kennzeichen, er selbst vermutlich nicht.

«Komm her, Sergej. Baturin sagt, wir können alle bald gehen, sie müssen nur noch irgendwelche Aussagen aufnehmen, obwohl ich keine Ahnung habe, was ich aussagen soll.»

«Sprich mit mir», sagte Sergej plötzlich, «sprich mit mir, Kira.»

«Sprechen?», fragte sie.

«Schalt das Telefon nicht ab. Red weiter. Das heißt, red, mit wem du willst, aber so, dass ich es höre.»

Sie schwieg.

«Kira?»

Sie riss sich zusammen.

«Du hast einen großen Schreck gekriegt, ja?»

«Ja», sagte er, «ja. Ich will dich nach Hause holen. Jetzt gleich. Geht das?»

«Nein.» Sie lächelte. «Das geht nicht. Ich hab doch gerade gesagt, sie brauchen noch unsere Aussagen, hast du das nicht gehört?»

«Doch, doch, hab ich», beteuerte er.

Überhaupt redete er irgendwie seltsam, und Kira begriff nicht, was mit ihm los war.

«Fahrt zur Absperrung, Sergej.»

«Lass bitte dein Telefon an, Kira. Bitte.»

Sie musste auf einmal daran denken, wie er ihr damals seine Liebe gestanden hatte – das war erst sechzehn Jahre her. Sie erinnerte sich sogar an den Geruch von seinem Schafpelz. Er sagte: «Ich liebe dich», und sah sie dabei so erbittert an, als sei es ihre Schuld, dass er sie liebte.

«Kira, red mit mir.»

«Die Telefonrechnung wird mich ruinieren.»

«Egal. Ich bezahl sie dir.»

Warum war er nur so in Panik? Es war doch alles vorbei! Noch nie im Leben hatte ihr Mann Angst um sie gehabt – er war sich seiner selbst, ihrer und des Lebens überhaupt immer so sicher gewesen, dass er selbst bei Tims Geburt vollkommen ruhig gewesen war. Darum hatte ihre Mutter von ihm gesagt, er sei «kein Ehemann und kein Vater, sondern ein gefühlloser Klotz».

Er war immer felsenfest davon überzeugt gewesen, dass alles gut würde. Wenn ihm jemand erzählte, dass er mit knapper Not einem Autounfall entgangen sei, behauptete er, die Gefahr sei gar nicht so groß gewesen, und stellte Wahrscheinlichkeitsrechnungen an, die jedes Mal belegten, dass die Wahrscheinlichkeit für ein Unglück ziemlich gering war und man sich also im Grunde gar nicht zu fürchten brauchte.

Und jetzt? Was war nur los mit ihm?

«Komm mit», trieb Baturin sie zur Eile, «da rüber, zu Krep. Allotschka, kannst du … können Sie laufen?»

«Ja», sagte Allotschka düster, «jetzt kann ich alles.»

Kira steckte ihr Handy in die Tasche, ohne es abzuschalten, war sich noch eine Weile bewusst, dass Sergej bei ihr war, in dem kleinen Telefon in ihrer Tasche, doch dann vergaß sie es.

# 24

BATURIN GING FAST ALS LETZTER, als bereits bläuliche Dämmerung zwischen den Häusern stand, der Himmel dunkler und höher geworden war und es wie immer am Abend intensiv nach von schweren Autos aufgewühlter Erde roch und nach gebratenem Fleisch aus dem kleinen Restaurant gegenüber. Musik schallte nun von dort herüber, eine weitere Bestätigung dafür, dass der Abend nahte, ja schon fast begonnen hatte – der Freitagabend, die schönste Zeit der Woche.

Kira war längst weg, Sergej hatte sie abgeholt, und Baturin freute sich, dass sie sich als so ... stark und unhysterisch erwiesen hatte. Wer weiß, was geschehen wäre, wenn sie ihm nicht sein Messer gegeben hätte. Gelernt war zwar gelernt, aber er hatte schon lange keine Übung mehr in diesen Dingen, er hätte vor der Zeit die Aufmerksamkeit auf sich lenken können, und die Sache wäre womöglich schief gegangen.

Dass bei der Erstürmung des Gebäudes durch die Sondereinheiten niemand zu Schaden gekommen war, war eindeutig sein Verdienst.

Nur seinen Stock hatte er noch nicht wiedergefunden. Wo konnte der geblieben sein?

Zu Hause hatte er noch einen Ersatzstock, seinen allerersten, mit dem er damals aus dem Lazarett entlassen worden war, aber der war unbequem, und Baturin mochte ihn nicht.

Er erinnerte ihn an den Krieg, und daran wollte er sich lieber nicht erinnern. All diese rührenden Fernsehgeschichten, in denen es immer hieß: «Wenn sie zusammenkommen, sprechen sie oft von dem Gefecht, das für viele ihrer Kameraden das letzte werden sollte.»

Er mochte diese Geschichten nicht und schaltete sofort um, wenn er zufällig auf eine stieß. Auch die Kommentatoren mochte er nicht. Im Gegensatz zu den Kriegsberichterstattern waren sie selbst nie im Krieg gewesen, und alles, was sie sagten, klang falsch, irgendwie albern, zu schön und übertrieben tragisch, jedenfalls ganz anders als er, Hauptmann Baturin, es damals erlebt hatte.

Wo war nur dieser Stock, verdammt nochmal? Wo konnte er geblieben sein? Vielleicht hatte ihn jemand als Andenken mitgenommen?

Sein Bein schmerzte scheußlich und drohte abzuknicken, wenn er sich darauf stützte. Der Tag war wirklich zu anstrengend gewesen. Außerdem hatte er einen gewaltigen Hunger, das kam vom verlockenden Duft nach gebratenem Fleisch, der unablässig herüberzog. Er war drauf und dran, in das Restaurant zu gehen, doch dann fiel ihm ein, dass seine Jeans voller Blut war, genau wie sein Hemd, und seine Jacke von schmutzigen Schuhen so zugerichtet, dass er sie erst einmal in die Reinigung geben musste.

Zu allem Überfluss stellte sich auch noch heraus, dass sein Auto weg war. Kiras Fiat stand noch auf dem Parkplatz, eine paar andere Autos ebenfalls, aber seins war verschwunden.

Darum würde er sich morgen kümmern müssen. Allein der Gedanke an den Heimweg mit öffentlichen Verkehrsmitteln – erst mit der Metro, dann mit dem Trolleybus, dann durch den kümmerlichen Park, dann in den vierten Stock hinauf, und das alles ohne Stock – der Gedanke war mörderisch.

Er klopfte ratlos seine Jacke ab und verfluchte sich dabei leise, weil er nicht mit den Männern gefahren war, obwohl ihn Krep eingeladen hatte, stand eine Weile unentschlossen herum und humpelte an den in den Glasscherben wühlenden Leuten von der Spezialeinheit und vom Innenministerium vorbei.

«Grigori Alexejewitsch!»

Er blieb stehen, drehte sich um und biss die Zähne zusammen.

Na klar. Sie hatte ihm gerade noch gefehlt!

«Grigori Alexejewitsch, entschuldigen Sie bitte ...»

Sie kam von ihrem Auto, das blitzsauber und elegant war, auf ihn zugelaufen; sie hatte nicht einmal die Tür zugeschlagen, dies selbstbewusste, verwöhnte reiche Mädchen, das keine Ahnung hatte vom Leben.

«Sie sollten längst zu Hause sein», sagte er barsch und hasste sich sogleich dafür, «worauf warten Sie noch?»

Sie schaute ihm ins Gesicht und ließ den Blick darüber schweifen. Was suchte sie da? Er hatte auf einmal das Gefühl, als hinterließen ihre dunklen Augen auf seiner Haut Furchen und Dellen, so stark spürte er ihren Blick.

«Ich ...» Allotschka schob die schwarzen Haare hinters Ohr und starrte ihn erneut an. «Ich hab gesehen, dass Ihr Auto weg ist. Darf ich Sie nach Hause fahren? Bitte, Grigori Alexejewitsch!»

Er musste nein sagen.

Im Gegensatz zu ihr kannte er das Leben, und er wusste genau, was sie sich da zusammenphantasierte – edler Held, verwundeter Kämpfer, Prinz mit Maschinenpistole, Actionheld, der ganze Quatsch! Und er wusste auch, wie das enden würde. Außerdem wusste er: Selbst wenn er plötzlich wieder fünfundzwanzig wäre, nicht mehr humpelte, die widerlichen Schmerzen plötzlich weg wären und zugleich alles, was sich in seinem Kopf angesammelt hatte, und auch die hässlichen buckligen Narben, die die Feldchirurgen aus dem Brei gemacht hatten, der sein Körper damals gewesen war – selbst dann würde er nicht zu ihr passen.

Er war Journalist, wahrscheinlich kein schlechter, und Workaholic, er lebte von dem, was er am Zahltag in der Buchhaltung bekam, und verbrachte seinen Urlaub in einem Dorf bei Pskow, wo noch sein Großvater wohnte, der Einzige aus seiner Familie, der noch lebte.

Ihr Papa war Präsident einer Bank, ihre Mama führte ein elegantes Modehaus, sie war auf der Sorbonne gewesen, an der Côte d'Azur, zum Surfen auf Bali, sie hatten ein Häuschen bei Zürich, gingen Ski laufen in Davos – da passte er wirklich nicht hinein.

Er musste nein sagen.

«Grigori Alexejewitsch», setzte sie noch einmal an, als hätte sie neuen Mut geschöpft, «ich ... ich habe so lange auf Sie gewartet! Bitte!»

«Na schön», willigte er schließlich ein und verachtete sich deswegen, «meinetwegen. Fahren Sie mich nach Hause.»

Mit aller Kraft bemüht, nicht zu humpeln, und furchtbar erschöpft, wie er war, humpelte er stärker als sonst. Sie lief um ihn herum und öffnete ihm die Beifahrertür.

Er knurrte mit zusammengebissenen Zähnen.

«Ich bin kein Invalide und kein Veteran des Ersten Weltkriegs», zischte er. Er bekam einfach die Zähne nicht auseinander. «Sie müssen meine … Behinderung nicht so betonen.»

«Das tue ich doch gar nicht», murmelte sie erschrocken.

Im Wagen hätte sie ihn beinahe noch angeschnallt wie ein kleines Kind. Sie streckte schon die Hand aus, besann sich aber und fuchtelte unbeholfen vor seiner Nase herum. Schließlich langte sie zum Radio und schaltete es ein. Es spielte fröhlich drauflos.

«Ich muss zum Retschnoi», erklärte Baturin, streckte sein Bein aus und schloss die Augen.

Allotschka gab Gas, und ihr flacher BMW rollte sanft vom Parkplatz.

«Wie lange hast du auf mich gewartet?», fragte er mit geschlossenen Augen, wobei er ganz vergaß, dass sie eigentlich per Sie waren. «Ihr wurdet doch schon vor drei Stunden nach Hause geschickt!»

«Ich hatte Angst, dass du mit denen mitfährst. Mit deinen Freunden», antwortete sie rasch.

Baturin sah sie an.

Sie hatte es nicht nur gefürchtet. Sie hatte es als Orakel genommen. Wenn er wegfuhr, war alles aus. Schluss. Dann würde nie etwas aus ihnen werden. Wenn er nicht wegfuhr, dann würden sie lange und glücklich zusammenleben und am selben Tag sterben, sie würde ihn ebenso lieben, wie ihre Mutter ihr Leben lang ihren Vater liebte, sie würden sich einen Hund anschaffen, ihr Sohn sollte Aljoscha heißen und ihre Tochter Katja, und wenn das Zweite auch ein Junge war, dann …

«Du brauchst mich nicht», sagte Baturin mit Nachdruck

und schloss erneut die Augen. «Du hast dir da was zusammenphantasiert, schon damals, als ich auf dem Flur mit dir gesprochen habe. Beim ersten Mal, als diese dumme Pute uns in der Telefonzelle belauscht hat. Wie heißt sie noch gleich? Sinuscha?»

«Verotschka.»

«Genau.»

Er hätte doch nein sagen müssen. Das hätte er, und sie hätte verstehen und ihn loslassen müssen. Er war schließlich auch nicht aus Eisen, wer weiß, wie lange sein düsterer, schwermütiger Invalidenedelmut noch reichte.

«Wer bist du?», fragte Allotschka plötzlich. «Wer bist du eigentlich, Baturin?»

Er tat nicht so, als hätte er nicht verstanden.

«Sondertruppe. Ich habe nach der Armee eine Spezialausbildung gemacht und an verschiedenen Orten gedient. Dann wurde ich verwundet und ging weg.»

«Gleich zu uns?»

«Gleich zu euch», sagte Baturin spöttisch. «Oder meinst du, bei den Militärs lernt man nicht schreiben?»

«Baturin, du schreibst nicht wie ein Militär, du schreibst wie ein Journalist», sagte Allotschka leise, «wie ein sehr guter Journalist. So schreibt bei uns nur noch Kira, sonst keiner.»

«Dann habe ich wohl Talent», schloss Baturin und sah sie noch einmal an.

Sie hatte sehr schwarzes Haar, knapp schulterlang und in unregelmäßige Strähnen geschnitten, die nach allen Seiten flogen. Das Profil einer klassischen Schönheit, selbstbewusstes Kinn, energische Gesichtszüge. Er nahm ihren Geruch nach Pulverqualm und Parfüm wahr und sah ihre Hände, die das Lenkrad hielten. Noch nie war ihm etwas so sexy erschienen wie diese Hände auf dem schwarzen Kunststoff des dicken Lenkrades – lange Finger, zierliche Glieder, schmale Handgelenke.

Er griff nach seinem kranken Bein, um sich nicht unversehens zu vergessen, und schaute aus dem Fenster. Das war wesentlich ungefährlicher.

«Mein Gott», murmelte Allotschka, «was sind das bloß für Sachen? Erst wird der Chef ermordet, dann nehmen sie uns als Geiseln! Mama hat mir das gar nicht geglaubt. Ich sollte sie doch eigentlich heute Morgen anrufen. Aber dann waren sie schon in Paris. Sie sind heute nach Paris geflogen», erklärte sie.

«Verstehe.»

Sie fuhren noch ein Stück, dann hielten sie in der sich verdichtenden blauen, warmen Dämmerung.

Aber das war keineswegs der Retschnoi.

«Was soll das?», fragte Baturin und schaute aus dem Fenster. Er sah einen niedrigen Zaun, Stufen und ein schmiedeeisernes Tor, dahinter ein Haus, das aussah wie ein Ozeandampfer, eine Bude mit Schlagbaum davor und in der Bude einen Wachmann. «Wohin hast du mich gebracht?»

«Zu mir», erklärte Allotschka energisch, löste ihren Sicherheitsgurt und schleuderte ihn von sich. Er glitt mit einem angenehmen Surren hinauf. «Ich hab dich zu mir nach Hause gebracht.»

Baturin schwieg.

«Warum?»

«Darum, weil ich nicht zu deinem verdammten Retschnoi fahre!», schrie sie und fing an zu weinen. Das heißt, die

Tränen spritzten ihr nur so aus den Augen und tropften auf Baturins Hand, heiß und schwer.

Er wischte sie ab, denn er fürchtete Tränen.

Als seine Mutter gestorben war, waren alle Nachbarinnen in Tränen aufgelöst gewesen. Er war damals gerade sieben gewesen und hatte ein für alle Mal begriffen: Tränen, das bedeutete Kummer, unermesslich schlimm.

«Entschuldige bitte», murmelte er, obwohl er nichts getan hatte, «selbstverständlich. Wenn du nicht kannst. Selbstverständlich. Du hättest nicht so lange auf mich warten sollen. Das war alles zu viel für deine Nerven, ich weiß.»

«Nein, das war es nicht!», schrie sie fast böse und stürzte sich auf ihn.

Ihre Lippen stürmten seine Lippen, sie küsste ihn, wie er im ganzen Leben noch nie geküsst worden war. Schwarze Haare fielen ihm ins Gesicht, ihre Seidenkleider rutschten hoch und entblößten schmale Hüften, und als er ihre Haut unter den Händen spürte – ebenso heiß wie ihre Tränen –, setzte in seinem Kopf etwas aus.

Vorbei. Es gab kein Zurück mehr.

Das hatte es im Grunde ohnehin nie gegeben, er hatte es sich nur eingebildet. Aus Feigheit.

Er umfasste Allotschkas Hinterkopf und zog sie an sich – noch näher – und küsste ihre Wangen und ihre Lippen, die unter seinen Küssen entflammten, und diese Hitze breitete sich rasch aus, vergiftete sein Blut und stieg ihm in Kopf, Rücken und Beine, er stöhnte sogar leise auf von dieser Hitze, und weil er sie nicht unverzüglich nehmen konnte, gleich hier, auf dem engen Sitz ihres sportlichen Zweisitzers, direkt vor der Bude mit dem Wachmann und dem Haus, das aussah wie ein Ozeandampfer – verdammt!

«Von wegen meine Nerven», murmelte sie erbittert, direkt vor seinen Lippen, «von wegen meine Nerven! Du bist einfach nicht normal! Ich will dich, seit du mich im Flur fast umgerannt hast! Ich kann nicht mehr schlafen, ich kann nicht mehr essen, ich denke nur an dich, Tag und Nacht, und du … du willst einfach nichts von mir wissen!»

Sie öffnete den letzten Knopf an seinem Hemd, riss es auf und stürzte sich erneut auf ihn. Sie schmiegte sich an seine nackte Haut, genau an die Stelle, wo dumpf sein riesiges fremdes Herz schlug.

«Nein, du», murmelte Baturin, «du bist nicht normal. Das kannst du nicht tun. Das dürfen wir nicht. Ist dir klar, dass wir das nicht dürfen?»

Seine Hände waren unter ihren Kleidern, sie streichelten, erkannten, kneteten sie, sein Bein presste ihr Bein so stark, dass sie aufschrie.

Nur mit ihr. Jetzt sofort.

«Nein», keuchte sie, «jetzt sofort, aber nicht hier.»

Er wunderte sich flüchtig, denn er hatte nichts gesagt, sie hatte offenbar seine Gedanken gelesen, aber er begriff nicht, dass er sie jetzt loslassen musste.

Er konnte sie nicht loslassen. Er würde sie nie mehr loslassen können. So stand es nun einmal.

«Lass mich los», hauchte sie ihm ins Gesicht, «lass mich sofort los!»

Ihre Stimme klang gequält, und er ließ sie los. Er war fast besinnungslos.

Wollte sie ihn nicht mehr?

Ich werde sterben, dachte er düster und klar. Gleich hier im Auto.

Allotschka kletterte über ihn auf ihren Platz zurück,

schlug ihren Mantel zu und schaltete die Zündung ein. Ihre Hände zitterten heftig.

«Was ist?», fragte Baturin heiser.

Wenn sie mich jetzt aus dem Auto wirft, sterbe ich wirklich.

Allotschka gab Gas, das Auto machte einen Satz vorwärts zum Schlagbaum, der bedächtig hochging, streifte ihn mit dem Dach und jagte weiter, zur Einfahrt der Tiefgarage und noch weiter hinunter, mit quietschenden Reifen um Kurven; noch ein Schlagbaum und schließlich ein weiter asphaltierter unterirdischer Raum mit blauem Licht, nur wenige Autos. Baturin kam zu sich.

Sie hatte ihn nicht rausgeworfen. Sie war mit ihm in die Tiefgarage gefahren.

Ja, hier war es natürlich besser als draußen auf der Straße, vor der Bude des Wachmanns.

«Steig aus!», befahl sie. «Mein Gott, ich kann nicht mehr! Steig schnell aus, ja?»

Er stieg mühsam aus dem niedrigen Auto, sie nahm seine Hand und zerrte ihn zu einer automatischen Tür; unterwegs schlug sie ihren Mantel zu, unter dem ihr nackter weißer Bauch unter der aufgeknöpften Bluse schimmerte.

Im Lift warf sie seine Jacke auf den Boden, die sie aus irgendeinem Grund mitgenommen hatte, presste ihn mit dem Rücken gegen den Spiegel, wobei sie sich heftig an einem Metallgriff stieß, und küsste ihn wieder, auf Hals und Schulter.

Scheppernd und bebend hielt der Lift.

«Die Schlüssel», murmelte sie und wühlte in ihrer Tasche. Mit der anderen Hand hielt sie Baturin fest, damit er nicht fliehen konnte, «die Schlüssel!»

Sie fand die Schlüssel, traf nach mehreren vergeblichen Versuchen endlich das Schloss, stieß die Tür auf, und sie stolperten in warmes Halbdunkel.

«Mein Gott», flüsterte Allotschka und warf ihre Tasche auf den Boden, «endlich. Endlich … Ich dachte, ich sterbe ohne dich, Grigori. Bitte, du … du sollst wissen, dass ich dich niemals wieder hergebe. Verstehst du? Niemals und niemandem. Hast du jemanden?»

«Wen?», fragte Baturin verständnislos.

«Eine Frau oder so.»

Er begriff. «Nein.»

«Gut», flüsterte sie, «denn sonst hätte ich sie umbringen müssen.»

«Umbringen?», fragte er verwirrt. Ihm schien noch immer, sie müsse ihn verwechseln.

«Na ja. Und dann würde man mich einsperren und du wärst allein. Ganz allein. Ohne mich. Verstehst du?»

«Nein», erwiderte er, «das verstehe ich nicht.»

Er musste sie ansehen, musste die kurze Atempause nutzen, die gleich zu Ende ging – die Zündschnur brannte schon, und die züngelnde Flamme eilte zielstrebig zum Pulverfass. Er schob sie auf eine Armlänge von sich und sah sie an.

Sie lächelte nicht, ihre Augen waren ganz schwarz und ernst.

«Also?», fragte er und schluckte. «Was ist?»

«Ich liebe dich», sagte sie streng, «ich kann ohne dich nicht leben. Und du ohne mich?»

«Nein», bekannte er, «aber ich bin ganz und gar nicht der, den du brauchst!»

«Erzähl mir nicht, wen ich brauche und wen nicht! Woher willst du das wissen, verdammt! Ich will dich mehr als alles auf der Welt. Und ich werde dich bekommen.»

Du wirst mich bekommen, dachte Baturin, natürlich bekommst du mich. Und dann wirst du mich nicht mehr wollen, das steht fest.

Von diesem Augenblick an war er nicht mehr der Chefredakteur eines florierenden politischen Wochenmagazins. Auch nicht mehr der Offizier der Sondertruppen, der er sein halbes Leben lang gewesen war. Und auch nicht mehr der siebenjährige Junge, der wusste, wenn jemand weint, dann ist Mama gestorben.

Er war nur noch ein Mann, dem ein Angebot gemacht wurde, auf das er nicht zu hoffen gewagt hatte.

Er schälte Allotschka aus dem Mantel, ließ ihn auf den Boden fallen – zusammen mit der Bluse, die er ihr im Auto aufgeknöpft hatte – und knurrte, denn nun trug sie nur noch ihre zerknautschte Hose und einen seidenen BH mit einem dünnen Streifen schlichter Spitze auf der weißen Haut.

Diese Spitze hatte eine umwerfende Wirkung auf ihn, sie erzeugte eine kleine Explosion, brachte sein Blut zum Kochen.

Unbeholfen zog er ihr den BH aus. Und presste sich endlich richtig an sie, zum ersten Mal so, wie er es sich schon gewünscht hatte, seit sie ihn damals im Flur angerempelt und ihm versichert hatte, sie wisse sehr wohl, dass der Präsident nicht Wassili Wassiljewitsch heiße.

Er konnte kaum atmen, es kostete ihn Anstrengung, Luft durch seine Kehle zu pressen.

Noch nie hatte er etwas Ähnliches empfunden – in seinen ganzen sechsunddreißig Jahren nicht.

Sex war immer nur Sex gewesen, mal besser, mal schlechter, aber immer geradlinig und eindimensional, wie eine wiederkehrende arithmetische Operation.

Er hatte keine Ahnung, was am Ende dabei herauskommen würde, wenn all dies passiert war – jetzt und mit dieser Frau. Er fürchtete sie mehr als alles auf der Welt.

Fürchtete und liebte sie.

Nie zuvor hatte Baturin das Wort «Liebe» gedacht, und nun war es auf einmal da.

Er drehte sich um, er dachte an sein Bein, denn sie dachte natürlich nicht daran, und er hatte Angst zu stürzen und die Zündschnur auszutreten, die immer kürzer wurde.

Sie küsste ihn auf den Bauch, richtete sich auf, sah ihm in die Augen und versuchte, den Gürtel seiner Jeans zu lösen – ihre eigene Hose war verschwunden, er hatte keine Ahnung, wohin, denn er hatte sie ihr nicht ausgezogen. Oder doch?

Sie kam mit dem Gürtel nicht zurecht und steckte die Hand in seine Jeans; er erstarrte und atmete mit offenem Mund kurz und hastig.

Er dachte, er könne sich mit ihr nicht auf dem Boden wälzen, das würde sie beleidigen, deshalb presste er ihre schmalen, beinahe kindlichen Schultern und zog sie weiter.

«Wohin?», fragte sie heiser, ohne ihn loszulassen.

«Sofa», stieß er hervor, «oder ... was?»

Sie konnte nicht mehr warten, sie konnte kein Sofa suchen, sie hatte vergessen, wo genau in ihrer riesigen Wohnung dieses blöde Sofa stand, aber mit ihrer gesamten auf ihn gerichteten Energie erkannte sie, dass ihm das wichtig war.

Sie zog ihn heftig mit sich, er wäre wegen seines verfluchten Beins beinahe gefallen, doch nicht einmal das dämpfte ihre Hitze.

Sie stieß ihn ins Schlafzimmer, das erfüllt war von blauer Märzdämmerung und ihrem Kinderspielzeug, und sprang erneut auf ihn.

Sein Herz sprengte die Brust.

Das Blut brodelte nicht mehr, es donnerte und verkochte in seinen Adern.

Der Sturm war heftig und unaufhaltsam, und er konnte noch immer nicht glauben, dass das alles ihm galt. Dass es ihm geschah.

Er drehte sich herum, drückte sie mit seinem ganzen Körper nieder – von Kopf bis Fuß – und presste die Zähne so fest zusammen, dass es ihm in den Ohren wehtat, und nicht nur in den Ohren, es tat überall weh, und direkt vor ihm waren ihre riesigen schwarzen Augen mit den goldenen Pünktchen darin, ihre feuchte Stirn, ihr energischer Mund, zu einer sonderbaren Grimasse verzerrt, und als die Zündschnur abgebrannt war, war es kein bloßes Pulverfass, das da explodierte, denn der Blitz in seinem Kopf war so mächtig, so elementar, so todbringend und grell wie die Explosion einer Wasserstoffbombe, die er einmal auf einem Übungsplatz gesehen hatte, und diese Explosion tötete ihn fast.

Er begriff nicht gleich, dass er noch lebte.

Allotschka atmete schwer, schluchzte, klapperte mit den Zähnen und schnappte nach seinem Ohr. Er erschrak furchtbar.

«Tut dir etwas weh?»

«Ich liebe dich», platzte sie heraus, machte ihre Arme

frei und presste seinen Kopf an sich. «Wenn du wüsstest, wie sehr ich dich liebe! Ich schäme mich richtig, wie sehr ich dich liebe.»

«Du schämst dich?», fragte er verwirrt und berührte ihre Lippen. Sie waren feucht und leuchtend rot von seinen Küssen.

Sie stieß ihn gegen die Schulter, und er musste ein Stück von ihr abrücken.

«Du bist schwer», sagte sie glücklich, «du lässt mir gar keine Luft zum Atmen!»

«Zum Atmen?», fragte er wieder.

Verdammter Idiot. Überalterter Liebhaber, der zum ersten Mal die Freuden eines großen, schönen Gefühls erlebt.

«Ich gebe dich nicht mehr her», verkündete Allotschka, packte ihn an den Ohren und schüttelte seinen Kopf, als wolle sie jeden Rest zusammenhängender Gedanken herausschütteln. «Hast du verstanden? Niemandem!»

«Mich will auch gar keiner», murmelte er, und sie stieß ihn heftig in die Rippen. Er stöhnte vor Überraschung.

«Und wenn die ganze Welt dich wollte, ich würde dich trotzdem nicht hergeben! Hörst du?»

Natürlich, er hörte es.

Sobald die Explosion vorbei und die Druckwelle über ihn hinweggerollt war und ihn entkräftet und ermattet zurückgelassen hatte, war sein Denkvermögen zurückgekehrt.

Nach seiner Logik musste auch Allotschkas Denkvermögen jetzt wieder einsetzen, und das konnte nur eines bedeuten: Reue, Peinlichkeit, Scham, hastiger Abschied mit einem flüchtigen Kuss in Zimmertemperatur.

«Allotschka», begann er leise, «ich ... ich weiß gar nicht ...»

«Natürlich liebst du mich noch nicht», antwortete sie übertrieben munter und rieb ihre Nase an ihm, «aber du wirst mich lieben. Das weiß ich genau. Wenn du mich gar kein kleines bisschen lieben würdest, dann hätten wir nicht so ... Na ja, dann wäre es nie so schön gewesen ...»

Sie verstummte verlegen und verbarg ihr Gesicht.

Baturin dachte abwesend, dass sie gleich anfangen würde zu weinen.

Wovon redete sie? Von Liebe? Von ihrer Liebe zu ihm?

«Weißt du», fuhr sie fort, «ich habe dazu sogar eine Theorie. Dass Liebe nie einseitig ist. Also, wenn es wirklich Liebe ist. Einseitig verlieben kann man sich in Brad Pitt, aber das ist Blödsinn. Liebe ist immer etwas für zwei. Wenn man nicht zu zweit ist, dann entsteht auch keine Liebe. Einer allein kann damit nichts anfangen, was soll er damit? Das zwischen uns beiden ist Liebe, Grischa. Wenn ich mir das vorstelle: Du warst schon groß, als ich geboren wurde. Zehn Jahre alt, schon ein richtiger Mensch. Dann warst du zwanzig, warst bei der Armee, im Krieg, und ich war gerade zehn und habe auf dem Zeugnis eine Drei in Naturkunde bekommen, und Oma hat so mit mir geschimpft, und Papa und Mama haben darüber gelacht. Das heißt, mit mir haben sie natürlich geschimpft, aber einmal bin ich nachts aufgestanden und zu ihrer Tür gegangen, da hab ich gehört, wie sie über meine Drei gelacht haben, und da war ich ganz beruhigt. Und du hast währenddessen gekämpft und gearbeitet und warst schon richtig erwachsen, und das alles für mich. Wie soll ich das erklären ... Warum schweigst du?»

«Ich schweige nicht», sagte er, ganz ausgelaugt von seiner Angst. «Ich war nur sicher, dass ... Jedenfalls, ich kann gar nicht ...»

«Was?», fragte Allotschka hellhörig.

«Ich glaube dir kein einziges Wort», fuhr er mühsam fort, «kein einziges. Ich bin sicher, bei dir ... spielt nur das Adrenalin verrückt und die Hormone. Du kannst mich nicht lieben. Das ist nicht richtig.»

Sie schaute ihm ins Gesicht, und er wünschte sich so sehr, sie möge ihn eines Besseren belehren, schreien, dass sie nur ihn liebe, nur ihn brauche.

Sie zuckte die perfekten Schultern.

Sie hatte perfekte Schultern und eine wundervolle Brust, klein, fest und aufreizend. Und diese Brust befand sich im Moment genau vor seiner Nase.

Er wandte den Blick ab wie ein Dieb, der einem Invaliden die Brotmarken gestohlen hat.

«Ich», sagte Allotschka und sah ihm in die Augen. «Liebe. Dich. Und ich werde dich immer lieben. Und wenn du neunzig bist und ein tauber alter Knacker und ich eine junge achtzigjährige Schönheit, dann werde ich dich immer noch lieben. Ist das nicht völlig klar, Grischa?»

Er wandte sich rasch ab und tat, als wolle er auf die Uhr sehen – schrecklich, wenn sie seine Tränen sähe! –, und sagte schwerfällig:

«Nein. Das ist nicht völlig klar. Aber du kannst ja versuchen, mich zu überzeugen.»

Du kannst versuchen, mich zu überzeugen – da sprach der Chefredakteur Grigori Baturin, ihr Chef.

Sie lachte, riss die Decke herunter, unter der er plötzlich lag, und setzte sich auf ihn.

«Das werde ich!», erklärte sie und erstarrte, den Blick auf sein Bein gerichtet.

Klar. Natürlich. Komisch, dass sie das nicht gefühlt hatte. Aber in der Hitze entging einem manches.

«Sieh nicht hin», sagte er, «das ist scheußlich. Darf man hier rauchen? Oder soll ich lieber rausgehen?»

Sie zog ihm erneut die Decke herunter, die er wieder über sich ziehen wollte.

«Eine Infanteriemine», erklärte er, «der Chirurg hat gesagt, ich hätte noch Glück gehabt. Die meisten kommen ganz ohne Beine wieder.»

«Und das hier?» Sie berührte vorsichtig seinen Bauch, als könne ihm das noch immer wehtun.

«Dasselbe. Splitter. Sieh nicht hin!», blaffte er plötzlich wütend. «Was hab ich dir gesagt? Na!»

Allotschka beugte sich hinunter und küsste rasch die hässlichen Knoten und Narben ungleicher Färbung, die aussahen wie von einer Krankheit oder von Verwesung zerfressen.

Baturin erstarrte. Noch nie hatte jemand seine Wunden geküsst.

«Wie gut, dass es dich gibt», flüsterte Allotschka und rieb erst die eine, dann die andere Wange an seinem entstellten Bauch, «was für ein Glück, dass du noch da bist, trotz dieser … dieser Mine! Wo hätte ich dich sonst suchen sollen?»

Sie küsste ihn erneut, arbeitete sich immer höher, bis zu seinem Gesicht, blies ihm ihren heißen Atem auf die Lippen, auf die Wangen und auf die Stirn, dann streckte sie sich auf ihm aus, leicht und kühl, und er begriff auf einmal, dass sie tatsächlich die Eine war und dass es unsinnig und unmöglich war, sich zu fragen, woher sie kam, womit er das verdient hatte, wie lange das dauern würde und was aus ihm wurde, wenn es plötzlich zu Ende war.

«Na also», sagte Allotschka, «endlich glaubst du es!»

Woher wusste sie das?

# 25

DIE MITARBEITER, DIE «TROTZ ALLEDEM» zur Arbeit erschienen waren, standen vor den gestreiften Bändern, die zwischen Bänken und den Pfosten der Parkplatzumfriedung gespannt waren. Niemand konnte sich entschließen, die Sperrzone zu betreten, alle standen draußen im Regen, rauchten, unterhielten sich und pendelten von einem bunten Regenschirmgrüppchen zum anderen.

Kira verspürte unversehens eine heftige Liebe zu ihren Kollegen, gerade für dieses «trotz alledem». Weil sie gekommen waren, obwohl sie wussten, dass an Arbeit heute nicht zu denken war. Weil sie hier standen und nicht fortgingen, obwohl sie ebenso gut hätten zu Hause bleiben können an diesem unverhofft freien Tag. Weil sie vollzählig versammelt waren, obwohl gestern nur die zwei Dutzend Mitarbeiter, die früher zu Arbeit gekommen waren, im Vestibül auf dem Boden gelegen hatten – Kira entdeckte sogar die Chefs der Druckerei, die Jungs von der Gestalterfirma, die das Layout des Magazins entwarfen, den Milizhauptmann Galzew, ein wenig abseits, dann Julia Dobrowa, die vor kurzem entbunden hatte, mit einem Kinderwagen, Dima Galkin, der vor einem Monat gekündigt hatte, und verschiedene Gesichter, die ihr bekannt vorkamen, die sie aber nicht auf Anhieb zuordnen konnte.

Das war Liebe auf Russisch – wenn alles ruhig war und nichts passierte, schimpfte man auf die Arbeit und die Chefs, hasste sie bisweilen sogar. Aber sobald ein Unglück geschah, eilten alle zu Hilfe, selbst Entlassene und Mütter mit Baby.

Kira hielt, um den Autostrom abzuwarten und auf den Parkplatz einbiegen zu können. Baturin tauchte vor der gestreiften Absperrung auf, sagte etwas, und alle hörten ihm zu, scharten sich augenblicklich zusammen und drängten dichter heran.

Auch ihren Chef Baturin liebte Kira in diesem Moment sehr – an diesem besonderen Morgen mit Regen, grauem Himmel, nassem Asphalt und der nicht abreißenden Reihe tropfnasser Autos.

Als die anderen sie entdeckten, traten sie auseinander und ließen sie durch, Allotschka kam auf sie zugerannt – strahlend, rosig und wunderschön, wie einem Magazin entsprungen. Sie küsste Kira aus vollem Lauf, dann wurde sie verlegen, stoppte und wich ein Stück zurück.

«Hallo», sagte Kira fröhlich. Allotschka sah phantastisch aus, beinahe zu gut, so als hätte sie nicht gestern heiser röchelnd auf dem Fliesenboden gelegen und die Augen verdreht, bis sie nach Baturins Ohrfeige allmählich wieder zu sich kam.

Alle begrüßten einander, und Kira drängte sich zu Baturin durch. Unter den vielen Blicken fühlte sie sich ziemlich unbehaglich. Das war ihr noch nie passiert. Der Hauptmann bedachte sie mit einem spöttischen Lächeln.

Wegen des Dings in ihrer Tasche fühlte Kira sich kein bisschen besser.

Na ja, ein bisschen besser schon.

«Gut», sagte Baturin, als er sie erblickte, «also dann im Konferenzsaal. Wir können die Computer aus der Redaktion holen, das habe ich abgesprochen. Wir machen die

Nummer neu. Ganz und gar. Von Anfang bis Ende. Magda, wir brauchen Fotos von den getöteten Wachleuten. Könnten Sie welche auftreiben?»

«Natürlich, Grigori Alexejewitsch.»

«Wer ins Krankenhaus fährt, entscheiden wir nebenbei.»

«Wer liegt denn im Krankenhaus, Grigori Alexejewitsch?»

«Die Garderobenfrau. Die sie gestern kurz vorm Stürmen auf die Treppe gezerrt haben», erklärte er Kira, und sie wurde unversehens leichenblass. Aber Baturin wusste nun, dass diese Blässe nichts zu bedeuten hatte. Sie würde sich beherrschen und ohne jede Hysterie und posttraumatische Psychosen auskommen. «Um Informationen über die Terroristen kümmere ich mich selbst.»

«Kann ich das nicht machen, Grigori Alexejewitsch?», erbot sich Ljoscha Balabanow.

«Nein», entgegnete Baturin schroff. «Das mache ich selbst.»

Ljoscha zuckte die Achseln und lachte spöttisch.

«Noch Fragen?»

Alle sahen sich an. Niemand hatte Fragen. Auf der Straße dröhnte der Verkehr. Von den Schirmen tropfte es in die Kragen und auf die Füße. Ein ganz normaler Regenmorgen.

«Keine Fragen?», stellte Baturin fest. «Dann gehen wir. Wir haben wenig Zeit und viel zu tun, Kinder. Gegen Abend dürfen wir wieder an unseren Arbeitsplatz. Danke allen, die gekommen sind, um uns zu unterstützen.»

«Grigori Alexejewitsch, ist es wahr, dass Sie gestern alle ...»

Baturin schwieg.

Was wird er wohl sagen?, dachte Kira.

«Von meiner heldenhaften Vergangenheit», erklärte Baturin, «erzähle ich gern allen, die es interessiert, bei einem Gläschen Tee, wenn wir die Trümmer beseitigt haben. Dann organisieren wir ein Bankett, und ich beantworte jede Frage. Fast jede!» Er hob die Stimme, um den entstandenen fröhlichen Lärm zu übertönen. «Alle Anwesenden sind herzlich eingeladen. Aber jetzt gehen wir, machen die Nummer zum Knüller der Saison und zeigen es allen, die glauben, wir ließen uns so leicht unterkriegen!»

So hatte Kostik nie mit den Leuten geredet. Er war kein schlechter Chef gewesen, aber so – nein, das hatte er nicht gekonnt.

«Bist du wieder okay?», fragte Baturin, als alle zum Hintereingang des Gebäudes strömten, Richtung Konferenzsaal.

«Alles in Ordnung.»

«Schmygun ruft mich schon den ganzen Morgen an», teilte Baturin ihr mit, «will Buße tun. Weißt du, ich dachte, Kostik ist der Dieb.»

«Ich weiß», bestätigte Kira.

«Wieso gesteht er auf einmal?»

«Sergej hat ihm Angst eingejagt. Er hat ihn gestellt und ihn eingeschüchtert.»

«Ach was!» Baturin war erstaunt.

«Ja, doch. Hast du Hauptmann Galzew gesehen?»

«Hab ich.»

«Was meinst du, ob sie jetzt glauben, ich hätte den Überfall arrangiert? Um die Spuren meines vorigen Verbrechens zu verwischen?»

«Wieso?», fragte Baturin. «Hat er wieder Andeutungen gemacht?»

«Ich hab noch gar nicht mit ihm gesprochen. Aber auch wenn wir gestern heil von der Front zurückgekehrt sind, bleiben deswegen doch alle anderen Probleme in der Welt. So sonderbar das ist.»

Sergej hatte ihr untersagt, mit irgendjemandem über das zu reden, was sie tun würden. Nicht einmal mit Baturin. Aber das sah Kira anders als ihr Mann. Als ihr Exmann, wenn sie sich richtig erinnerte.

«Grigori», sagte sie entschlossen, «ich muss mit dir reden. Aber vorher beantworte mir bitte eine Frage.»

Zu Kiras Erstaunen verkrampfte sich Baturin.

Was war los? Welche Frage konnte dem stahlharten Baturin nur so unangenehm sein, dass er es nicht verbergen konnte?

«Grigori», begann sie und sah ihm ins Gesicht. Es sah eigentlich aus wie immer. «Warst du bei mir in Malachowka?»

Baturin zwinkerte erleichtert. Er hatte befürchtet, sie würde ihn nach Allotschka fragen. Und ihm eine mitfühlende Rede halten in dem Sinne, dass er und sie trotz allem nicht zueinander passten.

Wie war er bloß darauf gekommen?

Weil er selbst nur an sie dachte, darum. An sie und daran, was ihm gestern Abend widerfahren war.

«In Malachowka?», fragte er zurück und holte seine Zigaretten aus der Tasche. «Also … ja. Ich war da.»

«Warum?»

Er schnaufte wie ein Elefant am Wasserloch.

«Ich wollte mit dir reden! Ich hab eine Weile da rumgestanden, geraucht, und dann bin ich wieder weggefahren. Woher weißt du überhaupt, dass ich da war?»

«Von den Nachbarn. Sie haben dich gesehen.»

«Stimmt.» Baturin lächelte. «Ein Opa im Pelz. Brauner, abgewetzter Pelz, wahrscheinlich Ziege, Fellmütze, karierter Schal und Filzstiefel. Er ging erst in die eine Richtung, dann kam er aus der anderen wieder zurück.»

«Worüber wolltest du denn mit mir reden?»

«Na, darüber, dass bei uns jemand stiehlt! Ich war sicher, dass es Kostik war, und das wollte ich dir sagen, aber dann habe ich es lieber gelassen. Ich dachte, du würdest ihn sowieso schützen, du würdest deinen Nikolajew anrufen, und der würde eher mich rausschmeißen als Kostik. Ich ... Ich wollte meine Arbeit nicht verlieren.»

«Verstehe», sagte Kira.

«Gehen wir doch rein», bat Baturin und klappte den Kragen seiner Jacke hoch, «wir weichen noch total durch.»

«Nein», sagte Kira entschieden, «hier hört uns wenigstens niemand zu. Wir können uns ja in dein Auto setzen.»

Da wurde Baturin so verlegen, dass selbst seine Ohren erröteten.

«Ich bin heute ... ohne Auto», stammelte er und blickte unsicher zum Himmel. So sah Tim immer aus, wenn ihm nicht gleich eine überzeugende Schwindelei einfiel. «Ich bin heute ... so gekommen. Sie haben mein Auto gestern abgeschleppt, und ich hab es noch nicht ...»

Wieso war er nur so durcheinander? Nur wegen des Autos?

«Wir können uns in meins setzen.»

«Nicht nötig», sagte Baturin rasch, «lass uns hier reden.»

Kira zuckte die Achseln.

«Ich erzähle es dir, und dann entscheide selbst. Das Ganze ist Sergejs Idee. Aber ich muss sagen, es ist – nicht schlecht.» Sie lächelte und nahm sich eine Zigarette aus Baturins Packung. «Ich hätte gar nicht gedacht, dass er solche Ideen haben kann.»

Sie redete, und er hörte zu. Hörte nur zu, ohne die geringste Reaktion. Kira wurde langsam nervös.

«Die Pistole liegt in meiner Tasche», sagte sie zum Schluss, «ich weiß nicht, was mit dem Hauptmann passiert, wenn er sie bei mir findet. Und mit mir erst.»

«Was mit dir passiert, ist klar», sagte Baturin nachdenklich. «Du kriegst zehn Jahre Gefängnis, ganz einfach.»

«Ich kann nicht», widersprach Kira vehement, «ich habe ein Kind. Und mein Mann ist sehr sensibel.»

Baturin schaute sie an, und sie lächelten beide.

«Aber das macht man ganz anders», erklärte er entschieden. «Du bist stumm wie ein Fisch. Redest mit niemandem. Blickst zu Boden. Gehst alle fünf Minuten raus, eine rauchen, und die Tasche lässt du auf dem Tisch stehen. Um den Informationsteil kümmere ich mich, in Ordnung? Ich hab im Studium gelernt, wie man gezielt Gerüchte in die Welt setzt.»

«Was?» Kira staunte. «So was lernt man da auch?»

«Selbstverständlich. Nur den Umgang mit der Maschinenpistole, den hab ich nicht im Studium gelernt. Wenn Gott will, beißt jemand an. Obwohl ich mir eigentlich nicht vorstellen kann, dass einer von uns …»

«Eben», sagte Kira leise. «Komm.»

Ganz egal, wer es war, dachte Baturin, den Blick auf ihren Hinterkopf gerichtet, Hauptsache nicht Allotschka.

# 26

SERGEJ SASS DEN GANZEN Vormittag am Computer seines Sohnes und schaute sich Fotos an: Schönheiten in umwerfenden Kleidern und ganz ohne, im Bikini, in glitzernden Perlenröckchen, in mit Edelsteinen besetzten BHs – sinnlich, kalt, betont gleichgültig, verführerisch, streng, elegant, vulgär, beinahe identisch durch all den Glanz und Lack, mit dem nicht nur ihre Gesichter und Körper, sondern auch ihre Gehirne überzogen schienen.

Er hatte noch kein Drittel durchgesehen, als ihm aufging, dass selbst die Auswahl von Schönheiten ziemlich anstrengend sein konnte.

Aber er musste sich alles anschauen, also blätterte er weiter all diese Gesichter, Busen, Hintern durch – alle wunderschön –, und ausgerechnet jetzt war Valentina weg, dabei hätte er sich so gern einen Kaffee von ihr kochen lassen!

Er interessierte sich auch deshalb so eifrig für diese Pos und Busen, weil er nicht an Kira denken wollte und daran, was ihr gestern widerfahren war und was ihm beinahe widerfahren wäre. Diese Gedanken machten ihn ganz schwach, und er brauchte jetzt einen frischen, gut funktionierenden Kopf.

In seinem Computer lief die Zeit rückwärts ab – die Fotos der Schönen veränderten sich allmählich. Immer weniger Glanz und Chic, das Lächeln unsicherer, die Zähne nicht mehr ganz so strahlend weiß, denn vor zehn Jahren wusste in diesem Land noch niemand etwas von perfekten amerikanischen Gebissen. Die Kleider wurden ärmlicher und schlichter, nur hin und wieder sah man eine nackte Schulter oder eine glänzende Schnalle. Die Bühnen, auf denen die Schönen sich präsentierten, wirkten plötzlich dunkel, die Dekorationen armselig.

Sergej hatte geglaubt, es könnten nicht allzu viele Mädchen sein, die ernsthaft glaubten, mit ihrem Busen, ihrem Hintern und ihren Beinen Karriere machen zu können, doch nun sah er, dass es Unmengen waren.

Nach zwei Stunden rief er Kira an.

«Hallo», sagte sie besorgt, «bisher ist nichts passiert. Die Pistole liegt noch an ihrem Platz.»

Als ob er deswegen anrief!

«Hast du auch niemandem etwas erzählt?»

«Nur Baturin», bekannte sie zögernd.

«Warum?»

«Sergej», unterbrach sie ihn hastig, «Baturin war es nicht! Da bin ich ganz sicher. Besonders nach gestern!»

«Er kann durchaus ein Profi sein im Antiterrorkampf und trotzdem Kostik erschossen haben.»

«Als Valentina verkleidet?», erinnerte ihn Kira.

Sergej schwieg. Baturin als Valentina verkleidet – das klang wirklich nicht sehr überzeugend.

«Und du», fragte Kira nach einer Weile, «hast du was gefunden?»

«Noch nicht, aber ich suche weiter.»

«Sergej, ich fürchte, die Sache funktioniert nicht», platzte Kira heraus. «Wieso glaubst du, dass er darauf anspringt?»

«Du wirst schon sehen.»

«Lass uns lieber alles dem Hauptmann erzählen.»

«Das werde ich tun. Aber nicht alles, sondern nur das Nötigste. Er muss uns helfen. Es wird schon alles werden, Kira.»

Sie vertraute ihm immer. Er war manchmal ein Griesgram und gedankenlos, aber wenn er sagte: «Alles wird gut», dann konnte man ihm unbesehen vertrauen.

Mehr gab es nicht zu bereden, aber Sergej mochte noch nicht auflegen. Er hatte immer noch Angst, es könnte ihr etwas zustoßen, sobald er den Hörer auflegte und die Lage nicht mehr unter Kontrolle hatte.

«Ich schicke Valentina nach Hause», sagte er, «wie abgemacht.»

«Bis dann», verabschiedete sie sich.

Gestern hatte er sie nicht gefragt, wie es weitergehen sollte. Heute aber quälte ihn diese Frage erneut.

Er lief durch die Wohnung – ein seltsames Gefühl.

Es war seine Wohnung. Selbst die Leiste überm Kühlschrank hing noch genau so da, wie er sie angenagelt hatte, als er hier noch alles selbst genagelt, geklebt und gesägt hatte, weil sie noch kein Geld gehabt hatten für «Fachleute». Er hatte das alles schon vergessen, wie nach einer langen Dienstreise, und es war eine Freude und ein Vergnügen, sich wieder zu erinnern – an all die Eigenheiten und Wunderlichkeiten dieser Wohnung, wie das Licht im Bad, das stets erst beim zweiten Einschalten anging, obwohl Schalter und Kabel nagelneu waren.

Sergej ging zurück an den Computer, studierte mit neuer Kraft weiter Gesichter und Busen und traute seinen Augen kaum, als er schließlich fündig wurde.

Er hatte es. Eindeutig.

Er überprüfte das Datum. Richtig. Auch das Datum stimmte.

Die Schöne im Computer bestätigte, was er ohnehin geahnt hatte. Nun war auch der letzte Zweifel einwandfrei ausgeräumt.

Er öffnete nacheinander mehrere Dateien, las sie und druckte sie aus.

Der springende Punkt war also nicht das Gespräch im Treppenhaus, sondern der Beutel, der vom Haken gefallen war.

Donnerwetter, Allotschka! Donnerwetter, kluges Mädchen!

Allotschka zwängte sich durch den engen Flur, vorbei an Kisten und Stühlen, zum einzigen Fenster. Verotschka drehte sich nach ihr um.

«Du Glückspilz», sagte Verotschka neidisch, «dass du gestern mit in diesen Schlamassel geraten bist, zusammen mit den Chefs! Du bist jetzt unser neuer Star. Vielleicht verwechselst du ja bald auch keine Namen mehr und weißt, wie die Städte richtig heißen.»

«Ich habe nichts verwechselt und immer alles richtig benannt», entgegnete Allotschka.

«Nein, hast du ein Schwein!», seufzte Verotschka. «So ist das manchmal! Da strampelt man sich ab, und ein anderer hat einfach Glück ...»

«Ich wäre gestern beinahe umgebracht worden!», schrie Allotschka zu ihrer eigenen Überraschung. «Ich hätte tot sein können, wenn Baturin nicht gewesen wäre!»

«Aber du bist ja nicht tot», versetzte Verotschka nüchtern. «Dafür liegen dir jetzt alle zu Füßen. Du bist eine

Heldin. Sogar Baturin macht Stielaugen. Das habe ich genau gesehen. Oder hattet ihr vor lauter Stress Sex miteinander?»

Allotschka wandte sich empört ab.

Das zwischen ihr und Baturin war schließlich kein Sex.

Das war eine ganz besondere Liebe, eine, wie man sie nur einmal im Leben erfährt – jedenfalls nach ihrer eigenen Theorie. Auch der Morgen war ganz besonders gewesen. Er hatte sie nicht gebeten, ihn «an der Ecke» abzusetzen, er war mutig mit ihr auf den Parkplatz gefahren. Komisch, dass Verotschka davon gar nichts gehört hatte.

Nun kam es vor allem darauf an, ihn heute Abend nicht entwischen zu lassen. Sie musste ihn mit zu sich locken. Wenn sie ihn nicht losließ und ihn allmählich an sich band, dann würde er sich am Ende vielleicht an sie gewöhnen.

Aber erst einmal musste sie noch eine Sache klären.

«Hör mal», sagte Allotschka, «alle sagen, dass Kira … dass mit Kira irgendwas … Hast du zufällig was darüber gehört?»

«Klar, natürlich hab ich das!» Verotschka lachte verächtlich. «Nichts Besonderes. Kira, die blöde Kuh, hat's selber Magda erzählt, sie ist ja mit ihr befreundet, und Magda hat's prompt weitergetratscht. Sie hat die Pistole! Die, mit der Kostik ermordet wurde.»

«Magda?», fragte Allotschka, obwohl sie genau verstanden hatte, und Verotschka sah sie an, als hätte sie nicht alle Tassen im Schrank.

«Kira! Sie behauptet natürlich, die hätte ihr jemand untergeschoben, aber wer soll ihr das glauben? Und ausgerechnet jetzt lässt die Miliz sich nicht blicken. Sie wird die

Pistole auf dem Heimweg in die Moskwa werfen, und das war's dann. Ende der Ermittlungen.»

«Also doch Kira», murmelte Allotschka erschüttert, «also war sie es doch …»

«Ich hab doch gleich gewusst, dass sie es war!», verkündete Verotschka. «Ich an ihrer Stelle würde mich mit dieser Pistole selber erschießen, Ehrenwort, aber sie … ein Eisblock.»

Als Kira Allotschka gestern hinter die Garderobentheke gezerrt hatte, war sie kein Eisblock gewesen. Sie hätte sie auch liegen lassen können, aber sie hatte sie in Deckung gebracht, sie beschützt, und nun behauptete diese eingebildete Verotschka, sie sei ein Eisblock!

«Wir werden sehen», murmelte Allotschka und rückte ihre schicke Brille zurecht.

«Was werden wir sehen?»

Aber Allotschka war schon im dunklen Flur verschwunden.

Verotschka blickte ihr nach, zuckte die Achseln und seufzte. Schade, dass sie selbst gestern nicht dabei gewesen war. Der Heiligenschein der Heldin und Märtyrerin würde ihr gut stehen. Dass die Gefahr real gewesen war, das konnte Verotschka nicht glauben.

Schließlich waren noch alle am Leben. Gut, die Wachleute waren tot, aber die hatte sie nicht einmal richtig gekannt, darum war ihr Tod für Verotschka weit weg und unbedeutend. Dafür würden die Übrigen berühmt sein. Sämtliche Fernsehsender würden heute Interviews mit ihnen bringen, hohe Tiere würden wichtige Erklärungen abgeben, der Präsident würde seine Unterstützung und sein Mitgefühl bekunden – und das alles ohne Verotschka!

Wirklich verdammt schade!

Als Allotschka in den Konferenzsaal gestürmt kam, war bereits jeder mit seinen Angelegenheiten befasst. Kira fehlte, das fiel ihr sofort auf. Raïssa goss auf dem breiten Fensterbrett Tee ein. Baturin telefonierte. Magda hatte am Ende des riesigen Tisches einen Stapel Fotos ausgebreitet und erörterte etwas mit einem Fotografen.

Vor dem Computer, an dem Allotschka den ganzen Vormittag gearbeitet hatte, saß Ljoscha Balabanow.

Ihr stockte der Atem.

Im Schutz der allgemeinen Unruhe trat Allotschka lautlos hinter Ljoscha und blickte ihm über die Schulter.

Aus dem FSB war der KGB geworden, aus Terroristen Touristen, aus Vestibül Vestibular.

Ljoscha nahm noch eine Änderung vor, schloss die Datei und schickte sie an Baturins E-Mail-Adresse.

Wie im Traum hob Allotschka ihre Tasche vom Boden auf, holte aus und hieb sie Ljoscha mit voller Wucht in den Rücken.

Ljoscha ächzte und prallte mit dem Kopf gegen den Monitor.

«Was soll das?», riefen Stimmen hinter ihr. «Spinnst du?»

Allotschka holte unbeirrt erneut aus und schlug noch einmal zu. Ljoscha sprang auf und wich zurück, wobei er mit den Armen vor Allotschkas Nase herumfuchtelte, um sich zu schützen.

«Du Schwein», sagte sie leise und riss ihre Hand los, die irgendwer festhielt. «Nicht genug, dass du mich mit deinen Nachstellungen belästigst, du hast mir auch meine Texte versaut!»

«Beruhige dich», murmelte Magda, die auf sie zueilte, «beruhige dich, Allotschka, was ist denn los?»

«Na schön, du wolltest mich unbedingt vögeln», fuhr Allotschka fort, ohne irgendetwas um sich herum wahrzunehmen, «aber wieso hast du in meinen Texten rumgefummelt?»

Sie holte erneut aus, merkte im letzten Moment, dass sie die Tasche nicht mehr in der Hand hielt, und versetzte ihm einen Fausthieb – mit ihrer starken, spitzen Mädchenfaust mitten in sein Gesicht.

«Grigori Alexejewitsch! Kira! Allotschka, beruhige dich! Magda, fassen Sie sie nicht an, Sie sehen ja, wie sie tobt! Vielleicht sollten wir die Miliz rufen?»

Ljoscha lächelte und nahm die Hand von den Lippen.

«Texte?», fragte er und lächelte wieder. «Was denn für Texte, du Flittchen? Ich schreibe Texte, und du fabrizierst nur Scheiße! Wer bist du denn? Glaubst du etwa, du kannst schreiben?» Ljoscha lachte und hielt ihr seine Faust vors Gesicht. «Du denkst, nur weil du Millionärin bist, darfst du alles, ja? Deine Beine zeigen, Artikel schreiben, Geld scheffeln?»

«Ljoscha, was soll das?», murmelte die total erschütterte Madga, die nicht begriff, wer von den beiden durchgedrehter war – Allotschka oder Ljoscha.

«Dir werde ich's noch zeigen, du Miststück!», fuhr Ljoscha leise fort. «Du wirst mich noch um Gnade anflehen, wart's ab, wenn wir uns auf einer dunklen Straße begegnen, dann ...»

Allotschka wechselte so unvermittelt den Ton, dass der herbeigerufene Baturin auf halbem Wege stehen blieb.

«Wie kommst du eigentlich auf die Idee, ich wüsste

nicht, wie der Präsident heißt?», fragte sie, hochmütig wie die englische Königin, die aus Protokollgründen mit dem Anführer eines Kannibalenstammes reden muss. «Ich bin mit seinen Söhnen aufgewachsen! Ich hätte einen von ihnen sogar beinahe geheiratet, als du dir noch von deinem Stipendium Bier und stinkenden Hering gekauft hast! Darum bist du auch so sauer, du Stück Vieh! Du bist kein gefährlicher cooler Typ, du bist nichts weiter als ein neidischer, geldgieriger Schwachkopf!»

Ljoscha zitterte plötzlich am ganzen Körper, sein Mund war verzerrt, die Augen schielten. Er packte Allotschka an den Haaren und zog sie an sich. Mit der anderen Hand riss er eine Spritze aus der Tasche und schlug den Plastikverschluss an der Tischkante ab. Ljoscha hielt die Spritze an Allotschkas Hals, holte aus, die versammelte Menge wich entsetzt zurück, und er zischte: «Nun reicht's, du Miststück! Das war zu viel! Du hättest das Maul nicht so aufreißen sollen! Jetzt bist du dran!»

«Schluss jetzt», sagte Baturin kalt. Er kam heran und entriss Ljoscha mit einer Hand die Spritze, mit der anderen Allotschka.

Sie wankte, Baturin fing sie auf.

«Und ich hab mich noch gefragt, wieso du mir die Bierflasche hinterhergeworfen hast!»

Baturin schob Allotschka hinter sich, packte Ljoscha und verdrehte ihm leicht den Arm.

Ljoscha quollen die Augen heraus, er beugte sich vor und schnappte nach Luft.

«Was hast du denn da?»

Baturin schüttelte die Spritze, hielt sie gegen das Licht, drückte einen dünnen Strahl heraus und roch daran.

«Wasser?», fragte er Ljoscha sanft. «Du gehörst in Behandlung, mein Lieber. Sonst richtest du noch was an! Kira, ruf einen Krankenwagen. Er ist verrückt.»

Während der ganzen Aufregung hatte Kira kein einziges Mal in ihre Tasche geschaut.

Als sie nun nachsah, war die Pistole weg.

# 27

KIRA HIELT UND BLICKTE FINSTER auf ihr Haus. Sergej hatte ihr am Telefon hundertmal eingeschärft, sie solle sich ganz normal verhalten – aber es war nun einmal ganz und gar nicht normal, dass sie vor ihrem Haus im Auto sitzen blieb und nicht ausstieg. Normalerweise rannte sie mit fliegenden Fahnen nach Hause.

Besonders eilig hatte sie es immer gehabt, wenn Sergej vor ihr da war. Sie kam gern nach Hause, wenn er schon da war.

Dann briet er Kartoffeln – das Einzige, was er in den fünfzehn Jahren gelernt hatte, außer Makkaroni und Rührei. Makkaroni und Rührei waren die Gerichte aus seiner Studentenzeit.

Wenn Kira ihn fragte, warum er nie Käse an die Makkaroni tat oder Tomaten und Kräuter ans Rührei, dann antwortete er: «Wozu, es schmeckt doch auch so!»

Kira starrte noch eine Weile das Haus an, dann stieg sie aus.

Sergej hatte gesagt: «Alles wird gut», und sie vertraute ihm, aber sie hatte Angst, den Hausflur zu betreten, wo sie getötet werden sollte.

Der Lift war außer Betrieb und Marja Semjonowna nicht an ihrem Platz – ein kleiner Gruß von Hauptmann Galzew. Kira presste ihre Tasche an sich und stieg langsam die Treppe hoch.

Erster Stock.

Eine Bombe schlägt nicht zweimal an derselben Stelle ein – doch Kira wusste nun, dass sie das sehr wohl tat. Nur der dumme kleine Tim war glücklich, dass sein Vater wieder bei ihnen lebte. Tat er das denn?

Zweiter Stock.

Lenka Puchowa hatte sich mit Kostik auf dem Treppenabsatz unterhalten, das hatten Fedot und seine Kinderfrau gesehen.

Im Konferenzsaal waren heute nur Leute aus der Redaktion gewesen.

Nur wir, nur wir, wiederholten ihre Absätze klackend. Nur einer von ihnen konnte die Pistole aus der Tasche genommen haben.

In der ganzen Nacht auf dem Sofa in Malachowka hatte ihr Mann kein einziges Mal zu ihr gesagt, dass er sie liebte, dabei war ihr das so wichtig. Sie konnte ihn nicht mehr bitten: Sag mir, dass du mich liebst.

Früher hatte sie das oft getan, zu oft.

Dritter Stock.

Noch zwei halbe Treppen bis zu ihrer Wohnung. Auf dem nächsten Absatz stand ein Sessel. Genau hier war Kostik erschossen worden.

Ihre Hände waren feucht. Ihr Herz schien größer und wahrnehmbarer geworden, Kira hätte nun genau sagen können, wo es saß.

Sie musste weitergehen.

Sie stieg hinauf, die Tasche an die Seite gepresst; sie drohte ihren schweißnassen Fingern zu entgleiten. Der Baulärm aus der ehemaligen Wohnung der Bassows war nun ganz nah – natürlich würde bei diesem Getöse niemand einen Schuss hören!

Sag mir doch nur, dass du mich liebst …

Der Treppenabsatz, der Sessel, die dunkle Tiefe des Liftschachts, eine Topfpflanze.

«Halt.»

Kira blieb stehen und griff sich ans Herz. Aus dem Dunkel des Lifts trat Valentina. Ihre Hand steckte in einem schwarzen Lederhandschuh und hielt eine Pistole.

Kira holte tief Luft.

«Keine Bewegung», sagte Valentina leise.

Die Tasche entglitt Kira und klatschte auf den Boden.

«Hast du Angst?», fragte Valentina. «Gut so. Es ist gleich vorbei.»

Sie kam näher.

«Woher hast du die Pistole?», flüsterte Kira, den Blick wie gebannt auf den stählernen Lauf gerichtet. Er funkelte im Flurlicht.

«Aus deiner Tasche. Wieso hast du sie mitgebracht, du Idiotin? Wolltest sie loswerden, ja?»

«Ich …», stammelte Kira. «Das meine ich nicht. Wo hast du sie überhaupt her?»

«Woher schon! Gekauft!», sagte Valentina verächtlich.

«Aber warum?», hauchte Kira. «Warum? Wozu?»

Die Hand im schwarzen Leder regte sich, und Kira schloss die Augen.

«Weil er mir gehörte, bis du wieder aufgetaucht bist! Aber du hast dich ja wieder eingemischt, und er ist wieder zu dir gerannt! Wie ein treues Hündchen. Kaum hast du dich scheiden lassen, ist er gleich wieder zu dir gerannt! Ich habe ihn bestraft. Und ich werde auch dich bestrafen.»

«Verotschka», sagte Kira, plötzlich ganz ruhig, «er war

nie mein Liebhaber. Das ist ja der Witz. Niemals, verstehst du? Er war viele Jahre mein Freund.»

«Na klar» – Verotschka lachte verächtlich –, «dein Freund! Solche Freundschaft kenne ich! Mein Gott, wie ich dich hasse! Ich habe dich jeden Augenblick gehasst – wenn du meine Artikel gelesen hast, wenn du sie korrigiert und dabei so wichtigtuerisch genickt hast! Wie habe ich mich amüsiert, als ich ihn getötet hatte! Ich wusste, sie würden dich einsperren, du würdest im Knast verfaulen! Jetzt muss ich dich leider erschießen, obwohl das nicht halb so gut ist wie Knast. Das ist viel zu schnell für eine Kreatur wie dich! Aber eins sollst du noch wissen: Ich werde mir deinen Mann nehmen. Nur so, aus Spaß. Er wird leiden, und ich werde ihn trösten, so etwas kann ich gut. Und ehe er sich's versieht, ist er mit mir verheiratet! Und deinen Bastard von Sohn schiebe ich dann in ein Internat ab. Das ist kein Zuckerschlecken. Erst Drogen, dann Schlägereien und am Ende Knast. Und ich kriege deine Wohnung und deinen Mann, so wie du meinen Kostik. Also krepier in Freuden, meine Liebe!»

«Wenn du mich tötest, weiß jeder, dass ich Kostik nicht umgebracht habe.»

«Ich werde dich nicht töten. Du wirst dich selber erschießen. Selbstmord aus Reue. Genau an der Stelle, wo du Kostik erschossen hast.»

«Mein Mann weiß, dass du uns die Pistole untergeschoben hast.»

«Blödsinn», fauchte Verotschka, «gar nichts weiß er! Eigentlich sollten die Bullen die Pistole finden. Ich wollte anrufen, wollte sagen, ich sei deine Haushälterin und hätte eine Pistole gefunden, aber ich hätte schreckliche Angst vor dir – kommen Sie her und sehen Sie selbst! Aber du hast sie gefunden, bevor ich anrufen konnte. Du hast ein unglaubliches Schwein, Kira ...»

«Valentina trägt keine Lederhandschuhe», flüsterte Kira wie gelähmt.

Verotschka sah an sich herab.

«Na und? Keiner hat was gemerkt. Und das wird auch nicht passieren! Mein Gott, mich in diese Vogelscheuche zu verwandeln war doch ein Kinderspiel! Ich hab dir so oft Texte nach Hause gebracht, zum Lesen, Korrigieren und Abnicken, ich hab sie so oft gesehen, diese dumme Pute! Wenn ich dich erschossen habe, werfe ich die Lumpen sofort auf den Müll. Und heute Abend werde ich Sekt trinken und mir ausmalen, wie dein Mann mich auf Händen tragen wird. Ich bin schließlich zehn Jahre jünger als du! Jünger, schöner und klüger! Was hat Kostik bloß an dir gefunden?»

«Er war nicht mein Liebhaber, Verotschka.»

«Na klar! Gib dir keine Mühe. Ich töte dich sowieso. Ich werde dir direkt in den Kopf schießen, sodass dein Hirn rausspritzt und dein kleiner Bastard dich nicht wieder erkennt. Er wird in deinem Hirnbrei herumkriechen und winseln!»

Die Topfpflanze bewegte sich, Kira wandte die Augen von Verotschka ab. Licht flammte auf, Verotschka kreischte, sprang auf Kira, irgendwoher tauchte ein schwerer schmutziger Schuh auf und trat von unten gegen den schwarzen Handschuh, die Pistole wurde weggeschleudert und fiel langsam zu Boden; in Kiras Kopf war es auf einmal hell und weit wie in der Tundra, und mitten in dieser Tundra fiel unendlich langsam die Pistole in blendend weißen Schnee.

«Kira! Kira, komm zu dir! Was ist mit dir? Ist dir schlecht?»

Die Pistole landete direkt auf ihrem Kopf, der schwere Stahl prallte auf ihren Scheitel. Sie wankte.

«Kira!»

«Ja», sagte sie mühsam, «ja, ich bin hier.»

Sergej hielt Kiras Schultern umfasst und musterte ihr Gesicht. Ihr Kopf pendelte hin und her.

«Papa!», rief Tim. «Ist sie ... Lebt sie noch?»

«Ja, natürlich lebe ich!», rief Kira ärgerlich. «Und ob! Wo bist du, Tim?»

«Ich bin hier.»

«Nehmen Sie das Kind weg», befahl Hauptmann Galzew. «Junge, bleib erst mal da! Du siehst ja, wir können dich hier nicht gebrauchen!»

«Sergej», fragte der Nachbar Michail Petrowitsch, «soll ich Kira ein Glas Wasser holen?»

«Kira!», rief Lenka Puchowa. «Kira, alles in Ordnung mit dir?»

«Lassen Sie mich durch! Ich habe Valocordin und Herztropfen. Lassen Sie mich durch, Genosse Milizionär! Tim, mein Junge, geh rein. Hier, Sergej, hier ist ein Glas.»

Auf Jelena Lwownas Armen bellte Massja unaufhörlich. Die Bauarbeiter kamen aus der Bassow'schen Wohnung, unterhielten sich und schauten sich neugierig um. Eine Treppe tiefer drückte Danila Puchow seine Lenka mit starkem Arm an sich. Männer in Uniform stapften über den Fliesenboden.

Es war vorbei. Nun war alles wieder in Ordnung.

«Na los», sagte Hauptmann Galzew und setzte sich neben Kira und Sergej auf die Treppe. Er zog eine zerdrückte

Zigarettenschachtel aus der Tasche und stieß Kira freundschaftlich mit dem Ellenbogen an. Er zündete ein Streichholz an, wartete, bis sie den ersten Zug getan hatte, und sah sie an.

«Was – was war los?»

«Das frag deinen Mann. Also, erzähl, Sergej. Wie bist du darauf gekommen?»

«Geahnt hatte ich es schon lange.» Sergej umfasste Kira bequemer, ohne sie ganz loszulassen. «Marja Semjonowna hatte gesagt, Valentina hätte sich von ihr verabschiedet und nach Parfüm gerochen. Wassilissa, die Kinderfrau aus Wohnung acht, hatte gesagt, Valentina sei zur Metro gerannt. Valentina hat aber eine Allergie gegen starke Gerüche und einen Hexenschuss. Ich habe noch nie bemerkt, dass sie Parfüm benutzt hätte, und sie arbeitet seit zehn Jahren bei uns. Also konnte das im Hausflur nicht sie sein, sondern jemand, der sich als Valentina verkleidet hatte. Der Hund hat einen Fremden verbellt.» Sergej drehte sich um. Massja knurrte nur noch und zitterte, Jelena Lwowna beruhigte sie. «Kostiks Mörder musste jemand aus der Redaktion gewesen sein, jemand, der wusste, dass er an dem Abend zu Kira wollte. Das wusste die gesamte Redaktion, das war bei ihnen so üblich, da bleibt nichts geheim. Als dann Kiras Manuskript in seiner Tasche gefunden wurde, war es schon ein bisschen wärmer. Von dem Manuskript wussten Gott sei Dank nicht alle. Bei ihr auf der Datscha waren der Geschäftsführer, Verotschka Leschtschenko und Allotschka Subowa. Und Baturin, aber der ist nicht ins Haus gegangen. Den Geschäftsführer haben wir bei Unterschlagungen ertappt. Allotschka wusste von dem Artikel nichts. Blieb nur noch Verotschka. Allotschka, das kluge

Mädchen, hat mir gesagt, Verotschka habe erwähnt, dass Kostik mal ihr Liebhaber war. Da wurde es schon heiß! Na, und mit der Pistole, da hat sie es dann endgültig versaut.»

«Warum?», fragte der Hauptmann. Er hörte überhaupt mit großem Interesse zu.

«Weil in unserer Wohnung nie eine Pistole war! Das weiß ich genau, ich habe am Morgen nach dem Mord alles durchsucht, die ganze Wohnung. Ich habe übrigens mit irgendetwas in dieser Art gerechnet. Dass man uns vielleicht die Pistole unterschieben würde. Schließlich gab sich jemand alle Mühe, den Verdacht auf Kira zu lenken. Die Pistole tauchte direkt nach Verotschkas Besuch auf. Im Flur fiel ihre Tasche vom Haken, wir rannten hin, um sie aufzuheben, und in der Zeit hat sie die Pistole deponiert. Die Tasche lag sehr ungünstig. Mit Absicht. Damit sie herunterfiel und uns ablenkte. Verotschka besuchte Kira häufig – sie kannte Valentina und wusste auch von dem Baulärm bei den Nachbarn. Es passte also alles zusammen.»

«Klar, es passt!» Der Hauptmann lachte kurz. «Aber Sie mussten sie auf frischer Tat stellen, weil es keinerlei Beweise gab!»

«Mich hat nur irritiert, dass Danila schon um acht gekommen war, nicht erst um elf, wie er behauptet hatte, und dass Lenka, seine Frau, auf der Treppe mit Kostik gesprochen hatte. Aber das habe ich heute alles überprüft. Lenka war 1993 ‹Miss Moskau›. Kostik war damals in der Jury. Ich nehme an, sie hatten damals ein Verhältnis.»

«Kein Verhältnis!», protestierte der Sportstar eine Treppe tiefer. «Sie sind bloß eine Weile miteinander gegangen und haben sich dann wieder getrennt. Na und? Das war lange vor meiner Zeit. Stimmt's, Lenka?»

Lenka schluchzte auf und schmiegte sich an seine mächtige Seite. «Aber Ihr Toter, der war schon ein einmaliger Schürzenjäger. Als er Lenka auf der Treppe sah, hat er gleich Süßholz geraspelt, von wegen ich halt's nicht aus ohne dich, lass uns nochmal von vorn anfangen. Alles nicht ernst, aber Lenka war völlig fertig. Sie haben eine Weile geredet, dann hat Lenka mich angerufen und geweint. Komm her, sagte sie. Ich bin gekommen, hab sie getröstet und beruhigt, wollte ihm schon eins auf die Schnauze hauen, aber da lag er da und war tot. Ich dachte, besser, wenn man mich nicht neben der Leiche sieht, und fuhr wieder weg. Zu Lenka hab ich nur gesagt, sie soll nicht sagen, dass ich da war.»

«Sie hätten die Miliz rufen sollen», sagte der Hauptmann belehrend.

«Wenn ich mal wieder eine Leiche finde, sofort, Ehrenwort!», versprach Danila treuherzig.

«Könnten Sie mir vielleicht ein Autogramm geben?», fragte der Hauptmann hoffnungsvoll und blickte auf Danilas glänzende Glatze hinunter.

«So viel Sie wollen!», verkündete Danila. «Lenka, lauf mal zum Kleiderschrank, wo die T-Shirts zum Verschenken liegen, du weißt schon wo? Bringst du mir eins?»

Danila küsste Lenka auf den Hals, gab ihr einen Klaps auf den Hintern, fuhr ihr durch die Mähne, dann ließ er sie los und lehnte sich gegen das Fensterbrett.

«Ich will auch ein T-Shirt! Darf ich?», rief Tim von oben.

Und als Schlussakkord der triumphalen Familien-Nachbarn-und-Miliz-Sinfonie rief Valentina tadelnd aus dem Hintergrund: «Aber Tim, betteln ist ungezogen!»

# EPILOG

«Mama», fragte Tim, als er mit vorsichtiger und etwas widerwilliger Neugier in den durchsichtigen Kasten blickte, «Mama, warum ist sie denn so furchtbar klein?»

«Aber Tim!», rief Valentina tadelnd und wischte sich die strahlenden nassen Augen. «Sie ist ein Engel, ein himmlischer Engel, gesandt zu unserem Trost!»

«Schöner Engel – ganz rot! Mama, warum ist sie so rot?»

«Sie ist überhaupt nicht rot!», mischte sich Sergejs Mutter ein. «Sie ist einfach süß!»

«Und wunderschön!», ergänzte Kiras Mutter. «Aber sie kommt wieder nach dem Vater!»

«Das ist auch gut so!», erklärte Sergejs Mutter sofort kampfeslustig. «Sergej ist ein sehr hübscher Junge!»

«Aber ja doch!», fauchte Kiras Mutter. «Hübsch! Also wissen Sie, Alexandra Petrowna!»

«Ich habe vollkommen Recht, Ljudmila Iwanowna. Mein Sohn ist sehr hübsch, und Lisa sieht ihm sehr ähnlich.»

«Wie kommen Sie auf Lisa? Wir dachten an Mascha.»

«Ljudmila, Ljudmila», rief Kiras Vater gedämpft und stieß seiner Frau den Ellbogen in die Seite, «sieh mal, sie gähnt!»

Alle schauten ehrfürchtig zu, wie Lisa oder Mascha gähnte.

«Nimm's nicht so schwer», sagte Kira geschwächt. «Sie wird noch hübscher. Sie ist nur jetzt so hässlich.»

«Kira!», schrien beide Mütter. «Kira, wie kannst du nur?»

Tim kam näher, setzte sich neben Kira auf das hohe Bett und schaute noch einmal in den Glaskasten.

«Na ja, ist eigentlich gar nicht so schlimm», sagte er nachdenklich, «nur dass sie so klein ist.»

«Dafür hat sie die gleichen Wimpern wie du», sagte Kira stolz und berührte seine zarte Wange. Tim hatte ganz lange, dichte Wimpern.

«Wo siehst du denn da Wimpern?», fragte ihre Mutter erstaunt. «Da sind überhaupt keine Wimpern!»

«Na hören Sie mal, Ljudmila Iwanowna! Sie hat die gleichen Wimpern wie Sergej!»

«Der hat überhaupt keine Wimpern! Keine Haare und keine Wimpern! Bloß Flaum.»

«Er hat prächtiges Haar.»

«Er hatte schon vor fünfzehn Jahren keine Haare mehr, Alexandra Petrowna!»

«Mein Gott», stöhnte Valentina und wischte sich die Augen, «was für ein Glück! Ein Mädchen! Eine kleine Blume! Ein himmlischer Engel! Tim, hauch sie nicht an, wir sind voller Bakterien!»

«Früher durfte man gar nicht rein in die Entbindungsklinik», äußerte einer der beiden Großväter, «ich weiß noch, ich hab den halben Tag unterm Fenster gestanden. Man sah nichts, stand in der eisigen Kälte, durfte keine Blumen abgeben und nicht mit seiner Frau reden! Schlimm!»

«Gar nicht schlimm», sagte Tante Lilja, «das war ganz richtig so. Ich als Medizinerin kann diese neumodischen Sachen, dass der Mann bei der Geburt dabei ist und die Angehörigen kommen, wann sie wollen, ich kann das gar nicht gutheißen. Wir sind doch hier nicht in Amerika!»

«Allein wäre ich durchgedreht, Tante Lilja», entgegnete Kira und sah Lisa oder Mascha an.

Sie musste sie dauernd ansehen. Lisa oder Mascha, die gestern Abend geboren worden war, schlief fast die ganze Zeit.

«Ich hab dir ein paar Sachen mitgebracht», sagte die Tante und rückte ein Stück näher. «Na, du weißt schon, aus der Apotheke. Wirst schon sehen. Ein paar Cremes, Hautlotion, ein Gel zur Bauchstraffung …»

«Da, schon wieder, schon wieder», riefen die Großväter unisono, «sie gähnt schon wieder!»

Während alle gerührt verstummten und in den Glaskasten schauten, fragte Tim betont beiläufig: «Mama, du wirst dich jetzt die ganze Zeit um sie kümmern, nicht? Wo sie doch noch so klein ist! Wir machen nicht mehr zusammen Englisch, und in die Türkei fahren wir im Mai auch nicht, oder?»

«Aber natürlich machen wir das, und natürlich fahren wir», beruhigte Kira ihren Sohn und legte ihm die Hand auf den Kopf, «wir haben doch Valentina! Sie wird uns helfen.»

«Wieso nur Valentina?», parierte ihre Schwiegermutter sofort. «Und Vater und ich?»

«Und wir!», rief ihre Mutter. «Mischa kann mich morgens zu euch fahren und abends wieder abholen.»

«Ich komme allein», erklärte die Schwiegermutter energisch, «ich bin keine feine Dame, ich kann mich selbst ans Steuer setzen.»

«Nein, wenn man bedenkt», sinnierte Tante Lilja, «du

meine Güte! Jetzt ist sie so ein kleines Paket, und eines Tages ist sie ein Fräulein, dann werden die Jungs anrufen und Rendezvous mit ihr verabreden!»

«Denen werd ich's zeigen, von wegen Rendezvous!», murmelte Kiras Vater. Der Gedanke, dass seine Enkelin – dieser himmlische Engel – Rendezvous mit ordinären Jungs haben würde, beleidigte ihn zutiefst.

«Aber zum Glück noch nicht so bald», sagte Valentina hastig, «zum Glück wird sie noch lange so klein sein, unser Häschen, unser kleiner Sonnenschein!»

«Die Ohren hat sie von Sergej!», rief die Schwiegermutter begeistert.

«Und die langen Fingerchen von Kira», fiel die Mutter ein, «und die Augen auch.»

«Die Augen sieht man doch gar nicht», erklärte ein Großvater, nachdem er eine Weile hingeschaut hatte.

«Man sieht alles!»

«Du vielleicht, ich nicht.»

«Ein Engel», schluchzte Valentina, «ein himmlischer Engel.»

«Gleich kommt Papa, und wir sind nicht da», sagte Tim, «da wird er sich aber wundern! Mama, wann kommst du denn nach Hause?»

«In drei Tagen, Tim. Vielleicht auch schon früher.»

«Lieber früher, Mama. Ohne dich ist es doof.»

«Sie fehlen uns», bekannte Valentina, «aber wir kommen zurecht, Kira, keine Angst! Gestern hatten wir eine Eins in Englisch und … worin noch, Tim?»

«In Algebra. Aber eine Drei in Bio. Weil ich gespuckt habe.»

«Wieso?», fragte Kira erstaunt.

«Mein Gott, Kira, nehmen Sie das nicht so ernst! Wir hatten einfach Stress, als Sie gestern ins Krankenhaus gebracht wurden. In der Schule war er ganz nervös, der arme Junge.»

«Vielleicht ist Papa schon da?», fragte Tim. «Mama, kann ich mal zu Hause anrufen?»

«Wenn er da wäre, hätte er sich sofort gemeldet, Tim.»

«Immer die gleiche Geschichte mit eurem Papa», murrte die Mutter, «wenn bei uns was Wichtiges passiert, ist er nicht da. Wenn dein Baturin gestern nicht zu Hause gewesen wäre, wie wärst du dann hergekommen? Vater und ich müssen durch die ganze Stadt, und Alexandra Petrowna hat es noch weiter, wir hätten es nicht geschafft! Was denkt sich dein Mann eigentlich?»

«Er hat zu tun, Ljudmila Iwanowna! Er ist doch nicht zum Vergnügen verreist, sondern dienstlich!»

«Zum Vergnügen – das wär ja auch noch schöner, Alexandra Petrowna! Kira, hast du ihn wenigstens angerufen?»

«Er ist in Japan, Mama. Ich hab's versucht, aber keine Verbindung gekriegt. Und dann war ich anderweitig beschäftigt.»

«Und er selber kann natürlich nicht anrufen!», sagte ihre Mutter spitz. «Er hat anderes im Kopf als dich und euer Kind! Wichtigere Dinge!»

«Sie lächelt!», rief Tim, der das Bündel ansah. «Kann sie denn schon lächeln, Mama?»

Als die ganze Familie in einem neuen Anfall von Glück und Rührung das winzige Gesicht betrachtete, um es lächeln zu sehen, verließ Sergej Litwinow gerade den Flughafen.

Der Akku in seinem Handy war schon auf dem Tokioter Flughafen leer gewesen, und das Ladegerät lag im Koffer. So ein verdammtes Pech!

Er würde das Handy gleich im Auto anschließen und zu Hause anrufen. Aber es durfte eigentlich noch nichts passiert sein, während er nicht da war – Kira hatte noch über eine Woche bis zu ihrem Termin, und die Reise war wichtig gewesen.

Er kehrte als stolzer Sieger zurück – die konservativen Japaner, die normalerweise nur ihre eigenen Leute in Schlüsselpositionen duldeten, hatten ihn befördert. Nun war Sergej Wissenschaftsdirektor der Sony-Niederlassung für die GUS-Staaten und Osteuropa. Das hatte man ihm so feierlich und zeremoniell verkündet, als wäre er soeben zum neuen japanischen Kaiser gewählt worden.

Er hatte Kira wohl grundlos vorgejammert, dass er ohne Beruf und ohne Karriere dastünde.

Er hatte alles.

Er hatte Kira und fast zwei Kinder.

Als Tim geboren wurde, hatte sich Sergejs Anteil an dem Ereignis darauf beschränkt, Blumen und Äpfel ins Krankenhaus zu bringen und der strengen Schwester so lange zu schmeicheln, bis sie beides übergab. «Blumen sind verboten!», hatte die Matrone gedonnert und sie ihm vor die Füße geschleudert.

Diesmal würde alles anders sein. Wie es sich gehörte.

Allein bei dem Gedanken, wie es sein würde, erfasste ihn ein Schauer.

Bei seinem Jeep angekommen, warf er das Gepäck in den Kofferraum, bezahlte die Parkgebühr und schloss endlich das Telefon an.

Als er vom Parkplatz fuhr, bekam er eine Verbindung.

Langes Tuten, sonst nichts. Nicht einmal der Anrufbeantworter. Sergej warf einen Blick auf das Telefon, dann auf die Uhr. In diesem Japan hatte er völlig das Zeitgefühl verloren.

Der Uhrzeit nach müssten wenigstens Tim und Valentina zu Hause sein. Und Kira? Ob sie spazieren ging? Oder schlief?

Ihm wurde plötzlich so bange, dass ihm die Zähne klapperten. Ja, er hörte sie deutlich aufeinander schlagen.

Er bremste unter einem Halteverbotsschild, riss das Telefon zu sich und wählte Kiras Handynummer.

Vor ihm lag die graue Chaussee, am Straßenrand hingen bunte Werbeplakate.

Fünfhundert Minuten für fünfzig Dollar, stand auf einem Plakat. Also ein Cent die Minute, dachte Sergej stupide. Oder zehn?

Das Tuten brach ab, und er schloss für einen Moment die Augen.

«Ja!»

Er hörte entfernte Stimmen, Ausrufe und Lachen.

«Kira …»

«Sergej», sagte Kira fröhlich, «du gefühlloser Klotz, du hast mal wieder alles verpasst!»

B 110/1

Foto: Folio-ID

## Zwielichter der Großstadt – Mord in der Metropole

**Boris Meyn**
**Die Bilderjäger**
3-499-23196-4
Ein Kunstwerk verschwindet, eine Leiche taucht auf. Und bei einer wird es nicht bleiben. Aber ist die erotische Zeichnung von Modigliani wirklich so wertvoll, dass mehrere Menschen dafür sterben müssen? Wer außer der jungen Kunsthistorikerin Grit jagt eigentlich noch hinter der Mappe mit den nackten Tatsachen her? Was haben Schweizer Banken und Museen in Amerika mit der Sache zu tun? Und ist es wirklich nur Dankbarkeit, was Grit gegenüber dem Taxifahrer Zart empfindet, der sie kundig durch die Villenviertel und Schmuddelecken von Hamburg kutschiert?

**Dick van den Heuvel/**
**Simon de Waal**
**Mord im Revue-Palast**
3-499-23697-4

**Marion Schwarzwälder**
**Backstage**
*Ein Fall für Oshinski und März*
3-499-23640-0

**Volker Albers**
**Tod am Kai**
Tatort Hafen: Wasserleichen und andere Abgänge ...

3-499-23425-4

*Weitere Informationen in der Rowohlt Revue oder unter www.rororo.de*